Ma compil

FICHES BAC

Spécialités scientifiques

Mathématiques
Pierre-Antoine Desrousseaux

Physique-Chimie
Karine Marteau-Bazouni

SVT
Christian Camara
Claudine Gaston

Nathan

Direction éditoriale : Raphaëlle Mourey
Édition : Fanny Morquin
Coordination éditoriale : Julie Langlais assistée de Maria Tasso
Conception graphique intérieur : Julie Lannes
Couverture : Clémentine Largant
Schémas : Coredoc
Compositeur : Facompo
Fabrication : Kévin Magar

ISBN : 978-2-09-157580-3

Achevé d'imprimer en décembre 2020 par Macrolibros à Valladolid en Espagne
Dépôt légal : décembre 2020 - N° project : 10266972

Sommaire général

Exos interactifs

Téléchargez l'appli **gratuite** *Nathan Live* et **flashez** la couverture pour accéder à de nombreux **exercices supplémentaires.**

Nathan live!

L'organisation du nouveau Bac

1

1 Le calendrier

- **Les premières épreuves du nouveau Bac ont lieu au 2e trimestre de la classe de Première** dans le cadre des évaluations communes de contrôle continu. Pour l'enseignement scientifique et l'enseignement de spécialité non poursuivi en classe de Terminale, il n'y a qu'une seule épreuve de contrôle continu au 3e trimestre de Première.
- **Les épreuves anticipées du Bac en français ont lieu en juin** pour les élèves de Première.
- **Une deuxième session d'évaluations communes du contrôle continu** est mise en place durant le 3e trimestre de Terminale.
- **Les nouvelles épreuves finales ont lieu fin mars** pour les élèves de Terminale.

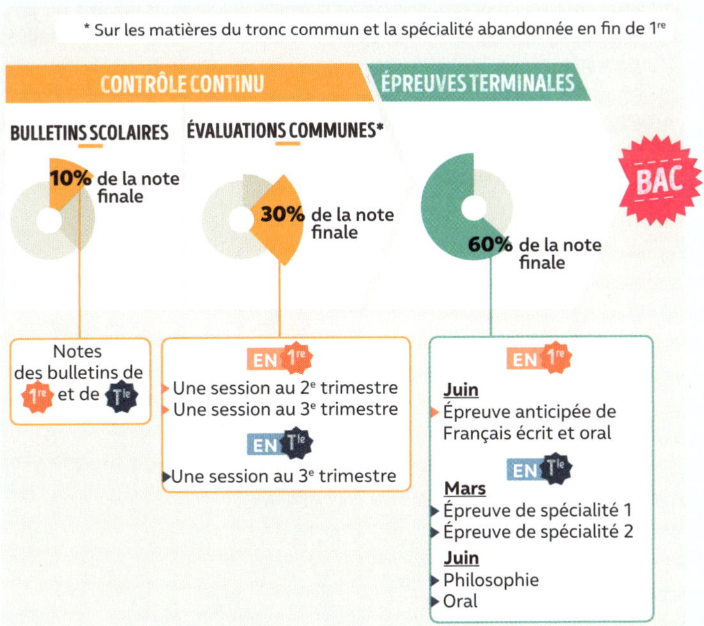

2 Le cycle terminal de Première et de Terminale

A 3 spécialités en Première, 2 spécialités en Terminale

- À la fin de l'année, les élèves de Première décident de **ne pas poursuivre une des trois spécialités** choisies en début d'année.
- **La spécialité non poursuivie est évaluée en fin de Première** par une évaluation commune de contrôle continu (l'ensemble des évaluations de contrôle continu compte pour 30 % de la note finale).
- **Les deux spécialités conservées en Terminale sont quant à elles évaluées par une épreuve finale** en fin de Terminale. Cette épreuve se déroulent en mars ou avril.
- Par ailleurs, **toutes les notes des bulletins scolaires de Première et de Terminale de l'année comptent pour 10 % de la note finale.**

B Le grand oral

- Cette épreuve, d'une durée de **20 minutes**, se réalise **devant un jury** et porte **sur deux questions préparées** pendant les cours de spécialités choisies par l'élève en Terminale.
- **Elle se déroule en trois parties** : la présentation du projet, un échange à partir de ce projet et un échange sur le projet d'orientation de l'élève.
- Le grand oral permet d'évaluer la capacité de l'élève à analyser et mobiliser des connaissances, ainsi que son aptitude à communiquer à l'oral.

L'épreuve de Mathématiques 2

Si vous poursuivez la spécialité Mathématiques en Terminale, l'épreuve finale aura lieu à la fin du mois de mars de l'année de Terminale. Si vous abandonnez la spécialité en fin de Première, elle sera évaluée dans le cadre des évaluations communes au 3e trimestre de l'année de Première.

1 L'organisation de l'épreuve finale en Terminale

- **Durée :** 4 h
- **Coefficient :** 16
- **Notation :** 20 points
- **L'épreuve de spécialité mathématiques se compose de trois à cinq exercices indépendants les uns des autres**, portant sur plusieurs thèmes du programme et notés entre quatre et huit points. Toutefois, le jour de l'examen final, les candidats ne seront pas interrogés sur les chapitres suivants : « fonctions sinus et cosinus », « calcul intégral » et « concentration, loi des grands nombres ».
- **Chaque exercice sera subdivisé en un certain nombre de questions liées par un même énoncé.** Il faut être bien attentif aux différents jeux de numérotation utilisés car cela peut vous aider à comprendre le raisonnement de l'auteur du sujet, et par conséquent à répondre correctement à l'exercice.
- **Cette épreuve demande aussi de la part des élèves une attention portée sur la manière dont leurs raisonnements sont présentés.** Pour cela, ils sont fortement invités à détailler le plus possible leur démarche, en proposant par exemple une conclusion rédigée après chaque calcul. Si le candidat souhaite soutenir son argumentation par un tableau ou des graphiques, la signification de ces derniers devra être clairement indiquée.

Remarque

N'oubliez de bien relire votre copie pour éviter les oublis et les erreurs d'inattention !

- **Il sera précisé sur le sujet si la calculatrice est autorisée ou non.**

2 Les attendus

• Cet examen vérifie la compréhension et la maîtrise des démarches apprises en cours, mais aussi l’acquisition de certaines compétences propres à la spécialité mathématiques et développées pendant deux ans. Le correcteur sera particulièrement vigilant sur vos capacités à :

– comprendre et à construire un raisonnement ;

– mettre en forme une démonstration ;

– calculer en appliquant des techniques et en réinvestissant les principales formules du programme connues de tête ;

– communiquer vos résultats en réussissant à expliquer votre démarche par des phrases

Remarque

Toutefois, mentionnez bien que vous n’êtes pas arrivé au bout de la démonstration, n’essayez pas de faire croire au correcteur qu vous l’avez terminée !

L'épreuve de Physique-Chimie

3

Si vous poursuivez la spécialité Physique-Chimie en Terminale, l'épreuve finale aura lieu à la fin du mois de mars de l'année de Terminale. Si vous abandonnez la spécialité en fin de Première, elle sera évaluée dans le cadre des évaluations communes au 3e trimestre de l'année de Première.

1 L'organisation de l'épreuve finale en Terminale

- **Durée :** 3 h 30
- **Coefficient :** 16
- **Notation :** 15 points
- **La partie écrite comporte trois exercices indépendants et s'appuie de manière équilibrée sur différents thèmes des programmes.** Les sujets traités lors de cette épreuve portent sur des situations contextualisées, peuvent contenir des documents et inclure des questions relatives aux aspects expérimentaux de la discipline et aux capacités numériques identifiées dans les programmes.
- **Le sujet précise si l'usage de la calculatrice, dans les conditions précisées par les textes en vigueur, est autorisé.**

Remarque

Gérez correctement votre temps : 10 min par point, soit 200 min pour l'ensemble, et il vous reste 10 min pour relire votre copie.

2 L'organisation de l'épreuve pratique en Terminale

- **Durée :** 1 h
- **Coefficient :** 16
- **Notation :** 5 points
- L'évaluation des compétences expérimentales se déroule au cours du second trimestre, selon le calendrier fixé pour la session, et dans le cadre habituel de formation de l'élève.

- **Chaque académie retient un ensemble de situations d'évaluation parmi celles publiées dans une banque nationale,** puis les établissements choisissent un ensemble de ces situations d'évaluation.
- **Le candidat tire au sort sa situation d'évaluation parmi un sous-ensemble**, renouvelé par demi-journée, d'au moins deux situations d'évaluation à dominante physique et deux situations d'évaluation à dominante chimie.
- **Lors de l'évaluation, deux professeurs examinateurs sont présents dans la salle.** Un examinateur évalue au maximum quatre candidats, qui ne peuvent être ceux qu'il avait dans ses classes lors de l'année en cours.
- Vous trouverez sur votre poste de travail **une fiche et le matériel nécessaire à la manipulation proposée**. La fiche indique :

– le **but** de la manipulation ;

– les **tâches** à effectuer ;

– les **résultats** qu'il faudra reporter dessus ;

– les moments-clés où vous devrez appeler l'examinateur pour **faire vérifier votre travail** ;

– la **durée conseillée** pour chaque partie du travail.

Remarque

Pensez à noter vos résultats au fur et à mesure de la manipulation.

L'épreuve de SVT

4

Si vous poursuivez la spécialité SVT en Terminale, l'épreuve finale aura lieu à la fin du mois de mars de l'année de Terminale. Si vous abandonnez la spécialité en fin de Première, elle sera évaluée dans le cadre des évaluations communes au 3e trimestre de l'année de Première.

1 L'organisation de l'épreuve finale en Terminale

- **Durée :** 3 h 30
- **Coefficient :** 16
- **Notation :** 15 points
- **L'épreuve est constituée de deux exercices.**
- Exercice 1 : **noté sur 6 ou 7 points.**
- Dans cette première partie de l'épreuve écrite, **le candidat rédige un texte argumenté répondant à la question scientifique posée**. Le questionnement peut être accompagné d'un ou plusieurs documents.
- L'exercice permet d'**évaluer la capacité du candidat à mobiliser des connaissances, à les organiser et à les exposer avec la syntaxe, le vocabulaire scientifique et tout mode de communication scientifique approprié.** Il argumente ses propos grâce aux expériences, aux observations et aux exemples issus du ou des documents proposés dans le sujet.
- Exercice 2 : **noté sur 8 ou 9 points.**
- Dans cette seconde partie de l'épreuve écrite, **le candidat développe un raisonnement scientifique pour résoudre le problème posé.**
- L'exercice permet d'**évaluer sa capacité à pratiquer une démarche scientifique à partir de l'exploitation d'un ensemble de documents et en mobilisant ses connaissances.** Le questionnement amène le candidat à : choisir une démarche de résolution du problème posé et à l'exposer ; analyser les documents fournis et intégrer leur analyse ; structurer et rédiger correctement son raisonnement.

2 L'organisation de l'épreuve pratique en Terminale

- **Durée :** 1 h
- **Coefficient :** 16
- **Notation :** 5 points
- **L'évaluation des compétences expérimentales se déroule au cours du second trimestre** pendant la période de l'épreuve écrite de spécialité.
- Le calcul de la note se fait sur 20 points ramenés à une note sur 5 pour compléter la note de l'épreuve écrite sur 15.
- **Le candidat tire son sujet au sort parmi les situations d'évaluation retenues par l'établissement.**
- Deux professeurs examinateurs sont présents dans la salle où a lieu l'évaluation. Un examinateur évalue au maximum quatre élèves, qui ne peuvent être ceux qu'il avait dans ses classes de l'année en cours. Les professeurs examinateurs disposent d'une grille d'observation au nom de chaque candidat. Cette grille sert de support à l'évaluation du candidat : elle porte la note qui lui est attribuée sur 20 points et un commentaire qualitatif.

Maths

Sommaire

Lue | Relue | Acquise

Maths

Algèbre

Suites

Équations, fonctions polynômes du second degré

Analyse

Dérivation

Variations et courbes représentatives des fonctions

Fonction exponentielle

Trigonométrie

Sommaire

Lue | Relue | Acquise

Sommaire

Lue Relue Acquise

Variables aléatoires réelles

Simulation d'échantillons

Algorithmique et programmation

Notion de liste

Étudier les variations d'une suite

5

Lue Relue Acquise

1 L'essentiel du cours

A Généralités sur les suites

Définition : Une **suite *u*** est une application définie sur l'ensemble $\mathbb{N}$ (ou un sous-ensemble de $\mathbb{N}$).

$$u : \mathbb{N} \mapsto \mathbb{R}$$
$$n \mapsto u_n$$

Vocabulaire

n est appelé **rang** et u_n est appelé **terme de rang *n***.

• Suite définie explicitement

Une suite u est définie par une formule explicite lorsque u_n est exprimé à l'aide de n uniquement.

Exemples : Pour $n \in \mathbb{N}$, $u_n = 2^n$, $v_n = -3n^2 + 4$.

• Suite définie par récurrence

Une suite est définie par une relation de récurrence quand son premier terme est donné et que l'on dispose d'une relation entre le terme de rang $n + 1$ et le terme de rang n.

Exemple : $\begin{cases} u_0 = 2 \\ u_{n+1} = 3u_n + 1, \text{ pour tout } n \text{ de } \mathbb{N}. \end{cases}$

B Sens de variation d'une suite

Définitions : Une suite u définie sur $\mathbb{N}$ est dite :

- **croissante** sur $\mathbb{N}$ lorsque, pour tout n de $\mathbb{N}$, $u_{n+1} \geqslant u_n$;
- **décroissante** sur $\mathbb{N}$ lorsque, pour tout n de $\mathbb{N}$, $u_{n+1} \leqslant u_n$;
- **constante** sur $\mathbb{N}$ lorsque, pour tout n de $\mathbb{N}$, $u_{n+1} = u_n$.

C Les méthodes à connaître pour étudier les variations

Méthode 1 : Signe de $u_{n+1} - u_n$

Étudier le signe de la différence $u_{n+1} - u_n$.

Remarque

En effet, $u_{n+1} - u_n \geqslant 0$ équivaut à $u_{n+1} \geqslant u_n$ équivaut à u croissante.

Méthode 2 : Avec une fonction

Lorsque $u_n = f(n)$ avec f fonction définie sur $[0 ; +\infty[$ (ou un sous-ensemble de $[0 ; +\infty[$), les variations de u suivent celles de f.

Piège à éviter

Cette méthode 2 ne convient pas si $u_{n+1} = f(u_n)$.

Méthode 3 : Comparaison de $\frac{u_{n+1}}{u_n}$ et 1

Lorsque, pour tout n, $u_n > 0$, comparer $\frac{u_{n+1}}{u_n}$ et 1.

Remarque

En effet, $\frac{u_{n+1}}{u_n} \geqslant 1$ équivaut à $u_{n+1} \geqslant u_n$ équivaut à u croissante.

2 Application

EXO **Étudier les variations des suites ci-dessous en utilisant la méthode demandée.**

1. $\begin{cases} u_0 = 3 \\ u_{n+1} = -2u_n^2 + u_n - 3, \text{ pour tout } n \text{ de } \mathbb{N}. \end{cases}$ **(*méthode 1*)**

2. **Pour tout n de $\mathbb{N}$, $v_n = \sqrt{n}$. (*méthode 2*)**

3. **Pour tout n de $\mathbb{N}$, $w_n = 3^n$. (*méthode 3*)**

Solution

1. Pour tout n de $\mathbb{N}$:

$$u_{n+1} - u_n = -2u_n^2 + u_n - 3 - u_n$$
$$= -2u_n^2 - 3.$$

Or $-2u_n^2 \leqslant 0$ et $-3 < 0$ donc $u_{n+1} - u_n < 0$, ce qui équivaut à $u_{n+1} < u_n$.
Ainsi, u est décroissante sur $\mathbb{N}$.

- On écrit u_{n+1}.
- On effectue la différence : $u_{n+1} - u_n$.
- On détermine (quand c'est possible) son signe ; puis on conclut.

2. On note f la fonction racine carrée définie sur $[0\,;+\infty[$.

$$f : [0\,;+\infty[\to \mathbb{R}$$
$$x \mapsto f(x) = \sqrt{x}.$$

Pour tout n de $\mathbb{N}$, $v_n = f(n)$. Or f est une fonction croissante sur $[0\,;+\infty[$ (voir fiche 2), donc v est une suite croissante sur $\mathbb{N}$.

- Si la suite est définie explicitement : on identifie la fonction f.
- On étudie (si on ne les connaît pas directement) les variations de f ; puis on conclut.

3. Pour tout n de $\mathbb{N}$, $w_n > 0$.

Or $w_{n+1} = 3^{n+1}$, donc $\dfrac{w_{n+1}}{w_n} = \dfrac{3^{n+1}}{3^n} = \dfrac{3^n \times 3}{3^n} = 3$.

Ainsi, $\dfrac{w_{n+1}}{w_n} > 1$ d'où $w_{n+1} > w_n$.

Finalement, w est croissante sur $\mathbb{N}$.

- On vérifie que la suite est strictement positive.
- On exprime w_{n+1}.
- On forme le quotient $\dfrac{w_{n+1}}{w_n}$ et on le compare (quand c'est possible) à 1 ; puis on conclut.

Mémo'Quiz

1. **Pour tout n de $\mathbb{N}$, $u_n = 3 \times 0{,}2^n$. u est croissante sur $\mathbb{N}$.** ❑ **Vrai** ❑ **Faux**

2. **Pour tout n de $\mathbb{N}^*$, $v_n = \dfrac{10}{n}$. v est décroissante sur $\mathbb{N}^*$.** ❑ **Vrai** ❑ **Faux**

3. $\begin{cases} w_1 = -1 \\ w_{n+1} = w_n(5w_n + 1), \text{ pour tout } n \text{ de } \mathbb{N}^*. \end{cases}$

w est croissante sur $\mathbb{N}^*$. ❑ **Vrai** ❑ **Faux**

➜ corrigés p. 305

Comprendre la notion de limite

6

Lue Relue Acquise

1 L'essentiel du cours

A Suite de limite finie

Définition : Une **suite u a pour limite le nombre réel ℓ** lorsque tout intervalle ouvert contenant ℓ contient tous les u_n à partir d'un certain rang.

Remarque
La limite d'une suite s'étudie toujours lorsque n tend vers $+\infty$.

Interprétation graphique

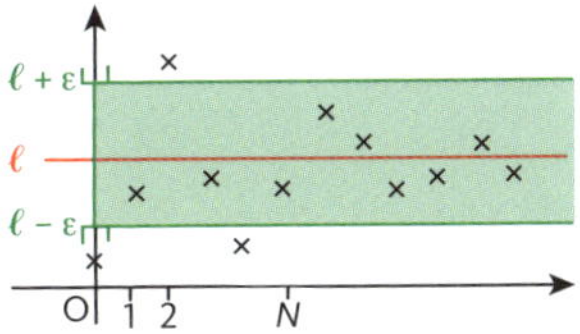

Notation
On écrit $\lim\limits_{n \to +\infty} u_n = \ell$.

$]\ell - \varepsilon ; \ell + \varepsilon[$ représente un intervalle ouvert contenant ℓ.
Les points ont pour coordonnées $(n ; u_n)$; N est le rang à partir duquel tous les $u_n \in]\ell - \varepsilon ; \ell + \varepsilon[$.

Exemples : $\lim\limits_{n \to +\infty} \dfrac{1}{n} = 0$; $\lim\limits_{n \to +\infty} \dfrac{1}{n^2} = 0$; $\lim\limits_{n \to +\infty} \dfrac{1}{\sqrt{n}} = 0$.

B Suite de limite infinie

Définition : Une **suite u a pour limite $+\infty$** (resp. $-\infty$) lorsque tout intervalle du type $]A ; +\infty[$ (resp. $]-\infty ; A[$) contient tous les u_n à partir d'un certain rang.

Interprétation graphique

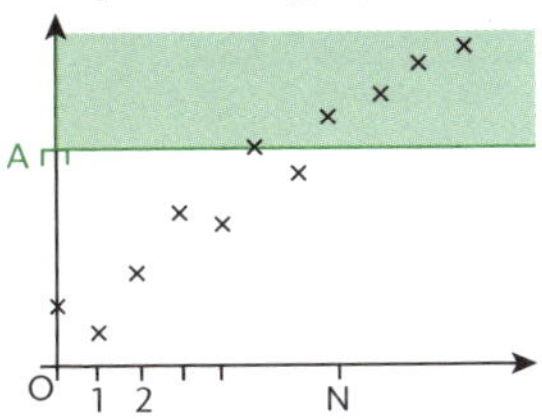

Notation
Suivant les cas, on écrit $\lim\limits_{n \to +\infty} u_n = +\infty$ ou $\lim\limits_{n \to +\infty} u_n = -\infty$.

À partir du rang N, tous les $u_n \in]A ; +\infty[$.

Exemples : $\lim\limits_{n \to +\infty} n = +\infty$; $\lim\limits_{n \to +\infty} n^2 = +\infty$; $\lim\limits_{n \to +\infty} \sqrt{n} = +\infty$.

2 Applications

EXO 1 **u est la suite définie sur $\mathbb{N}$ par $u_n = 3n^2 - 10$.**

1. À l'aide de la calculatrice, déterminer le rang N à partir duquel : a. $u_n > 500$. b. $u_n > 5\,000$.

2. Conjecturer la limite de la suite u.

Solution

1. a.

n	u(n)
9	233
10	290
11	353
12	422
13	497
14	578
15	665
16	758
17	857
18	962
19	1073

n=14

$N = 14$ car pour tout $n \geqslant 14$, $u_n > 500$.

b.

n	u(n)
38	4322
39	4553
40	4790
41	5033
42	5282
43	5537
44	5798
45	6065
46	6338
47	6617
48	6902

n=41

$N = 41$ car pour tout $n \geqslant 41$, $u_n > 5\,000$.

2. On conjecture que $\lim\limits_{n \to +\infty} u_n = +\infty$ car il semble que u_n peut être rendu aussi grand que l'on veut.

EXO 2 **v est la suite définie sur $\mathbb{N}^*$ par $v_n = 2 + \dfrac{5}{n}$.**

Utiliser la définition du cours pour montrer que $\lim\limits_{n \to +\infty} v_n = 2$.

Solution

Soit $\varepsilon > 0$.

$v_n \in\ ]2 - \varepsilon\,; 2 + \varepsilon[$ équivaut à

$2 - \varepsilon \leqslant 2 + \dfrac{5}{n} \leqslant 2 + \varepsilon$ équivaut à

$0 \leqslant 2 + \dfrac{5}{n} \leqslant 2 + \varepsilon$ (car $2 + \dfrac{5}{n} > 0$) équivaut à

$0 \leqslant \dfrac{5}{n} \leqslant \varepsilon$ (car $\dfrac{5}{n} > 0$) équivaut à $n \geqslant \dfrac{5}{\varepsilon}$.

> On choisit un écartement infiniment petit $\varepsilon > 0$ et on construit l'intervalle $]\ell - \varepsilon\,; \ell + \varepsilon[$.
> On regarde à quelle condition sur n, les u_n se trouvent dans cet intervalle.

Ainsi, quel que soit le $\varepsilon > 0$ choisi (aussi petit que l'on veut), il suffit de prendre l'entier N situé « juste après » $\dfrac{5}{\varepsilon}$ pour que : pour tout $n \geqslant N$, $v_n \in\ ]2 - \varepsilon\,; 2 + \varepsilon[$. Ainsi, $\lim\limits_{n \to +\infty} v_n = 2$.

Mémo'Quiz

w est la suite définie par $\begin{cases} w_0 = 5 \\ w_{n+1} = 3w_n - 1, \text{ pour tout } n \text{ de } \mathbb{N}. \end{cases}$

1. $w_n > 100$ dès que $n \geqslant 3$. ❑ Vrai ❑ Faux

2. $w_n > 10\,000$ dès que $n \geqslant 10$. ❑ Vrai ❑ Faux

3. On peut conjecturer que $\lim\limits_{n \to +\infty} w_n = 50$. ❑ Vrai ❑ Faux

➜ corrigés p. 305

Utiliser les suites arithmétiques

7

Lue Relue Acquise

1 L'essentiel du cours

A Formule de récurrence

Définition : Une **suite** u est dite **arithmétique de raison r** lorsque, pour tout n de $\mathbb{N}$: $u_{n+1} = u_n + r$.

Remarque
r peut être positif ou négatif.

B Représentation graphique

Dans un repère, les points $M(n ; u_n)$ sont alignés : **croissance linéaire**.

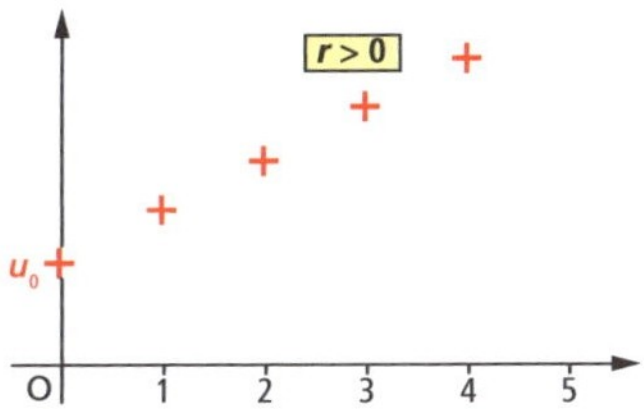

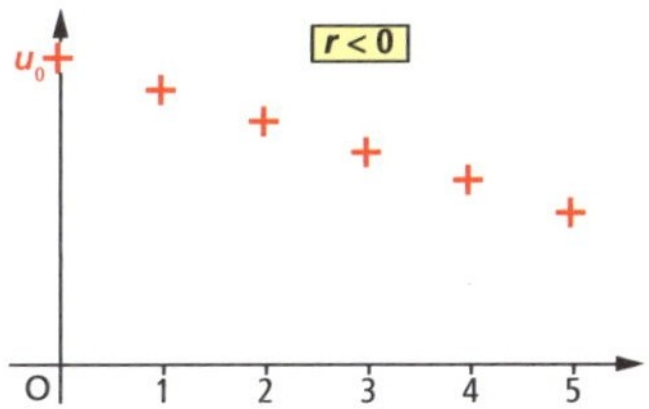

C Formule explicite

Propriété : Pour tout n, p de $\mathbb{N}$, $u_n = u_p + (n - p) \times r$.

D Variation et limite

Propriétés :

- Lorsque $r > 0$, u est croissante sur $\mathbb{N}$ et $\lim\limits_{n \to +\infty} u_n = +\infty$.
- Lorsque $r < 0$, u est décroissante sur $\mathbb{N}$ et $\lim\limits_{n \to +\infty} u_n = -\infty$.

2 Applications

EXO 1 **Montrer que, pour tout n de $\mathbb{N}$, $1 + 2 + 3 + ... + n = \dfrac{n(n+1)}{2}$.**

Solution

$$\begin{aligned} S &= 1 + 2 + ... + (n-1) + n \\ \oplus\ S &= n + (n-1) + ... + 2 + 1 \\ \hline 2S &= [1+n] + [2 + (n-1)] + ... + [(n-1) + 2] + [n+1] \\ 2S &= \underbrace{(n+1) + (n+1) + ... + (n+1) + (n+1)}_{n \text{ fois}} \end{aligned}$$

Donc $2S = n \times (n+1)$, d'où $S = \dfrac{n(n+1)}{2}$.

Cet exercice fait partie des démonstrations à connaître en 1re, exigibles par votre professeur.

EXO 2 **Les suites ci-dessous sont-elles arithmétiques ?**
Pour tout n de $\mathbb{N}$, $u_n = 3n - 5$ et $v_n = n^2 + 4$.

Solution

• Pour tout n de $\mathbb{N}$, $u_{n+1} = 3(n+1) - 5 = 3n - 2$.
Ainsi, $u_{n+1} - u_n = (3n - 2) - (3n - 5) = 3$ (qui ne dépend pas de n), donc u est arithmétique de raison $r = 3$.

• Pour tout n de $\mathbb{N}$, $v_{n+1} = (n+1)^2 + 4 = n^2 + 2n + 5$.
Ainsi, $v_{n+1} - v_n = (n^2 + 2n + 5) - (n^2 + 4) = 2n + 1$ (qui dépend de n), donc v n'est pas arithmétique.

> • Exprimer u_{n+1}.
> • Effectuer la différence $u_{n+1} - u_n$.
> Si cette différence est indépendante de n, alors u est arithmétique de raison $r = u_{n+1} - u_n$; sinon, elle n'est pas arithmétique.

EXO 3 **En 2010, un client a décidé de placer un capital de 10 000 € à taux simple de 3 %, c'est-à-dire 3 % du capital initial.**

1. Modéliser la situation à l'aide d'une suite.

2. Calculer le capital disponible pour le client en 2027.

Solution

1. • $u_0 = 10\,000$. C'est le capital, en euros, disponible en 2010.

• On note u_n le capital, en euros, disponible en 2010 + n.

• Taux simple à 3 %, donc le capital augmente chaque année de 3 % du capital initial : $u_{n+1} = u_n + \frac{3}{100} \times u_0$.

u suite arithmétique de raison $r = \frac{3}{100} \times u_0 = 300$.

> • Indiquer ce que représente u_n, préciser l'unité utilisée.
> • Déterminer le premier terme de la suite.
> • Lorsqu'il s'agit d'une suite arithmétique ou géométrique, préciser sa raison.

2. Pour $n = 17$,
$u_{17} = u_0 + 17 \times r = 10\,000 + 17 \times 300$.
En 2027, le client disposera de 15 100 €.

> Utiliser la formule explicite.

Mémo'Quiz

1. u **définie sur $\mathbb{N}$ par $u_n = 5n + 7$ est arithmétique de raison 5.** ❑ Vrai ❑ Faux

2. $u_{17} = 92$. ❑ Vrai ❑ Faux

3. $1 + 2 + 3 + ... + 100 = 5\,050$. ❑ Vrai ❑ Faux

→ corrigés p. 305

Utiliser les suites géométriques

8

Lue Relue Acquise

1 L'essentiel du cours

A Formule de récurrence

Définition : Une **suite** u est dite **géométrique de raison q** lorsque, pour tout n de $\mathbb{N}$, $u_{n+1} = u_n \times q$.

Remarque

En 1re, $q > 0$.

B Représentation graphique

Dans un repère, les points $M(n\,; u_n)$ suivent une **courbe exponentielle**.

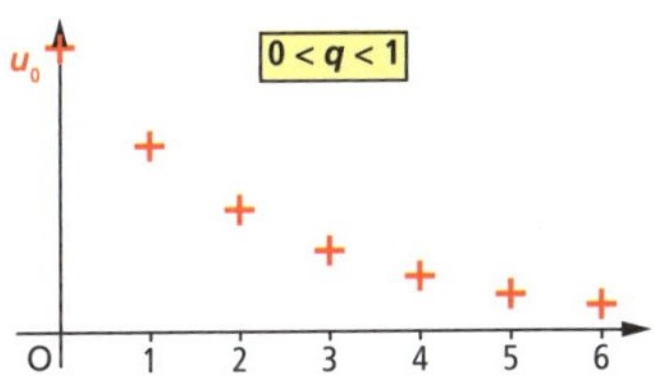

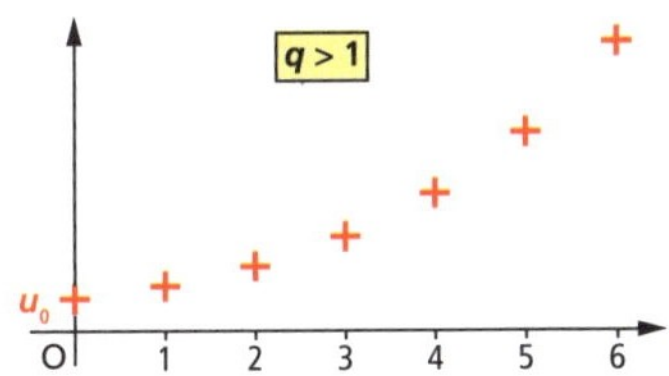

C Formule explicite

Propriété : Pour tout n, p de $\mathbb{N}$, $u_n = u_p \times q^{n-p}$.

D Variation et limite

Propriété : u est la suite définie sur $\mathbb{N}$ par $u_n = q^n$.

- Lorsque $q > 1$, u est croissante sur $\mathbb{N}$ et $\lim\limits_{n \to +\infty} u_n = +\infty$.
- Lorsque $0 < q < 1$, u est décroissante sur $\mathbb{N}$ et $\lim\limits_{n \to +\infty} u_n = 0$.

Remarque

Si $q = 1$, alors u est constante, égale à 1.

2 Applications

EXO 1

Montrer que, pour tout n de $\mathbb{N}$, $1 + q + q^2 + ... + q^n = \dfrac{1 - q^{n+1}}{1 - q}$, avec $q > 0$.

Solution

$$\ominus \quad S = 1 + q + q^2 + ... + q^n$$
$$q \times S = q + q^2 + ... + q^n + q^{n+1}$$

$$S - qS = 1 + (q - q) + (q^2 - q^2) + ... + (q^n - q^n) - q^{n+1}$$
$$S - qS = 1 - q^{n+1}$$

Donc $S(1 - q) = 1 - q^{n+1}$. Ainsi, $S = \dfrac{1 - q^{n+1}}{1 - q}$.

Cet exercice fait partie des démonstrations à connaître en 1re, exigibles par votre professeur.

Utiliser les suites géométriques

EXO 2 **Les suites ci-dessous sont-elles géométriques ? Pour tout n de $\mathbb{N}$, $u_n = 3 \times 2^n$ et $v_n = 3 + 2^n$.**

Solution

• Pour tout n de $\mathbb{N}$, $u_{n+1} = 3 \times 2^{n+1}$.

Ainsi, $\frac{u_{n+1}}{u_n} = \frac{3 \times 2^{n+1}}{3 \times 2^n} = 2$ (qui ne dépend pas de n), donc u est géométrique de raison $q = 2$.

• Pour tout n de $\mathbb{N}$, $v_{n+1} = 3 + 2^{n+1}$.

Ainsi, $\frac{v_{n+1}}{v_n} = \frac{3 + 2^{n+1}}{3 + 2^n}$ (qui ne se simplifie pas et dépend de n), donc v n'est pas géométrique.

> • Exprimer u_{n+1}.
> • Effectuer le quotient $\frac{u_{n+1}}{u_n}$: si ce quotient est indépendant de n, alors u est géométrique de raison $q = \frac{u_{n+1}}{u_n}$; sinon, elle n'est pas géométrique.

EXO 3 **En 2010, un client a décidé de placer auprès de sa banque un capital de 10 000 € à taux composé de 3 %.**

1. Modéliser la situation à l'aide d'une suite.

2. Calculer le capital disponible pour le client en 2027.

Solution

1. • On note v_n le capital, en euros, disponible en 2010 + n.

• $v_0 = 10\,000$ est le capital, en euros, disponible en 2010.

• Le capital augmente de 3 % chaque année : $v_{n+1} = \left(1 + \frac{3}{100}\right) \times v_n$.

Donc v est une suite géométrique de raison $q = 1 + \frac{3}{100} = 1{,}03$.

> • Indiquer ce que représente v_n, préciser l'unité utilisée.
> • Déterminer le premier terme de la suite.
> • Lorsqu'il s'agit d'une suite arithmétique ou géométrique, préciser sa raison.

2. Pour $n = 17$, $v_{17} = v_0 \times q^{17-0} = 10\,000 \times 1{,}03^{17} \approx 16\,528{,}5$.
En 2027, le client disposera d'environ 16 528,5 €.

Mémo'Quiz

1. **u, définie sur $\mathbb{N}$ par $u_n = 5 \times 0{,}2^n$, est :**
- ❏ arithmétique de raison 0,2
- ❏ géométrique de raison 0,2
- ❏ ni arithmétique ni géométrique

2. **u_{17} est environ égal à :** ❏ 17,3 ❏ $6{,}55 \times 10^{-12}$ ❏ $3{,}28 \times 10^{-11}$

3. **$1 + 1{,}2 + 1{,}2^2 + 1{,}2^3 + ... + 1{,}2^{10}$ est environ égal à :**
❏ 32,15 ❏ 25,95 ❏ 7,43

→ corrigés p. 305

Calculer une somme de termes consécutifs

9

Lue Relue Acquise

1 L'essentiel du cours

A Somme de termes consécutifs d'une suite arithmétique

Propriété : Pour tout nombre entier naturel n non nul,

$$1+2+3+\ldots+n=\frac{n(n+1)}{2}$$

Conséquence : u est une suite arithmétique de raison r.

$$u_p+u_{p+1}+\ldots+u_n=\frac{(u_p+u_n)(n-p+1)}{2}$$

Remarque

La somme $u_p+u_{p+1}+\ldots+u_n$ contient $(n-p+1)$ termes.

B Somme de termes consécutifs d'une suite géométrique

Propriété : Pour tout nombre entier naturel n non nul, lorsque $q \neq 1$,

$$1+q+q^2+\ldots+q^n=\frac{1-q^{n+1}}{1-q}$$

Conséquence : u est une suite arithmétique de raison $q \neq 1$.

$$u_p+u_{p+1}+\ldots+u_n=u_p\times\frac{1-q^{n-p+1}}{1-q}$$

2 Applications

EXO 1 Calculer la somme $S=2+5+8+\ldots+299$.

Solution

Dans cette somme, on passe d'un terme au terme suivant en ajoutant toujours 3.
Il s'agit de termes consécutifs d'une suite arithmétique de raison 3 et de premier terme 2.

> Vérifier s'il s'agit d'une somme de termes d'une suite arithmétique ou géométrique.

$u_n=u_0+n\times r$
$299=2+n\times 3$
donc $n\times 3=297$ et $n=99$.

> Identifier u_n et u_p ; puis calculer n grâce à la formule $u_n=u_p+(n-p)\times r$.

Ainsi, $S=\frac{(2+299)(99-0+1)}{2}=15\,050$

EXO 2 **Calculer la somme $T = 0{,}1 + 0{,}2 + 0{,}4 + 0{,}8 + ... + 102{,}4$.**

Solution

Dans cette somme, on passe d'un terme au terme suivant en multipliant toujours par 2. Il s'agit de termes consécutifs d'une suite géométrique de raison $q = 2$ et de premier terme 0,1.

$u_n = u_0 \times q^n$ soit $102{,}4 = 0{,}1 \times 2^n$

Donc $2^n = 1\,024$. À la calculatrice, on trouve $n = 10$.

Ainsi, $T = 0{,}1 \times \frac{1 - 2^{10-0+1}}{1-2} = 204{,}7$.

> Identifier u_n ; puis trouver n grâce à la formule $u_n = u_p \times q^{n-p}$ et grâce à la calculatrice.

EXO 3 **Calculer la somme des 20 premiers termes :**

1. d'une suite arithmétique de raison – 3 et de premier terme 100 ;

2. d'une suite géométrique de raison 1,1 et de premier terme 0,5.

Solution

1. On note u_0 le premier terme.

Le 20e terme est donc :

$u_{19} = u_0 + (19 - 0) \times r = 100 + 19 \times (-3) = 43$.

Ainsi, la somme est :

$S = u_0 + ... + u_{19} = \frac{(100 + 43) \times 20}{2} = 1\,430$.

2. On note u_1 le premier terme. Le 20e terme est donc u_{20}.

Ainsi, la somme est $S = 0{,}5 \times \frac{1 - 1{,}1^{20}}{1 - 1{,}1} \approx 28{,}64$.

> Dans les deux cas :
> – nommer le premier terme ;
> – en déduire le rang du dernier terme de la somme ;
> – appliquer les formules du cours.

Mémo'Quiz

1. $1 + 2 + 3 + 4 + ... + 100$ **est égal à :**

❑ 5 050 ❑ 10 100 ❑ 2 525

2. $1 + 2 + 4 + 8 + ... + 512$ **est égal à :**

❑ 1 022 ❑ 1 023 ❑ 1 024

3. $-11 - 6 - 1 + 4 + 9 + ... + 154$ **est égal à :**

❑ 2 431 ❑ 2 288 ❑ 2 574

4. $2 + \frac{2}{3} + \frac{2}{9} + ... + \frac{2}{729}$ **est environ égal à :**

❑ 2,8 ❑ 2,98 ❑ 2,999

→ corrigés p. 305

Résoudre une équation par le discriminant

10

Lue Relue Acquise

1 L'essentiel du cours

Définitions :

- L'équation $ax^2 + bx + c = 0$ (avec $a \neq 0$) est appelée **équation de degré deux** (ou du second degré).
- Le **discriminant** de cette équation est le nombre :

$$\Delta = b^2 - 4ac$$

Remarque

L'objectif de cette fiche est de déterminer (quand elles existent) les solutions de cette équation.

Propriété :

	$\Delta > 0$	$\Delta = 0$	$\Delta < 0$
Solution(s) de $ax^2 + bx + c = 0$	$x_1 = \dfrac{-b-\sqrt{\Delta}}{2a}$ et $x_2 = \dfrac{-b+\sqrt{\Delta}}{2a}$	$x_0 = \dfrac{-b}{2a}$	Pas de solution
Forme factorisée de l'expression $ax^2 + bx + c$	$a(x - x_1)(x - x_2)$	$a(x - x_0)^2$	Pas de forme factorisée

2 Applications

EXO 1 **Résoudre dans $\mathbb{R}$ les équations ci-dessous.**
1. $2x^2 - 3x + 1 = 0$. **2.** $4x^2 - 8x + 4 = 0$. **3.** $4x^2 + 3x + 2 = 0$.

Solution

- Identifier clairement les coefficients a, b et c.
- Calculer Δ.
- Utiliser le tableau pour conclure.

1. $a = 2, b = -3, c = 1$
donc $\Delta = (-3)^2 - 4 \times 2 \times 1 = 1$.

$\Delta > 0$ donc $x_1 = \dfrac{-(-3) - \sqrt{1}}{2 \times 2} = \dfrac{1}{2}$

et $x_2 = \dfrac{-(-3) + \sqrt{1}}{2 \times 2} = 1$.

$\dfrac{1}{2}$ et 1 sont les solutions de l'équation $2x^2 - 3x + 1 = 0$.

2. $a = 4, b = -8, c = 4$ donc $\Delta = (-8)^2 - 4 \times 4 \times 4 = 0$.

$\Delta = 0$ donc $x_0 = \dfrac{-(-8)}{2 \times 4} = 1$.

1 est l'unique solution de l'équation $4x^2 - 8x + 4 = 0$.

3. $a = 4, b = 3, c = 2$ donc $\Delta = 3^2 - 4 \times 4 \times 2 = -23$.
$\Delta < 0$ donc l'équation $4x^2 - 3x + 2 = 0$ n'a pas de solution.

EXO 2 **Factoriser l'expression $x^2 - x - 6$.**

Solution

$a = 1$, $b = -1$, $c = -6$
donc $\Delta = (-1)^2 - 4 \times 1 \times (-6) = 25$.

$\Delta > 0$ donc $x_1 = \dfrac{-(-1) - \sqrt{25}}{2 \times 1} = -2$

et $x_2 = \dfrac{-(-1) + \sqrt{25}}{2 \times 1} = 3$.

Ainsi, $x^2 - x - 6 = 1\,(x - (-2))(x - 3)$
$x^2 - x - 6 = (x + 2)(x - 3)$.

> • Pour déterminer (si elle existe) la forme factorisée d'une expression, il faut au préalable étudier si l'équation $ax^2 + bx + c = 0$ possède des solutions.
> • Ne pas oublier le a dans les formes factorisées $a(x - x_1)(x - x_2)$ et $a(x - x_0)^2$.

EXO 3 **Résoudre dans $\mathbb{R}$ les équations ci-dessous.**
1. $2x^2 - 14 = 0$. **2.** $3x^2 + 36 = 0$. **3.** $5x^2 + 10x = 0$.

Solution

1. $2x^2 - 14 = 0$ équivaut à $2x^2 = 14$
c'est-à-dire $x^2 = 7$
d'où $x = -\sqrt{7}$ ou $x = \sqrt{7}$.
$-\sqrt{7}$ et $\sqrt{7}$ sont les solutions de $2x^2 - 14 = 0$.

2. $3x^2 + 36 = 0$ équivaut à $3x^2 = -36$
c'est-à-dire $x^2 = -12$
ce qui n'a pas de solution car un carré est toujours positif.
L'équation $3x^2 + 36 = 0$ n'a pas de solution.

> Lorsque $b = 0$ ou que $c = 0$, il est beaucoup plus rapide d'utiliser des méthodes habituelles pour conclure (même si, évidemment, la méthode du discriminant fonctionne toujours).

3. $5x^2 + 10x = 5x\,(x + 2)$ donc $5x^2 + 10x = 0$ équivaut à $5x\,(x + 2) = 0$
c'est-à-dire $5x = 0$ ou $x + 2 = 0$ ainsi $x = 0$ ou $x = -2$.
-2 et 0 sont les solutions de $5x^2 + 10x = 0$.

Mémo'Quiz

1. L'équation $x^2 + x - 2 = 0$:
- ❏ a pour solutions 1 et 2
- ❏ a pour solutions 1 et −2
- ❏ n'a pas de solution

2. L'équation $3(x - 5)^2 = 0$:
- ❏ a pour solution −5
- ❏ a pour solution 5
- ❏ n'a pas de solution

3. L'équation $(x + 2)^2 + 7 = 0$:
- ❏ a pour solution −7
- ❏ a pour solution −2
- ❏ n'a pas de solution

4. L'expression $3x^2 - 9x - 30$ a pour forme factorisée :
- ❏ $3(x + 2)(x - 5)$
- ❏ $(x + 2)(x - 5)$
- ❏ $3(x - 2)(x + 5)$

→ corrigés p. 305

Résoudre une inéquation par le discriminant

11

Lue Relue Acquise

1 L'essentiel du cours

Remarque

Il faut connaître l'essentiel du cours de la fiche 4 et les notations Δ, x_0, x_1 et x_2.

L'objectif de cette fiche est de déterminer le signe de l'expression $ax^2 + bx + c$ (avec $a \neq 0$) par la méthode du discriminant.

Propriété :

$\Delta > 0$:

x	$-\infty$		x_1		x_2		$+\infty$
$ax^2 + bx + c$		signe de a	0	opposé au signe de a	0	signe de a	

$\Delta = 0$:

x	$-\infty$		x_0		$+\infty$
$ax^2 + bx + c$		signe de a	0	signe de a	

$\Delta < 0$:

x	$-\infty$		$+\infty$
$ax^2 + bx + c$		signe de a	

2 Applications

EXO 1 **Étudier le signe des expressions ci-dessous.**

1. $x^2 + 4x + 3$. **2.** $2x^2 - 5x + 10$.

- Identifier les coefficients a, b, c.
- Calculer Δ.
- En déduire, si elles existent, les solutions x_1 et x_2 ou x_0.
- Utiliser la propriété pour conclure (la conclusion peut être donnée dans un tableau).

Solution

1. $a = 1$, $b = 4$, $c = 3$

donc $\Delta = 4^2 - 4 \times 1 \times 3 = 4$.

$\Delta > 0$ donc $x_1 = \dfrac{-4 - \sqrt{4}}{2 \times 1} = -3$ et

$x_2 = \dfrac{-4 + \sqrt{4}}{2 \times 1} = -1$.

D'où le tableau

x	$-\infty$		-3		-1		$+\infty$
$x^2 + 4x + 3$		$+$	0	$-$	0	$+$	

Ainsi, $x^2 + 4x + 3 \geqslant 0$ pour $x \in\ ]-\infty\,;-3] \cup [-1\,;+\infty[$ et $x^2 + 4x + 3 < 0$ pour $x \in\ ]-3\,;-1[$.

2. $a = 2$, $b = -5$, $c = 10$ donc $\Delta = (-5)^2 - 4 \times 2 \times 10 = -55$.

$\Delta < 0$ donc pour tout x de $\mathbb{R}$, $2x^2 - 5x + 10 > 0$.

EXO 2 **Résoudre dans $\mathbb{R}$ les inéquations suivantes.**
1. $-3(x+5)^2 - 10 < 0$.
2. $-2x^2 - 6x + 8 \leqslant 0$.
3. $2x^2 + x + 1 \leqslant 0$.

Solution

1. Pour tout x de $\mathbb{R}$, $(x+5)^2 \geqslant 0$
donc $-3(x+5)^2 \leqslant 0$
d'où $-3(x+5)^2 - 10 < 0$.
Ainsi, $-3(x+5)^2 - 10 < 0$ pour tout x de $\mathbb{R}$.

> Certaines inéquations ont des solutions évidentes qui ne nécessitent pas d'utiliser la méthode du discriminant.

2. $a = -2$, $b = -6$, $c = 8$
donc $\Delta = (-6)^2 - 4 \times (-2) \times 8 = 100$.
$\Delta > 0$ donc $x_1 = \dfrac{-(-6) - \sqrt{100}}{2 \times (-2)} = 1$
et $x_2 = \dfrac{-(-6) + \sqrt{100}}{2 \times (-2)} = -4$.

> On reprend point par point la méthode de l'exo 1 ; puis on lit les résultats du tableau pour conclure.

D'où le tableau

x	$-\infty$		-4		1		$+\infty$
$-2x^2 - 6x + 8$		$-$	0	$+$	0	$-$	

Finalement, $-2x^2 - 6x + 8 \leqslant 0$ pour $x \in]-\infty ; -4] \cup [1 ; +\infty[$.

3. $a = 2$, $b = 1$, $c = 1$ donc $\Delta = 1^2 - 4 \times 2 \times 1 = -7 < 0$.
Donc $2x^2 + x + 1$ est toujours du signe de a ($a = 2 \geqslant 0$), c'est-à-dire que, pour tout x de $\mathbb{R}$, $2x^2 + x + 1 > 0$.
L'inéquation $2x^2 + x + 1 \leqslant 0$ n'a donc pas de solution.

Mémo'Quiz

1. $4(x-1)^2 + 1 > 0$ pour tout x de $\mathbb{R}$.
❑ Vrai ❑ Faux

2. $3x^2 - 4x + 7 \leqslant 0$ pour tout x de $\mathbb{R}$.
❑ Vrai ❑ Faux

3. $x^2 + x - 6 \geqslant 0$ pour $x \in [-3 ; 2]$.
❑ Vrai ❑ Faux

4. $-12x - 10 \leqslant 2x^2$ pour $x \in]-\infty ; -5] \cup [-1 ; +\infty[$.
❑ Vrai ❑ Faux

→ corrigés p. 305

Utiliser la somme et le produit des racines

12

Lue Relue Acquise

1 L'essentiel du cours

On considère une équation du second degré : $ax^2 + bx + c = 0$.
Lorsque $\Delta \geqslant 0$, cette équation possède deux racines :

$x_1 = \dfrac{-b - \sqrt{\Delta}}{2a}$ et $x_2 = \dfrac{-b + \sqrt{\Delta}}{2a}$ (lorsque $\Delta \geqslant 0$, $x_1 = x_2 = \dfrac{-b}{2a}$).

Propriété : Lorsque $\Delta \geqslant 0$, les racines x_1 et x_2 de l'équation $ax^2 + bx + c = 0$ vérifient :

- $x_1 + x_2 = \dfrac{-b}{a}$
- $x_1 \times x_2 = \dfrac{c}{a}$

Piège à éviter

Cette propriété ne s'applique pas lorsque $\Delta < 0$.

2 Applications

EXO 1 **Démontrer la propriété du cours dans le cas où $\Delta > 0$, puis dans le cas où $\Delta = 0$.**

Solution

Calculer $x_1 + x_2$; puis $x_1 \times x_2$ afin de vérifier les égalités de la propriété.

Lorsque $\Delta > 0$:

- $x_1 + x_2 = \dfrac{-b - \sqrt{\Delta}}{2a} + \dfrac{-b + \sqrt{\Delta}}{2a}$
$= \dfrac{-b - \sqrt{\Delta} - b + \sqrt{\Delta}}{2a} = -\dfrac{2b}{2a} = -\dfrac{b}{a}$;

- $x_1 \times x_2 = \left(\dfrac{-b - \sqrt{\Delta}}{2a}\right)\left(\dfrac{-b + \sqrt{\Delta}}{2a}\right) = \dfrac{b^2 - b\sqrt{\Delta} + b\sqrt{\Delta} - \sqrt{\Delta}^2}{4a^2}$
$= \dfrac{b^2 - \Delta}{4a^2} = \dfrac{b^2 - (b^2 - 4ac)}{4a^2} = \dfrac{4ac}{4a^2} = \dfrac{c}{a}$.

Lorsque $\Delta = 0$:

- $x_1 + x_2 = \left(-\dfrac{b}{2a}\right) + \left(-\dfrac{b}{2a}\right) = \dfrac{-2b}{2a} = -\dfrac{b}{a}$;
- $x_1 \times x_2 = \left(-\dfrac{b}{2a}\right) \times \left(-\dfrac{b}{2a}\right) = \dfrac{b^2}{4a^2}$.

Or $\Delta = 0$ équivaut à $b^2 = 4ac$, donc $x_1 \times x_2 = \dfrac{4ac}{4a^2} = \dfrac{c}{a}$.

Utiliser la somme et le produit des racines

EXO 2 **Voici deux équations du second degré.**
$(E_1) : 2x^2 + 12x - 14 = 0$ $(E_2) : -5x^2 - 25x - 20 = 0$

1. Trouver une racine évidente pour chacune de ces équations.
2. Utiliser la somme des racines pour trouver l'autre racine de (E_1).
3. Utiliser le produit des racines pour trouver l'autre racine de (E_2).

Solution

1. 1 est racine évidente de (E_1) car
$2 \times 1^2 + 12 \times 1 - 14 = 2 + 12 - 14 = 0$
-1 est racine évidente de (E_2) car
$-5 \times (-1)^2 - 25 \times (-1) - 20 = -5 + 25 - 20 = 0$.

2. On sait que $x_1 = 1$ et que $x_1 + x_2 = -\frac{b}{a}$.
Donc $1 + x_2 = -\frac{12}{2}$, ainsi $x_2 = -6 - 1 = -7$.

3. On sait que $x_1 = -1$ et que $x_1 \times x_2 = \frac{c}{a}$.
Donc $-1 \times x_2 = \frac{-20}{-5}$, ainsi que $x_2 = -4$.

Les racines dites « évidentes » sont –2 ; –1 ; 0 ; 1 ; 2 (et parfois –3 et 3).

Pour les réponses aux questions **2** et **3**, il est inutile de calculer le discriminant.

Mémo'Quiz

Le discriminant des équations ci-dessous est positif :
$(E_1) : x^2 - 3x - 10 = 0$
$(E_2) : 2x^2 - 2x - 112 = 0$

1. –2 est racine évidente de l'équation (E_1).
❑ Vrai ❑ Faux

2. L'autre racine de l'équation (E_1) est –5.
❑ Vrai ❑ Faux

3. Les racines de l'équation (E_2) vérifient $x_1 + x_2 = 1$ et $x_1 \times x_2 = -56$.
❑ Vrai ❑ Faux

→ corrigés p. 305

Calculer un nombre dérivé

13

Lue Relue Acquise

1 L'essentiel du cours

A Nombre dérivé en *a*

f est une fonction définie sur un intervalle I, a et $a+h$ appartiennent à I.

Définition : On dit que f est **dérivable en *a*** lorsqu'il existe un nombre ℓ tel que :

$$\lim_{h \to 0} \frac{f(a+h)-f(a)}{h} = \ell.$$

Notation

« $\lim\limits_{h\to 0}$ » signifie que l'on fait tendre h vers un nombre infiniment proche de 0.

Remarque : Il se peut que ce nombre ℓ n'existe pas, ou que cette limite soit $-\infty$ ou $+\infty$. On dit alors que f n'est pas dérivable en a.

Définition-Notation : Lorsque f est dérivable en a, le nombre ℓ s'appelle **nombre dérivé de *f* en *a*** et on le note $\ell = f'(a)$.

Exemple : $f(x) = 5x - 4$, $a = 2$.

$$\lim_{h \to 0} \frac{f(2+h)-f(2)}{h} = \lim_{h \to 0} \frac{(5(2+h)-4)-(5\times 2-4)}{h}$$
$$= \lim_{h \to 0} \frac{10+5h-4-10+4}{h} = \lim_{h \to 0} \frac{5h}{h} = \lim_{h \to 0} 5 = 5.$$

Donc f est dérivable en 2 et $f'(2) = 5$.

B Autre expression

Définition bis : On dit que f est **dérivable en *a*** lorsqu'il existe un nombre ℓ tel que :

$$\lim_{b \to a} \frac{f(b)-f(a)}{b-a} = \ell.$$

Astuce du prof

Cette « autre » définition de f dérivable en a est équivalente à la première. Il faut choisir la plus appropriée suivant les exercices.

2 Applications

EXO 1 **f est la fonction définie sur $\mathbb{R}$ par $f(x) = 3x^2 - 4x + 1$. Montrer que f est dérivable en 1 et donner $f'(1)$.**

Solution

- Identifier a.
- Exprimer $f(a)$ et $f(a+h)$ (ou $f(b)$).

- $a = 1$.
- $f(1) = 3 \times 1^2 - 4 \times 1 + 1 = 0$.

$f(1+h) = 3(1+h)^2 - 4(1+h) + 1$
$= 3(1 + 2h + h^2) - 4 - 4h + 1 = 3h^2 + 2h.$

- Ainsi $\dfrac{f(1+h)-f(1)}{h} = \dfrac{3h^2+2h-0}{h}$
$= 3h + 2.$
- D'où :

$\lim\limits_{h \to 0} \dfrac{f(1+h)-f(1)}{h} = \lim\limits_{h \to 0} 3h + 2 = 2.$

Finalement, f est dérivable en 1 et $f'(1) = 2$.

- Former le quotient $\dfrac{f(a+h)-f(a)}{h}$ (ou $\dfrac{f(b)-f(a)}{b-a}$) et le simplifier.
- Calculer alors le résultat de la limite pour conclure.

EXO 2 **f est la fonction définie sur $[0\,;+\infty[$ par $f(x) = \sqrt{x}$. Montrer que f n'est pas dérivable en 0.**

Solution

- $a = 0$.
- $f(0) = \sqrt{0} = 0$;
$f(0+h) = f(h) = \sqrt{h}$.
- Ainsi, $\dfrac{f(0+h)-f(0)}{h} = \dfrac{\sqrt{h}-0}{h}$
$= \dfrac{\sqrt{h}}{h} = \dfrac{\sqrt{h}}{\sqrt{h} \times \sqrt{h}} = \dfrac{1}{\sqrt{h}}.$

D'où $\lim\limits_{h \to 0} \dfrac{f(0+h)-f(0)}{h} = \lim\limits_{h \to 0} \dfrac{1}{\sqrt{h}} = +\infty.$

Finalement, f n'est pas dérivable en 0.

Reprendre la méthode de l'exo 1. Pour montrer que f n'est pas dérivable, il faut :
– soit montrer que la limite n'existe pas ;
– soit montrer que la limite est égale à $-\infty$ ou à $+\infty$.

Mémo'Quiz

1. f est la fonction définie sur $\mathbb{R}$ par $f(x) = -3x + 4$.

❑ $f'(1) = 4$ ❑ $f'(-1) = -3$ ❑ f n'est pas dérivable en -1

2. g est la fonction définie sur $\mathbb{R}$ par $g(x) = -2x^2 + 7$.

❑ $g'(3) = -12$ ❑ $g'(3) = -6$ ❑ g n'est pas dérivable en 3

3. h est la fonction définie sur $]0\,;+\infty[$ par $h(x) = \dfrac{5}{x} + 1$.

❑ $h'(2) = -\dfrac{5}{4}$ ❑ $h'(2) = \dfrac{7}{2}$ ❑ h n'est pas dérivable en 2

➜ corrigés p. 305

Déterminer une fonction dérivée

14

Lue Relue Acquise

1 L'essentiel du cours

A Fonction dérivée

Définitions :

- Une fonction f est **dérivable sur un intervalle I** lorsqu'elle est dérivable en tout point de I.
- La **fonction dérivée de f** est notée f'.

Vocabulaire

- f' se lit « f prime ».
- La dérivée de la dérivée s'écrit f'' et se lit « f seconde ».

B Tableau des dérivées usuelles

u et v sont des fonctions dérivables sur I et k un réel.

Fonction	Dérivée	Domaine/Remarque
k	0	$\mathbb{R}$
x	1	$\mathbb{R}$
x^n	nx^{n-1}	$\mathbb{R}$ / n entier, $n \geqslant 1$
$\frac{1}{x}$	$-\frac{1}{x^2}$	$]-\infty\,;0[\cup]0\,;+\infty[$
$\frac{1}{x^n}$	$\frac{-n}{x^{n+1}}$	$]-\infty\,;0[\cup]0\,;+\infty[$ n entier, $n \geqslant 1$
$\sqrt{x}$	$\frac{1}{2\sqrt{x}}$	$]0\,;+\infty[$
$u+v$	$u'+v'$	I
ku	ku'	I
uv	$u'v+uv'$	I
$\frac{1}{v}$	$\frac{-v'}{v^2}$	$v(x) \neq 0$ sur I
$\frac{u}{v}$	$\frac{u'v-uv'}{v^2}$	$v(x) \neq 0$ sur I

2 Application

EXO

f est la fonction définie sur [1 ; 10] par $f(x) = 6\sqrt{x} + x^4 + \dfrac{5}{x^2}$ et g est la fonction définie sur $\mathbb{R}$ par $g(x) = (3x + 5)(2x^2 - 4x)$. Calculer la dérivée de f puis celle de g.

Solution

- Par lecture directe du tableau, on a pour tout x de [1 ; 10] :

$$f'(x) = 6 \times \frac{1}{2\sqrt{x}} + 4x^{4-1} + 5 \times \frac{-2}{x^{2+1}}$$

$$f'(x) = \frac{3}{\sqrt{x}} + 4x^3 - \frac{10}{x^3}.$$

- g est de la forme $u \times v$, avec, pour tout x de $\mathbb{R}$:

$u(x) = 3x + 5$ donc $u'(x) = 3$

$v(x) = 2x^2 - 4x$ donc $v'(x) = 2 \times 2x^{2-1} - 4$

$v'(x) = 4x - 4.$

- Ainsi $g = u'v + v'u$, c'est-à-dire :

$g'(x) = 3(2x^2 - 4x) + (3x + 5)(4x - 4)$

$g'(x) = 6x^2 - 12x + 12x^2 - 12x + 20x - 20$

$g'(x) = 18x^2 - 4x - 20.$

> • Dans les deux cas, reconnaître des fonctions usuelles : $x \mapsto x^n$, $x \mapsto \sqrt{x}$ ... présentes dans le tableau.
>
> • Identifier également les formes usuelles : $u + v$, $u \times v$, $\dfrac{u}{v}$ ... du tableau.
>
> • Appliquer les formules correspondantes.

> Ne pas hésiter à détailler les calculs intermédiaires.

Mémo'Quiz

1. Si $f(x) = 5x(x + 1)$, alors $f'(x) = 5(x + 1)$.

❑ Vrai ❑ Faux

2. Si $f(x) = 4x^3 - 4x^2 + 4x - 4$, alors $f'(x) = 12x^2 - 8x + 4$.

❑ Vrai ❑ Faux

3. Si $f(x) = \dfrac{1}{x^2 + 1}$, alors $f'(x) = \dfrac{-2x}{(x^2 + 1)^2}$.

❑ Vrai ❑ Faux

4. Si $f(x) = \dfrac{3x^2 + 1}{x - 2}$, alors $f'(x) = \dfrac{3x^2 - 12x - 1}{(x - 2)^2}$.

❑ Vrai ❑ Faux

5. Si $f(x) = 4x^5 + 3x^7$, alors $f''(x) = 80x^3 + 21x^6$.

❑ Vrai ❑ Faux

→ corrigés p. 305

Chercher l'équation d'une tangente

15

Lue Relue Acquise

1 L'essentiel du cours

A Équation d'une tangente

f est une fonction dérivable sur un intervalle I et $a \in$ I.

Propriété 1 : Le nombre dérivé $f'(a)$ de f en a est égal au coefficient directeur de la tangente à $\mathscr{C}_f$ au point A d'abscisse a.

Réflexe à avoir

Penser à cette propriété lorsqu'il y a un graphique dans l'énoncé.

Illustration graphique

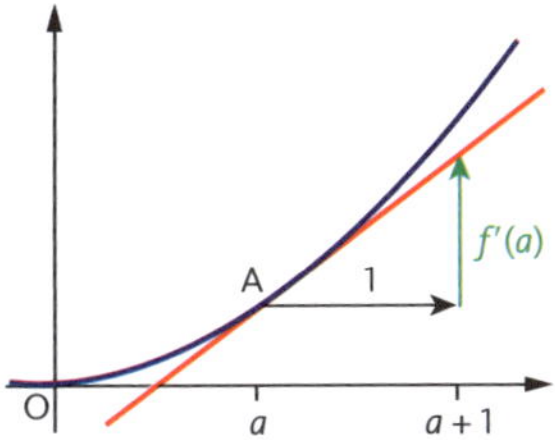

Propriété 2 : L'équation de la tangente à $\mathscr{C}_f$ au point A d'abscisse a est :

$$y = f'(a) \times (x - a) + f(a).$$

B Cas des tangentes horizontales

Lorsque $\mathscr{C}_f$ admet, au point A d'abscisse a, une **tangente parallèle à l'axe des abscisses**, c'est que $f'(a) = 0$.

Vocabulaire

On parle souvent de tangente horizontale alors que l'on devrait dire tangente parallèle à l'axe des abscisses.

Exemple :

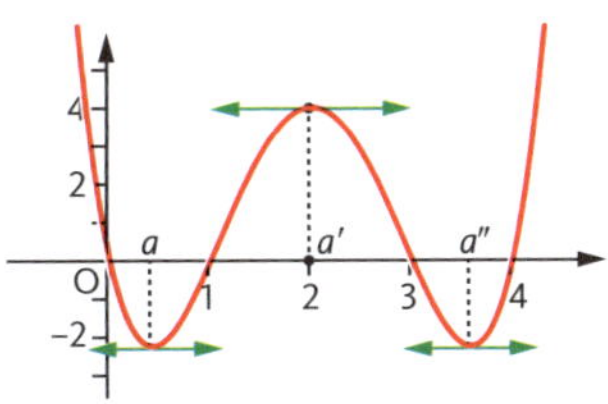

Ici, $f'(a) = f'(a') = f'(a'') = 0$.

2 Application

EXO f est la fonction dérivable sur $]-1\,;+\infty[$ définie par $f(x)=\dfrac{2x+3}{x+1}$.

1. Chercher l'équation de la tangente à $\mathscr{C}_f$ au point d'abscisse 1.
2. Vérifier le résultat obtenu à la calculatrice.

Solution

1. $f(a)=f(1)=\dfrac{5}{2}$.

$$f'(x)=\frac{2\times(x+1)-(2x+3)\times 1}{(x+1)^2}$$

$$=\frac{-1}{(x+1)^2} \text{ d'où } f'(1)=-\frac{1}{4}.$$

- Commencer par calculer $f(a)$.
- Calculer $f'(x)$ (voir fiche 3) puis $f'(a)$.
- Utiliser l'équation donnée dans le cours.

La tangente a pour équation : $y=-\dfrac{1}{4}\times(x-1)+\dfrac{5}{2}$, c'est-à-dire $y=-\dfrac{1}{4}x+\dfrac{11}{4}$.

2.

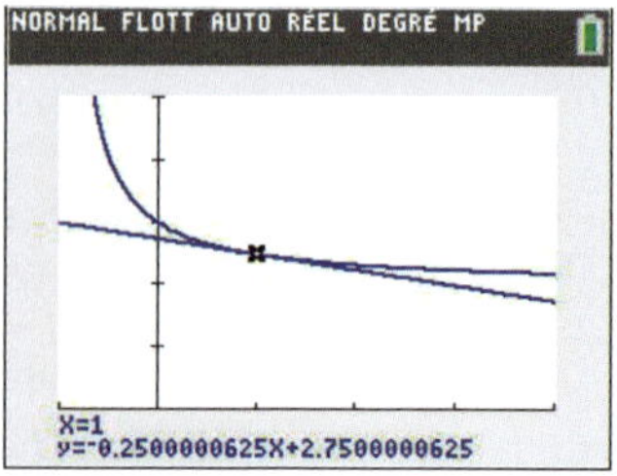

Avec une fenêtre adaptée, on trace sur un même graphique la courbe de f et la droite d'équation $y=-\dfrac{1}{4}x+\dfrac{11}{4}$ (utilisation de la calculatrice : voir les rabats).

Mémo'Quiz

f est la fonction dérivable sur $\mathbb{R}$ définie par $f(x)=x^2(x-1)$.

1. L'équation de la tangente à $\mathscr{C}_f$ au point d'abscisse 1 est :
   - ❑ $y=0$ ❑ $y=3x-3$ ❑ $y=x-1$
2. L'équation de la tangente à $\mathscr{C}_f$ au point d'abscisse -2 est :
   - ❑ $y=16x+20$ ❑ $y=-1$ ❑ $y=-12x-8$
3. $\mathscr{C}_f$ admet une tangente parallèle à l'axe des abscisses pour :
   - ❑ $x=0$ ❑ $x=1$ ❑ $x=2$

➜ corrigés p. 305

Savoir interpréter un graphique

16

Lue Relue Acquise

1 L'essentiel du cours

f est une fonction définie et dérivable sur un intervalle I et $\mathscr{C}_f$ sa courbe représentative dans un repère. On note f' sa fonction dérivée.

A En liaison avec la fonction

- **Point sur la courbe**

$A(x_A ; y_A) \in \mathscr{C}_f$ équivaut à $y_A = f(x_A)$.

- **Signe de $f(x)$**

$f(x) > 0$ sur un intervalle J inclus dans I équivaut à $\mathscr{C}_f$ est située au-dessus de l'axe des abscisses sur J.

Vocabulaire

Lorsque $y_A = f(x_A)$, on dit que :
- y_A est l'**image** de x_A par f ;
- x_A est un **antécédent** de y_A par f.

- **Équation $f(x) = 0$**

Les solutions de l'équation $f(x) = 0$ sont les abscisses des points d'intersection de $\mathscr{C}_f$ avec l'axe des abscisses.

- **Signe de $f(x) - g(x)$**

Lorsque g est une autre fonction définie sur I, de courbe représentative $\mathscr{C}_g$, $f(x) - g(x) > 0$ équivaut à $f(x) > g(x)$, c'est-à-dire que $\mathscr{C}_f$ est située au-dessus de $\mathscr{C}_g$.

B En liaison avec la dérivée

- **Signe de $f'(x)$ et variation de f**

$f'(x) > 0$ sur un intervalle J inclus dans I équivaut à $\mathscr{C}_f$ croissante sur J.

- **Nombre dérivé en $a \in$ I**

Le nombre dérivé $f'(a)$ est égal au coefficient directeur de la tangente à $\mathscr{C}_f$ au point d'abscisse a.

Remarque

Une droite (AB) a pour coefficient directeur : $m = \dfrac{y_B - y_A}{x_B - x_A}$.

- **Tangente à $\mathscr{C}_f$**

La tangente à $\mathscr{C}_f$ au point d'abscisse a pour équation :

$$y = f'(a) \times (x - a) + f(a).$$

- **Tangente horizontale**

$f'(a) = 0$ équivaut à : la tangente à $\mathscr{C}_f$ en a est parallèle à l'axe des abscisses.

2 Application

EXO **f est une fonction dérivable sur [– 2 ; 2] et représentée par $\mathscr{C}_f$. On note f' sa fonction dérivée. Lire sur le graphique :**

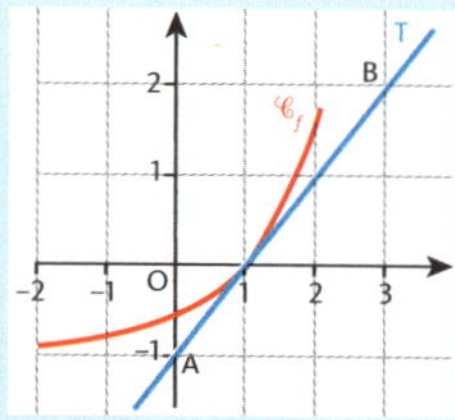

1. le signe de f sur [– 2 ; 2] ;
2. la (ou les) solution(s) de l'équation $f(x) = 0$;
3. le signe de f' sur [– 2 ; 2] ;
4. le nombre dérivé de f en 1 ;
5. l'équation de la tangente T à $\mathscr{C}_f$ au point d'abscisse 1.

Solution

1. $f(x) < 0$ pour $x \in [-2\,;1[$ et $f(x) \geqslant 0$ pour $x \in [1\,;2]$.

> Utiliser chacune des propriétés du cours. Ce type d'exercice est fréquent au baccalauréat.

2. $\mathscr{C}_f$ coupe l'axe des abscisses au point d'abscisse 1, donc $x = 1$ est l'unique solution de l'équation $f(x) = 0$.

3. f est croissante sur [– 2 ; 2] donc pour tout x de [– 2 ; 2], $f'(x) > 0$.

4. Le coefficient directeur de la droite T = (AB) est $m = \dfrac{y_B - y_A}{x_B - x_A}$, donc $f'(1) = 1$.

5. $f(1) = 0$ et on sait d'après le **4**. que $f'(1) = 1$, donc l'équation de T est $y = f'(1) \times (x - 1) + f(1)$, c'est-à-dire $y = x - 1$.

Mémo'Quiz

Une fonction f définie et dérivable sur [– 3 ; 2] est représentée ci-dessous.

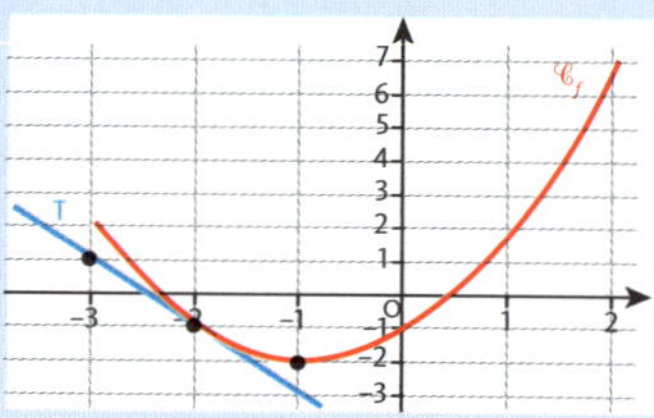

1. L'image de 7 par f est 2.
❑ Vrai ❑ Faux

2. – 3 est un antécédent de 2 par f.
❑ Vrai ❑ Faux

3. f est positive sur [– 3 ; 2].
❑ Vrai ❑ Faux

4. f' est positive sur [– 1 ; 2].
❑ Vrai ❑ Faux

5. $f'(-1) = 0$. ❑ Vrai ❑ Faux

6. T a pour équation $y = -2x - 5$. ❑ Vrai ❑ Faux

→ corrigés p. 305

Étudier les variations d'une fonction

17

☐ Lue ☐ Relue ☐ Acquise

1 L'essentiel du cours

A Lien entre variations de *f* et signe de *f'*

- *f* est une fonction dérivable sur un intervalle I.

Théorème :
f est croissante sur I équivaut à $f'(x) \geqslant 0$ pour tout x de I.
f est constante sur I équivaut à $f'(x) = 0$ pour tout x de I.
f est décroissante sur I équivaut à $f'(x) \leqslant 0$ pour tout x de I.

Réflexe à avoir
Ce théorème est essentiel pour comprendre et étudier les variations des fonctions.

B Tableau de variation

- **Principe :** D'après le théorème ci-dessus, étudier les **variations d'une fonction *f*** est équivalent à étudier le **signe de sa fonction dérivée *f'***.

2 Applications

EXO 1 ***f* est la fonction définie sur ℝ par $f(x) = 3x^2 - 6x + 7$.**
Dresser le tableau de variation de *f*.

Solution

- Pour tout x de ℝ, $f'(x) = 6x - 6$.
- D'où le tableau de signes de $f'(x)$:

x	$-\infty$		1		$+\infty$
$f'(x) = 6x - 6$		$-$	0	$+$	

- Déterminer $f'(x)$.
- Dresser le tableau de signes de $f'(x)$.
- En déduire le tableau de variation de *f* grâce au théorème du cours.

- On en déduit le tableau de variation de *f* :

x	$-\infty$		1		$+\infty$
$f'(x)$		$-$	0	$+$	
f		↘	4	↗	

$f(1) = 3 \times 1^2 - 6 \times 1 + 7 = 4$.

EXO 2 **f est la fonction définie sur ℝ par $f(x) = x^3 + \frac{3}{2}x^2 - 60x + 4$.**
Dresser le tableau de variation de f.

Solution

- Pour tout x de ℝ, $f'(x) = 3x^2 + 3x - 60$.
- On étudie le signe de $f'(x)$.

$a = 3$, $b = 3$, $c = -60$
donc $\Delta = 3^2 - 4 \times 3 \times (-60) = 729$.
Donc l'équation $3x^2 + 3x - 60 = 0$ admet deux solutions :

$$x_1 = \frac{-3 - \sqrt{729}}{2 \times 3} = -5 \quad \text{et} \quad x_2 = \frac{-3 + \sqrt{729}}{2 \times 3} = 4.$$

On reprend la méthode de l'exo 1. Les fiches 7 et 10 peuvent être utiles pour dresser le tableau de signes de $f'(x)$.

- D'où le signe de la dérivée et le tableau de variation de la fonction :

x	$-\infty$		-5		4		$+\infty$
$f'(x)$		+	0	−	0	+	
f		↗	$\frac{433}{2}$	↘	-148	↗	

Il est vivement conseillé de vérifier la cohérence de la réponse à la calculatrice en affichant la courbe de f.

$f(-5) = (-5)^3 + \frac{3}{2} \times (-5)^2 - 60 \times (-5) + 4$
$f(-5) = \frac{433}{2}$.
$f(4) = 4^3 + \frac{3}{2} \times 4^2 - 60 \times 4 + 4$
$f(4) = -148$.

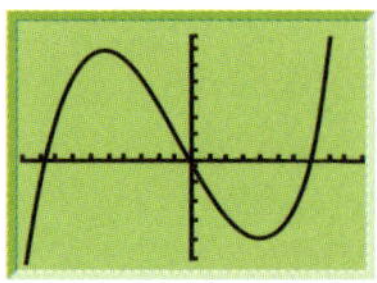

Mémo'Quiz

1. Si f' est croissante sur I, alors f est positive sur I.
❑ Vrai ❑ Faux

2. g est la fonction définie sur $]2\,;+\infty[$ par $g(x) = \frac{2x+3}{x-2}$.
g est croissante sur $]2\,;+\infty[$.
❑ Vrai ❑ Faux

3. h est la fonction définie ℝ par $h(x) = 2x^3 - 3x^2 - 12x + 1$.
h est décroissante sur $[-1\,;2]$.
❑ Vrai ❑ Faux

→ corrigés p. 305

Rechercher un extremum d'une fonction

18

Lue Relue Acquise

1 L'essentiel du cours

A Maximum, minimum

Définitions : f est une fonction définie sur un intervalle I, $x_0 \in$ I et J est un intervalle inclus dans I.
On dit que :
- $f(x_0)$ est un **maximum de f** sur J lorsque pour tout x de J, $f(x) \leqslant f(x_0)$;
- $f(x_0)$ est un **minimum de f** sur J lorsque pour tout x de J, $f(x) \geqslant f(x_0)$.

Vocabulaire

- Un **extremum** est un maximum ou un minimum.
- Un nombre $f(x_0)$, extremum sur une partie J de I, est appelé extremum **local**.

B Propriétés

f est une fonction dérivable sur un intervalle ouvert J et $x_0 \in$ J.

Propriété 1 : Si $f(x_0)$ est un extremum local de f, alors $f'(x_0) = 0$.

Propriété 2 : Si f' s'annule en x_0, en changeant de signe, alors $f(x_0)$ est un extremum local de f.

Piège à éviter

Cette propriété 1 est une condition nécessaire mais non suffisante : ce n'est pas parce que $f'(x_0) = 0$ que l'on peut en déduire que $f(x_0)$ est un extremum.

Remarque : Cette propriété 2 est décrite par l'un des deux tableaux de variation ci-dessous.

x		x_0	
$f'(x)$	+	0	−
f	↗	$f(x_0)$	↘

x		x_0	
$f'(x)$	−	0	+
f	↘	$f(x_0)$	↗

2 Applications

EXO 1 **f est la fonction définie sur $\mathbb{R}$ par $f(x) = 2x^3 - 3x^2 - 12x + 1$.**
1. **Dresser le tableau de variation de f.**
2. **En déduire des extremums locaux de f.**

Solution

1. Pour tout x de $\mathbb{R}$, $f'(x) = 6x^2 - 6x - 12$.
$\Delta = 9$, $x_1 = -1$ et $x_2 = 2$.

Utiliser la fiche 13 pour dresser le tableau de variation de f.

x	$-\infty$		-1		2		$+\infty$
$f'(x)$		+	0	−	0	+	
f		↗	8	↘	−19	↗	

$f(-1) = 2 \times (-1)^3 - 3 \times (-1)^2 - 12 \times (-1)$
$f(-1) = 8.$
$f(2) = 2 \times 2^3 - 3 \times 2^2 - 12 \times 2 + 1$
$f(2) = -19.$

2. D'après la propriété 2, on en déduit que :
8 est un maximum (local) de f sur $]-\infty\,;2]$ atteint lorsque $x = -1$ et
-19 est un minimum (local) de f sur $[-1\,;+\infty[$ atteint lorsque $x = 2$.

EXO 2 **Les bénéfices, en euros, d'une entreprise sont donnés par la fonction B définie sur [0 ; 10 000] par $B(x) = \dfrac{20\,000x}{(x^2+4)}$ où x désigne le nombre, en milliers, d'articles fabriqués et vendus. Calculer le bénéfice maximal et le nombre d'articles correspondant à ce bénéfice.**

Solution

• Pour tout x de $[0\,;10\,000]$, $B'(x) = \dfrac{20\,000\,(x^2+4) - 20\,000\,x \times 2x}{(x^2+4)^2}$
$= \dfrac{-20\,000\,x^2 + 80\,000}{(x^2+4)^2}$.

• D'où le tableau de variation de B sur $[0\,;10\,000]$:

x	0		2		10 000
$B'(x)$		+	0	−	
B	0	↗	5 000	↘	

• Déterminer l'expression de $B'(x)$.

• Dresser le tableau de variation de B.

• En déduire le bénéfice maximal et la valeur de x en laquelle il est atteint.

Le bénéfice maximal est de 5 000 €, il est réalisé pour la fabrication et la vente de 2 000 articles.

Mémo'Quiz

1. La fonction g définie sur $\mathbb{R}$ par $g(x) = 2x^3 - 12x + 5$ admet :
- ❑ deux minimums locaux
- ❑ deux maximums locaux
- ❑ deux extremums locaux

2. La fonction h définie sur $\mathbb{R}$ par $h(x) = 3x(x-6)$ admet un minimum :
- ❑ égal à −27 et atteint en 3
- ❑ égal à 3 et atteint en −27
- ❑ égal à 0 et atteint en 6

➜ corrigés p. 305

Utiliser les propriétés algébriques de l'exponentielle

19

Lue Relue Acquise

1 L'essentiel du cours

A Propriétés algébriques

Propriétés :

Pour tous x, y de $\mathbb{R}$ et pour tout n de $\mathbb{N}$:

- $e^x \times e^y = e^{x+y}$
- $e^{-x} = \dfrac{1}{e^x}$
- $e^{x-y} = \dfrac{e^x}{e^y}$
- $e^{\frac{x}{2}} = \sqrt{e^x}$
- $(e^x)^n = e^{nx}$

Remarques : $e^0 = 1$ et $e^1 = e$.

Remarque

Le nombre $e \approx 2{,}718$ est un nombre irrationnel (comme π ou $\sqrt{3}$ par exemple).

B Équations et inéquations

Propriété 1 : $e^A = e^B$ si, et seulement si, $A = B$.

Propriété 2 : $e^A > e^B$ si, et seulement si, $A > B$.

2 Applications

EXO 1 $N = \dfrac{e^2 \times e^{-3}}{e^{-5}} \times (e^4)^3$.

Exprimer N sous la forme e^a.

Solution

$N = e^2 \times e^{-3} \times e^5 \times e^{4\times3} = e^{2-3+5+12} = e^{16}$

EXO 2 x désigne un nombre réel.

On considère l'expression $A(x) = \dfrac{e^{7x} \times (e^{-x})^2}{e^{5x+4}} \times \sqrt{e^{6x}}$.

Simplifier l'expression $A(x)$.

Solution

$A(x) = \dfrac{e^{7x} \times e^{-2x}}{e^{5x+4}} \times e^{\frac{6x}{2}}$

$A(x) = \dfrac{e^{7x-2x}}{e^{5x+4}} \times e^{3x}$

$A(x) = e^{5x-(5x+4)+3x} = e^{3x-4}$

Utiliser pas à pas, sans essayer de tout calculer en même temps, les propriétés algébriques de l'exponentielle.

EXO 3 **Résoudre dans $\mathbb{R}$:**

1. **l'équation $e^{2x-3} = e^{-5}$.**

2. **l'inéquation $e^{-1+4x} \leqslant 1$.**

Solution

1. $e^{2x-3} = e^{-5}$

équivaut à $2x - 3 = -5$

c'est-à-dire $2x = -2$ soit $x = -1$.

2. $1 = e^0$, donc l'inéquation est :

$e^{-1+4x} \leqslant e^0$

qui est équivalent à $-1 + 4x \leqslant 0$

c'est-à-dire $x \leqslant \frac{1}{4}$.

- Utiliser la propriété 1 du paragraphe **B**.
- Se ramener à une inéquation du type $e^A \leqslant e^B$ afin d'utiliser la propriété 2 du paragraphe **B**.

EXO 4 **Résoudre dans $\mathbb{R}$ l'équation $e^{2x} + e^x - 2 = 0$.**

Solution

On note $X = e^x$, ainsi $X^2 = (e^x)^2 = e^{2x}$.

L'équation devient : $X^2 + X - 2 = 0$.

On la résout par la méthode du discriminant et on trouve $\Delta = 9 > 0$; $X_1 = 1$ et $X_2 = -2$.

Ainsi, $e^x = -2$, ce qui est impossible car $e^x > 0$ ou $e^x = 1$, c'est-à-dire $x = 0$.

Finalement, $x = 0$ est l'unique solution de cette équation.

Poser $X = e^x$ afin de se ramener à une équation que l'on sait résoudre.

Mémo'Quiz

1. $\frac{e^{10} \times e^{-3}}{e^7} \times e = e^2$	❑ Vrai	❑ Faux
2. $(e^{2x} + e^{-3x})(e^{2x} - e^{-3x}) = e^{4x} - e^{-9x}$	❑ Vrai	❑ Faux
3. L'équation $1 = e^{-4x-8}$ a pour solution $x = -2$.	❑ Vrai	❑ Faux
4. L'inéquation $e^{5x} < e^{-3x+4}$ a pour solutions $x < \frac{1}{2}$.	❑ Vrai	❑ Faux
5. L'inéquation $e^{4x} \times e^{-3} \geqslant (e^{x+1})^2$ a pour solutions $x \geqslant \frac{5}{2}$.	❑ Vrai	❑ Faux

→ corrigés p. 305

Étudier une fonction exponentielle

20

☐ Lue ☐ Relue ☐ Acquise

1 L'essentiel du cours

A La fonction exponentielle

- La **fonction exponentielle** est la fonction définie sur $\mathbb{R}$ par $f(x) = e^x$.

Propriétés :

- Pour tout x de $\mathbb{R}$, $\mathbf{e^x > 0}$.
- Pour tout x de $\mathbb{R}$, $\mathbf{(e^x)' = e^x}$.

Tableau de variation

x	$-\infty$ $\qquad$ $+\infty$
$f'(x) = e^x$	+
$f(x) = e^x$	

Représentation graphique

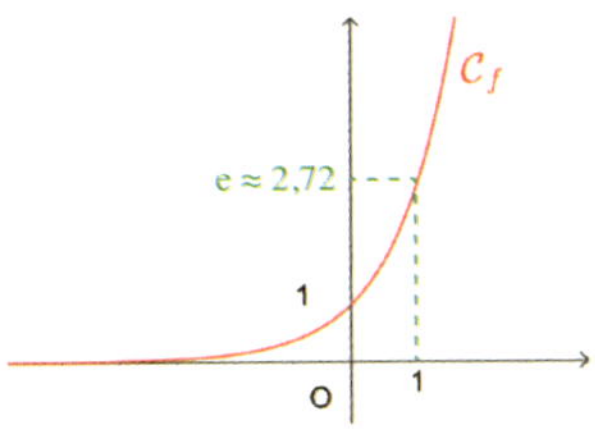

B Les fonctions de la forme $x \mapsto e^{ax+b}$

Propriété :

a, b sont deux nombres réels fixés, $a \neq 0$.

Pour tout x de $\mathbb{R}$, $\mathbf{(e^{ax+b})' = ae^{ax+b}}$.

Représentation graphique (avec $a > 0$)

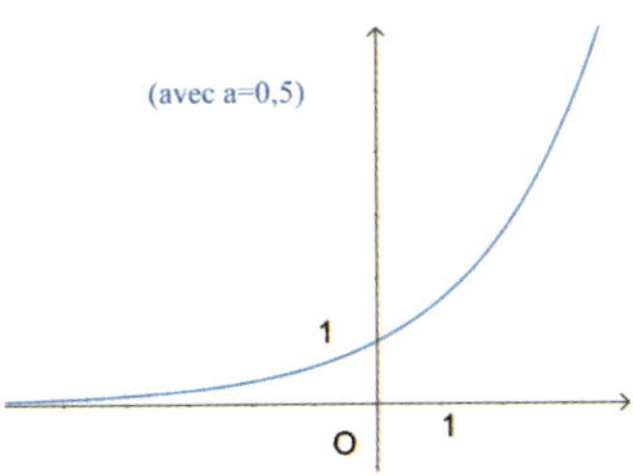

Représentation graphique (avec $a < 0$)

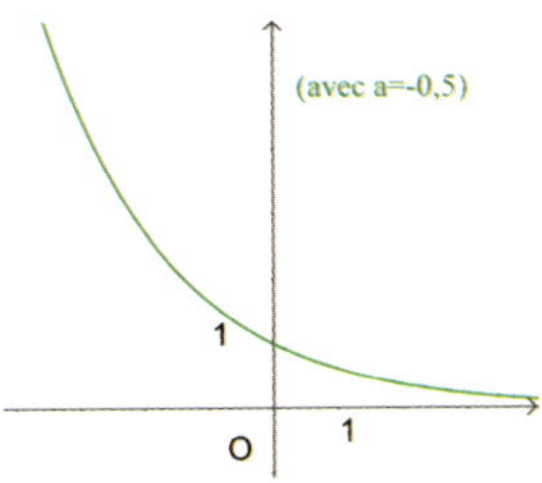

2 Application

EXO ***f*** **est la fonction définie sur ℝ par** $f(x) = x\,e^{2x+1}$**.**

1. Dresser le tableau de variation de ***f*.**

2. Déterminer une équation de la tangente en 0 à la courbe de ***f*.**

Solution

1. $f(x) = u(x) \times v(x)$ avec $u(x) = x$ et $v(x) = e^{2x+1}$.

Donc $f'(x) = u'(x)\,v(x) + u(x)\,v'(x)$

$f'(x) = 1 \times e^{2x+1} + x \times 2e^{2x+1}$.

$f'(x) = (1 + 2x)\,e^{2x+1}$.

x	$-\infty$		$-\frac{1}{2}$		$+\infty$
e^{2x+1}		+	|	+	
$1+2x$		−	0	+	
$f'(x)$			0		
$f(x)$		↘	$-\frac{1}{2}$	↗	

$$f\left(-\frac{1}{2}\right) = -\frac{1}{2}\,e^{2\times\left(-\frac{1}{2}\right)+1} = -\frac{1}{2}\,e^{0} = -\frac{1}{2}$$

• Commencer par déterminer l'expression de $f'(x)$, puis étudier son signe afin de dresser le tableau de variation.

• Utiliser la calculatrice pour vérifier.

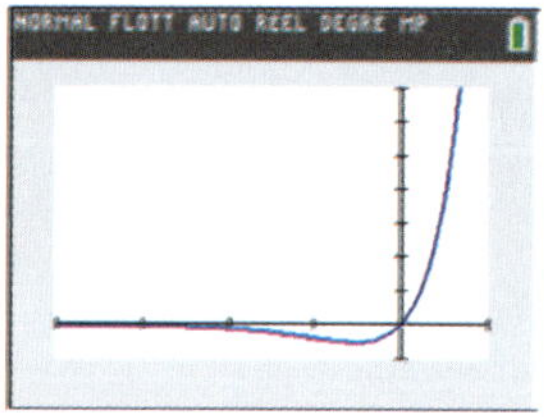

2. $f(0) = 0$; $f'(0) = (1 + 2 \times 0)\,e^{2\times0+1} = e$

Ainsi, $T : y = ex$.

Appliquer la formule :
$y = f'(a)(x - a) + f(a)$.

Mémo'Quiz

f est la fonction définie sur ℝ par $f(x) = 3xe^{-2x}$.

1. Pour tout x de ℝ, $f'(x) =$

❑ $3 - 2e^{-2x}$ ❑ $3(1 - 2x)e^{-2x}$ ❑ $3 - 2x\,e^{-2x}$

2. La fonction *f* est croissante sur :

❑ ℝ ❑ $\left]-\infty ; \frac{1}{2}\right]$ ❑ $\left[\frac{1}{2} ; +\infty\right[$

3. La tangente en 0 à la courbe de *f* a pour équation :

❑ $y = 3x$ ❑ $y = 3x - 2$ ❑ $y = 3x + 2$ → corrigés p. 305

Passer des degrés aux radians et inversement

21

Lue Relue Acquise

1 L'essentiel du cours

A Passer d'une unité d'angle à l'autre

Propriété :

On note d la mesure d'un angle, en degrés, et on note x la mesure de ce même angle, en radians. On a alors :

$\alpha = \frac{\pi}{180} \times d$ (et donc $d = \frac{\pi}{180} \times \alpha$).

Astuce du prof

Le tableau suivant, qui donne quelques angles remarquables, est à connaître par cœur.

Mesure de l'angle en degrés	0	30	45	60	180	360
Mesure de l'angle en radians	0	$\frac{\pi}{6}$	$\frac{\pi}{4}$	$\frac{\pi}{3}$	π	2π

Exemple :

$\widehat{MAN} = 87°$ donc

$\widehat{MAN} = \frac{\pi}{180} \times 87 = \frac{29\pi}{60}$ rad.

$\widehat{MBN} = \frac{\pi}{5}$ rad donc

$\widehat{MBN} = \frac{180}{\pi} \times \frac{\pi}{5} = 36°$.

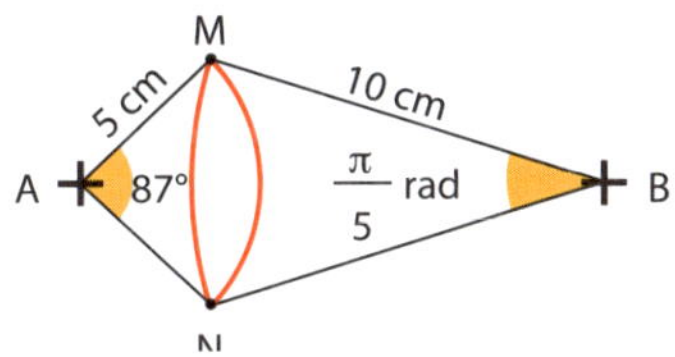

B Calculer la longueur d'un arc de cercle

Propriété :

On note ℓ la longueur d'un arc de cercle de rayon R correspondant à un angle de mesure α, en radians.
On a : $\ell = R\alpha$.

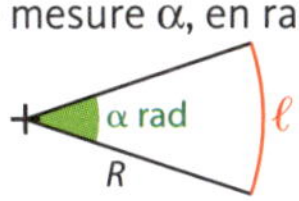

Remarque

Dans le cas où la mesure de l'angle est en degrés, on a alors :
$\ell = R \times \frac{\pi}{180} \times d$.

Exemple : on reprend l'exemple du paragraphe 1 A.
La longueur totale du chemin rouge est :
$29 \times \pi \times 60 + 10 \times \pi \times 5 = 5\,312\pi$, soit environ 13,9 cm.

2 Applications

EXO 1 **1.** Convertir en radians : • 270° • 120°

2. Convertir en degrés : • $\frac{\pi}{5}$ rad • $\frac{7\pi}{8}$ rad

Solution

1. • 270° correspond à $\frac{\pi}{180} \times 270 = \frac{3\pi}{2}$ rad.

• 120° correspond à $\frac{\pi}{180} \times 120 = \frac{2\pi}{3}$ rad.

2. • $\frac{\pi}{5}$ rad correspond à $\frac{180}{\pi} \times \frac{\pi}{5} = 36°$.

$\frac{7\pi}{8}$ rad correspond à $\frac{180}{\pi} \times \frac{7\pi}{8} = 157{,}5°$.

Appliquer la propriété du paragraphe A.

EXO 2 **Calculer la longueur ℓ, arrondie au mm, de l'arc de cercle rouge dessiné ci-contre.**

Solution

$\ell = 10 \times \frac{\pi}{180} \times 25$

$\ell \approx 4{,}4$ cm

Commencer par convertir la mesure de l'angle en radians ou utiliser la remarque du paragraphe B.

Mémo'Quiz

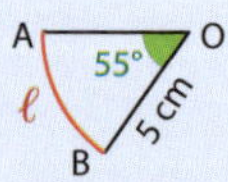

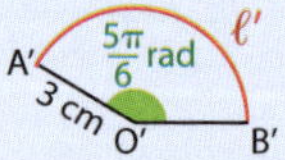

1. $\widehat{AOB} = \frac{3\pi}{10}$ rad	❑ Vrai	❑ Faux
2. $\widehat{A'O'B'} = 150°$	❑ Vrai	❑ Faux
3. $\ell \approx 4{,}8$ cm	❑ Vrai	❑ Faux
4. $\ell' = 2{,}5$ cm	❑ Vrai	❑ Faux

→ corrigés p. 305

Placer un point sur le cercle trigonométrique

22

Lue Relue Acquise

1 L'essentiel du cours

> **Remarque**
> Le repère (O ; I, J) est alors orthonormé.

A Le cercle trigonométrique

- Un **cercle trigonométrique** est un cercle de rayon 1, orienté dans le sens inverse des aiguilles d'une montre, appelé **sens direct.**

- En enroulant la droite verte autour de ce cercle, on associe à tout nombre réel x, un point sur le cercle trigonométrique.

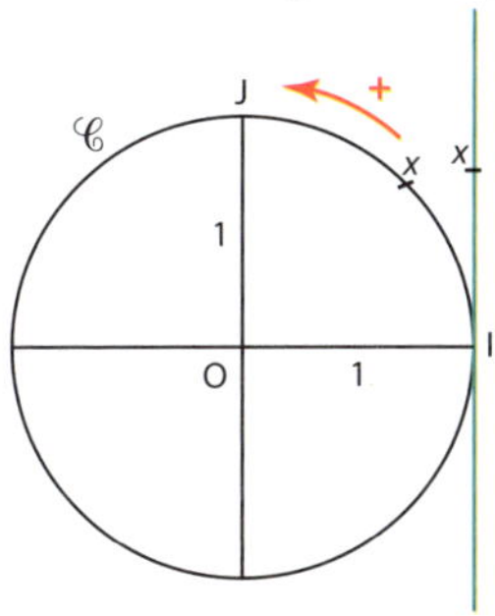

B Points du cercle trigonométrique et mesures remarquables

À l'aide du tableau de la fiche 17, on peut placer, sur le cercle trigonométrique, les points associés aux mesures remarquables.

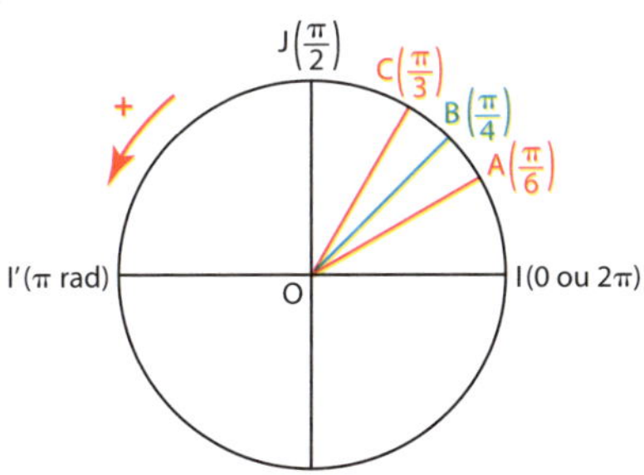

2 Application

EXO **Placer sur le cercle trigonométrique les points :**
$A\left(\frac{3\pi}{4}\right)$; $B\left(-\frac{\pi}{6}\right)$; $C\left(\frac{4\pi}{3}\right)$; $D\left(\frac{3\pi}{2}\right)$.

Solution

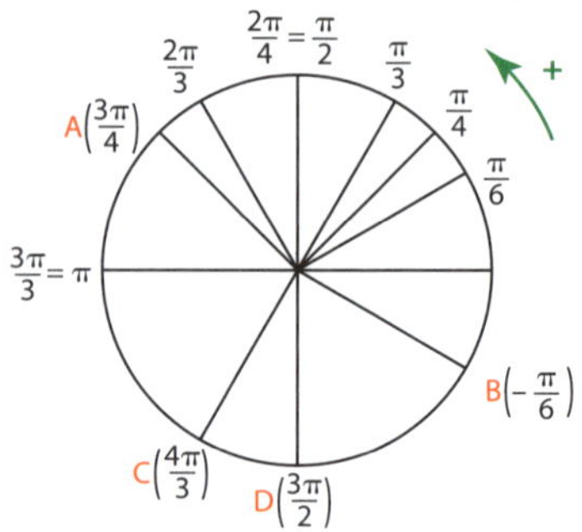

Utiliser les mesures remarquables du paragraphe **B** et le fait que prendre $\frac{\pi}{n}$ revient à découper un demi-tour (π) en n parties égales.
Attention au sens !

- $\frac{3\pi}{4} = 3 \times \frac{\pi}{4}$
- $\frac{4\pi}{3} = 4 \times \frac{\pi}{3}$
- $\frac{3\pi}{2} = 3 \times \frac{\pi}{2}$

Mémo'Quiz

1. $-\frac{3\pi}{4}$ correspond au point :
❑ A ❑ B ❑ C

2. $\frac{7\pi}{4}$ correspond au point :
❑ A ❑ B ❑ C

3. $\frac{2\pi}{3}$ correspond au point :
❑ D ❑ E ❑ F

4. $-\frac{2\pi}{3}$ correspond au point :
❑ D ❑ E ❑ F

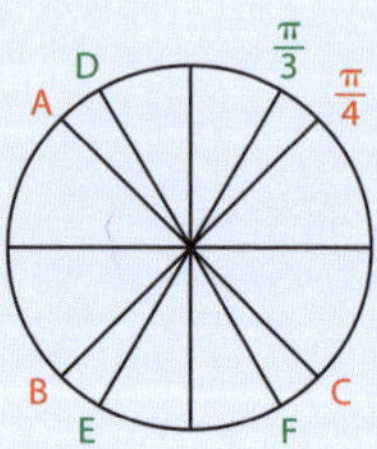

→ corrigés p. 305

Déduire un cosinus d'un sinus et inversement

23

☐ Lue ☐ Relue ☐ Acquise

1 L'essentiel du cours

Propriétés :

- Pour tout nombre réel x, $\cos^2 x + \sin^2 x = 1$.
- Pour tout nombre réel x tel que $\cos x \neq 0$, $\tan x = \dfrac{\sin x}{\cos x}$.

Remarque

Lorsque $a > 0$, l'équation $X^2 = a$ possède deux solutions : $X = -\sqrt{a}$ et $X = \sqrt{a}$.

2 Applications

EXO 1 **On donne $\cos x = 0{,}4$.**

1. Déterminer la valeur exacte de $\sin x$, lorsque $x \in [0\,;\pi]$.

2. Déterminer la valeur exacte de $\sin x$, lorsque $x \in [-\pi\,;0]$.

Solution

1. $\cos^2 x + \sin^2 x = 1$

$0{,}4^2 + \sin^2 x = 1$

$\sin^2 x = 1 - 0{,}4^2 = 1 - 0{,}16 = 0{,}84$.

Ainsi, $\sin x = -\sqrt{0{,}84}$ ou $\sin x = \sqrt{0{,}84}$.

Or, $x \in [0\,;\pi]$, donc $\sin x > 0$.

Ainsi, $\sin x = \sqrt{0{,}84}$.

> Appliquer la propriété afin de trouver les deux valeurs possibles pour $\sin x$.

> Utiliser l'information donnée sur x afin de choisir la valeur correcte pour $\sin x$.

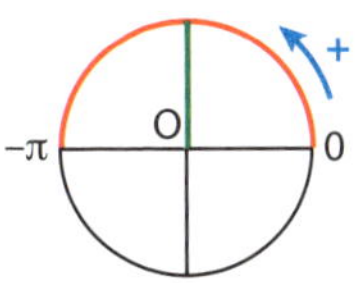

2. On a toujours $\sin^2 x = \sqrt{0{,}84}$.

Ainsi, $\sin x = -\sqrt{0{,}84}$ ou $\sin x = \sqrt{0{,}84}$.

Or cette fois-ci, $x \in [-\pi\,;0]$ donc $\sin x < 0$.

Ainsi, $\sin x = -\sqrt{0{,}84}$.

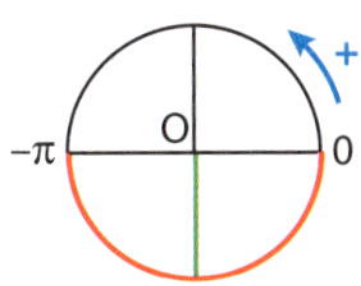

Déduire un cosinus d'un sinus et inversement

EXO 2 On donne $\sin x = 0{,}6$ avec $x \in \left[\frac{\pi}{2} ; \frac{3\pi}{2}\right]$.

1. Déterminer la valeur exacte de $\cos x$.
2. En déduire la valeur exacte de $\tan x$.

Solution

1. $\cos^2 x + \sin^2 x = 1$ donc $\cos^2 x + 0{,}6^2 = 1$, d'où $\cos^2 x = 1 - 0{,}6^2$
$\cos^2 x = 0{,}64$.

Ainsi, $\cos x = -\sqrt{0{,}64} = -0{,}8$ ou $\cos x = \sqrt{0{,}64} = 0{,}8$.

Or, $x \in \left[\frac{\pi}{2} ; \frac{3\pi}{2}\right]$ donc $\cos x < 0$.

Ainsi, $\cos x = -0{,}8$.

2. $\cos x = -0{,}8 \neq 0$, donc

$\tan x = \dfrac{\sin x}{\cos x} = \dfrac{0{,}6}{-0{,}8} = -\dfrac{3}{4}$.

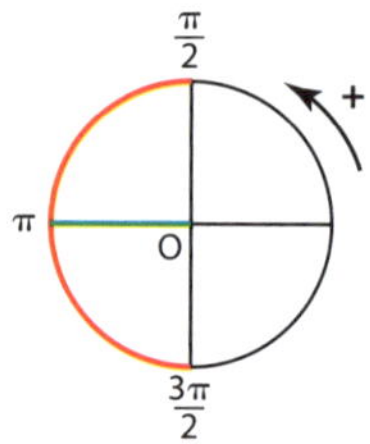

Mémo'Quiz

On donne $\cos x = 0{,}3$, avec $x \in [\pi ; 2\pi]$ et $\sin y = 0{,}5$ avec $y \in \left[-\frac{\pi}{2} ; \frac{\pi}{2}\right]$.

1. La valeur exacte de $\sin x$ est :

❑ $-0{,}91$ ❑ $-0{,}7$ ❑ $-\sqrt{0{,}91}$

2. La valeur exacte de $\cos y$ est :

❑ $0{,}75$ ❑ $0{,}5$ ❑ $\sqrt{0{,}75}$

3. Une valeur approchée de $\tan x$ est :

❑ $3{,}18$ ❑ $-3{,}18$ ❑ $0{,}31$

4. La valeur exacte de $\tan y$ est :

❑ $\dfrac{\sqrt{3}}{3}$ ❑ $\sqrt{3}$ ❑ 1

→ corrigés p. 305

Utiliser les angles associés pour simplifier une expression 24

Lue Relue Acquise

1 L'essentiel du cours

Propriété 1 : Pour tout nombre réel x,

- $\cos(-x) = \cos x$ et $\sin(-x) = -\sin x$
- $\cos(\pi - x) = -\cos x$ et $\sin(\pi - x) = \sin x$
- $\cos(\pi + x) = -\cos x$ et $\sin(\pi + x) = -\sin x$

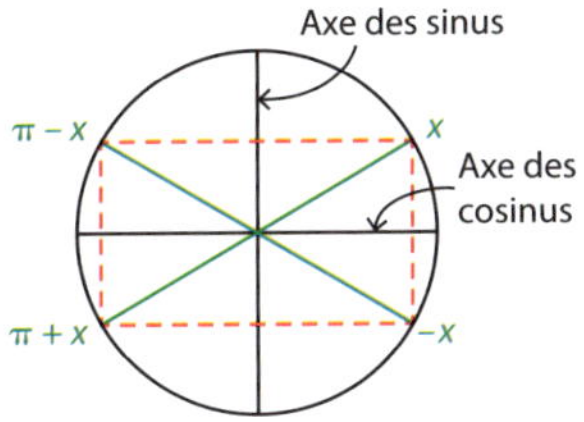

Astuce du prof

Il est vivement conseillé de comprendre ces formules et de savoir les retrouver grâce aux schémas, plutôt que de les apprendre par cœur.

Propriété 2 : Pour tout nombre réel x,

- $\cos\left(\frac{\pi}{2} - x\right) = \sin x$ et $\sin\left(\frac{\pi}{2} - x\right) = \cos x$
- $\cos\left(\frac{\pi}{2} + x\right) = -\sin x$ et $\sin\left(\frac{\pi}{2} + x\right) = \cos x$

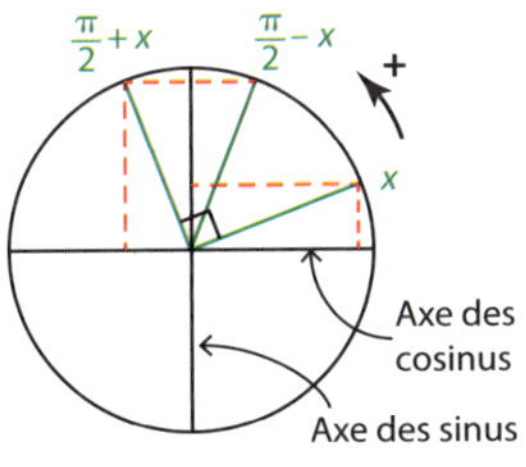

2 Applications

EXO 1 **Utiliser les angles associés pour simplifier les expressions.**

1. $A(x) = \cos(-x) + 3\cos(\pi + x) - 2\sin\left(\frac{\pi}{2} + x\right) + \cos(x + 4\pi)$.

2. $B(x) = \sin(\pi - x) + 2\cos\left(\frac{\pi}{2} - x\right) + \sin(\pi + x) - 2\cos\left(\frac{\pi}{2} + x\right)$.

Solution

1. $A(x) = \cos x - 3\cos x - 2\cos x + \cos x$

$A(x) = -3\cos x$.

• Transformer pas à pas chaque terme de la somme.

2. $B(x) = \sin x + 2\sin x - \sin x - 2(-\sin x)$
$B(x) = \sin x + 2\sin x - \sin x + 2\sin x$
$B(x) = 4\sin x$.

• En situation d'exercice ou d'examen, tracer au brouillon et à main levée un cercle trigonométrique et y placer les angles comme dans les propriétés 1 et 2 afin de retrouver les formules.

EXO 2 **1.** Tracer le cercle trigonométrique.
Placer un point correspondant à un angle x ; puis le point correspondant à l'angle $x - \frac{\pi}{2}$.

2. Compléter les égalités :

• $\cos\left(x - \frac{\pi}{2}\right) = ...$ • $\sin\left(x - \frac{\pi}{2}\right) = ...$

Solution

1.

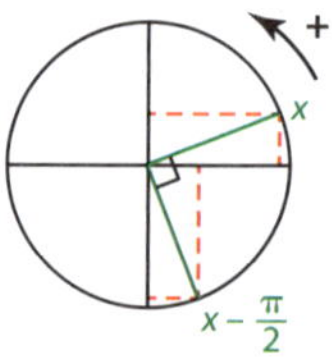

2. • $\cos\left(x - \frac{\pi}{2}\right) = \sin x$.

• $\sin\left(x - \frac{\pi}{2}\right) = -\cos x$.

Mémo'Quiz

Pour tout réel x :

1. $5\cos\left(\frac{\pi}{2} + x\right) - 3\cos(\pi + x) = 2\cos x$.

❑ Vrai ❑ Faux

2. $\cos\left(\frac{\pi}{2} + x\right) + \cos\left(\frac{\pi}{2} - x\right) = 0$.

❑ Vrai ❑ Faux

3. $\sin x = \sin(\pi + x) + \sin(\pi - x) - \sin(-x)$.

❑ Vrai ❑ Faux

4. $\cos\left(\frac{\pi}{2} - x\right)\sin\left(\frac{\pi}{2} + x\right) = \cos(\pi - x)\sin(\pi + x)$.

❑ Vrai ❑ Faux

→ corrigés p. 305

Calculer un cosinus ou un sinus

25

Lue Relue Acquise

1 L'essentiel du cours

Tableau des cosinus et des sinus remarquables

Angles	0	$\frac{\pi}{6}$	$\frac{\pi}{4}$	$\frac{\pi}{3}$	$\frac{\pi}{2}$	π
Cosinus	1	$\frac{\sqrt{3}}{2}$	$\frac{\sqrt{2}}{2}$	$\frac{1}{2}$	0	-1
Sinus	0	$\frac{1}{2}$	$\frac{\sqrt{2}}{2}$	$\frac{\sqrt{3}}{2}$	1	0

Astuce du prof

Il est conseillé de connaître ce tableau par cœur.

Remarque : Grâce au tableau, on déduit facilement la tangente des angles correspondants, en utilisant la formule $\tan x = \frac{\sin x}{\cos x}$ (avec $\cos x \neq 0$).

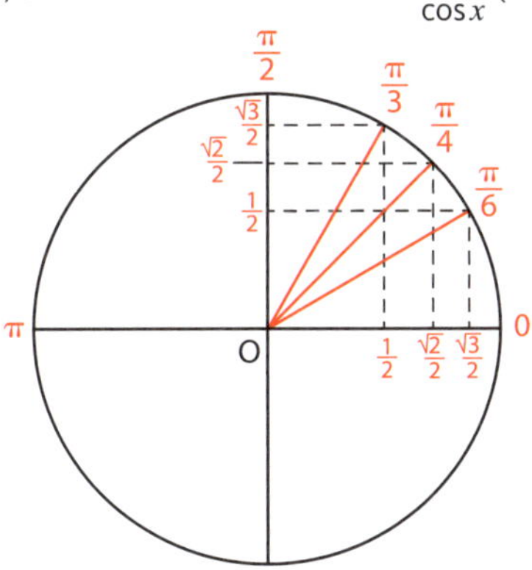

Exemple : $\cos\frac{\pi}{6} = \frac{\sqrt{3}}{2}$ et $\sin\frac{\pi}{6} = \frac{1}{2}$.

On en déduit que :

$$\tan\frac{\pi}{6} = \frac{\frac{1}{2}}{\frac{\sqrt{3}}{2}} = \frac{1}{2} \times \frac{2}{\sqrt{3}} = \frac{1}{\sqrt{3}} = \frac{\sqrt{3}}{3}.$$

2 Application

EXO

1. **Déterminer la valeur exacte de :**

• $\cos\left(\frac{4\pi}{3}\right)$ et $\sin\left(\frac{4\pi}{3}\right)$ • $\cos\left(\frac{5\pi}{6}\right)$ et $\sin\left(\frac{5\pi}{6}\right)$.

2. **En déduire** $\tan\left(\frac{4\pi}{3}\right)$.

Solution

1. $\frac{4\pi}{3} = \frac{3\pi}{3} + \frac{\pi}{3} = \pi + \frac{\pi}{3}$.

$\frac{5\pi}{6} = \frac{6\pi}{6} - \frac{\pi}{6} = \pi - \frac{\pi}{6}$.

• $\cos\left(\frac{4\pi}{3}\right) = \cos\left(\pi + \frac{\pi}{3}\right) = -\cos\frac{\pi}{3} = -\frac{1}{2}$.

$\sin\left(\frac{4\pi}{3}\right) = \sin\left(\pi + \frac{\pi}{3}\right) = -\sin\frac{\pi}{3} = -\frac{\sqrt{3}}{2}$.

• $\cos\left(\frac{5\pi}{6}\right) = \cos\left(\pi - \frac{\pi}{6}\right) = -\cos\left(\frac{\pi}{6}\right) = -\frac{\sqrt{3}}{2}$

• $\sin\left(\frac{5\pi}{6}\right) = \sin\left(\pi - \frac{\pi}{6}\right) = \sin\left(\frac{\pi}{6}\right) = \frac{1}{2}$.

2. $\tan\left(\frac{4\pi}{3}\right) = \dfrac{\sin\left(\frac{4\pi}{3}\right)}{\cos\left(\frac{4\pi}{3}\right)} = \dfrac{-\frac{\sqrt{3}}{2}}{-\frac{1}{2}} = \sqrt{3}$.

• Écrire $\frac{4\pi}{3}$; puis $\frac{5\pi}{6}$ en fonction de l'un des angles du tableau du paragraphe **1**.

• Utiliser les angles associés (Fiche 20) pour en déduire les résultats demandés.

Mémo'Quiz

1. $\cos\left(\frac{3\pi}{4}\right) = -\frac{\sqrt{2}}{2}$.

❑ Vrai ❑ Faux

2. $\sin\left(-\frac{4\pi}{3}\right) = \frac{\sqrt{3}}{2}$.

❑ Vrai ❑ Faux

3. $\tan\left(\frac{7\pi}{6}\right) = \frac{\sqrt{3}}{3}$.

❑ Vrai ❑ Faux

→ corrigés p. 305

Étudier la parité et la périodicité d'une fonction 26

Lue Relue Acquise

1 L'essentiel du cours

A Fonction paire, fonction impaire

- Une fonction f, définie sur $\mathbb{R}$, est dite **paire** lorsque :
pour tout x de $\mathbb{R}$, $f(-x) = f(x)$.

Remarque : Graphiquement, la courbes représentative de f est alors symétrique par rapport à l'axe des ordonnées.

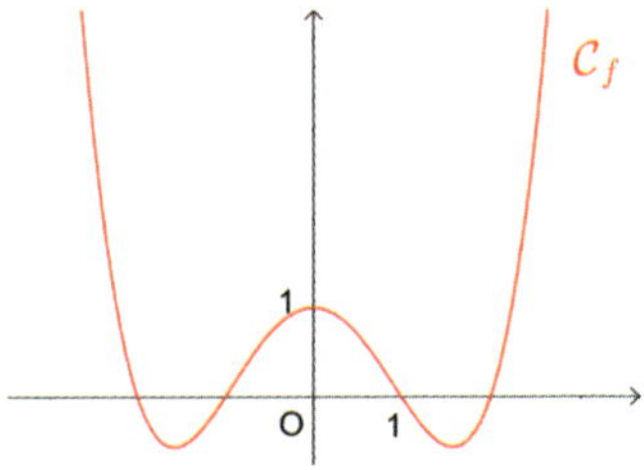

- Une fonction f, définie sur $\mathbb{R}$, est dite **impaire** lorsque :
pour tout x de $\mathbb{R}$, $f(-x) = -f(x)$.

Remarque : Graphiquement, la courbe représentative de f est alors symétrique par rapport à l'origine O du repère.

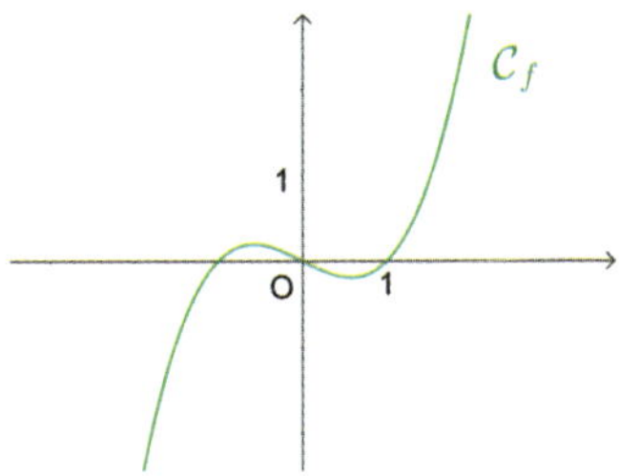

B Fonction périodique

- Une fonction f, définie sur $\mathbb{R}$, est dite **périodique de période T** lorsque :
pour tout x de $\mathbb{R}$, $f(x + T) = f(x)$.

Remarque : Graphiquement, la courbe représentative de f se répète à l'identique sur chaque intervalle d'amplitude T.

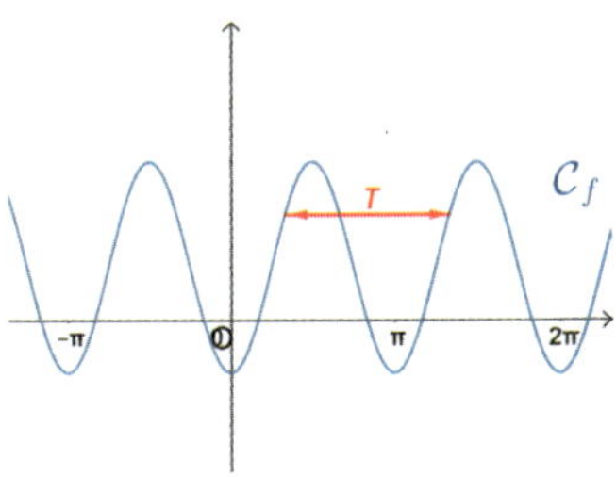

2 Applications

EXO 1 **Étudier la parité des fonctions f, g et h définies sur $\mathbb{R}$ par :**

1. $f(x) = 5x^2$ **2.** $g(x) = -2x^3$

3. $h(x) = 2 + 7x^5$

Solution

1. Pour tout x de $\mathbb{R}$,
$f(-x) = 5(-x)^2 = 5x^2 = f(x)$, donc f est paire.

2. Pour tout x de $\mathbb{R}$,
$g(-x) = -2(-x)^3 = -2(-x^3) = 2x^3$
et $-g(x) = -(-2x^3) = 2x^3$.
Ainsi, $g(-x) = -g(x)$, donc g est impaire.

- Étudier la parité d'une fonction, c'est regarder si elle est paire ou impaire, ou ni l'un ni l'autre (on dit alors qu'elle est quelconque).
- Penser à vérifier en traçant le graphique à la calculatrice.

3. Pour tout x de $\mathbb{R}$,
$h(-x) = 2 + 7(-x)^5 = 2 - 7x^5 \neq h(x)$, donc h n'est pas paire et $-h(x) = -2 - 7x^5$, d'où $h(-x) \neq -h(x)$, donc h n'est pas impaire, h est quelconque.

EXO 2 **Montrer que la fonction f définie sur $\mathbb{R}$ par $f(x) = 5\cos(2x + 3)$ est périodique de période π.**

Solution

Pour tout x de $\mathbb{R}$,

$$\begin{aligned} f(x+\pi) &= 5\cos(2(x+\pi)+3) \\ &= 5\cos(2x+3+2\pi) \\ &= 5\cos(2x+3) = f(x), \text{ donc } f \text{ est périodique de période } \pi. \end{aligned}$$

Utiliser le fait que, pour tout réel X, $\cos(X + 2\pi) = \cos X$.

Mémo'Quiz

f, g et h sont les fonctions définies sur $\mathbb{R}$ par :
$f(x) = 5x - 3x^3$; $g(x) = 1 + 10x^2$; $h(x) = -2\sin(3x)$.

1. La fonction f est : ❑ paire ❑ impaire ❑ quelconque

2. La fonction g est : ❑ paire ❑ impaire ❑ quelconque

3. La fonction h est périodique de période :

❑ $\frac{\pi}{3}$ ❑ 3π ❑ $\frac{2\pi}{3}$

→ corrigés p. 305

Étudier une fonction cosinus ou sinus

27

Lue Relue Acquise

1 L'essentiel du cours

A La fonction cosinus

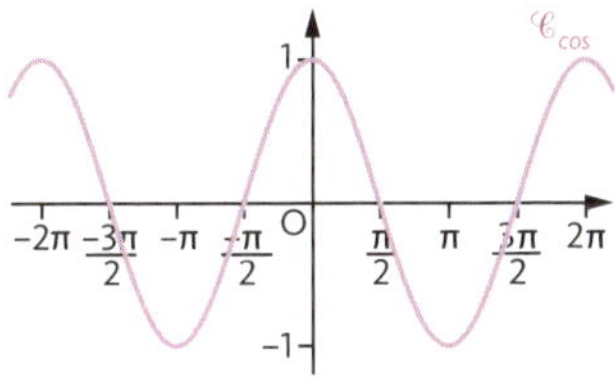

- Pour tout x de $\mathbb{R}$, $-1 \leqslant \cos x \leqslant 1$.
- Pour tout x de $\mathbb{R}$, $(\cos x)' = -\sin x$.

x	$-\pi$		0		π
$-\sin x$	0	+	0	−	0
$\cos x$	-1	↗	1	↘	-1

Remarque

Penser à revoir les formules et les règles opératoires de la fiche 14.

B La fonction sinus

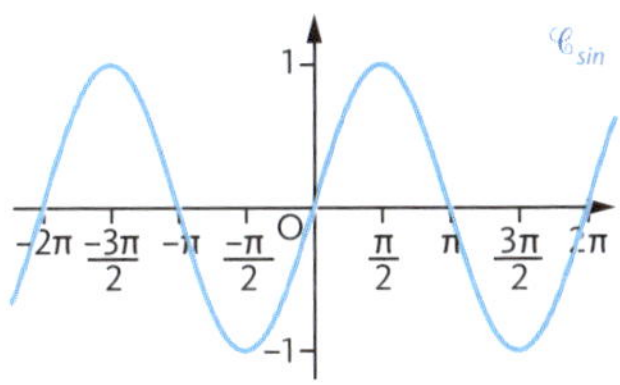

- Pour tout x de $\mathbb{R}$, $-1 \leqslant \sin x \leqslant 1$.
- Pour tout x de $\mathbb{R}$, $(\sin x)' = \cos x$.

x	$-\pi$		$-\frac{\pi}{2}$		0		$\frac{\pi}{2}$		π
$\cos x$		−	0	+		+	0	−	
$\sin x$	0	↘	-1	↗	0	↗	1	↘	0

C Éléments de symétrie

- Pour tout x de $\mathbb{R}$, $\cos(-x) = \cos x$
  $\sin(-x) = -\sin x$.

Conséquences :
- $\mathscr{C}_{cos}$ est symétrique par rapport à (Oy) ;
- $\mathscr{C}_{sin}$ est symétrique par rapport à O.

Vocabulaire

On dit que la fonction cosinus est **paire** et que la fonction sinus est **impaire**.

- Pour tout x de $\mathbb{R}$ et tout k de $\mathbb{Z}$,
  $\cos(x + 2k\pi) = \cos x$
  $\sin(x + 2k\pi) = \sin x$

Conséquence :
$\mathscr{C}_{cos}$ et $\mathscr{C}_{sin}$ sont invariantes par translation de vecteur $2k\pi\vec{i}$ pour tout k de $\mathbb{Z}$.

Vocabulaire

On dit que les fonctions cosinus et sinus sont périodiques de période 2π.

2 Application

EXO **f est la fonction définie sur $\mathbb{R}$ par $f(x) = x + \sin x$.**

1. Montrer que la fonction f est impaire. Quelle est la conséquence graphique ?

2. Déterminer $f'(x)$, puis dresser le tableau de variation de f sur $[-\pi\,;\pi]$.

Solution

1. • Pour tout x de $\mathbb{R}$,

$f(-x) = (-x) + \sin(-x)$
$= -x - \sin x$
$-f(x) = -x - \sin x$,
donc $f(-x) = -f(x)$: f est impaire.

Vérifier si, pour tout x de $\mathbb{R}$, $f(-x) = -f(x)$.

• $\mathscr{C}_f$ est symétrique par rapport à O.

Penser à conjecturer ou vérifier ce type de réponse en traçant la courbe à la calculatrice.

2. Pour tout x de $\mathbb{R}$, $f'(x) = 1 + \cos x$.

Se souvenir que $-1 \leqslant \cos x \leqslant 1$.

x	$-\pi$		π
$f'(x)$	0	+	0
f	$-\pi$	↗	π

Mémo'Quiz

t est la fonction définie sur $\left]-\frac{\pi}{2}\,;\frac{\pi}{2}\right[$ par $t(x) = \frac{\sin x}{\cos x}$.

1. La fonction f est paire.
❑ Vrai ❑ Faux

2. Pour tout x de $\left]-\frac{\pi}{2}\,;\frac{\pi}{2}\right[$, $t'(x) = \frac{1}{\cos^2 x}$.
❑ Vrai ❑ Faux

3. f est croissante sur $\left]-\frac{\pi}{2}\,;\frac{\pi}{2}\right[$.
❑ Vrai ❑ Faux

→ corrigés p. 305

Connaître l'essentiel sur les vecteurs

28

Lue Relue Acquise

1 L'essentiel du cours

A Caractéristiques d'un vecteur

- Un **vecteur** $\overrightarrow{AB}$ est caractérisé par :
- une direction : la droite (AB) ;
- un sens : de A vers B ;
- un point d'application : A ;
- une longueur : AB.

Vocabulaire

La longueur d'un vecteur est appelée **norme** et notée $\|\overrightarrow{AB}\| = AB$.

Propriété : $\overrightarrow{AB} = \overrightarrow{CD}$
si, et seulement si, ils ont même direction, même sens et même longueur
si, et seulement si, ABDC est un parallélogramme.

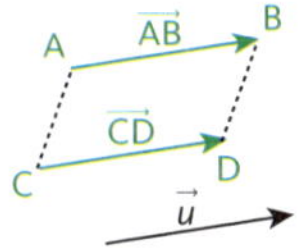

- Les vecteurs $\overrightarrow{AB}$ et $\overrightarrow{CD}$ représentés ci-dessus sont les représentants (d'origine A et d'origine C) du vecteur $\vec{u}$. On a $\vec{u} = \overrightarrow{AB} = \overrightarrow{CD}$.

B Vecteurs et coordonnées

(O ; $\vec{i}$, $\vec{j}$) désigne un repère du plan.

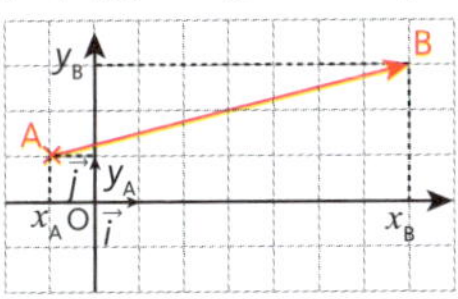

$\overrightarrow{AB}\,(x_B - x_A\,;y_B - y_A)$

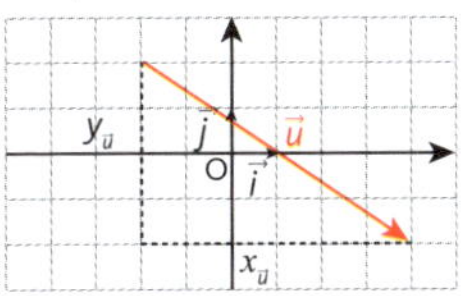

$\vec{u}(x_{\vec{u}}\,;y_{\vec{u}})$

Remarque

Pour les schémas ci-contre, on trouve $\overrightarrow{AB}(8\,;2)$ et $\vec{u}(6\,;-4)$.

C Somme de vecteurs

Règle du parallélogramme

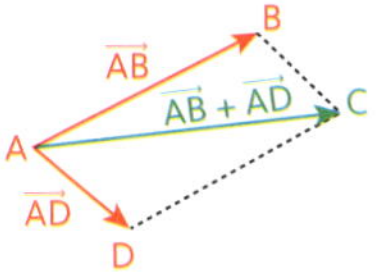

$\overrightarrow{AB} + \overrightarrow{AD} = \overrightarrow{AC}$

Relation de Chasles

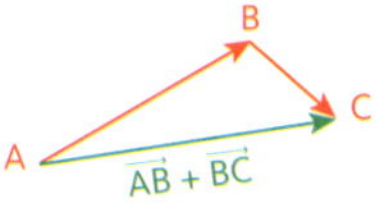

$\overrightarrow{AB} + \overrightarrow{BC} = \overrightarrow{AC}$

Propriété :
Dans un repère, si $\vec{u}(x\,;y)$ et $\vec{v}(x'\,;y')$, alors $\vec{u} + \vec{v}(x + x'\,;y + y')$.

2 Applications

EXO 1 Dans un repère, $(O\,;\vec{i},\vec{j})$, on donne A(–1 ; 2), B(3 ; 4) et $\vec{u}(10\,;-15)$.

1. Déterminer les coordonnées du vecteur $\overrightarrow{AB}$.

2. Déterminer les coordonnées du point C tel que $\overrightarrow{AC}=\vec{u}$.

Solution

1. $x_A=-1$, $y_A=2$, $x_B=3$, $y_B=4$.
Donc $\overrightarrow{AB}\,(3-(-1)\,;4-2)$ d'où $\overrightarrow{AB}\,(4\,;2)$.

> Utiliser le premier schéma du paragraphe **B** du cours.

2. Les coordonnées de $\vec{u}$ sont (10 ; – 15) ; celles de $\overrightarrow{AC}$ sont $(x_C-(-1)\,;y_C-2)$ soit $(x_C+1\,;y_C-2)$.
Donc $x_C+1=10$ d'où $x_C=9$
et $y_C-2=-15$ d'où $y_C=-13$. Ainsi, C(9 ; –13).

> Deux vecteurs sont égaux si, et seulement si, leurs coordonnées sont égales.

EXO 2 $\vec{u}$ et $\vec{v}$ sont les deux vecteurs représentés ci-contre.

1. Construire le vecteur $\vec{u}+\vec{v}$.

2. Construire le représentant d'origine A du vecteur $\vec{u}+\vec{v}$.

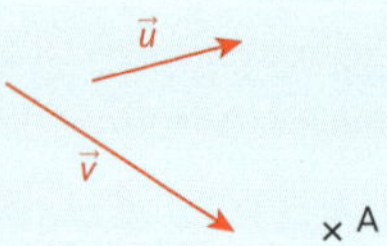

Solution

1.

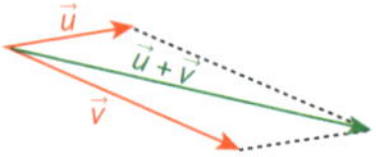

2.

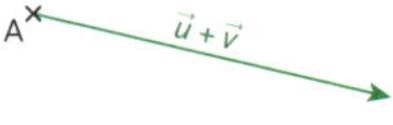

> Utiliser :
> – soit la règle du parallélogramme en déplaçant $\vec{u}$ et $\vec{v}$ afin qu'ils aient la même origine ;
> – soit la relation de Chasles en déplaçant $\vec{u}$ pour que son extrémité soit à l'origine de $\vec{v}$.

Mémo'Quiz

1. $\vec{u}\,(-5\,;1)$. ❑ Vrai ❑ Faux

2. $\overrightarrow{CB}\,(4\,;4)$. ❑ Vrai ❑ Faux

3. $\overrightarrow{AB}=\overrightarrow{CA}$. ❑ Vrai ❑ Faux

4. Le point D tel que $\overrightarrow{BD}=\vec{u}$ a pour coordonnées (– 6 ; 0). ❑ Vrai ❑ Faux

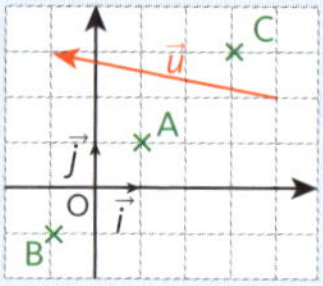

→ corrigés p. 305

Utiliser les différentes expressions du produit scalaire 29

Lue Relue Acquise

1 L'essentiel du cours

A Définition et expressions

$\vec{u}$ et $\vec{v}$ sont deux vecteurs non nuls tels que $\vec{u} = \overrightarrow{OA}$ et $\vec{v} = \overrightarrow{OB}$.
H est le projeté orthogonal de B sur (OA).

Définition : Le réel noté $\vec{u} \cdot \vec{v}$, appelé **produit scalaire de $\vec{u}$ par $\vec{v}$**, est défini par :

- $\vec{u} \cdot \vec{v} = OA \times OH$ si $\overrightarrow{OA}$ et $\overrightarrow{OH}$ ont même sens.
- $\vec{u} \cdot \vec{v} = -\,OA \times OH$ si OA et OH sont de sens contraire.

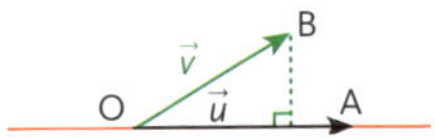

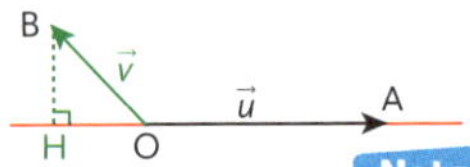

Propriété 1 : $\vec{u} \cdot \vec{v} = \|\vec{u}\| \times \|\vec{v}\| \times \cos(\vec{u}, \vec{v})$.

Propriété 2 : Dans un repère **orthonormé**, on donne $\vec{u}(x\,;y)$ et $\vec{v}(x'\,;y')$.
$\vec{u} \cdot \vec{v} = xx' + yy'$.

Remarque
Si $\vec{u} = \vec{0}$ ou $\vec{v} = \vec{0}$ alors $\vec{u} \cdot \vec{v} = 0$.

Notation
$\|\vec{u}\|$ désigne la norme de $\vec{u}$, c'est-à-dire sa longueur.

Vocabulaire
$\vec{u}^2 = \vec{u} \cdot \vec{u} = \|\vec{u}\|^2$ est appelé **carré scalaire** de $\vec{u}$.

B Propriétés de calcul

Pour tous vecteurs $\vec{u}$, $\vec{v}$, $\vec{w}$ et tout réel k :

- $\vec{u} \cdot \vec{v} = \vec{v} \cdot \vec{u}$
- $\vec{u} \cdot (\vec{v} + \vec{w}) = \vec{u} \cdot \vec{v} + \vec{u} \cdot \vec{w}$
- $(k\vec{u}) \cdot \vec{v} = k(\vec{u} \cdot \vec{v})$

2 Applications

EXO 1 **Dans le repère orthonormé ci-contre, on donne A(−3 ; 3), B(7 ; 6), C(8 ; −2). Déterminer une mesure, arrondie au centième de radian, de l'angle orienté $(\overrightarrow{AB}, \overrightarrow{AC})$.**

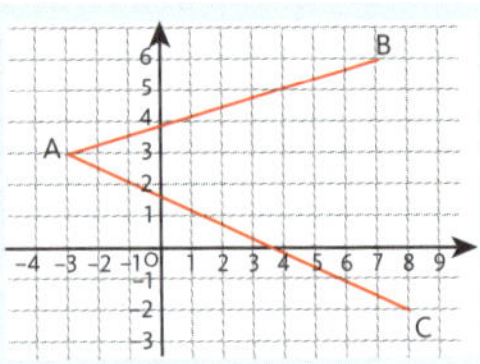

Solution

- On calcule $\overrightarrow{AB} \cdot \overrightarrow{AC}$ grâce à la propriété 2 : $\overrightarrow{AB}(10\,;3)$ et $\overrightarrow{AC}(11\,;-5)$.
Donc $\overrightarrow{AB} \cdot \overrightarrow{AC} = 10 \times 11 + 3 \times (-5) = 95$.

- On calcule $\|\overrightarrow{AB}\|$ et $\|\overrightarrow{AC}\|$ pour pouvoir utiliser la propriété 1 :
$\|\overrightarrow{AB}\| = \sqrt{10^2 + 3^2} = \sqrt{109}$;
$\|\overrightarrow{AC}\| = \sqrt{11^2 + (-5)^2} = \sqrt{146}$.
- Or $\overrightarrow{AB} \cdot \overrightarrow{AC} = \|\overrightarrow{AB}\| \times \|\overrightarrow{AC}\| \times \cos(\overrightarrow{AB}, \overrightarrow{AC})$

donc $\cos(\overrightarrow{AB}, \overrightarrow{AC}) = \dfrac{\overrightarrow{AB} \cdot \overrightarrow{AC}}{\|\overrightarrow{AB}\| \times \|\overrightarrow{AC}\|}$
$= \dfrac{95}{\sqrt{109} \times \sqrt{146}} \approx 0{,}753.$

Il faut utiliser l'expression la plus appropriée du produit scalaire :
– la propriété 1 lorsqu'on connaît ou qu'il faut calculer un angle ;
– la propriété 2 lorsqu'on dispose d'un repère orthonormé ;
– la définition sinon.

D'où (grâce à la calculatrice), $(\overrightarrow{AB}, \overrightarrow{AC}) \approx 0{,}72$ rad.

EXO 2 **$\vec{u}$ et $\vec{v}$ sont deux vecteurs.**
On sait que $\|\vec{u}\| = 3$, $\|\vec{v}\| = 2$ et $\vec{u} \cdot \vec{v} = -5$. Calculer $(4\vec{u} - \vec{v})^2$.

Solution

$$\begin{aligned}(4\vec{u} - \vec{v})^2 &= (4\vec{u} - \vec{v}) \cdot (4\vec{u} - \vec{v})\\ &= 4\vec{u} \cdot 4\vec{u} + 4\vec{u} \cdot (-\vec{v}) + (-\vec{v}) \cdot 4\vec{u} + (-\vec{v}) \cdot (-\vec{v})\\ &= 16\vec{u}^2 - 4\vec{u} \cdot \vec{v} - 4\vec{v} \cdot \vec{u} + \vec{v}^2\\ &= 16\vec{u}^2 - 8\vec{u} \cdot \vec{v} + \vec{v}^2\\ &= 16\|\vec{u}\|^2 - 8\vec{u} \cdot \vec{v} + \|\vec{v}\|^2\\ &= 16 \times 3^2 - 8 \times (-5) + 2^2\\ &= 188.\end{aligned}$$

Utiliser la notation du carré scalaire et les propriétés de calcul.

Mémo'Quiz

Le repère ci-contre est orthonormé.

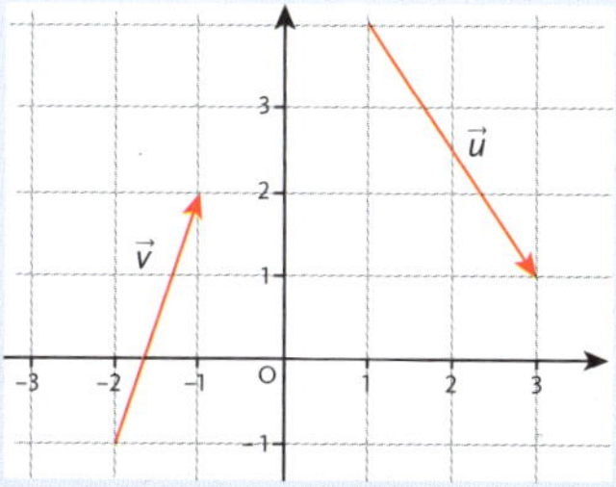

1. $\vec{u} \cdot \vec{v}$ est égal à :
❑ – 7 ❑ 3 ❑ 7

2. $\vec{v} \cdot \vec{u}$ est égal à :
❑ – 7 ❑ 3 ❑ 7

3. $\|\vec{u}\|$ est égal à :
❑ 13 ❑ – 5 ❑ $\sqrt{13}$

4. $\vec{u}^2$ est égal à :
❑ 13 ❑ – 5 ❑ $\sqrt{13}$

5. $(\vec{u}, \vec{v})$ est environ égal à :
❑ 0,91 rad ❑ $\dfrac{\pi}{2}$ rad ❑ 2,2 rad

→ corrigés p. 306

Étudier la colinéarité, l'orthogonalité de vecteurs

30

☐ Lue ☐ Relue ☐ Acquise

1 L'essentiel du cours

A Vecteurs colinéaires

Définition : Deux vecteurs $\vec{u}$ et $\vec{v}$ non nuls du plan sont dits **colinéaires** lorsqu'il existe un réel k tel que $\vec{u} = k\vec{v}$.

Illustration graphique

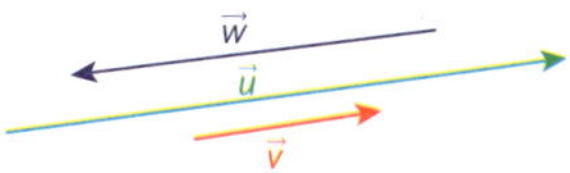

$\vec{u} = 3\vec{v}$

$\vec{u} = -\frac{3}{2}\vec{w}$

Remarques

- Le vecteur nul $\vec{0}$ est colinéaire à tout vecteur du plan.
- Deux vecteurs colinéaires ont même direction.

Propriété : Dans un repère, $\vec{u}(x\,;y)$ et $\vec{v}(x'\,;y')$ sont colinéaires si, et seulement si, $xy' - x'y = 0$.

B Vecteurs orthogonaux

Définition : Deux vecteurs $\vec{u}$ et $\vec{v}$ non nuls du plan sont dits **orthogonaux** lorsqu'ils ont des directions orthogonales.

Remarque

Le vecteur nul $\vec{0}$ est orthogonal à tout vecteur du plan.

Illustration graphique

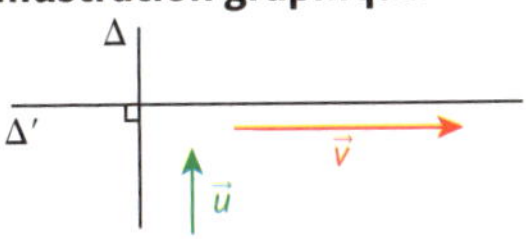

$\vec{u}$ a pour direction la droite Δ,
$\vec{v}$ a pour direction la droite Δ'.
Or $\Delta \perp \Delta'$, donc $\vec{u}$ et $\vec{v}$ sont orthogonaux.

Propriété : Dans un repère **orthonormé**, $\vec{u}(x\,;y)$ et $\vec{v}(x'\,;y')$ sont orthogonaux si, et seulement si, $xx' + yy' = 0$.

2 Applications

EXO 1 **Dans un repère, $(O\,;\vec{i},\vec{j})$ orthonormé, on donne :**
$A(-3\,;1)$, $B(4\,;2)$, $C(5\,;0)$ et $D(3\,;4)$.
1. Les vecteurs $\overrightarrow{AB}$ et $\overrightarrow{CD}$ sont-ils colinéaires ?
2. Les vecteurs $\overrightarrow{BC}$ et $\overrightarrow{AD}$ sont-ils orthogonaux ?

Solution

1. $\overrightarrow{AB}(7\,;1)$, $\overrightarrow{CD}(-2\,;4)$.
$xy' - x'y = 7 \times 4 - (-2) \times 1 = 28 + 2 = 30 \neq 0$.
Donc les vecteurs $\overrightarrow{AB}$ et $\overrightarrow{CD}$ ne sont pas colinéaires.

2. $\overrightarrow{BC}(1\,;-2)$, $\overrightarrow{AD}(6\,;3)$.
$xx' + yy' = 1 \times 6 + (-2) \times 3 = 6 - 6 = 0$.
Donc les vecteurs $\overrightarrow{BC}$ et $\overrightarrow{AD}$ sont orthogonaux.

> Dans les deux cas :
> • déterminer les coordonnées de chacun des vecteurs ;
> • utiliser la propriété du cours pour vérifier ;
> • conclure.

EXO 2 **Dans un repère $(O\,;\vec{i}, \vec{j})$ orthonormé, on donne :**
$\vec{u}(-3\,;5)$, $\vec{v}(2m\,;-3)$ et $\vec{w}(1+4n\,;2)$ où m et n sont des réels.
1. Existe-t-il un réel m pour lequel $\vec{u}$ et $\vec{v}$ sont colinéaires ?
2. Existe-t-il un réel n pour lequel $\vec{u}$ et $\vec{w}$ sont orthogonaux ?

Solution

1. • $\vec{u}$ et $\vec{v}$ sont colinéaires si, et seulement si, $(-3) \times (-3) - 5 \times 2m = 0$, c'est-à-dire $9 - 10\,m = 0$ d'où $m = \frac{9}{10}$.

• En remplaçant m par $\frac{9}{10}$, on peut affirmer que les vecteurs $\vec{u}(-3\,;5)$ et $\vec{v}\left(\frac{9}{5}\,;-3\right)$ sont colinéaires.

> Dans les deux cas :
> • utiliser la propriété du cours pour obtenir une équation ;
> • résoudre cette équation ;
> • conclure.

2. • $\vec{u}$ et $\vec{w}$ sont orthogonaux si, et seulement si, $(-3) \times (1 + 4n) + 5 \times 2 = 0$, c'est-à-dire $-3 - 12n + 10 = 0$ d'où $n = \frac{7}{12}$.

• En remplaçant n par $\frac{7}{12}$, on peut affirmer que les vecteurs $\vec{u}(-3\,;5)$ et $\vec{w}\left(\frac{10}{3}\,;2\right)$ sont orthogonaux.

Mémo'Quiz

Dans un repère $(O\,;\vec{i}, \vec{j})$ orthonormé, on donne :
A(1 ; 4), B(6 ; 2), C(– 3 ; 2), D(– 2 ; 3), E(0 ; 8), F(7 ; – 2).

1. $\overrightarrow{AB}$ et $\overrightarrow{CD}$ sont :
❑ colinéaires ❑ orthogonaux ❑ ni l'un, ni l'autre

2. $\overrightarrow{AB}$ et $\overrightarrow{CF}$ sont :
❑ colinéaires ❑ orthogonaux ❑ ni l'un, ni l'autre

3. $\overrightarrow{AB}$ et $\overrightarrow{DE}$ sont :
❑ colinéaires ❑ orthogonaux ❑ ni l'un, ni l'autre

→ corrigés p. 306

Déterminer une équation cartésienne de droite

31

Lue Relue Acquise

1 L'essentiel du cours

A Équations cartésiennes d'une droite

Toute droite $\mathscr{D}$ du plan admet une équation du type :

$$ax + by + c = 0.$$

Réciproquement, l'ensemble des points M(x ; y) du plan qui vérifie cette équation est une droite $\mathscr{D}$.

Remarque

Une droite admet une seule équation réduite (voir fiche 28) et une infinité d'équations cartésiennes.

Définition : $ax + by + c = 0$ est **une équation cartésienne** de la droite $\mathscr{D}$.

B Vecteurs directeurs, vecteurs normaux

Définitions :

- $\vec{u}$ est appelé **vecteur directeur** d'une droite $\mathscr{D}$ lorsque $\vec{u}$ et $\mathscr{D}$ ont la même direction.
- $\vec{n}$ est appelé **vecteur normal** à une droite $\mathscr{D}$ lorsque $\vec{u}$ et $\mathscr{D}$ ont des directions orthogonales.

Remarque

Toute droite admet une infinité de vecteurs directeurs et une infinité de vecteurs normaux.

Illustration

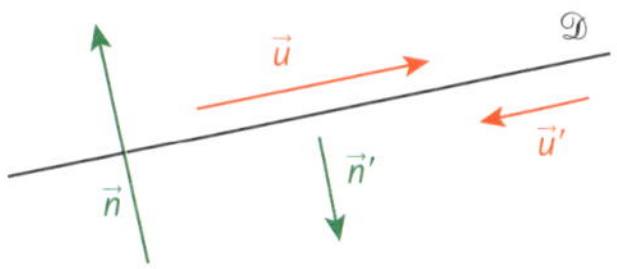

$\vec{u}$ et $\vec{u}'$ vecteurs directeurs de $\mathscr{D}$;
$\vec{n}$ et $\vec{n}'$ vecteurs normaux à $\mathscr{D}$.

Propriétés : $\mathscr{D}$ est la droite d'équation cartésienne $ax + by + c = 0$.

- $\vec{u}(-b\,;a)$ est un vecteur directeur de $\mathscr{D}$.
- $\vec{n}(a\,;b)$ est un vecteur normal à $\mathscr{D}$.

C Recherche d'une équation cartésienne

Méthode 1 : Utiliser la propriété pour trouver a et b ; puis un point de la droite pour trouver c.

Méthode 2 : Utiliser deux points de la droite pour obtenir un système de deux équations d'inconnues a et b (après avoir choisi c).

$$\begin{cases} A(x_A\,;y_A) \in (AB) \\ B(x_B\,;y_B) \in (AB) \end{cases} \text{ équivaut à } \begin{cases} ax_A + by_A + c = 0 \\ ax_B + by_B + c = 0 \end{cases}.$$

Astuce du prof

$\vec{u} = \overrightarrow{AB}$ est un vecteur directeur de la droite (AB).

2 Applications

EXO 1 **Dans un repère, tracer la droite $\mathcal{D}$ d'équation cartésienne $2x + 4y - 4 = 0$.**

Solution

Pour $x = -2$:
$2 \times (-2) + 4y - 4 = 0$
donne $-4 + 4y - 4 = 0$
donc $y = 2$.

Pour $x = 3$:
$2 \times 3 + 4y - 4 = 0$
donne $y = -0{,}5$.

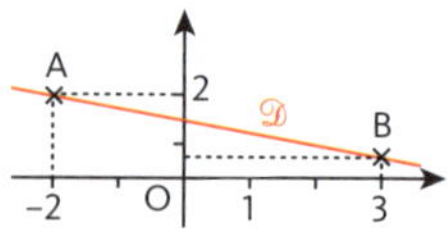

- Choisir deux valeurs au hasard pour x.
- En déduire les valeurs de y correspondantes.
- Placer les deux points obtenus dans un repère et tracer la droite.

Donc $\mathcal{D}$ passe par les points $A(-2\,;2)$ et $B(3\,;-0{,}5)$.

EXO 2 **Déterminer une équation cartésienne de la droite $\mathcal{D}$ de vecteur directeur $\vec{u}(-2\,;3)$ et passant par le point $A(-4\,;1)$.**

Solution

- $\vec{u}(-2\,;3)$ est un vecteur directeur de la droite $\mathcal{D}$:
$ax + by + c = 0$, donc d'après la propriété, on peut choisir :
$-2 = -b$,
c'est-à-dire $b = 2$ et $a = 3$.
Ainsi, $\mathcal{D}$ a pour équation $3x + 2y + c = 0$.

- Utiliser la propriété du paragraphe **B** du cours afin d'appliquer la méthode 1 : identifier a et b.
- Traduire $A \in \mathcal{D}$ par une condition sur c et calculer c.
- Conclure.

- De plus, $A(-4\,;1) \in \mathcal{D}$ équivaut à $3 \times (-4) + 2 \times 1 + c = 0$ donc $c = 10$.
- Une équation cartésienne de $\mathcal{D}$ est $3x + 2y + 10 = 0$.

Mémo'Quiz

Une équation cartésienne de la droite $\mathcal{D}$:

1. de vecteur directeur $\vec{u}(5\,;4)$ et passant par $A(-1\,;-1)$ est $4x - 5y - 1 = 0$.
❑ Vrai ❑ Faux

2. de vecteur normal $\vec{n}(1\,;-3)$ et passant par $B(4\,;1)$ est $x - 3y + 2 = 0$.
❑ Vrai ❑ Faux

3. passant par les points $A(-1\,;-1)$ et $B(4\,;1)$ est $2x - 5y - 3 = 0$.
❑ Vrai ❑ Faux

→ corrigés p. 306

Déterminer une équation cartésienne de cercle

32

Lue Relue Acquise

1 L'essentiel du cours

Propriété 1 : $\mathscr{C}$ est un cercle de centre I $(x_I ; y_I)$ et de rayon R. Tout point M$(x ; y)$ de $\mathscr{C}$ vérifie :
$(x - x_I)^2 + (y - y_I)^2 = R^2$.

Remarque
Cette équation en x, y est une équation cartésienne de $\mathscr{C}$.

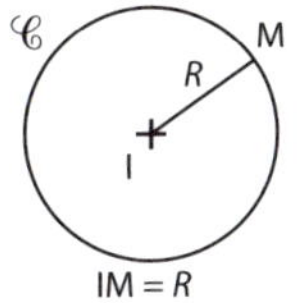

Propriété 2 : $\mathscr{C}$ est un cercle de diamètre [AB] avec A $(x_A ; y_A)$ et B $(x_B ; y_B)$. Tout point M $(x ; y)$ de $\mathscr{C}$ vérifie $\overrightarrow{AM} \cdot \overrightarrow{BM} = 0$, c'est-à-dire :
$(x - x_A)(x - x_B) + (y - y_A)(y - y_B) = 0$.

Remarque
Cette équation en x, y est une équation cartésienne de $\mathscr{C}$.

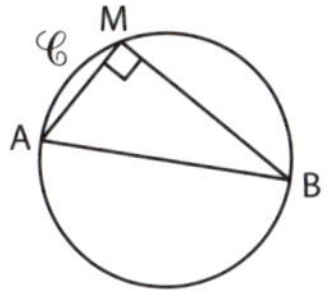

2 Applications

EXO 1 **Déterminer une équation cartésienne du cercle $\mathscr{C}$ de centre I (1 ; 3) et passant par le point A(4 ; –1).**

Solution

$R = IA = \sqrt{(4-1)^2 + (-1-3)^2} = \sqrt{3^2 + (-4)^2} = 5$.
Une équation cartésienne du cercle $\mathscr{C}$ est donc :
$(x - 1)^2 + (y - 3)^2 = 25$.

- Commencer par calculer le rayon R.
- Appliquer la propriété 1.

EXO 2 **1.** Déterminer une équation cartésienne du cercle $\mathscr{C}$ de diamètre [AB] où A(–4 ; –2) et B(8 ; 3).

2. Préciser les coordonnées du centre I et le rayon R de ce cercle.

Solution

1. $M(x\,;y) \in \mathscr{C}$ vérifie $\overrightarrow{AM} \cdot \overrightarrow{BM} = 0$, c'est-à-dire $(x+4)(x-8)+(y+2)(y-3)=0$.

Il s'agit d'une équation cartésienne de cercle $\mathscr{C}$.

Appliquer la propriété 2.

2. I est le milieu de [AB], donc $\mathrm{I}\left(2\,;\frac{1}{2}\right)$.

$$R = \frac{AB}{2} = \frac{1}{2}\sqrt{(8-(-4))^2+(3-(-2))^2} = \frac{1}{2}\sqrt{12^2+5^2} = \frac{13}{2}$$

EXO 3 **L'équation ci-dessous est-elle une équation de cercle ?**
$$x^2+y^2-2x+4y-4=0$$

Solution

$(x^2-2x)+(y^2-4y)-4=0$

$(x-1)^2-1+(y-2)^2-4-4=0$

$(x-1)^2+(y-2)^2=3^2$

Il s'agit d'une équation cartésienne du cercle de centre I(1 ; 2) et de rayon $R = 3$.

On essaie d'écrire cette équation sous la forme indiquée dans la propriété 1, en utilisant des identités remarquables.

Mémo'Quiz

1. Le cercle de centre I(–1 ; 4) est de rayon $R = 5$ a pour équation $(x+1)^2+(y-4)^2=5$.

❑ Vrai ❑ Faux

2. Le cercle de diamètre [AB] avec A(–1 ; –3) et B(1 ; 4) a pour équation $(x+1)(x-1)+(y+3)(y-4)=0$.

❑ Vrai ❑ Faux

3. $x^2+y^2-6x+4y+15=0$ est une équation d'un cercle.

❑ Vrai ❑ Faux

→ corrigés p. 306

Étudier le parallélisme, l'orthogonalité

33

Lue Relue Acquise

1 L'essentiel du cours

A Deux vecteurs

Dans un repère, on donne deux vecteurs $\vec{u}(x\,;y)$ et $\vec{v}(x'\,;y')$.

Propriétés :

- $\vec{u}$ et $\vec{v}$ colinéaires équivaut à $xy' - x'y = 0$.
- Dans un repère **orthonormé** :
$\vec{u}$ et $\vec{v}$ orthogonaux équivaut à $xx' + yy' = 0$.

Remarque

Ces propriétés ont été vues à la fiche 26.

B À l'aide des équations réduites

Dans un repère, on donne les droites
$\mathcal{D} : y = mx + p$ et $\mathcal{D}' : y = m'x + p'$.

Propriétés :

- $\mathcal{D} // \mathcal{D}'$ équivaut à $m = m'$.
- Dans un repère **orthonormé** :
$\mathcal{D} \perp \mathcal{D}'$ équivaut à $m \times m' = -1$.

Astuce du prof

- $\vec{u}(1\,;m)$ est un vecteur directeur de $\mathcal{D}$.
- $\vec{n}(-m\,;1)$ est un vecteur normal de $\mathcal{D}$.

C À l'aide des équations cartésiennes

Dans un repère, on donne les droites $\mathcal{D} : ax + by + c = 0$ et $\mathcal{D}' : a'x + b'y + c' = 0$.

Propriétés :

- $\mathcal{D} // \mathcal{D}'$ équivaut à $ab' - a'b = 0$.
- Dans un repère **orthonormé** :
$\mathcal{D} \perp \mathcal{D}'$ équivaut à $aa' + bb' = 0$.

Rappel

- $\vec{u}(-b\,;a)$ est un vecteur directeur de $\mathcal{D}$.
- $\vec{n}(a\,;b)$ est un vecteur normal de $\mathcal{D}$.

2 Applications

EXO 1 **Dans un repère orthonormé, on donne $\mathcal{D} : y = 4x - 7$. Déterminer l'équation réduite de la droite Δ passant par A(2 ; 4) et orthogonale à $\mathcal{D}$.**

Solution

- On pose $\Delta : y = m'x + p'$.
- $\Delta \perp \mathcal{D}$ équivaut à $4 \times m' = -1$, donc $m' = -\frac{1}{4}$.

> - Noter $y = m'x + p'$ l'équation de Δ.
> - Traduire la condition d'orthogonalité (paragraphe B) pour trouver m'.
> - Traduire la condition $A \in \Delta$ pour trouver p'.
> - Conclure.

- $A(2\,;4) \in \Delta$ équivaut à $y_A = m' \times x_A + p'$
c'est-à-dire $4 = -\frac{1}{4} \times 2 + p'$ d'où $4 = -\frac{1}{2} + p'$.
Donc $p' = \frac{9}{2}$.
- Ainsi, Δ a pour équation $y = -\frac{1}{4}x + \frac{9}{2}$.

EXO 2 **On travaille dans un repère orthonormé.**
Montrer que la droite $\mathscr{D}$ d'équation cartésienne $3x - 5y + 4 = 0$ est orthogonale à la droite $\mathscr{D}'$ d'équation cartésienne $10x + 6y + 1 = 0$.

Solution

$\vec{u}(5\,;3)$ est un vecteur directeur de $\mathscr{D}$ et $\vec{u}'(-6\,;10)$ est un vecteur directeur de $\mathscr{D}'$.
$\mathscr{D} \perp \mathscr{D}'$ équivaut à $\vec{u}$ et $\vec{u}'$ orthogonaux.
Or, en utilisant la propriété 2 du paragraphe **A** :

$$xx' + yy' = 5 \times (-6) + 3 \times 10 = 0.$$

Donc $\vec{u}$ et $\vec{v}$ sont orthogonaux et $\mathscr{D} \perp \mathscr{D}'$.

> On peut :
> – soit identifier des vecteurs directeurs ou normaux et utiliser la propriété du paragraphe **A** ;
> – soit utiliser la propriété du paragraphe **C**.

Mémo'Quiz

On travaille dans un repère orthonormé.

1. $\mathscr{D}_1 : y = 3x - 1$ et $\mathscr{D}_2 : y = \frac{1}{3}x - 1$.
- ❑ $\mathscr{D}_1 // \mathscr{D}_2$
- ❑ $\mathscr{D}_1 \perp \mathscr{D}_2$
- ❑ $\mathscr{D}_1$ et $\mathscr{D}_2$ ne sont ni parallèles, ni orthogonales.

2. $\mathscr{D}_3 : 2x + 4y - 5 = 0$ et $\mathscr{D}_4 : -x - 2y + 1 = 0$.
- ❑ $\mathscr{D}_3 // \mathscr{D}_4$
- ❑ $\mathscr{D}_3 \perp \mathscr{D}_4$
- ❑ $\mathscr{D}_3$ et $\mathscr{D}_4$ ne sont parallèles, ni orthogonales.

3. La droite $\Delta // \mathscr{D}_1$ et passant par $A(2\,;1)$ a pour équation :
- ❑ $y = 3x - 5$
- ❑ $y = -\frac{1}{3}x - 5$
- ❑ $y = 3x + 5$

4. La droite $\Delta' \perp \mathscr{D}_1$ et passant par $A(2\,;1)$ a pour équation :
- ❑ $y = -\frac{1}{3}x - 5$
- ❑ $y = 3x - 5$
- ❑ $y = -\frac{1}{3}x + \frac{5}{3}$

→ corrigés p. 306

Utiliser le produit scalaire pour démontrer

Lue Relue Acquise

1 L'essentiel du cours

A Critère d'orthogonalité

Propriété : $\vec{u}$ et $\vec{v}$ sont orthogonaux si, et seulement si, $\vec{u} \cdot \vec{v} = 0$.

Rappel
$\vec{0}$ est orthogonal (et colinéaire) à tout vecteur.

B Vecteur directeur, vecteur normal

On travaille dans un repère $(O ; \vec{i}, \vec{j})$ orthonormé.

- **Équation réduite**

$\mathscr{D}$ d'équation réduite $y = mx + p$ admet pour :
– vecteur directeur $\vec{u}(1 ; m)$;
– vecteur normal $\vec{n}(-m ; 1)$.

- **Équation cartésienne**

$\mathscr{D}$ d'équation cartésienne $ax + by + c = 0$ admet pour :
– vecteur directeur $\vec{u}(-b ; a)$;
– vecteur normal $\vec{n}(a ; b)$.

Piège à éviter
La condition « orthonormée » n'est pas utile pour les vecteurs directeurs, mais elle est indispensable pour les vecteurs normaux et le produit scalaire.

C Relations métriques dans le triangle

Théorème : I milieu de [AB].
Pour tout point M du plan :
$MA^2 + MB^2 = 2MI^2 + \frac{1}{2}AB^2$.

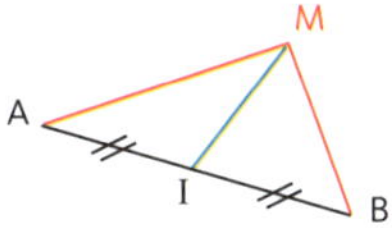

Gagnez des points !
La démonstration de ce théorème, appelé théorème de la médiane, est exigible en 1re S : elle est présentée en Fiche 37.

Formule d'Al-Kashi :
Pour tout triangle ABC, on a :
$a^2 = b^2 + c^2 - 2bc\cos\widehat{A}$.

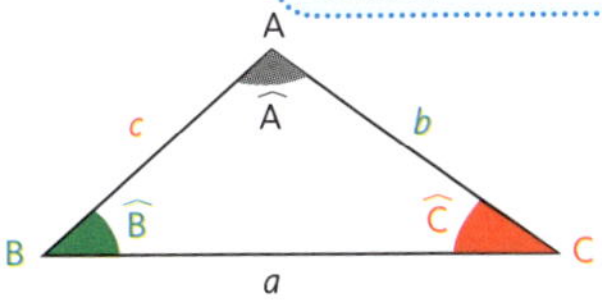

Formules d'aire et de sinus :
Pour tout triangle ABC, on a :

- $\mathscr{A}(ABC) = \frac{1}{2}bc\sin\widehat{A}$;
- $\frac{abc}{2 \times \mathscr{A}(ABC)} = \frac{a}{\sin\widehat{A}}$.

Remarque
Pour toutes ces formules, on peut remplacer a par b ou par c, et $\widehat{A}$ par $\widehat{B}$ ou par $\widehat{C}$.

2 Applications

EXO 1 **ABC est le triangle ci-contre dans lequel I est le milieu de [AB]. Calculer la longueur CI de la médiane issue de C.**

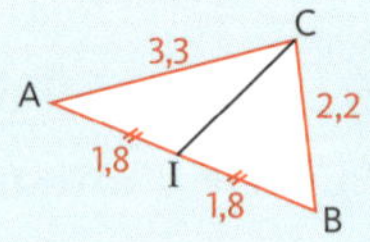

Solution

D'après le théorème de la médiane :

$CA^2 + CB^2 = 2\ CI^2 + \frac{1}{2} AB^2$ équivaut à

$3{,}3^2 + 2{,}2^2 = 2CI^2 + \frac{1}{2} \times 3{,}6^2$ équivaut à $15{,}73 = 2CI^2 + 6{,}48$ d'où $2CI^2 = 9{,}25$.

Finalement, $CI = \sqrt{4{,}625}$.

> Utiliser le théorème de la médiane : ici M = C.

EXO 2 **EFG est un triangle tel que EF = 5, EG = 2,4 et $\widehat{E} = \frac{\pi}{3}$ rad. Calculer FG, puis l'aire du triangle EFG.**

Solution

- D'après la formule d'Al-Kashi :

$FG^2 = EF^2 + EG^2 - 2\ EF \times EG \times \cos \widehat{E}$

$FG^2 = 5^2 + 2{,}4^2 - 2 \times 5 \times 2{,}4 \times \cos \frac{\pi}{3}$.

$FG^2 = 18{,}76$. Finalement, $FG = \sqrt{18{,}76}$.

> Utiliser la formule d'Al-Kashi en posant : $\widehat{A} = \widehat{E}$; $a = FG$; $b = EF$ et $c = EG$.

- $\mathscr{A}(EFG) = \frac{1}{2} \times EF \times EG \times \sin \widehat{E}$ d'où $\mathscr{A}(EFG) = \frac{1}{2} \times 5 \times 2{,}4 \times \sin \frac{\pi}{3} = 3\sqrt{3}$.

Mémo'Quiz

Dans cet exercice, plusieurs réponses sont possibles. $\mathscr{D}$ (resp. $\mathscr{D}'$) a pour vecteur directeur $\vec{u}$ (resp. $\vec{u}'$) et pour vecteur normal $\vec{n}$ (resp. $\vec{n}'$).

1. $\mathscr{D} // \mathscr{D}'$ **équivaut à :**

❑ $\vec{u}$ et $\vec{u}'$ colinéaires ❑ $\vec{u} \cdot \vec{u}' = 0$ ❑ $\vec{u} \cdot \vec{n}' = 0$

2. $\mathscr{D} \perp \mathscr{D}$ **équivaut à :**

❑ $\vec{n} \cdot \vec{n}' = 0$ ❑ $\vec{u} \cdot \vec{u}' = 0$ ❑ $\vec{u}$ et $\vec{n}'$ colinéaires

ABC est triangle tel que $AC = 2\sqrt{3}$, $AB = 4$, $\widehat{A} = \frac{\pi}{6}$ rad.

3. L'aire du triangle ABC est égale à :

❑ $2\sqrt{3}$ ❑ $4\sqrt{3}$ ❑ 12

4. La longueur BC est égale à :

❑ $28 - 8\sqrt{3}$ ❑ 2 ❑ environ 3,76

➜ corrigés p. 306

Connaître les démonstrations essentielles

35

Lue Relue Acquise

1 Des formules de trigonométrie

Propriété : Pour tous réels a et b, $\cos(a - b) = \cos a \times \cos b + \sin a \times \sin b$.

Démonstration

Sur le cercle trigonométrique, on place les points A d'angle a et B d'angle b.

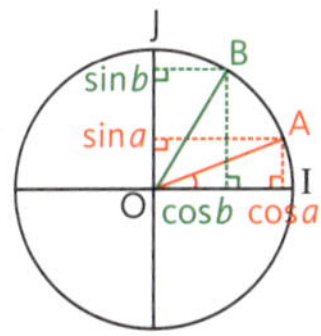

Dans le repère orthonormé $(O ; \vec{i}, \vec{j})$:
A($\cos a$; $\sin a$) et B($\cos b$; $\sin b$).
D'une part,
$\overrightarrow{OA} \cdot \overrightarrow{OB} = \cos a \times \cos b + \sin a \times \sin b$
et d'autre part,

$$\begin{aligned}\overrightarrow{OA} \cdot \overrightarrow{OB} &= \|\overrightarrow{OA}\| \times \|\overrightarrow{OB}\| \times \cos(\overrightarrow{OA}, \overrightarrow{OB})\\ &= 1 \times 1 \times \cos(b - a)\\ &= \cos(a - b)\end{aligned}$$

Ainsi, $\cos(a - b) = \cos a \times \cos b + \sin a \times \sin b$.

Propriétés : Pour tous réels a et b,
- $\cos(a + b) = \cos a \times \cos b - \sin a \times \sin b$.
- $\sin(a + b) = \sin a \times \cos b + \sin b \times \cos a$.
- $\sin(a - b) = \sin a \times \cos b - \sin b \times \cos a$.

Démonstration

- On utilise la formule de $\cos(a - b)$ en remplaçant b par $-b$.
Or, $\cos(-b) = \cos b$ et $\sin(-b) = -\sin b$.
Ainsi, $\cos(a - (-b)) = \cos a \times \cos(-b) + \sin a \times \sin(-b)$
d'où, $\cos(a + b) = \cos a \times \cos b - \sin a \times \sin b$.
- On utilise les angles associés :
$\sin x = \cos\left(\frac{\pi}{2} - x\right)$ (avec $x = a + b$) et la formule de $\cos(a - b)$
(avec $a \rightarrow \frac{\pi}{2} - a$).
Ainsi, $\sin(a + b) = \cos\left(\frac{\pi}{2} - (a + b)\right)$

$$\sin(a + b) = \cos\left(\left(\frac{\pi}{2} - a\right) - b\right)$$

$$\sin(a + b) = \cos\left(\frac{\pi}{2} - a\right)\cos b + \sin\left(\frac{\pi}{2} - a\right)\sin b$$

$$\sin(a + b) = \sin a \times \cos b + \sin b \times \cos a.$$

- On procède comme précédemment en remplaçant b par $-b$ dans la formule de $\sin(a + b)$.

2 Théorème de la médiane

Théorème : A et B sont deux points du plan et I le milieu de [AB].
Pour tout point M du plan, $MA^2 + MB^2 = 2MI^2 + \frac{1}{2}AB^2$.

Démonstration

1. À l'aide de la relation de Chasles, faire apparaître le vecteur $\overrightarrow{MI}$ dans $MA^2 + MB^2$.

$$\begin{aligned}MA^2 + MB^2 &= \overrightarrow{MA}^2 + \overrightarrow{MB}^2\\ &= (\overrightarrow{MI} + \overrightarrow{IA})^2 + (\overrightarrow{MI} + \overrightarrow{IB})^2\\ &= (\overrightarrow{MI}^2 + 2\overrightarrow{MI} \cdot \overrightarrow{IA} + \overrightarrow{IA}^2 + \overrightarrow{MI}^2 + 2\overrightarrow{MI} \cdot \overrightarrow{IB} + \overrightarrow{IB}^2\\ &= 2\overrightarrow{MI}^2 + 2\overrightarrow{MI} \cdot (\overrightarrow{IA} + \overrightarrow{IB}) + \overrightarrow{IA}^2 + \overrightarrow{IB}^2.\end{aligned}$$

2. Simplifier $\overrightarrow{IA} + \overrightarrow{IB}$ et $IA^2 + IB^2$.

$\overrightarrow{IA} + \overrightarrow{IB} = \vec{0}$ car I est le milieu de [AB].

$IA = IB = \frac{AB}{2}$ donc $IA^2 = IB^2 = \frac{AB^2}{4}$

d'où $IA^2 + IB^2 = \frac{1}{2}AB^2$.

Finalement, $MA^2 + MB^2 = 2\overrightarrow{MI}^2 + 2\overrightarrow{MI} \,.\, \vec{0} + \frac{1}{2}\overrightarrow{AB}^2 = 2MI^2 + \frac{1}{2}AB^2$.

Remarque

Dans les exercices de type ROC (restitution organisée de connaissances), il est fréquent que des questions intermédiaires soient posées (comme c'est le cas ici) afin de faciliter la démonstration.

3 Relation d'Al-Kashi

Propriété : Avec les données de la figure ci-contre,
$a^2 = b^2 + c^2 - 2bc\cos\widehat{A}$.

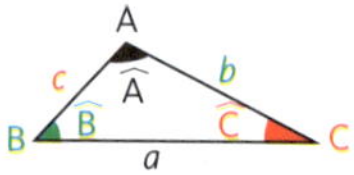

Démonstration

1. À l'aide de la relation de Chasles, faire apparaître les vecteurs $\overrightarrow{AB}$ et $\overrightarrow{AC}$ dans BC^2.

$BC^2 = \overrightarrow{BC}^2 = (\overrightarrow{BA} + \overrightarrow{AC})^2 = \overrightarrow{BA}^2 + 2\overrightarrow{BA} \cdot \overrightarrow{AC} + \overrightarrow{AC}^2$.

2. Utiliser l'expression du produit scalaire avec le cosinus pour conclure.

$$\begin{aligned}\overrightarrow{BA} \cdot \overrightarrow{AC} &= \|\overrightarrow{BA}\| \times \|\overrightarrow{AC}\| \times \cos(\overrightarrow{BA}, \overrightarrow{AC})\\ &= BA \times AC \times \cos(-\overrightarrow{AB}, \overrightarrow{AC})\\ &= c \times b \times (-\cos\widehat{A})\end{aligned}$$

Ainsi, $BC^2 = \overrightarrow{BA}^2 + 2 \times c \times b \times (-\cos\widehat{A}) + \overrightarrow{AC}^2$.

Finalement, $a^2 = c^2 - 2cb\cos\widehat{A} + b^2$

$a^2 = b^2 + c^2 - 2bc\cos\widehat{A}$.

Remarques

- $(-\vec{u}, \vec{v}) = -\pi + (\vec{u}, \vec{v})$

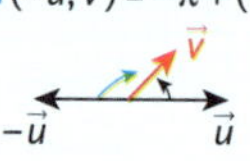

- $\cos(-\pi + x) = -\cos x$.

Comprendre un diagramme, un tableau croisé

36

Lue Relue Acquise

1 L'essentiel du cours

A Diagramme

A et B sont deux sous-ensembles d'un ensemble E.

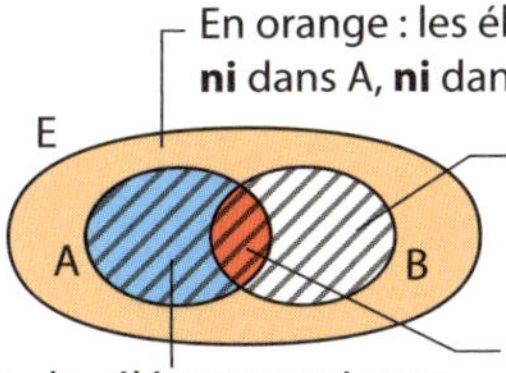

B Tableau croisé

A et B sont deux sous-ensemble d'un ensemble E.

Exemple : voici un tableau croisé.

	A	$\overline{A}$	Total
B	14	12	26
$\overline{B}$	25	18	43
Total	39	30	69

Dans ce tableau, on lit que :
- A possède 39 éléments ;
- 14 éléments sont dans A **et** B : $A \cap B$;
- 25 éléments sont dans A mais pas dans B : $A \cap \overline{B}$;
- 18 éléments ne sont ni dans A, ni dans B : $\overline{A} \cap \overline{B}$;
- 14 + 25 + 12 = 51 éléments sont dans A **ou** dans B : $A \cup B$.

Rappel

En mathématiques, « inter » signifie « et », « union » signifie « ou », c'est-à-dire dans l'un ou dans l'autre ou dans les deux.

Remarque :

Grâce à ce type de tableau, on peut observer que :
- $\overline{A \cup B} = \overline{A} \cap \overline{B}$;
- $\overline{A \cap B} = \overline{A} \cup \overline{B}$.

2 Application

EXO Dans une classe de 32 élèves, 18 élèves sont des filles. 10 élèves de cette classe pratiquent le tennis. 12 élèves de cette classe sont des garçons qui ne pratiquent pas le tennis.
F est l'ensemble des filles de la classe et T l'ensemble des élèves qui pratiquent le tennis.
1. Illustrer la situation par un tableau croisé
2. Combien d'élèves sont des filles **ou** jouent au tennis ?

Solution

1.

	F	$\overline{F}$	Total
T	8	2	*10*
$\overline{T}$	10	*12*	22
Total	*18*	14	*32*

L'énoncé fournit 4 indications. Elles suffisent pour compléter tout le tableau.
Le « **ou** » signifie « union ».

2. 10 + 8 + 2 = 20.
Dans cette classe, 20 élèves sont des filles ou jouent au tennis.

Mémo'Quiz

Sur le diagramme ci-contre, on donne les effectifs de chaque ensemble.

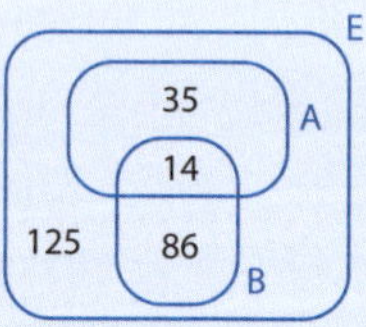

1. L'ensemble $A \cap \overline{B}$ comporte :
- ❑ 35 éléments ❑ 14 éléments ❑ 49 éléments

2. L'ensemble E comporte :
- ❑ 125 éléments ❑ 260 éléments ❑ 274 éléments

3. L'ensemble $A \cup B$ comporte :
- ❑ 125 éléments ❑ 111 éléments ❑ 135 éléments

➜ corrigés p. 306

Utiliser les probabilités conditionnelles 37

Lue Relue Acquise

1 L'essentiel du cours

A Probabilité de *B* sachant *A*

A et *B* sont deux événements tels que $P(A) \neq 0$ et $P(B) \neq 0$.

La probabilité de *B* sachant *A* est :

$P_A(B) = \dfrac{P(A \cap B)}{P(A)}$.

Remarque

De même,
$P_B(A) = \dfrac{P(A \cap B)}{P(B)}$.

Propriété : $P(A \cap B) = P_A(B) \times P(A) = P_B(A) \times P(B)$.

B Représentation par un arbre pondéré : exemple

Un pays compte 60 % de femmes.
1 femme sur 3 a les yeux bleus, 2 hommes sur 5 ont les yeux bleus.

Réflexe à avoir

Dans tout exercice lié aux probabilités conditionnelles, il faut penser à faire un arbre, même s'il n'est pas demandé.

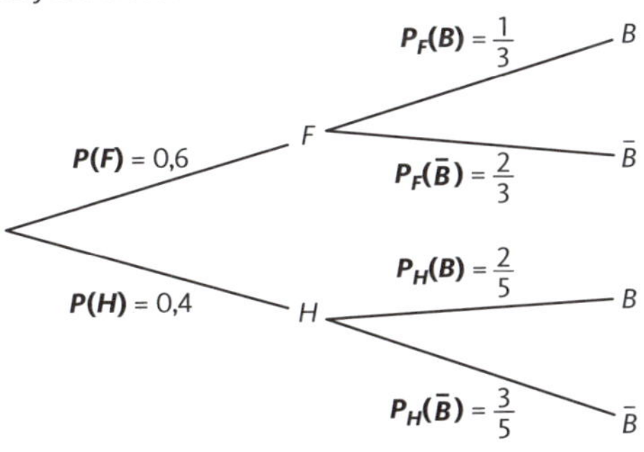

Remarque

La somme des probabilités issues d'un même sommet est égale à 1.

$P(F \cap B) = P_F(B) \times P(F) = \dfrac{1}{3} \times 0{,}6 = 0{,}2$

C Indépendance de deux événements

A et *B* **indépendants** signifie que :
$P(A \cap B) = P(A) \times P(B)$.

Propriétés : *A* et *B* indépendants
$\Leftrightarrow P_B(A) = P(A)$
$\Leftrightarrow P_A(B) = P(B)$
$\Leftrightarrow \overline{A}$ et *B* indépendants

Remarque

Deux événements sont indépendants lorsque la réalisation de l'un n'a pas d'influence sur la réalisation de l'autre.

2 Application

EXO On lance un dé équilibré. Si on obtient ① alors on tire une boule de l'urne 1 ; sinon, on tire une boule de l'urne 2.

1. Représenter cette situation par un arbre pondéré.

2. Calculer la probabilité d'obtenir ① et une boule verte.

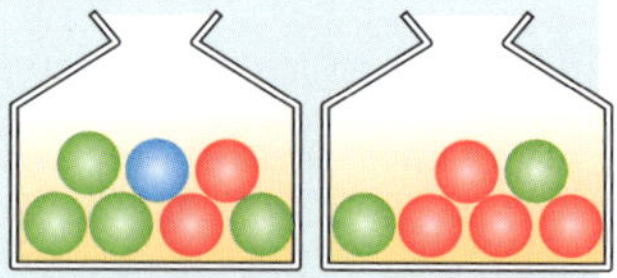

Urne 1 Urne 2

Solution

1.

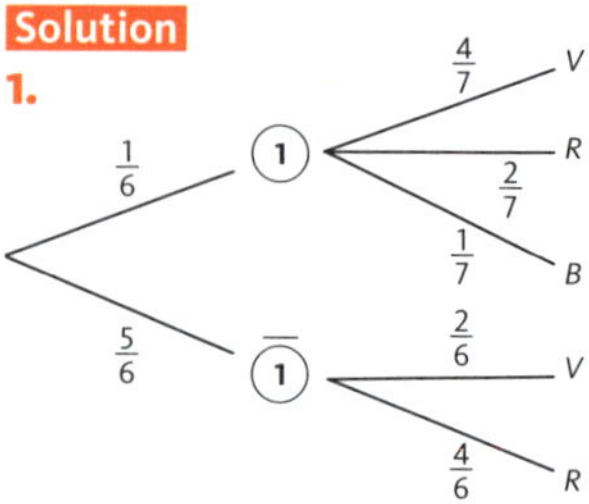

- Indiquer tous les événements dans l'ordre chronologique de leur apparition sur l'arbre.
- Ne pas oublier de pondérer l'arbre avec les probabilités et les probabilités conditionnelles.

2. $P(① \cap V) = P_{①}(V) \times P(①)$

$P(① \cap V) = \frac{4}{7} \times \frac{1}{6} = \frac{2}{21}$.

La probabilité d'obtenir ① et une boule verte est $\frac{2}{21}$.

- Traduire l'énoncé en termes d'événements.
Attention : **et** se traduit par $\cap$ (intersection), **ou** se traduit par $\cup$ (réunion).

Mémo'Quiz

On tire successivement et sans remise deux cartes d'un jeu de 32 cartes qui comporte 12 figures (notées F) et 20 numéros (notés N).
On note F_1 : obtenir une figure au 1er tirage, F_2 au 2e tirage, N_1...

1. $P_{F_1}(N_2)$ est égale à : ❑ $\frac{12}{32}$ ❑ $\frac{11}{31}$ ❑ $\frac{20}{31}$

2. $P_{N_1}(F_2)$ est égale à : ❑ $\frac{20}{32}$ ❑ $\frac{12}{31}$ ❑ $\frac{19}{31}$

3. $P(F_1 \cap N_2)$ est égale à : ❑ $\frac{240}{992}$ ❑ $\frac{132}{992}$ ❑ $\frac{20}{32}$

4. $P(N_1 \cap F_2)$ est égale à : ❑ $\frac{240}{992}$ ❑ $\frac{380}{992}$ ❑ $\frac{12}{32}$

→ corrigés p. 306

Appliquer la formule des probabilités totales

38

☐ Lue ☐ Relue ☐ Acquise

1 L'essentiel du cours

A Partition de l'univers

Une suite d'événements A_1, A_2, ..., A_n constitue une **partition de l'univers Ω** lorsque les A_i recouvrent Ω tout entier et qu'aucun des A_i ne se chevauche avec un autre.

Remarque
La partition la plus simple est constituée de A et $\overline{A}$.

B Formule des probabilités totales

A_1, A_2, A_3 forment une partition de l'univers Ω. B est un événement de Ω.

Remarque
En pratique, dans les exercices, on rencontre des partitions à 2 événements A et $\overline{A}$ ou 3 événements comme présenté ici.

- **Représentation par un arbre pondéré**

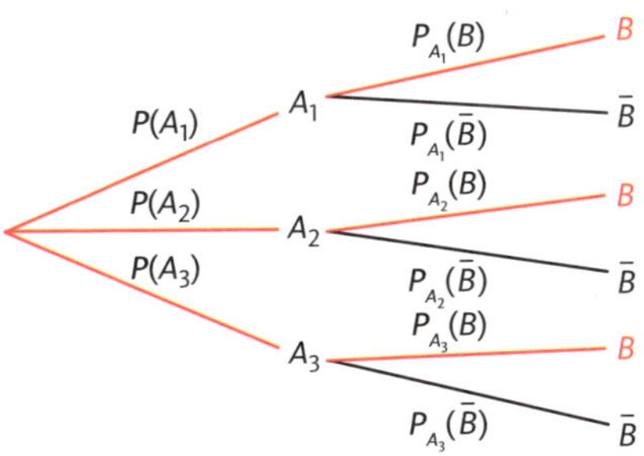

Remarque
Ici, on considère les chemins qui mènent à B.

$$P(B) = P(A_1) \times P_{A_1}(B) + P(A_2) \times P_{A_2}(B) + P(A_3) \times P_{A_3}(B)$$

- **Représentation par un schéma**

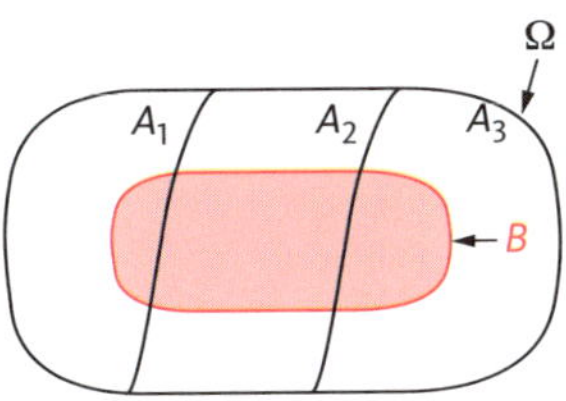

Remarque
Ici, on considère la trace de B sur les événements A_1, A_2 et A_3.

$$P(B) = P(B \cap A_1) + P(B \cap A_2) + P(B \cap A_3)$$

2 Les principales situations rencontrées

A Utilisation directe de la formule

EXO 1 **Utiliser l'arbre pondéré ci-contre pour calculer la probabilité d'obtenir B.**

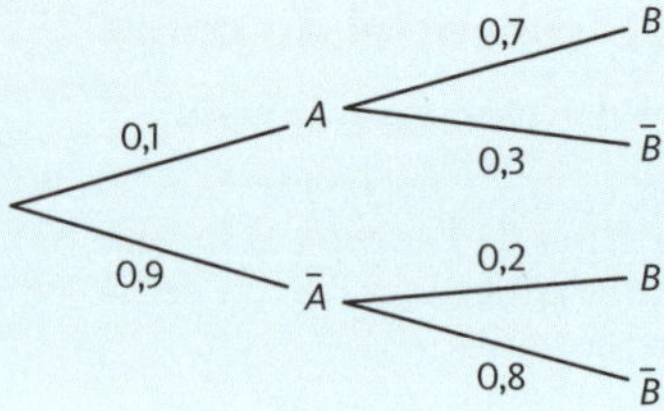

Solution

$P(B) = P(A) \times P_A(B) + P(\overline{A}) \times P_{\overline{A}}(B)$

$P(B) = 0{,}1 \times 0{,}7 + 0{,}9 \times 0{,}2$

$P(B) = 0{,}25.$

Utiliser la formule des probabilités totales afin de calculer une probabilité qui n'est pas donnée dans l'énoncé.

B Retourner un arbre de probabilité

EXO 2 **On reprend la situation de l'exercice 1. Calculer $P_B(A)$.**

Solution

$$P_B(A) = \frac{P(A \cap B)}{P(B)} = \frac{P_A(B) \times P(A)}{P(B)}$$

$$P_B(A) = \frac{0{,}7 \times 0{,}1}{0{,}25}$$

$P_B(A) = 0{,}28.$

- Principe : l'énoncé fournit la probabilité $P_A(B)$ mais pas $P_B(A)$ (c'est-à-dire celle qui figurerait dans l'arbre « retourné »).
- Calculer $P_B(A)$ à l'aide de la définition $P_B(A) = \frac{P(A \cap B)}{P(B)}$, de $P(A \cap B) = P_A(B) \times P(A)$ et de la formule des probabilités totales.

Mémo'Quiz

Pour se rendre de Montpellier à Paris, 60 % des voyageurs prennent le train, 30 % la voiture et 10 % l'avion. Parmi ceux qui prennent le train, il y a 55 % de femmes ; parmi ceux qui prennent la voiture, il y a 70 % d'hommes et parmi ceux qui prennent l'avion, il y a autant d'hommes que de femmes.

1. $P(F)$ est égale à : ❑ 0,55 ❑ 0,47 ❑ 0,53
2. $P_H(A)$ est environ égale à : ❑ 0,505 ❑ 0,094 ❑ 0,112
3. $P_F(V)$ est environ égale à : ❑ 0,19 ❑ 0,21 ❑ 0,3

→ corrigés p. 306

Étudier une succession d'épreuves indépendantes

39

☐ Lue ☐ Relue ☐ Acquise

1 L'essentiel du cours

Lors d'une succession d'épreuves indépendantes, les probabilités des évènements restent identiques d'une épreuve à l'autre.

> **Astuce du prof**
>
> Pour ne pas oublier, on indique souvent les différentes issues à droite de l'arbre pondéré.

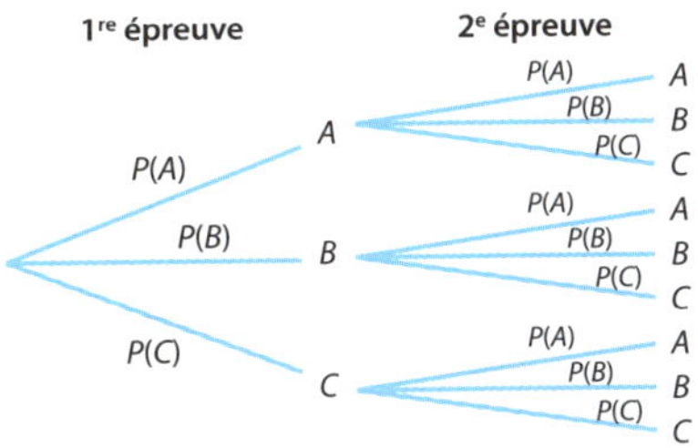

Issue

(A ; A)
(A ; B)
(A ; C)
(B ; A)
(B ; B)
(B ; A)
(C ; A)
(C ; B)
(C ; C)

2 Applications

EXO 1 On tire, au hasard et avec remise, deux boules de l'urne ci-contre et on note les couleurs obtenues.

R (resp. *V* ; resp. *B*) est l'évènement « la boule tirée est rouge (resp. verte ; resp. bleue) ».

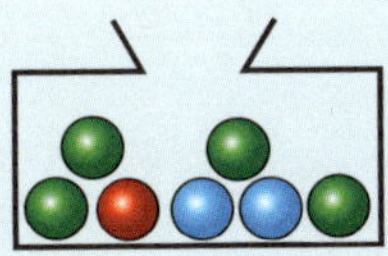

1. Représenter la situation par un arbre pondéré en indiquant les issues.

2. Déterminer la probabilité d'obtenir au moins une boule rouge.

Solution

1.

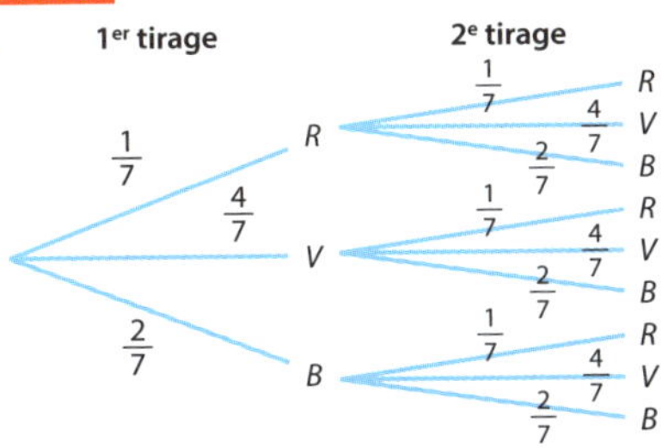

Issue

(R ; R)
(R ; V)
(R ; B)
(V ; R)
(V ; V)
(V ; B)
(B ; R)
(B ; V)
(B ; B)

2. Les issues qui réalisent cet évènement sont :
$(R\,;R)$; $(R\,;V)$; $(R\,;B)$; $(V\,;R)$ et $(B\,;R)$.
La probabilité cherchée est donc :
$P=\frac{1}{7}\times\frac{1}{7}+\frac{1}{7}\times\frac{4}{7}+\frac{1}{7}\times\frac{2}{7}+\frac{4}{7}\times\frac{1}{7}+\frac{2}{7}\times\frac{1}{7}=\frac{13}{49}$.

Lister toutes les issues permet de visualiser la réponse sur l'arbre et de n'oublier aucun cas.

EXO 2 **On reprend l'exercice précédent. Déterminer la probabilité de ne pas obtenir deux boules de la même couleur.**

Solution

On note A l'événement « ne pas obtenir deux boules de la même couleur ».
Ainsi, $\overline{A}$ est l'événement « obtenir deux boules de la même couleur ».
Les issues qui réalisent $\overline{A}$ sont :
$(R\,;R)$, $(V\,;V)$ et $(B\,;B)$.
Donc $P(\overline{A})=\frac{1}{7}\times\frac{1}{7}+\frac{4}{7}\times\frac{4}{7}+\frac{2}{7}\times\frac{2}{7}=\frac{3}{7}$.
Finalement, $P(A)=1-P(\overline{A})=\frac{4}{7}$.

Il est parfois judicieux d'utiliser l'événement contraire, car dans certaines situations, cela raccourcit les calculs.

Mémo'Quiz

Voici le patron d'un dé cubique équilibré. On lance ce dé deux fois de suite et on note les couleurs obtenues. (*B* pour bleue ; *J* pour jaune ; *V* pour vert).

1. ***J* est une issue de ce jeu.**
❑ Vrai ❑ Faux

2. Ce jeu comporte 9 issues.
❑ Vrai ❑ Faux

3. La probabilité d'obtenir une seule fois le vert est égale à $\frac{5}{18}$.
❑ Vrai ❑ Faux

4. La probabilité d'obtenir deux couleurs différentes est égale à $\frac{3}{18}$.
❑ Vrai ❑ Faux

→ corrigés p. 306

Définir une variable aléatoire, une loi de probabilité

40

Lue Relue Acquise

L'essentiel du cours

L'univers d'une expérience aléatoire est $\mathcal{U} = \{x_1 ; x_2 ; ... ; x_k\}$.

A Variable aléatoire discrète

Définitions :
- Une **variable aléatoire** X sur $\mathcal{U}$ est une application de $\mathcal{U}$ dans $\mathbb{R}$.
- **Définir une variable aléatoire** X sur $\mathcal{U}$, c'est associer, à chacune des issues x_i de $\mathcal{U}$, un nombre réel y_j.

Vocabulaire

L'**univers** est l'ensemble des issues d'une expérience aléatoire.

Exemple : On lance un dé équilibré à six faces et on note le numéro obtenu.
$\mathcal{U} = \{1 ; 2 ; 3 ; 4 ; 5 ; 6\}$
On considère le jeu suivant :
- si on a obtenu 1, 2 ou 3, alors on gagne 2 € ;
- si on a obtenu 4 ou 5, alors on gagne 1 € ;
- si on a obtenu 6, alors on perd 10 €.

On peut alors définir la variable aléatoire X qui donne le gain de ce jeu.

$$\begin{array}{ccc} \mathcal{U} & \xrightarrow{X} & \mathbb{R} \\ 1 & \longmapsto & 2\text{ €} \\ 2 & \longmapsto & 2\text{ €} \\ 3 & \longmapsto & 2\text{ €} \\ 4 & \longmapsto & 1\text{ €} \\ 5 & \longmapsto & 1\text{ €} \\ 6 & \longmapsto & -10\text{ €} \end{array}$$

B Loi de probabilité d'une variable aléatoire

Définition : Définir la **loi de probabilité de la variable aléatoire** X, c'est associer à chacun des événements $(X = y_j)$, la probabilité p_j qui lui correspond.

Remarque

Pour tout j, $0 \leqslant p_j \leqslant 1$ et la somme de tous les p_j est égale à 1.

Exemple : On reprend l'exemple ci-dessus et on présente cette loi de probabilité sous forme de tableau.

Issue : $(X = y_j)$	2 €	1 €	– 10 €
Probabilité : $p_j = P(X = y_j)$	$\frac{3}{6}$	$\frac{2}{6}$	$\frac{1}{6}$

On lit par exemple que la probabilité de gagner 1 € sur une partie est de $\frac{2}{6} = \frac{1}{3}$.

2 Application

EXO On prélève au hasard une boule de l'urne ci-contre (les boules sont supposées indiscernables au toucher).
On joue au jeu suivant :

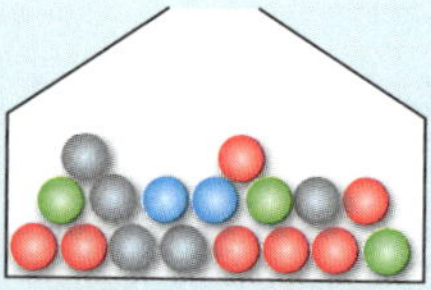

- si la boule tirée est rouge, alors on gagne 10 € ;
- si elle est verte, alors on gagne 50 € ;
- sinon, on perd 27 €.

1. Décrire la variable aléatoire X qui donne le gain du jeu.
2. Définir la loi de la probabilité de X.

Solution

1. $\mathcal{U}$ = {Rouge ; Verte ; Bleue ; Grise}
$\mathcal{U}'$ = {10 ; 50 ; – 27}

$$\mathcal{U} \xrightarrow{X} \mathcal{U}'$$

Rouge ⟼ 10
Verte ⟼ 50
Bleue ⟼ – 27
Noire ⟼ – 27

- Identifier l'univers de départ : la couleur des boules.
- Identifier l'ensemble des gains possibles (c'est-à-dire les y_j).
- Associer les uns aux autres pour décrire la loi de probabilité de X.

2.

Issue : $(X = y_j)$	10	50	– 27
Probabilité : $P(X = y_j)$	$\frac{7}{17}$	$\frac{3}{17}$	$\frac{7}{17}$

Construire un tableau qui associe à chaque gain la probabilité correspondante.

Mémo'Quiz

On lance deux fois de suite une pièce équilibrée.
On note $\mathcal{U}$ l'univers de cette expérience aléatoire.

1. $\mathcal{U} = \{PP ; PF ; FP ; FF\}$. ❑ Vrai ❑ Faux

2. Si l'on obtient deux fois Pile, alors on gagne 2 jetons ; si on obtient deux fois Face, alors on perd 3 jetons ; sinon, on gagne 1 jeton.
La loi de probabilité de la variable aléatoire qui donne le nombre de jetons obtenus est : ❑ Vrai ❑ Faux

Issue	– 3	1	2
Probabilité	$\frac{2}{4}$	$\frac{1}{4}$	$\frac{1}{4}$

3. $P(X = 2) = \frac{1}{4}$. ❑ Vrai ❑ Faux

➜ corrigés p. 306

Calculer et interpréter l'espérance

41

Lue Relue Acquise

1 L'essentiel du cours

A Calcul de l'espérance

- La loi de probabilité d'une variable aléatoire X est donnée par le tableau ci-dessous.

Issue : $(X = y_j)$	y_1	y_2	...	y_k
Probabilité : $p_j = P(X = y_j)$	p_1	p_2	...	p_k

Définition : L'**espérance** de la variable aléatoire X est le nombre :

$$E(X) = p_1 \times y_1 + p_2 \times y_2 + ... + p_k \times y_k.$$

Astuce du prof

L'espérance en probabilité est l'analogue de la moyenne pondérée en statistique.

Définition : La **variance** de la variable aléatoire X est le nombre :

$$V(X) = p_1 \times (y_1 - E(X))^2 + p_2 \times (y_2 - E(X))^2 + ... + p_k \times (y_k - E(X))^2.$$

Définition : L'**écart-type** de la variable aléatoire X est le nombre :

$$\sigma(X) = \sqrt{V(X)}.$$

Propriétés : Pour a et b deux réels fixés :

$$E(aX + b) = aE(X) + b$$
$$V(aX) = a^2 V(X).$$

B Interprétation de l'espérance

- L'espérance représente la moyenne des résultats obtenus par jeu, lorsqu'on effectue un grand nombre de fois le jeu proposé.

Définition : On dit qu'un **jeu** est **équitable** lorsque son espérance est égale à zéro.

- On peut retenir que :
– si $E(X) > 0$: le jeu est favorable au joueur ;
– si $E(X) = 0$: le jeu est équitable ;
– si $E(X) < 0$: le jeu est favorable à celui qui propose le jeu.

Réflexe à avoir

L'espérance et l'écart-type sont exprimés dans la même unité que les issues.

Piège à éviter

L'espérance (de même que la variance et l'écart-type) n'est pas une probabilité.

2 Application

EXO On lance un dé à six faces équilibré. Si on obtient 1, 2 ou 3, alors on gagne 5 € ; si on obtient 4 ou 5, alors on gagne 3 € ; sinon on perd 15 €.
Pour pouvoir jouer une partie, un joueur doit miser 2 €.
1. On note X la variable aléatoire qui, au numéro obtenu, associe le gain (en tenant compte de la mise de départ). Définir la loi de probabilité de cette expérience aléatoire.
2. Calculer et interpréter l'espérance de ce jeu.
3. À la calculatrice, calculer l'écart-type de ce jeu.

Solution

1. La loi de probabilité de X est donnée par le tableau :

Issue : $(X = y_j)$	3 €	1 €	– 17 €
Probabilité : $P(X = y_j)$	$\frac{3}{6}$	$\frac{2}{6}$	$\frac{1}{6}$

Reprendre, si nécessaire, la fiche 18.

Il faut tenir compte de la mise de départ (elle est toujours perdue).

2. $E(X) = \frac{3}{6} \times 3 + \frac{2}{6} \times 1 + \frac{1}{6} \times (-17) = -\frac{6}{6} = -1.$

Appliquer la formule.

Ainsi, en moyenne, sur un grand nombre de parties jouées, un joueur va perdre 1 € par partie.

Remarque : Puisque $E(X) \neq 0$, le jeu n'est pas équitable.

3. Ainsi, $\sigma(X) \approx 7{,}21$ €.
(On retrouve le fait que $E(X) = \bar{x} = 1$ €.)

Procéder exactement comme pour le calcul de l'écart-type : voir fiche 16 ou les rabats de couverture.

Mémo'Quiz

Le tableau ci-contre est celui de la loi de probabilité d'une variable aléatoire X.

Issue	– 8	– 3	2	5	9
Probabilité	0,1	0,2	0,3	p	0,3

1. p est égale à : ❑ 0,1 ❑ 0,2 ❑ 0,3
2. $E(X)$ est égale à : ❑ 1 ❑ 5 ❑ 2,4
3. Ce jeu est équitable : ❑ Vrai ❑ Faux ❑ On ne peut pas savoir
4. $\sigma(X)$ est environ égal à : ❑ 5,5 ❑ 30,25 ❑ 2,3

→ corrigés p. 306

Estimer une probabilité

42

Lue Relue Acquise

1 L'essentiel du cours

A Population et échantillon

Principe : lorsque le nombre d'individus d'une population est trop important pour que l'on puisse étudier un caractère chez chacun des individus, on prélève un échantillon d'individus de cette population et on étudie ce caractère chez chaque individu de l'échantillon.

B Échantillon

Définitions :

- Le nombre n d'individus d'un échantillon est appelé **taille de l'échantillon**.
- On s'intéresse à une expérience aléatoire à deux issues, nommées Succès et Échec. Lorsqu'on répète n fois cette expérience aléatoire de manière indépendante, on constitue un **échantillon** de taille n dans lequel le caractère étudié est Succès.

C Fluctuation d'échantillonnage

Principe : on s'intéresse à un caractère donné présent chez certains individus d'une population. Au sein de cette population, la proportion d'individus qui présentent ce caractère est p.

On prélève un échantillon dans cette population et on note f la proportion d'individus qui présentent le caractère étudié dans cet échantillon.

En réalisant plusieurs échantillons, on s'aperçoit que f varie, tout en restant proche de p.

Définitions :

- On dit que la **fréquence observée** f dans l'échantillon **fluctue** d'un échantillon à l'autre, autour de la proportion p de la population ou de la probabilité p de choisir un individu qui présente le caractère étudié.
- Ce phénomène, dû au hasard, est appelé **fluctuation d'échantillonnage**.

2 Application

EXO

Un dé à six faces a été truqué. Afin d'estimer les probabilités de sortie de chaque face, on effectue 800 lancers de ce dé et on note, dans le tableau ci-dessous, le nombre de fois où chaque numéro a été obtenu.

Numéro	①	②	③	④	⑤	⑥
Nombre de fois où le numéro est obtenu	134	42	128	45	203	248

Déterminer une estimation de la probabilité d'obtenir le ⑥ lors d'un lancer de ce dé.

Solution

La fréquence d'apparition du ⑥ est

$f = \frac{248}{800} = 0{,}31.$

La probabilité p d'obtenir ⑥ est donc proche de 0,31.

La taille de l'échantillon, $n = 800$, est assez grande, donc l'estimation sera proche de la réalité.

Mémo'Quiz

Une urne opaque contient 20 boules. Parmi elles, il y a des boules blanches (B), des rouges (R) et des vertes (V). On a effectué 5 000 tirages et on a comptabilisé dans le tableau ci-dessous le nombre de fois où la couleur a été obtenue.

Couleur	B	R	V
Nombre de fois où la couleur est obtenue	1 735	1 012	2 253

1. $p(B) \approx 0{,}35.$

❑ Vrai ❑ Faux

2. $p(R) \approx 0{,}1012.$

❑ Vrai ❑ Faux

3. On peut estimer qu'il y a 9 boules vertes dans cette urne.

❑ Vrai ❑ Faux

➜ corrigés p. 306

Simuler une expérience aléatoire

43

☐ Lue ☐ Relue ☐ Acquise

1 L'essentiel du cours

A Simuler un nombre aléatoire de l'intervalle [0 ; 1[

Pour simuler un nombre aléatoire de l'intervalle [0 ; 1[, on utilise :
- avec une calculatrice :
  Casio : `#RAND`
  Texas Instruments : `NbrAléat`
- avec un tableur : `=ALEA()`
- avec Python : `random()`

B Simuler un nombre entier aléatoire

Pour simuler un nombre **entier** aléatoire de l'intervalle [*a* ; *b*], on utilise :
- avec une calculatrice :
  Casio : `RanInt(a,b)` Texas Instruments : `NbrAléatEnt(a,b)`
- avec un tableur : `=ALEA.ENTRE.BORNES(a;b)`
- avec Python : `randint(a,b)`

2 Applications

EXO 1 **Une assemblée compte 42 % de femmes. On choisit au hasard une personne de cette assemblée et on note 1 s'il s'agit d'une femme et 0 sinon.**
Simuler cette expérience aléatoire à l'aide d'un programme Python.

Solution

```
from random import *
def X():
    a=random()
    if a<0.42:
        x=1
    else:
        x=0
    return x
print (X())
```

← Utiliser la bibliothèque random.

← Simuler un nombre aléatoire de [0 ; 1[.

← Découper cet intervalle en deux :

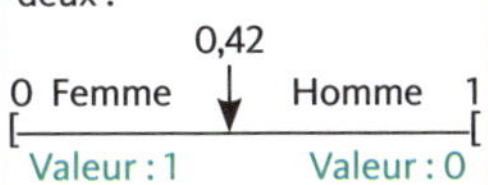

Simuler une expérience aléatoire

EXO 2 **On lance un dé à six faces équilibré et on note le numéro obtenu. X est la variable aléatoire qui prend la valeur 15 si le numéro est inférieur à 2 et la valeur – 15 sinon.**
Simuler cette expérience aléatoire avec le tableur ci-dessous.

	A	B
1	Numéro obtenu	Valeur prise par X
2		

Solution

En cellule A2, il faut écrire : `=ALEA.ENTRE.BORNES(1;6)`
En cellule B2, il faut écrire : `=SI(A2<=2;15;-15)`

Mémo'Quiz

On a simulé avec un programme Python le tirage d'une boule de cette urne.

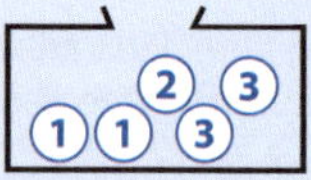

1. Dans la case rouge, il faut écrire : **`randint(1,5)`**

❑ Vrai ❑ Faux

2. Dans la case verte, il faut écrire : **`randint(2)`**

❑ Vrai ❑ Faux

3. Dans la case bleue, il faut écrire : **`x=3`**

❑ Vrai ❑ Faux

```
from random import *
def X():
    a= [        ]
    if a<=2:
        x=1
    if a== [        ]:
        x=2
    if a>3:
        [        ]
    return x
print(X())
```

→ corrigés p. 306

Simuler la moyenne d'un échantillon

44

Lue Relue Acquise

1 L'essentiel du cours

- X est une variable aléatoire d'espérance $E(X)$.

En réalisant n fois l'expérience aléatoire associée à la variable aléatoire X, on obtient un échantillon de taille n de cette variable aléatoire.

La fonction Moyenne écrite ci-dessous en langage Python permet de simuler la moyenne m des valeurs $x_1, x_2, \ldots, x_n$ prises par X lors des n expériences :

$$m = \frac{x_1 + x_2 + \ldots + x_n}{n}$$

```
def Moyenne(n):
    somme=0
    for i in range(n):
        somme=somme+X()
    m=somme/n
    return m
```

Vocabulaire

En langage Python, « for *i* in range(n) » signifie que i est un entier allant de 1 à *n* inclus.

Propriété :
Lorsque n est grand, la moyenne m donne une estimation de l'espérance $E(X)$ de la variable aléatoire X.

Remarque : Puisque cette expérience est aléatoire, la moyenne obtenue par le programme peut changer si on lance le programme plusieurs fois.

2 Application

EXO

On tire au hasard une boule dans l'urne ci-contre.
Si elle est verte, alors on gagne 5 € ;
si elle est bleue, alors on gagne 2 € ;
sinon, on perd 10 €.

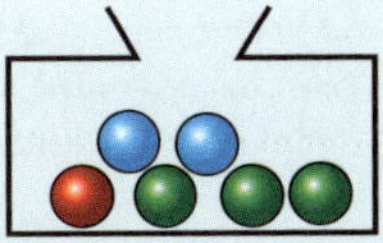

X est la variable aléatoire qui donne le gain d'un joueur.
Simuler la moyenne des valeurs prises par X sur un échantillon de 10 000 tirages.

Solution

```
from random import *
def X():
    a=randint(1,6)
    if a<=3:
        x=5
    if a==4 or a==5:
        x=2
    if a>5:
       x=-10
    return x
def Moyenne(n):
    somme=0
    for i in range(n):
        somme=somme+X()
    m=somme/n
    return m
print(Moyenne(10000))
```

- Commencer par simuler la variable aléatoire X.
- Utiliser ensuite la fonction Moyenne sur un échantillon de $n = 10\,000$ tirages.

Remarque : la loi de probabilité de X est :

Issue de X	-10	2	5
Probabilité	$\frac{1}{6}$	$\frac{2}{6}$	$\frac{3}{6}$

Ainsi, $E(X) = \frac{1}{6} \times (-10) + \frac{2}{6} \times 2 + \frac{3}{6} \times 5$
$= 1{,}5$ €.

Le programme Python va donc afficher en sortie un résultat très proche de 1,5.

Mémo'Quiz

Une urne contient 15 jetons noirs, 5 jetons blancs et 10 jetons rouges. On tire au hasard un jeton de l'urne et on note sa couleur. S'il est noir, alors on gagne 50 € ; s'il est blanc, alors on gagne 10 € ; sinon on perd 100 €. *X* est la variable aléatoire qui donne le gain. On a simulé la moyenne des valeurs de *X* sur un échantillon de 5 000 tirages.

```
from random import *
def X():
  a=randint(1,30)
  if [          ]:
      x=50
  if a>15 and a<=20:
      x=10
  if a>20:
      x=-100
  return x
def Moyenne(n):
  somme=0
  for i in range(n):
      somme=somme+X()
  m= [          ]
  return m
print(Moyenne(5000))
```

1. Dans la case rouge, il faut écrire :
$a < 15$ ❑ Vrai ❑ Faux

2. Dans la case verte, il faut écrire :
somme/n ❑ Vrai ❑ Faux

➜ corrigés p. 306

Utiliser la structure « Pour »

45

Lue Relue Acquise

1 L'essentiel du cours

A Écriture d'un algorithme

Un algorithme est une suite finie d'opérations ou d'instructions permettant de résoudre un problème. En 1re, il faut être capable d'en lire et d'en écrire. Le cadre ci-dessous décrit l'écriture générale d'un algorithme.

> **Entrées**
> On déclare les variables utilisées par la suite.
> **Initialisation**
> Lorsque nécessaire, on affecte une valeur à certaines variables.
> **Traitement**
> On effectue des calculs, on utilise des structures logiques (si... alors... sinon... ; tant que... faire ; pour i allant de ... à ...).
> **Sortie**
> On affiche le résultat voulu.

B La structure « Pour »

On fait **répéter une action** un nombre de fois décidé à l'avance.

Cette structure est particulièrement adaptée aux suites.

Remarque

On connaît ici le nombre d'itérations, c'est-à-dire le nombre de fois où l'action est répétée. Ce n'est pas le cas pour la structure « Tant que ».

2 Applications

EXO 1 u est la suite définie sur $\mathbb{N}$ par :

$$\begin{cases} u_0 = 3 \\ u_{n+1} = 2u_n - 5, \text{ pour tout } n \text{ de } \mathbb{N}. \end{cases}$$

1. Faire fonctionner « à la main » l'algorithme ci-contre.

2. Que calcule cet algorithme ?

> **Entrée**
> u et i désignent des nombres
> **Initialisation**
> u prend la valeur 3
> **Traitement**
> Pour i allant de 1 à 4, faire
> | u prend la valeur $2u - 5$
> Fin Pour
> **Sortie**
> Afficher u

Solution

1. Au départ : u prend la valeur 3 (c'est u_0).

À l'étape 1 : i prend la valeur 1 (c'est $n = 1$) et u prend la valeur $2 \times 3 - 5 = 1$ (c'est u_1).

À l'étape 2 : i prend la valeur 2 (c'est $n = 2$) et u prend la valeur $2 \times 1 - 5 = -3$ (c'est u_2).

À l'étape 3 : i prend la valeur 3 (c'est $n = 3$) et u prend la valeur $2 \times (-3) - 5 = -11$ (c'est u_3).

À l'étape 4 : *i* prend la valeur 4 (c'est $n = 4$) et *u* prend la valeur $2 \times (-11) - 5 = -27$ (c'est u_4). Finalement $u = -27$.

2. Cet algorithme calcule $u_4 = -27$.

EXO 2

u est la suite définie sur $\mathbb{N}^*$ par $\begin{cases} u_1 = 3 \\ u_{n+1} = u_n - 2, \text{ pour tout } n \text{ de } \mathbb{N}^*. \end{cases}$

Écrire un algorithme qui permet de calculer :

$$S = u_1 + u_2 + u_3 + \dots + u_{10}.$$

Solution

Algorithme	Commentaires
Entrée *S*, *u* et *i* désignent des nombres	On déclare les variables.
Initialisation *u* prend la valeur 3 *S* prend la valeur 0	On initialise $u = u_1$ et la somme *S* vaut 0 au départ.
Traitement Pour *i* allant de 1 à 10, faire | *S* prend la valeur *S* + *u* | *u* prend la valeur *u* – 2 Fin Pour	On fait effectuer 10 itérations. u_1 $u_1 + u_2$ $u_1 + u_2 + u_3$ ⋮
Sortie Afficher *S*	On demande d'afficher le résultat de la somme.

On obtient $S = -60$.

Mémo'Quiz

v est la suite définie sur $\mathbb{N}$ par $\begin{cases} v_0 = 5 \\ v_{n+1} = 2v_n - 7, \text{ pour tout } n \text{ de } \mathbb{N}. \end{cases}$

Voici un algorithme qui permet de calculer $S = v_0 + v_1 + \dots + v_5$.

Dans cet algorithme :

1. **le cadre A doit être compléte avec :**
❑ 0 ❑ 5

2. **le cadre B doit être complété avec :**
❑ *i* allant de 1 à 5 ❑ *i* allant de 0 à 5

3. **le cadre C doit être complété avec :**
❑ $S + 2u - 7$ ❑ $S + u$

4. **le cadre D doit être complété avec :**
❑ $2v - 7$ ❑ $S + u$

5. **la valeur de *S* affichée en sortie est :**
❑ – 57 ❑ – 84

Entrée
S, *v* et *i* désignent des nombres
Initialisation
v prend la valeur [A]
S prend la valeur 0
Traitement
Pour [B] faire
| *S* prend la valeur [C]
| *v* prend la valeur [D]
Fin Pour
Sortie
Afficher *S*

→ corrigés p. 306

Utiliser la structure « Tant que »

46

Lue Relue Acquise

1 L'essentiel du cours

A Écriture d'un algorithme

Un algorithme est une suite finie d'opérations ou d'instructions permettant de résoudre un problème. En 1re, il faut être capable de lire et d'écrire de petits algorithmes.
Le cadre ci-dessous décrit l'écriture générale d'un algorithme.

Entrées
On déclare les variables utilisées par la suite.
Initialisation
Lorsque nécessaire, on affecte une valeur de départ à certaines variables.
Traitement
On effectue des calculs, on utilise des structures logiques (si... alors...sinon... ; tant que...faire... ; pour *i* allant de... à...).
Sortie
On affiche le résultat voulu.

B La structure « Tant que »

On fait **répéter une action** tant qu'une certaine condition est vérifiée. Lorsque la condition devient fausse, l'action s'arrête.

Remarque
On ne connaît pas ici le nombre d'itérations, c'est-à-dire le nombre de fois où l'action est répétée.

2 Applications

EXO 1 Faire fonctionner « à la main » l'algorithme ci-dessous.

Entrée
x désigne un nombre
Initialisation
x prend la valeur 1
Traitement
Tant que $x^2 + 1 < 100$ faire
| x prend la valeur $x + 4$
Fin Tant que
Sortie
Afficher x

Solution

Au départ : x prend la valeur 1.
À l'étape 1 : $1^2 + 1 = 2 < 100$ donc x prend la valeur $1 + 4 = 5$.
À l'étape 2 : $5^2 + 1 = 26 < 100$ donc x prend la valeur $5 + 4 = 9$.
À l'étape 3 : $9^2 + 1 = 82 < 100$ donc x prend la valeur $9 + 4 = 13$.
À l'étape 4 : $13^2 + 1 = 170 > 100$ donc l'algorithme prend fin.
x a la valeur 13.

EXO 2 f est la fonction représentée ci-contre et définie sur $\mathbb{R}$ par $f(x) = x^3 - 2$.
Écrire un algorithme qui détermine une valeur approchée à 0,01 près de la solution de l'équation $f(x) = 0$.

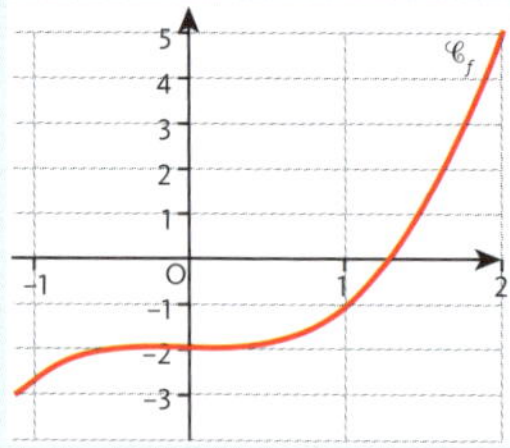

Solution

Entrée
x désigne un nombre
Initialisation
x prend la valeur 1
Traitement
Tant que $x^3 - 2 < 0$ faire
| x prend la valeur $x + 0{,}01$
Fin Tant que
Sortie
Afficher x

On déclare les variables.
On lit sur le graphique que $f(1) < 0$ donc on peut démarrer avec $x = 1$.
On lit sur le graphique que f est croissante, donc augmenter les valeurs de x (avec un pas de 0,01) augmente les valeurs de $f(x)$: on cherche à atteindre une valeur positive de $f(x)$.

On trouve $x = 1{,}26$ (en effet, $f(1{,}25) < 0$ et $f(1{,}26) > 0$).

Mémo'Quiz

On reprend l'énoncé de l'exo 2 ci-dessus. Voici un nouvel algorithme qui permet de répondre à la question posée.
Dans cet algorithme :

1. le cadre rouge doit être complété avec :
   ❑ $x^3 - 2 < 0$ ❑ $x^3 - 2 > 0$
2. le cadre vert doit être complété avec :
   ❑ $x + 0{,}01$ ❑ $x - 0{,}01$
3. la valeur de x en sortie affichée est :
   ❑ 1,25 ❑ 1,26

Entrée
x désigne un nombre.
Initialisation
x prend la valeur 2.
Traitement
Tant que [ ] faire
| x prend la valeur [ ]
Fin tant que
Sortie
Afficher x

→ corrigés p. 306

Utiliser une instruction conditionnelle

47

Lue Relue Acquise

1 L'essentiel du cours

A Écriture d'un algorithme

Un algorithme est une suite finie d'opérations ou d'instructions permettant de résoudre un problème. En 1re, il faut être capable de lire et d'écrire de petits algorithmes.
Le cadre ci-dessous décrit l'écriture générale d'un algorithme.

Entrées
On déclare les variables utilisées par la suite.
Initialisation
Lorsque nécessaire, on affecte une valeur de départ à certaines variables.
Traitement
On effectue des calculs, on utilise des structures logiques (si... alors...sinon... ; tant que...faire... ; pour *i* allant de... à...).
Sortie
On affiche le résultat voulu.

B La structure conditionnelle

On sait effectuer une action ou un calcul **si** une certaine condition est vérifiée. Si elle n'est pas vérifiée, **alors** soit l'action ou le calcul s'arrête soit, à l'aide du **sinon**, on fait effectuer une autre action ou un autre calcul.

2 Applications

EXO 1

f est la fonction définie sur $\mathbb{R}$ par $f(x) = \begin{cases} x^2 & \text{si } x \leqslant 1 \\ 5-2 & \text{si } x > 1 \end{cases}$

Écrire un algorithme qui, lorsqu'on entre un réel x, affiche la valeur prise par $f(x)$.

Solution

Saisir x
Si $x \leqslant 1$ alors
$y \leftarrow x^2$
Sinon
$y \leftarrow 5 - 2x$
Fin si
Afficher y

• On n'a pas besoin de préciser où se trouve l'entrée, la sortie, le traitement... car c'est sous-entendu.
• La flèche $y \leftarrow$ signifie que y prend cette valeur.

EXO 2 Une urne contient deux jetons rouges et trois jetons jaunes. On tire au hasard un jeton de cette urne et on gagne s'il est rouge.
Écrire un algorithme qui simule ce jeu et qui affiche « gagné » ou « perdu » en sortie.

Solution

```
a ← nombre entier aléatoire
entre 1 et 5
Si a ⩽ 2 alors
    Afficher « Gagné »
Sinon
    Afficher « Perdu »
Fin si
```

Pour simuler un nombre entier aléatoire à l'aide d'un logiciel ou de la calculatrice, revoir la fiche 39.

Mémo'Quiz

Dans un repère orthonormé, on donne $\vec{u}(x\,;y)$ et $\vec{v}(x'\,;y')$.
On a écrit un algorithme qui affiche :
- « orthogonaux » si $\vec{u} \cdot \vec{v} = 0$;
- « colinéaires » si $\vec{u}$ et $\vec{v}$ sont colinéaires ;
- « ni l'un, ni l'autre » sinon.

```
Saisir x, y, x', y'
Si xx' + yy' = 0 alors
    Afficher [case rouge]
Sinon
    Si [case verte] alors
    Afficher « colinéaires »
    Sinon
    Afficher [case bleue]
    Fin si
Fin si
```

1. Dans la case rouge, il faut écrire :
$xy' - x'y = 0$
❑ Vrai ❑ Faux

2. Dans la case verte, il faut écrire :
$xy' - x'y = 0$
❑ Vrai ❑ Faux

3. Dans la case bleue, il faut écrire :
« ni l'un, ni l'autre »
❑ Vrai ❑ Faux

→ corrigés p. 306

Utiliser une fonction à plusieurs paramètres

48

☐ Lue ☐ Relue ☐ Acquise

1 L'essentiel du cours

- Dans un programme, une **fonction** effectue un traitement et renvoie un résultat. Son intérêt est qu'elle peut être utilisée à plusieurs reprises dans le programme.
- Cela facilite et cela allège l'écriture des programmes.
- Une fonction peut dépendre d'un ou de plusieurs paramètres.

Algorithme

```
Fonction f(a, b, c)
  Traitement
  R ← résultat attendu
```

f est la fonction ; *a*, *b*, *c* sont les paramètres de cette fonction.

R est le résultat attendu pour la fonction lorsque les paramètres *a*, *b*, *c* sont indiqués.

Programme Python

```
def f(a,b,c):
  Traitement
  Return Le résultat
```

f est le nom de la fonction, *a*, *b*, *c* sont ses paramètres. On termine, sans espace, par « : ».

2 Applications

EXO 1 **Dans un repère orthonormé, on donne A(x_A ; y_A) et B(x_B ; y_B). Écrire un programme, en langage Python, qui calcule la longueur AB.**

Solution

```
from math import *
def Longueur(x_A,y_A,x_B,y_B):
    L=sqrt((x_B-x_A)**2+(y_B-y_A)**2)
    return L
    print (L)
```

- La fonction s'appelle Longueur.
- Pour tester le programme avec, par exemple les points A(2 ; 3) et B(−1 ; 4) sur la console, il faut taper : Longueur(2, 3, −1, 4)

Notation

En langage Python, a^b s'écrit a**b.

Utiliser une fonction à plusieurs paramètres

EXO 2 Le solide ci-contre est formé d'un pavé droit à base carrée ABCD et d'une pyramide régulière de sommet S.

1. Saisir, en langage Python, la fonction qui, aux longueurs a, b et h, associe le volume de ce solide.

2. Tester ce programme avec $a = 10$, $b = 7$ et $h = 9$.

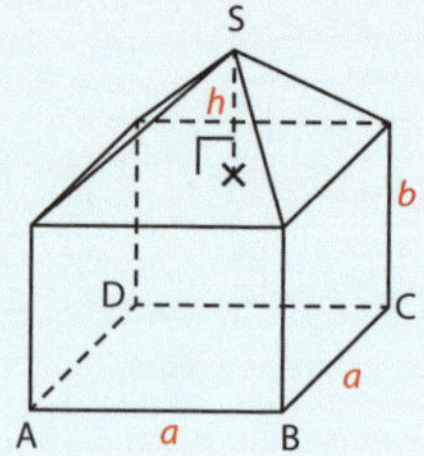

Solution

1.

```
from math import *
def Volume(a,b,h):
    V=a*a*b+1/3*a*a*h
    return V
    print(V)
```

Utiliser les formules pour calculer les volumes.
Pour une pyramide,
Volume $= \frac{1}{3} \times$ Aire de la base $\times$ Hauteur.

2. Sur la console, il faut taper : volume(10, 7, 9)
Le programme affiche 1 000.

Mémo'Quiz

On considère l'expression du second degré : $ax^2 + bx + c$. On a saisi, en langage Python, la fonction qui, aux coefficients a, b, c, associe le discriminant de l'expression $ax^2 + bx + c$.

```
from math import *
def Delta (a,b,c):
    [cadre rouge] =b**2-4*a*c
    return D
    print([cadre vert]())
```

1. Le nom de cette fonction est : discriminant.

❑ Vrai ❑ Faux

2. Dans le cadre rouge, il faut écrire : D

❑ Vrai ❑ Faux

3. Dans le cadre vert, il faut écrire : Δ

❑ Vrai ❑ Faux

→ corrigés p. 306

Utiliser une liste

49

☐ Lue ☐ Relue ☐ Acquise

1 L'essentiel du cours

A Création d'une liste

- En algorithmique et en langage Python, **une liste** s'écrit entre crochets [ ].
Les objets d'une liste (nombres, lettres...) sont séparés par une virgule.

Notation

Dans un programme écrit en langage Python, une lettre (ou un mot) s'écrit entre guillemets afin de ne pas être confondue avec un paramètre (c'est-à-dire un nombre).

Algorithme

$L \leftarrow [a, b, c]$

La liste est L.
Ses objets sont les lettres a, b et c.

Programme Python

```
L=["a","b","c"]
```

B Ajout d'un élément à une liste

- Pour construire pas à pas une liste, ou pour la compléter, on peut être amené à y ajouter un élément.
L'élément ajouté s'écrit entre crochets. Il sera ajouté en fin de texte.

Algorithme

$L \leftarrow [a, b, c]$
$L \leftarrow L + [d]$
Afficher L

La lettre d est ajoutée à la liste $[a, b, c]$.

Programme Python

```
L=["a","b","c"]
L=L+["d"]
print(L)
```

Dans les **deux cas**, on obtient en sortie : $[a, b, c, d]$.

C Compléter le nombre d'occurrences d'un élément

- Dans une liste, le **nombre d'occurrences d'un élément** est le nombre de fois où cet élément est présent dans la liste.

- En langage Python, le nombre d'occurrences d'un élément a d'une liste se note : **L.count(a)**.

Exemple : pour la liste L = [a, b, a, c, c, a, e, d], L.count(a) renvoie la valeur 3, puisque a apparaît 3 fois.

2 Application

EXO Une urne contient trois boules numérotées 1, 2 et 3. On tire, au hasard et avec remise, dix boules de cette urne et on note les numéros obtenus.
Écrire, en langage Python, un algorithme qui simule cette expérience aléatoire et qui affiche, en sortie, le nombre de fois où la boule numérotée 2 a été tirée.

Solution

```
from random import *
L=[]
for i in range(1,11):
    x=randint(1,3)
    L=L+[x]
A=L.count(2)
print(a)
```

Au départ, la liste est vide.

On effectue 10 itérations, c'est-à-dire 10 tirages.
x est un nombre entier aléatoire entre 1 et 3.
On complète la liste avec le résultat de chaque tirage.
a compte le nombre de fois où le numéro 2 est sorti.

Mémo'Quiz

On lance 20 fois un dé cubique équilibré et on note les numéros obtenus.
L'algorithme ci-contre simule cette expérience aléatoire.

```
from random import *
L=[]
for i in [cadre rouge]:
    x=randint(1,6)
    L= [cadre vert]
print(L)
```

1. Dans le cadre rouge, il faut écrire : range (1 ; 20)
   ❏ Vrai ❏ Faux
2. Dans le cadre vert, il faut écrire : L + [*x*]
   ❏ Vrai ❏ Faux
3. Pour compter le nombre de fois où le 6 est sorti, il faut écrire : a = L.count(6)
   ❏ Vrai ❏ Faux

➜ corrigés p. 306

Physique-Chimie

Sommaire

Lue Relue Acquise

Physique-Chimie

Constitution et transformations de la matière

Détermination de la composition du système initial à l'aide de grandeurs physiques

Suivi et modélisation de l'évolution d'un système chimique

De la structure des entités aux propriétés physiques de la matière

Propriétés physico-chimiques, synthèses et combustions d'espèces chimiques organiques

Sommaire

Lue | Relue | Acquise

Mouvements et interactions

Interactions fondamentales et mouvement d'un système

Description d'un fluide au repos

L'énergie : conversions et transferts

Aspects énergétiques des phénomènes électriques

Aspects énergétiques des phénomènes mécaniques

Ondes et signaux

Ondes mécaniques

Sommaire

Lue | Relue | Acquise

Détermination de la composition d'un système chimique

50

Lue Relue Acquise

Déterminer la composition d'un système chimique consiste à déterminer la quantité de matière, exprimée en moles, des entités qui le composent.

1 Détermination de la masse molaire moléculaire

- La **masse molaire** est la masse d'une mole d'atomes, d'ions ou de molécules. Elle se note M et s'exprime en $g \cdot mol^{-1}$.
- La **classification périodique des éléments** (voir rabat) répertorie la masse molaire atomique de chaque élément chimique.
- Dans le cas d'une molécule ou d'un ion polyatomique, la masse molaire moléculaire s'obtient par **addition des masses molaires atomiques** de tous les atomes constituant la molécule ou l'ion polyatomique.

remarque

La masse molaire d'une espèce correspond à la masse de cette entité multipliée par la constante d'Avogadro N_A ou nombre d'entités constituant une mole. Par exemple, $M(\text{atome}) = m(\text{atome}) \times N_A$.

2 Quantité de matière à partir de la masse d'un échantillon

- La **quantité de matière** correspond au **nombre de moles** d'atomes, d'ions ou de molécules d'un échantillon. Elle se note n et s'exprime en mol.
- Connaissant la masse d'un corps pur dans un échantillon, la **quantité de matière** est obtenue par :

$$n = \frac{m}{M} \quad \text{avec} \begin{cases} n : \text{quantité de matière du corps pur (en mol),} \\ m : \text{masse (en g),} \\ M : \text{masse molaire (en } g \cdot mol^{-1}\text{).} \end{cases}$$

méthode

Dans le cas d'un mélange, la quantité de matière de chaque espèce est calculée à partir de sa masse propre.

3 Quantité de matière d'un gaz à partir de son volume

- Le **volume molaire** est le volume d'une mole de gaz, il ne dépend que des conditions de température et de pression du gaz. Il se note V_m et s'exprime en $L \cdot mol^{-1}$.
- Connaissant le volume du gaz, la **quantité de matière** est obtenue par :

$$n = \frac{V}{V_m} \text{ avec } \begin{cases} n : \text{quantité de matière du gaz (en mol),} \\ V : \text{volume (en L),} \\ V_m : \text{volume molaire (en L·mol}^{-1}\text{).} \end{cases}$$

- Le volume molaire est donc le même quelle que soit la nature du gaz. À une température de $T = 0$ °C et une pression de $P = 1$ bar, $V_m = 22{,}4$ L·mol^{-1} et à $T = 20$ °C et $P = 1$ bar, $V_m = 24$ L·mol^{-1}.

4 Quantité de matière d'un soluté à partir de sa concentration

- La **concentration massique** d'un soluté en solution est la masse du soluté par litre de solution. Elle est notée c_m et s'exprime en g·L^{-1}.
- La **concentration molaire** d'un soluté en solution est la quantité de matière du soluté par litre de solution. Elle est notée c et s'exprime en mol·L^{-1}.

remarque

Une solution est composée de solutés (espèces minoritaires) dans un solvant (espèce majoritaire).

- La concentration massique c_m est liée à sa concentration molaire c :

$$c_m = c \times M \text{ avec } M \text{ la masse molaire du soluté (en g·mol}^{-1}\text{)}$$

- La **quantité de matière d'un soluté en solution** est alors :

$$n = c \times V = \frac{c_m}{M} \times V \text{ avec } \begin{cases} n : \text{quantité de matière du soluté (en mol),} \\ c : \text{concentration molaire (en mol·L}^{-1}\text{),} \\ c_m : \text{concentration massique (en g·L}^{-1}\text{),} \\ M : \text{masse molaire (en g·mol}^{-1}\text{),} \\ V : \text{volume de la solution (en L).} \end{cases}$$

Mémo'Quiz

	Vrai	Faux
1. La masse molaire d'un ion monoatomique est celle de son atome.	❑	❑
2. La masse molaire de l'eau est de 18 g·mol^{-1}.	❑	❑
3. Le volume molaire du dihydrogène est moins important que celui du dioxygène.	❑	❑
4. Si le volume double, la concentration d'un ion en solution double aussi.	❑	❑

→ corrigés p. 307

Couleur d'une espèce en solution

51

☐ Lue ☐ Relue ☐ Acquise

La couleur d'une solution dépend des radiations qu'elle absorbe et de celles qu'elle transmet. Le spectre UV-visible ou courbe de l'absorbance *A* des radiations en fonction de leur longueur d'onde λ permet d'identifier ces deux types de radiations.

1 Couleurs complémentaires

- On représente sous forme de roue ou de **cercle chromatique** les couleurs primaires et secondaires faisant référence à un type de synthèse.

Doc. Cercle chromatique

L'astuce du prof

Le spectre d'une lumière colorée est obtenu lorsque cette dernière traverse un prisme ou un réseau. Le spectre d'une lumière blanche correspond à la décomposition des couleurs de l'arc-en-ciel.

- Deux couleurs **complémentaires** sont **diamétralement opposées** dans le cercle chromatique.
- On peut aussi définir deux couleurs complémentaires comme celles dont la somme correspond au blanc. Sur le plan spectral, cela signifie que le spectre d'une couleur ajouté à celui de sa complémentaire constitue le spectre du visible.

2 Absorbance *A*

- Lorsque l'on éclaire un objet en lumière blanche, ce dernier absorbe certaines radiations du spectre visible et transmet les autres.
- La superposition des radiations transmises et/ou diffusées correspond à la couleur de l'objet, alors que l'ensemble des radiations absorbées constitue, par définition, sa couleur complémentaire.
- Un objet éclairé en lumière blanche a la **couleur complémentaire** des radiations qu'il absorbe.
- L'**absorbance** est une grandeur sans dimension qui mesure la **capacité d'un milieu à absorber la lumière**. Elle se note *A* et n'a pas d'unité.

3 Spectre UV-visible

- La spectroscopie UV-visible est une **spectroscopie d'absorption du rayonnement par les électrons de liaison** des molécules. On obtient donc un spectre électronique des molécules.
- Un spectre UV-visible est la courbe de l'absorbance en fonction de la longueur d'onde, soit la courbe de $A = f(\lambda)$.
- Le domaine d'absorption du spectre électromagnétique correspond à une **bande de radiations** dans l'ultraviolet et le visible. En général, la gamme en longueurs d'onde des spectres électroniques, en fonction de l'appareil utilisé, va de 200 nm à 900 nm.

Doc. Spectre visible d'une solution aqueuse de permanganate de potassium

Exemple : le spectre de la solution aqueuse de permanganate de potassium montre un pic d'absorbance entre 450 nm et 580 nm. Le maximum d'absorbance est à 530 nm situé dans le vert, complémentaire du violet, couleur de la solution.

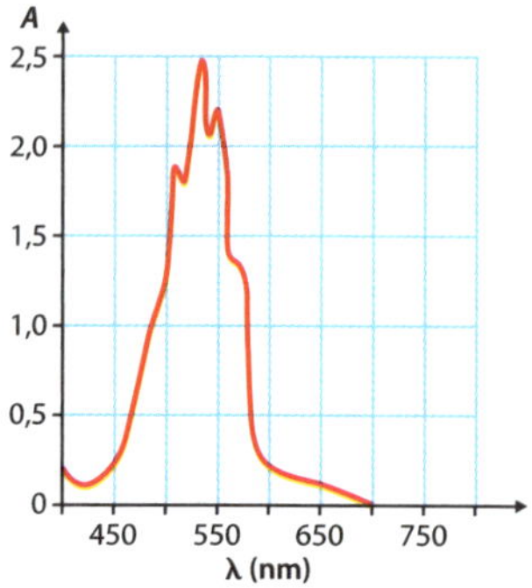

Mémo'Quiz

	Vrai	Faux
1. Le spectre UV-visible est la courbe de la longueur d'onde de la lumière traversant la solution en fonction de son absorbance.	❑	❑
2. La longueur d'onde du maximum d'absorbance est celle de la couleur de la solution.	❑	❑
3. Deux couleurs diamétralement opposées dans le cercle chromatique sont complémentaires.	❑	❑
4. Plus l'absorbance d'une radiation est importante, moins elle est transmise par la solution.	❑	❑

→ corrigés p. 307

Loi de Beer-Lambert et dosage par étalonnage

52

Lue Relue Acquise

L'absorbance d'une solution, pour une longueur d'onde de radiation donnée, est proportionnelle à la concentration de l'espèce colorée. Cette courbe d'étalonnage permet de déterminer la concentration en espèce colorée d'une solution inconnue.

1 Loi de Beer-Lambert

- L'**absorbance** dépend, entre autres, de la longueur d'onde de la radiation traversant la solution, de la concentration de cette dernière en espèces colorées, de la température et de la longueur de solution à traverser.
- L'absorbance se mesure à l'aide d'un appareil appelé **spectrophotomètre**.
- La **loi de Beer-Lambert** indique que l'absorbance, à longueur d'onde donnée, est proportionnelle à la longueur de solution traversée et à la concentration de la solution en espèces colorées :

$A = \varepsilon \times \ell \times c$ avec
- ℓ : longueur de solution (en m ou en cm),
- c : concentration (en $mol \cdot L^{-1}$),
- ε : coefficient de proportionnalité appelé **coefficient d'extinction molaire** (en $L \cdot mol^{-1} \cdot m^{-1}$ ou en $L \cdot mol^{-1} \cdot cm^{-1}$).

- Une solution d'absorbance nulle $A = 0$ est transparente.

2 Dosage spectrophotométrique

- Doser une espèce chimique, c'est déterminer la concentration de cette espèce dans une solution donnée.
- L'absorbance A est directement proportionnelle à la concentration c en soluté coloré dans la solution.
- Le dosage consiste alors à tracer la **courbe d'étalonnage linéaire** de l'absorbance en fonction de la concentration en soluté coloré, soit $\boldsymbol{A = f(c)}$, l'absorbance étant mesurée pour la longueur d'onde pour laquelle elle est maximale.
- La courbe d'étalonnage est obtenue en mesurant, à la **longueur d'onde d'absorbance maximale**, l'absorbance de plusieurs solutions de concentrations différentes. L'ensemble de ces solutions s'appelle une **échelle de teinte**.

L'astuce du prof

Lorsqu'on connaît le volume de la solution, déterminer la concentration d'un soluté revient à déterminer sa quantité de matière.

Loi de Beer-Lambert et dosage par étalonnage

Doc. **Courbe d'étalonnage de l'absorbance en fonction de la concentration en espèce colorée**

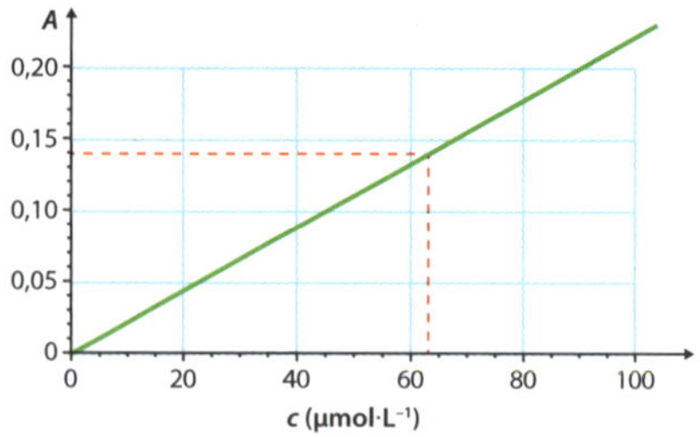

remarque

L'utilisation du spectrophotomètre nécessite de « faire un blanc », c'est-à-dire une mesure de l'absorbance pour une solution de référence ne contenant pas le soluté coloré.

- Les mesures de *A* sont réalisées par le spectrophotomètre.
- Afin de connaître la concentration en espèce colorée d'une solution inconnue, on place un échantillon de solution dans une cuve du spectrophotomètre qui mesure son absorbance. En reportant sur la courbe d'étalonnage cette mesure de A_{inconnue} (trait horizontal rouge en pointillés), on peut en déduire sa concentration, c'est-à-dire l'abscisse du point correspondant à A_{inconnue} (trait vertical rouge en pointillés).

Exemple : dans le cas précédent, la mesure de l'absorbance de la solution inconnue de permanganate de potassium est mesurée par le spectrophotomètre ($A = 0{,}14$). En reportant sur la courbe d'étalonnage, on obtient une concentration en ions permanganate ou espèce colorée $c = 63\ \mu\text{mol}\cdot\text{L}^{-1}$.

Mémo'Quiz

	Vrai	Faux
1. L'absorbance d'une solution colorée augmente si sa concentration augmente.	❑	❑
2. L'absorbance d'une solution colorée augmente si la longueur d'onde de la radiation qui la traverse augmente.	❑	❑
3. L'absorbance d'une solution transparente est nulle.	❑	❑
4. La courbe d'étalonnage est celle de l'absorbance en fonction de la longueur d'onde de la radiation.	❑	❑

→ corrigés p. 307

Réactions d'oxydoréduction

53

Lue Relue Acquise

Une réaction d'oxydoréduction est la modélisation d'une transformation entre réactifs échangeant des électrons. Établir l'équation bilan de cette transformation nécessite de connaître des couples redox en jeu et d'écrire les demi-équations coefficientées correspondantes.

1 Transfert d'électrons

- On s'intéresse à l'expérience de l'arbre de Diane : on introduit un fil de cuivre dans une solution aqueuse de nitrate d'argent. La réaction des ions argent Ag^+ sur le fil de cuivre Cu produit des filaments d'argent Ag et des ions cuivre II Cu^{2+}.
- C'est une **réaction d'oxydoréduction**, aussi appelée réaction redox : chaque atome de cuivre a cédé deux électrons e^- pour se transformer en ion cuivre II, alors que chaque ion argent a accepté un électron e^- pour se transformer en argent métallique.
- On appelle réaction d'oxydoréduction **toute réaction de transfert d'électrons e^- entre deux réactifs**.

2 Demi-équations et équation bilan

A Demi-équations

- La réaction précédente peut se décomposer en deux demi-équations :

$$Ag^+ + e^- = Ag \text{ (gain d'électrons)}$$
$$Cu = Cu^{2+} + 2e^- \text{ (perte d'électrons)}$$

- Les deux demi-équations symbolisent la perte et le gain d'électrons (elles ne comportent pas forcément le même nombre d'électrons).
- On définit alors un couple redox comme le couple formé par les deux espèces chimiques intervenant dans une demi-équation. Il est noté sous la forme Ox/Red, Ox étant l'oxydant et Red le réducteur.

  Exemples : Ag^+/Ag et Cu^{2+}/Cu sont les deux couples intervenant dans l'expérience de l'arbre de Diane.

B Équation bilan

- Aucun électron n'est libre en solution : seule l'équation bilan de la réaction redox a réellement du sens.

- L'équation bilan est obtenue en faisant la somme « coefficientée » membre à membre des deux demi-équations : le nombre d'électrons échangés doit être identique.

$Ag^+ + e^- = Ag \quad (\times 2)$
$Cu = Cu^{2+} + 2e^- \quad (\times 1)$

$2Ag^+ + Cu = 2Ag + Cu^{2+}$ (en simplifiant par $2e^-$)

réflexe à avoir

Vérifier la conservation des éléments chimiques et celle de la charge totale.

- Un **oxydant** est une espèce chimique capable d'accepter un ou des électrons e^-.
- Un **réducteur** est une espèce chimique capable de céder un ou des électrons e^-.
- On dira qu'un oxydant subit une réduction ou est réduit, alors qu'un réducteur subit une oxydation ou est oxydé.
- La réaction d'oxydoréduction est **spontanée dans le sens de la réduction de l'oxydant le plus fort**. On a l'habitude de classer les couples redox par ordre croissant de force des oxydants.
- Certaines demi-équations nécessitent d'être équilibrées en **milieu acide ou basique** en faisant intervenir les couples acido-basiques de l'eau : H_3O^+/H_2O ou H^+/H_2O en milieu acide et H_2O/HO^- en milieu basique.

Doc. **Classement des couples redox**

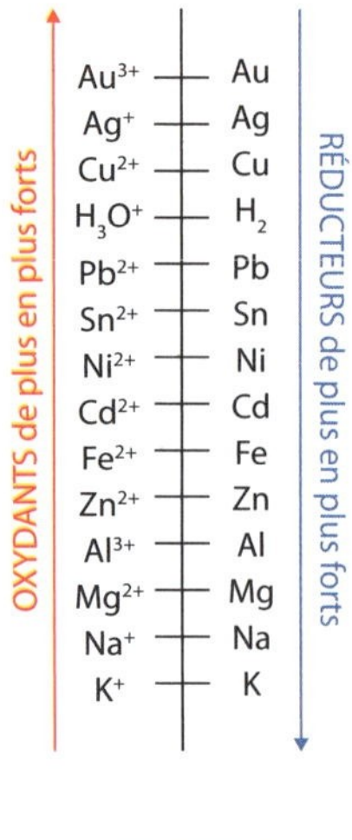

Mémo'Quiz

	Vrai	Faux
1. Une réaction d'oxydoréduction est le siège de la réduction d'un oxydant d'un couple redox et de l'oxydation d'un réducteur d'un autre couple.	❑	❑
2. Une oxydoréduction peut se produire en milieu acide ou basique sans échange d'électrons.	❑	❑
3. Les électrons sont cédés par l'oxydant d'un couple et acceptés par le réducteur de l'autre couple.	❑	❑
4. Dans les couples métalliques comme Cu^{2+}/Cu, Zn^{2+}/Zn, Pb^{2+}/Pb ou Ag^+/Ag, le métal est le réducteur.	❑	❑

→ corrigés p. 307

Suivi d'une transformation

54

Lue Relue Acquise

Le suivi d'une transformation peut se faire aisément grâce à un tableau d'avancement de la transformation, aussi appelé tableau descriptif d'évolution d'un système chimique. Il permet de déterminer le réactif limitant et les quantités de matière des réactifs et des produits à l'état final.

1 Transformation chimique

- On appelle état d'un système chimique l'ensemble des informations suivantes, qui permettent de le décrire à un instant donné : la nature, la quantité de matière et l'état physique de chacun de ses constituants, la température et la pression du système.
- Tout système chimique passant d'un état à un autre subit une **transformation**.
- Une transformation chimique peut être modélisée par une réaction chimique. Son écriture symbolique est par exemple l'équation bilan :

$$a\text{A} + b\text{B} \rightarrow c\text{C} + d\text{D}$$

- Les espèces A et B sont appelées les **réactifs** de la réaction, et C et D sont les **produits.**

2 Tableau d'avancement : suivi de la transformation

- Pour suivre l'évolution, non instantanée, de la transformation d'un système chimique, on utilise une grandeur exprimée en moles : l'**avancement, noté *x***. À chaque instant, il est lié à la quantité de matière consommée par les réactifs et constituée par les produits.

conseil

Pour chaque valeur numérique d'un avancement x, bien penser à mettre son unité : tout avancement s'exprime en mol.

- Le tableau descriptif de l'évolution du système fait le **bilan des quantités de matière qui restent à l'instant considéré**.
- En général, on s'intéresse à :
  - l'**état initial** (EI) du système avant que la transformation ne s'opère et lorsque l'avancement est nul ($x = 0$ mol) ;
  - l'**état en cours** de transformation (EC), état quelconque d'avancement x ;
  - l'**état final** (EF) pour lequel les quantités de matière du système n'évoluent plus ; l'avancement final est noté x_f.

Équation		$aA + bB \rightarrow cC + dD$			
État	**Avancement**	**Quantité de matière (mol)**			
EI	$x = 0$	$n_i(A)$	$n_i(B)$	$n_i(C)$	$n_i(D)$
EC	x	$n_i(A) - ax$	$n_i(B) - bx$	$n_i(C) + cx$	$n_i(D) + dx$
EF	$x = x_f$	$n_i(A) - ax_f$	$n_i(B) - bx_f$	$n_i(C) + cx_f$	$n_i(D) + dx_f$

Dans la plupart des cas, on a $n_i(C) = n_i(D) = 0$ mol à l'état initial.

- Une transformation est **totale** lorsqu'un ou plusieurs réactifs ont été entièrement consommés. Un réactif entièrement consommé est appelé **réactif limitant** ou réactif en défaut, les autres réactifs sont des **réactifs en excès**.
- Dans le cas d'une réaction totale, l'avancement final correspond à l'avancement maximal x_{max} calculé à partir du réactif limitant : $\boldsymbol{x_f = x_{max}}$.
- Si tous les réactifs sont limitants, on parle de **mélange initial stœchiométrique**.

3 Réactif limitant et avancement maximal

- Le réactif limitant est le réactif dont la **quantité est nulle à l'état final**.
- Pour déterminer le réactif limitant, on annule pour chaque réactif sa quantité de matière à l'état final. Le **réactif lié à l'avancement le plus petit** est le réactif limitant.

L'astuce du prof

Le tableau d'avancement ne contient que des quantités positives ou nulles.

Mémo'Quiz

	Vrai	Faux
1. Un mélange stœchiométrique correspond à un mélange 50 %-50 %.	❑	❑
2. Le tableau d'avancement permet de connaître les quantités de matière de tous les réactifs et des produits à l'état initial et à l'état final.	❑	❑
3. Une réaction n'est pas totale si la quantité de matière de réactif limitant n'est pas nulle à l'état final.	❑	❑
4. L'avancement maximal x_{max} correspond au plus petit avancement.	❑	❑

→ corrigés p. 307

Détermination d'une quantité de matière par titrage direct

55

Lue Relue Acquise

Doser une espèce chimique consiste à connaître sa quantité de matière en solution.

1 Réaction support de titrage

- La méthode de dosage par titrage direct est une méthode destructive qui s'appuie sur une réaction chimique entre l'espèce chimique à doser (**réactif titré** ou réactif à titrer) et un autre réactif bien connu (**réactif titrant**).

Doc. Dispositif de titrage

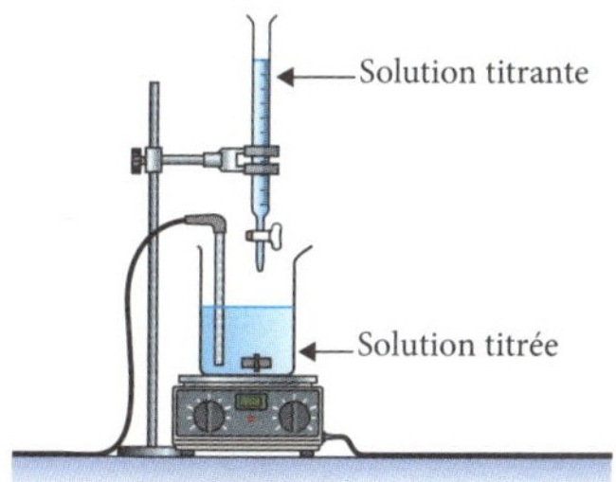

- La réaction, pour être utilisée comme support de titrage, doit posséder trois caractéristiques. Elle doit être :
  - **unique :** il ne doit pas y avoir plusieurs réactions possibles ayant le même réactif et donnant des produits différents ;
  - **totale :** à la fin du dosage, tous les réactifs doivent avoir réagi ;
  - **rapide :** on doit pouvoir repérer immédiatement l'état final afin de connaître la quantité de réactif titrant introduite.

2 Équivalence

conseil

On peut aussi définir plus simplement l'équivalence comme l'état du système pour lequel on passe d'un réactif limitant (réactif titrant) à l'autre (réactif titré).

- L'équivalence est l'état final d'un système chimique pour lequel les réactifs ont été **introduits, à l'état initial, dans les proportions stœchiométriques**.
- La **relation à l'équivalence** lie les quantités de matière des réactifs titrant et titré au moment de l'équivalence. Elle s'établit grâce au tableau d'avancement de la réaction support de titrage.
- Soit une réaction du type $a\text{A} + b\text{B} \rightarrow c\text{C} + d\text{D}$. À l'équivalence, les quantités de matière des réactifs à l'état initial sont dans les proportions stœchiométriques, on a donc : $\frac{n_A}{a} = \frac{n_B}{b}$.
- En exprimant les quantités de matière en fonction des concentrations et des volumes de solutions introduits, la relation à l'équivalence est :

$$\frac{c_A V_A}{a} = \frac{c_B V_B}{b}$$ avec
- c_A et c_B : concentrations en A et B (en $mol \cdot L^{-1}$),
- V_A et V_B : volumes de A et B versés à l'équivalence (en L),
- a et b : coefficients stœchiométriques de l'équation support de titrage.

- Si A est le réactif titré et B le réactif titrant, alors la connaissance de V_A et V_B permet de déduire la concentration en A sachant celle en B :

$c_A = \frac{c_B V_B}{b} \frac{a}{V_A}$ ou encore $c_A = c_B \frac{aV_B}{bV_A}$.

3 Indicateur de fin de réaction

- Une des méthodes permettant de repérer l'équivalence est l'utilisation d'un **indicateur coloré** : on réalise alors un **titrage avec suivi colorimétrique**.
- On ajoute à la solution à titrer quelques gouttes d'un indicateur spécifique à la réaction support de titrage : au moment de l'équivalence, on observe un **changement brutal de couleur**.

conseil
L'empois d'amidon est un bon indicateur redox pour le titrage colorimétrique du diiode.

- Expérimentalement, il est souhaitable de réaliser un titrage en deux temps : un premier **titrage rapide** permet de repérer sans trop de précision le volume de solution titrante versé lors du changement de couleur, et un second titrage précis ou **titrage à « la goutte »** permet de quantifier précisément le volume équivalent V_E.

Mémo'Quiz

	Vrai	Faux
1. Une transformation rapide, unique et lente ne peut pas être considérée comme réaction support de dosage.	❑	❑
2. Un titrage nécessite l'utilisation systématique d'un indicateur coloré.	❑	❑
3. L'équivalence d'une réaction s'obtient en annulant simultanément les quantités de matière de tous les réactifs.	❑	❑
4. À l'équivalence, on a autant de réactif titrant utilisé que de réactif titré consommé.	❑	❑

→ corrigés p. 307

Schéma de Lewis et géométrie

56

☐ Lue ☐ Relue ☐ Acquise

Le modèle de Lewis permet de mettre en évidence les électrons de valence d'un édifice. La géométrie correspond à la représentation spatiale.

1 Schéma de Lewis d'une entité

méthode

Le nombre d'électrons de valence s'obtient en considérant la configuration électronique de l'atome. Par exemple, l'oxygène ($Z = 8$) a une configuration en $(K)^2(L)^6$, il a donc 6 électrons dans sa dernière couche.

- Le modèle de Lewis est une représentation simplifiée d'un atome, d'un ion mono ou polyatomique ou d'une molécule.
- Les modèles de Lewis des atomes correspondant aux éléments de la 2ᵉ ligne du tableau périodique sont ainsi :

- Seuls les électrons périphériques sont représentés. Chaque point correspond à un électron célibataire, et chaque tiret ou **doublet non liant** équivaut à **2 électrons**.
- Dans le cas où le nombre d'électrons de valence est inférieur à 4, une ou plusieurs lacunes électroniques peuvent être représentées par un rectangle vide, comme pour l'atome de bore : 
- Les modèles de Lewis des atomes des éléments d'une **même colonne du tableau périodique sont identiques**, au symbole de l'élément près.
- Le modèle de Lewis d'un **ion monoatomique** se construit de la même façon que celui de l'atome, tout en considérant le nombre d'électrons de valence de l'ion. Il correspond au modèle électronique du **gaz rare le plus proche** dans le tableau périodique.
- Le modèle de Lewis d'un édifice polyatomique se construit à partir des modèles de Lewis des atomes ou ions monoatomiques qui le constituent, en appareillant les électrons célibataires 2 par 2, afin de créer un **doublet liant** encore appelé **liaison covalente**.

Exemple : la molécule de dioxygène correspond à 2 atomes d'oxygène liés entre eux par une liaison covalente double 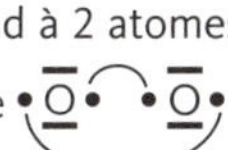 ou, lorsque l'on réarrange les doublets : 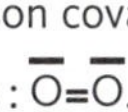.

2 Géométrie des entités

● La représentation spatiale des molécules est fondée sur la théorie de la répulsion minimale des doublets et se déduit du modèle de Lewis.

● Une molécule simple, composée d'un seul atome central, s'inscrit dans une **structure tétraédrique dont les atomes liés à l'atome central ou les doublets non liants sont les sommets**. On représente par (E) les doublets non liants.

remarque

Les angles entre l'atome central et les autres atomes dépendent de la présence de doublets non liants (E) et de la nature des atomes liés.

● Le tableau ci-dessous rassemble quelques géométries simples :

Formule	Modèle de Lewis	Atome central	Géométrie	
CH_4 méthane	H I H – C – H I H	C	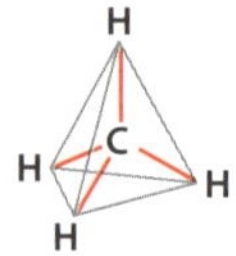	Molécule tétraédrique
NH_3 ammoniac	H – N – H I H	N	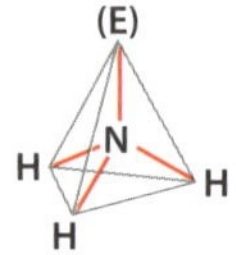	Molécule pyramidale
H_2O eau	H – O – H	O	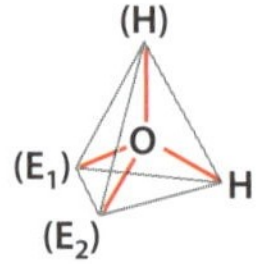	Molécule coudée

Mémo'Quiz

	Vrai	Faux
1. Le modèle de Lewis de l'oxygène est le même que celui du soufre, au symbole près.	❑	❑
2. Le modèle de Lewis de O^{2-} est celui du néon.	❑	❑
3. Le modèle de Lewis d'une molécule n'existe pas. Cette représentation est réservée aux atomes et ions.	❑	❑
4. La géométrie de l'eau est plane.	❑	❑

➜ corrigés p. 307

Électronégativité des atomes et polarisation

57

Lue Relue Acquise

L'électronégativité mesure la capacité d'un atome à attirer les électrons. La différence d'électronégativité entre deux atomes détermine le caractère polaire d'une liaison interatomique. Il en est de même pour une molécule en fonction des liaisons qui la constituent et de sa géométrie.

1 Électronégativité et caractère polaire d'une liaison

- L'**électronégativité** χ d'un atome A (sans unité) est sa capacité à attirer à lui les électrons lors de la formation d'une liaison chimique avec un atome B.
- Il existe plusieurs échelles d'électronégativité comme l'**échelle des électronégativités de Pauling** dont les valeurs sont comprises entre 0,7 et 4,0.

remarque

Une liaison covalente est telle que la différence d'électronégativité est faible, alors qu'une liaison ionique est telle que cette différence est très importante.

- L'électronégativité présente une **double périodicité** par rapport à la place de l'élément correspondant dans le tableau périodique. L'électronégativité de Pauling augmente :
  - lorsque l'on « remonte » une colonne, c'est-à-dire lorsque Z décroît ;
  - lorsque l'on « avance » dans une ligne, c'est-à-dire lorsque Z croît.

Doc. **Échelle des électronégativités de Pauling**

Électronégativité croissante →

Électronégativité croissante ↑

1 **H** 2,1																	2 **He** -
3 **Li** 1,0	4 **Be** 1,5											5 **B** 1,9	6 **C** 2,5	7 **N** 3,0	8 **O** 3,5	9 **F** 4,0	10 **Ne** -
11 **Na** 0,9	12 **Mg** 1,2											13 **Al** 1,5	14 **Si** 1,8	16 **P** 2,1	16 **S** 2,5	17 **Cl** 3	18 **Ar** -
19 **K** 0,8	20 **Ca** 1,0	21 **Sc** 1,3	22 **Ti** 1,5	23 **V** 1,6	24 **Cr** 1,6	25 **Mn** 1,5	26 **Mn** 1,8	27 **Co** 1,8	28 **Ni** 1,8	29 **Cu** 1,9	30 **Zn** 1,5	31 **Ga** 1,6	32 **Ge** 1,8	33 **As** 2,0	34 **Se** 2,4	35 **Br** 2,8	36 **Kr** -
37 **Rb** 0,8	38 **Sr** 1,0	39 **Y** 1,2	40 **Zr** 1,4	41 **Nb** 1,6	42 **Mo** 1,8	43 **Tc** 1,9	44 **Ru** 2,2	45 **Rh** 2,2	46 **Pd** 2,2	47 **Ag** 1,7	48 **Cd** 1,4	49 **In** 1,7	50 **Sn** 1,8	51 **So** 1,9	52 **Te** 2,1	53 **I** 2,5	54 **Xe** -
55 **Cs** 0,7	56 **Ba** 0,9	57-71 1,1-1,2	72 **Hf** 1,3	73 **Ta** 1,5	74 **W** 1,7	75 **Re** 1,9	76 **Os** 2,2	77 **Ir** 2,2	78 **Pt** 2,2	79 **Au** 2,4	80 **Hg** 1,9	81 **Tl** 1,8	82 **Po** 1,8	83 **Bi** 1,8	84 **Po** 2,0	85 **At** 2,2	86 **Rn** -
87 **Fr** 0,7	88 **Ra** 0,9	89 **Ac** 1,1	90 **Th** 1,3	91 **Pa** 1,5	92 **U** 1,7	93-103 **Np-Lr** 1,3											

- Une liaison est **polarisée** si le barycentre des charges positives ne correspond pas au barycentre des charges négatives.
- Si l'atome B est plus électronégatif que A, alors si A – B est polarisée, la liaison formée est notée : $A^{\delta+} - B^{\delta-}$.

- La différence d'électronégativité $\Delta\chi_{AB}$ entre χ_A et χ_B détermine la nature de la liaison A–B : la liaison est dite **non polaire ou apolaire** si $\Delta\chi < 0{,}4$; **polaire** si $0{,}4 < \Delta\chi < 1{,}7$; **ionique ou dative** si $\Delta\chi > 1{,}7$.
- Pour connaître la nature d'un cristal, déterminer la différence d'électronégativité des atomes du cristal. Si cette différence est supérieure à 1,7 alors le cristal est un **cristal ionique**.

2 Caractère polaire d'une molécule

- Le caractère polaire ou apolaire d'une entité dépend à la fois de sa géométrie et de la polarité de ses liaisons.
- Une entité moléculaire est dite polaire si le **barycentre des charges positives ne correspond pas au barycentre des charges négatives**.

Exemple : la molécule d'eau est une molécule polaire, la charge δ+ se situant du côté des atomes d'hydrogène et celle δ– au niveau des doublets non liants de l'oxygène.

Doc. La molécule d'eau, une molécule polaire

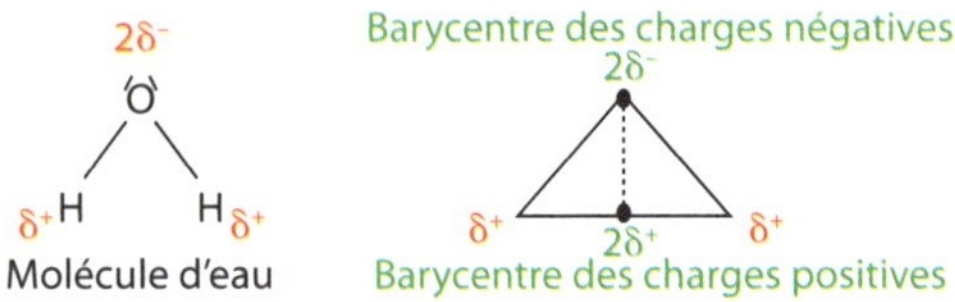

Mémo'Quiz

	Vrai	Faux
1. L'atome le plus électronégatif est le fluor, car son électronégativité de Pauling est la plus forte.	❑	❑
2. La liaison O–H est une liaison polarisée, car $\Delta\chi = 1{,}4 < 1{,}7$.	❑	❑
3. Le chlorure de sodium est un cristal ionique, car la différence d'électronégativité est supérieure à 1,7.	❑	❑
4. Une molécule est polaire, car toutes ses liaisons sont polaires.	❑	❑

→ corrigés p. 307

Cohésion d'un solide ionique et d'un solide moléculaire

58

Lue Relue Acquise

Un solide ionique ou moléculaire est constitué d'ions ou de molécules bien ordonnés dans un réseau cristallin. La cohésion ou solidité de l'édifice est due à un ensemble d'interactions.

1 Solides ionique ou moléculaire

- Un **solide ionique** est un solide composé d'**ions** : des cations positifs et des anions négatifs. En général, ces ions sont relativement bien ordonnés dans une structure appelée **réseau cristallin**.
- Un **solide moléculaire** est un cristal dont les nœuds du réseau cristallin sont occupés par des molécules, souvent simples et de faible atomicité.
- Les interactions qui assurent la cohésion des solides moléculaires sont **plus faibles** que celles qui assurent la cohésion des solides ioniques.
- La cohésion d'un solide ionique est assurée par l'**interaction électrostatique**.
- La cohésion d'un solide moléculaire est assurée principalement par deux types d'interactions : les **interactions de Van der Waals** et les **liaisons hydrogène**.

L'astuce du prof

Du fait de l'intensité différente des interactions dans les cristaux, les températures de changement d'état des solides moléculaires sont plus faibles que les températures de changement d'état des solides ioniques.

2 Interaction électrostatique et loi de Coulomb

- La **loi de Coulomb** donne la force électrostatique qu'exerce un ion A sur un ion B. Un corps chargé A de charge q_A exerce sur un corps chargé B de charge q_B une force électrostatique $\overrightarrow{F_{A/B}}$ de norme (en newtons N) :

$$F_{A/B} = k\frac{|q_A q_B|}{d_{AB}^2} \text{ avec } \begin{cases} q_A : \text{charges des corps A et B (en C),} \\ d_{AB} : \text{distance séparant A et B (en m),} \\ k : \text{constante électrique } (k = 9{,}0 \times 10^9 \text{ N·m}^2\text{·C}^{-2}). \end{cases}$$

- La force électrostatique peut être attractive ($q_A q_B < 0$) ou répulsive ($q_A q_B > 0$). Elle est d'autant plus importante que A est proche de B (force en $1/d^2$) et ne s'annule qu'à l'infini.
- La force électrostatique est telle que :

$$\overrightarrow{F_{A/B}} + \overrightarrow{F_{B/A}} = \vec{0} \text{ ou } \overrightarrow{F_{A/B}} = -\overrightarrow{F_{B/A}}$$

3 Interaction de Van der Waals

- La cohésion du cristal est assurée par des forces intermoléculaires de type électrostatique : les **forces de Van der Waals.** Les énergies mises en jeu dans ce cas sont très inférieures à celles des liaisons chimiques.
- Les forces de Van der Waals sont dues à la faible **attraction des électrons d'une molécule par les noyaux des molécules voisines**. Leur intensité augmente avec le nombre d'électrons de la molécule étudiée.
- Sans rentrer dans les détails, on peut mettre en évidence trois formes d'interaction de Van der Waals. Mais, finalement, toutes correspondent à des forces attractives intermoléculaires en $1/d^7$, avec d la distance moyenne entre deux molécules.

4 Liaisons hydrogène

- Outre les forces de Van der Waals, il existe d'autres forces intermoléculaires attractives appelées **liaisons hydrogène**. Les énergies mises en jeu sont supérieures à celles des forces de Van der Waals, bien qu'inférieures aux énergies de liaisons chimiques.
- La liaison hydrogène est une liaison homogène de nature électrostatique qui s'établit entre un **atome d'hydrogène $H^{\delta+}$** et un autre atome B extérieur à la molécule **possédant un doublet non liant.** On la note par des pointillés :

$$B| \cdots \cdots H^{\delta+} - A^{\delta-}$$

méthode

Dans une liaison hydrogène, les atomes B, H et A sont alignés, et la distance entre B et H est relativement faible.

Mémo'Quiz

	Vrai	Faux
1. La force de Coulomb diminue de moitié si la distance entre les ions double.	❑	❑
2. La force de Coulomb est proportionnelle à la charge des ions.	❑	❑
3. La force de Van Der Waals diminue lorsque la distance entre les molécules diminue.	❑	❑
4. Les liaisons hydrogène nécessitent la présence d'atomes d'hydrogène.	❑	❑

→ corrigés p. 307

Dissolution des solides ioniques

59

Lue Relue Acquise

Un solide ionique introduit dans l'eau subit une dissolution dont on peut écrire l'équation de dissolution et établir le tableau d'évolution. Il est possible d'écrire une relation entre les quantités de matière et les concentrations des espèces en jeu.

1 Dissolution : mécanisme et influence du solvant

- Lorsqu'un cristal ionique comme le cristal de chlorure de sodium ($Na^+ + Cl^-$) est dans l'eau, les molécules d'eau polaires interagissent avec les ions du cristal et **affaiblissent les liaisons électrostatiques**. Le cristal finit par se désagréger. Par la suite, chaque ion s'entoure de molécules de solvant et est dispersé dans toute la solution.

Doc. Mécanisme de dissolution du chlorure de sodium dans l'eau

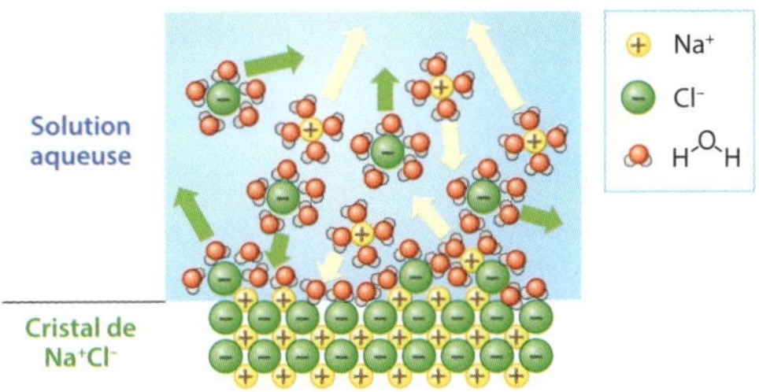

- La solubilité d'un cristal dans une solution déterminée **dépend du caractère polaire ou apolaire (non polaire) du solvant** : un solide polaire se dissout facilement dans un solvant polaire, alors qu'un solide apolaire se dissout dans un solvant apolaire et très peu dans un solvant polaire.

2 Équation de dissolution

- L'équation de dissolution rend compte de la dissolution d'un cristal ionique ou moléculaire sans faire directement intervenir le solvant.

  Exemple : l'équation de dissolution du nitrate de calcium dans l'eau respecte la conservation des éléments chimiques et de la charge totale.

$$Ca(NO_3)_2(s) \rightarrow Ca^{2+}(aq) + 2NO_3^-(aq)$$

méthode

L'équation de dissolution respecte la conservation de la charge et des éléments chimiques.

3 Concentration des ions en solution

- L'équation de dissolution permet d'établir le **tableau d'évolution d'une dissolution** considérée comme totale.
- Grâce à ce tableau, on peut formuler une **relation entre les quantités de matière** de solide dissous et de solutés en solution ou ions produits.
- Le volume étant supposé constant lors d'une dissolution, on déduit de la relation des quantités de matière une relation entre les concentrations des ions en solution.
- La concentration d'un ion en solution se note soit *c* ou *C*, soit entre crochets en spécifiant le symbole de l'ion concerné (par exemple $[Ca^{2+}]$ pour la concentration de l'ion calcium).

rappel

La relation entre la quantité de matière *n* (en mol) et la concentration *c* (en $mol \cdot L^{-1}$) d'un ion est : $n = c \times V$ avec *V* le volume de la solution (en L).

Équation		$Ca(NO_3)_2\ (s) \rightarrow$	$Ca^{2+}\ (aq)$ +	$2NO_3^-\ (aq)$
État	**Avancement (mol)**	**Quantité de matière (mol)**		
EI	$x = 0$	N	0	o
EC	x	$n - x$	x	$2x$
EF	$x = x_{max} = n$	0	n	$2n$

La lecture du tableau permet d'établir :

$$n = n_{EI}(Ca(NO_3)_2) = n_{EF}(Ca^{2+}) = \frac{n_{EF}(NO_3^-)}{2}$$

ou encore :

$$c = \frac{n}{V} = [Ca^{2+}] = \frac{[NO_3^-]}{2}$$

Mémo'Quiz

	Vrai	Faux
1. La dissolution d'un cristal est due au caractère polaire de l'eau.	❑	❑
2. La relation des concentrations dépend des coefficients stœchiométriques.	❑	❑
3. L'équation de dissolution s'équilibre en fonction des charges des ions en jeu.	❑	❑
4. La relation des quantités de matière est la même que celle des concentrations.	❑	❑

→ corrigés p. 307

Solubilité, extraction et miscibilité

60

Lue Relue Acquise

La solubilité d'une espèce est la masse maximale que l'on peut dissoudre dans un liquide. Elle dépend d'un certain nombre de caractéristiques de l'espèce à dissoudre et du solvant. Extraire une espèce dissoute nécessite de prendre en compte ces paramètres, ainsi qu'un matériel spécifique.

1 Solubilité d'une espèce dans un solvant

- La solubilité d'une espèce dans un solvant peut être définie comme la **capacité de cette espèce** à **se dissoudre dans le solvant** (définition qualitative) ou comme la **masse maximale de cette espèce dissoute dans un litre de solvant** (définition quantitative).
- La solubilité se note *s* et s'exprime en g/L ou $g \cdot L^{-1}$. Elle correspond à la **concentration massique à saturation** de soluté dans la solution.
- La solubilité d'une espèce en solution dépend de la nature du soluté et du solvant, de **leurs interactions**, de la température de la solution, de la présence d'autres espèces dissoutes, etc.

  Exemple : la solubilité du chlorure de sodium dans l'eau est d'environ 359 $g \cdot L^{-1}$ à 20 °C mais de 391 $g \cdot L^{-1}$ à 100 °C. Elle est en revanche de moins de 1 $g \cdot L^{-1}$ à 20 °C dans un solvant comme l'éthanol.
- Plus les interactions entre soluté et solvant sont importantes, et **plus le soluté est soluble dans le solvant** considéré.

2 Extraction liquide-liquide

- Une **extraction liquide-liquide** est une opération permettant d'extraire un composant d'une phase liquide (appelée solvant) par transfert de ce composant dans une seconde phase liquide (appelée solvant extracteur ou diluant) très peu ou non miscible avec la première.
- La migration du composant ou soluté à extraire du solvant vers le diluant est d'autant plus efficace que les interactions composant-solvant sont faibles (**soluté très peu soluble dans le solvant**) et que les interactions composant-diluant sont importantes (**soluté très soluble dans le diluant**).
- Le solvant extracteur ou diluant doit être de **densité très différente** de celle du solvant et très peu ou **non miscible au solvant**. De plus, le soluté doit présenter une **grande solubilité** dans ce diluant.

remarque

Le solvant extracteur doit aussi être le moins cher possible, peu toxique, facilement recyclable...

- En pratique, une extraction liquide-liquide correspond à un processus en plusieurs étapes que l'on réalise souvent dans une **ampoule** à décanter :
  - mise en contact des deux phases liquides (phases A et B) que sont le solvant et le diluant,
  - agitation pour effectuer le transfert de phase du soluté,
  - dégazage,
  - décantation,
  - puis séparation des phases.
- Un séchage peut être éventuellement effectué.

Doc. Exemple d'une extraction liquide-liquide pour l'extraction de la vanilline

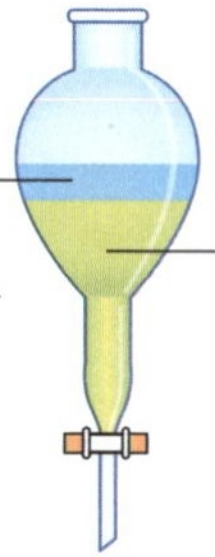

L'astuce du prof

Penser à ôter le bouchon de l'ampoule à décanter lors de l'extraction de la phase inférieure : sans entrée d'air, le liquide ne peut s'écouler !

Mémo'Quiz

	Vrai	Faux
1. La solubilité d'une espèce dans un solvant dépend de la température, de la polarité du solvant et de la nature du soluté.	❑	❑
2. La solubilité d'une espèce polaire est d'autant plus importante que le solvant extracteur est lui-même polaire.	❑	❑
3. Les deux phases d'une extraction liquide-liquide dans une ampoule à décanter doivent être miscibles entre elles.	❑	❑
4. Dans une ampoule à décanter, la phase à extraire est toujours la phase inférieure.	❑	❑

→ corrigés p. 307

Propriétés des savons

61

Lue Relue Acquise

Un savon est constitué de molécules amphiphiles ayant une partie lipophile et une partie hydrophile qui s'adaptent à leur environnement en s'organisant en diverses structures monocouches ou bicouches.

1 Caractère amphiphile

- Un savon est un **mélange de carboxylates de sodium ou de potassium**. Les ions carboxylates sont des molécules ioniques correspondant à des chaînes carbonées de plus de 10 atomes de carbone non ramifiées, notées R–COO–. Un ion carboxylate comporte ainsi deux parties : un groupe **carboxylate** COO– et un groupe **alkyle** R.

- Le groupement carboxylate, chargé négativement, interagit fortement avec les molécules d'eau polaire d'un solvant aqueux. On dit que ce groupement est **hydrophile**. En revanche, il ne présente aucune affinité pour les solvants non polaires composés en particulier de longues chaînes carbonées comme celles des corps gras. On dit que ce groupement est **lipophobe**.

- Le groupement alkyle est quant à lui hydrophobe et lipophile.

Lexique

- Hydrophile (du grec *hydôr* qui signifie « l'eau » et *phileïn* qui signifie « aimer ») : qui a une affinité forte avec l'eau.
- Lipophobe (du grec *lipos* qui signifie « graisse » et du grec *phobos* qui signifie « la peur ») : qui craint les corps gras, qui les fuit.

Doc. **Caractère amphiphile de l'ion carboxylate**

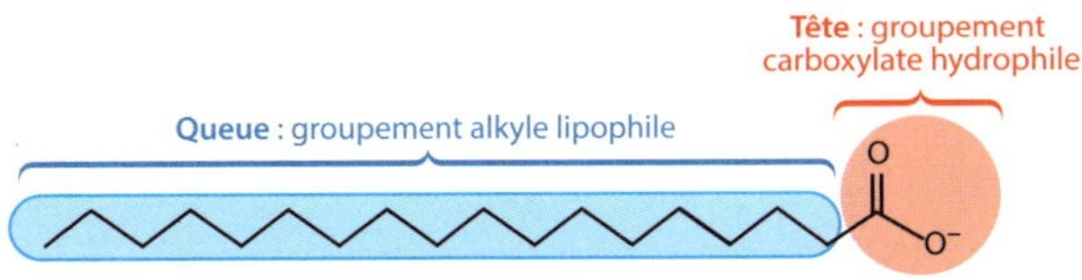

- Un savon est composé de molécules possédant donc une tête hydrophile et une queue lipophile : c'est une espèce **amphiphile**.

2 Application des tensioactifs

- Un **tensioactif** ou **agent de surface** est une substance permettant de **modifier les propriétés de surface** d'un liquide.

- Un tensioactif peut donc être utilisé comme émulsifiant ou agent de solubilisation entre deux phases non miscibles, détergent, agent mouillant pour faciliter l'étalement d'un liquide sur une surface, agent moussant, agent dispersant pour permettre le mélange de molécules hydrophiles et hydrophobes, etc. Utilisé en détergent, l'ion carboxylate des savons interagit avec la salissure, soit par sa tête hydrophile, soit par sa queue lipophile s'il s'agit par exemple d'une graisse à éliminer.
- En fonction de la nature de la substance à éliminer, le savon forme une **monocouche** ou une **bicouche**.

Doc. Structure en monocouche ou bicouche de savon

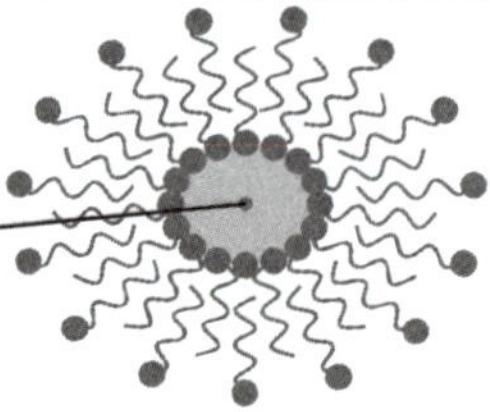

méthode

La partie ronde modélisant la tête de la molécule est toujours en contact avec la solution aqueuse, alors que la partie représentant la queue est en contact avec les graisses voire l'air dans le cas des bulles de savon.

- Les bulles de savon sont un cas particulier d'une double couche de savon.

Mémo'Quiz

	Vrai	Faux
1. La partie hydrophile de la molécule de savon est lipophobe.	❑	❑
2. La tête d'une molécule de tensioactif est hydrophobe.	❑	❑
3. Une bulle de savon est une monocouche de tensioactif.	❑	❑
4. Dans le cas d'une bulle de savon, la queue de la molécule est dans l'air.	❑	❑

→ corrigés p. 307

Structure des entités organiques

62

Lue Relue Acquise

La formule d'une molécule est son écriture en 2D. Il en existe plusieurs : de la plus compacte (formule brute) à la plus développée. Ces formules mettent en évidence les atomes contenus dans la molécule, ainsi que certains groupements d'atomes ou groupes caractéristiques qui donnent ses propriétés spécifiques à la molécule.

1 Formules d'une molécule

- Un composé organique est un **composé** contenant des atomes de **carbone** C. D'autres atomes comme l'hydrogène H, éventuellement l'oxygène O ou l'azote N, sont présents dans les molécules d'un composé organique.
- La **formule brute** est une écriture symbolique compactée d'une molécule. Dans le cas le plus général, l'ordre des atomes est celui de CHON, les autres atomes étant écrits à la suite par ordre alphabétique.
- La **formule développée** correspond au modèle de Lewis de la molécule dans lequel on ne représente pas les doublets non liants.
- La **formule semi-développée** est une formule compactée de la formule développée : les liaisons –H ne sont pas apparentes, et les hydrogène sont compactés autour de leur atome de rattachement.

méthode

Dans le cas de petites molécules, l'ordre CHON n'est pas forcément respecté : la formule de la molécule d'ammoniac est NH_3 et non H_3N.

Exemple : formules développée, semi-développée et brute du propane.

```
    H   H   H
    |   |   |
H — C — C — C — H
    |   |   |
    H   H   H
```

$CH_3—CH_2—CH_3$

$C_3—H_8$

2 Alcanes

- Un alcane est un des plus simples composés **organiques**.
- Un alcane correspond à une molécule dont la chaîne carbonée est constituée d'atomes de carbone et d'hydrogène et de liaisons simples.
- Sa **formule brute est C_nH_{2n+2} avec *n* un entier non nul**.

conseil

Il faut connaître la formule générale C_nH_{2n+2} d'un alcane afin de pouvoir l'identifier très rapidement à partir de sa formule brute.

3 Groupes caractéristiques et familles de composés

- Un composé **monofonctionnel** possède un squelette carboné saturé (absence de liaison multiple) et un groupement d'atomes appelé **groupe caractéristique** qui lui confère des propriétés chimiques spécifiques.
- Le tableau ci-dessous rassemble quelques familles de composés :

Famille	Groupe caractéristique	Formule brute	Exemple
Alcools	—OH	$C_nH_{2n+2}O$	Éthanol
Aldéhydes	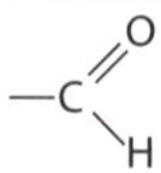	$C_nH_{2n}O$	3-méthylbutanal
Cétones	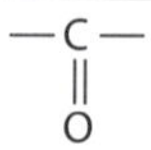	$C_nH_{2n}O$	3-méthylpentan-2-one
Acides carboxyliques	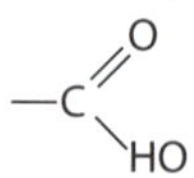	$C_nH_{2n}O_2$	Acide-éthanoïque

- **Nomenclature** : la chaîne principale doit contenir le groupe caractéristique et être numérotée de façon à lui attribuer le plus petit numéro possible.
- Les suffixes soulignés sont caractéristiques de la famille des composés considérés.

Mémo'Quiz

	Vrai	Faux
1. Un composé organique contient forcément du carbone.	❑	❑
2. Un alcane peut avoir une ou plusieurs liaisons doubles C=C.	❑	❑
3. Une molécule contenant un groupement C=O est une cétone.	❑	❑
4. $C_{12}H_{24}$ est la formule du dodécane, un alcane en C_{12}.	❑	❑

→ corrigés p. 307

Spectroscopie IR

Lue Relue Acquise

63

La spectroscopie infrarouge (IR) produit des spectres de transmittance en fonction du nombre d'onde. Ces derniers permettent de mettre en évidence les fonctions caractéristiques d'une espèce chimique.

1 Transmittance T et nombre d'onde σ

- La **transmittance** T, généralement exprimée en pourcentage, est une grandeur sans dimension qui mesure la capacité d'un milieu à transmettre la lumière.
- Le **nombre d'onde** σ (en cm^{-1}) est le nombre de longueurs d'onde par unité de longueur :

$$\sigma = \frac{1}{\lambda}$$ avec λ : longueur d'onde (en cm)

remarques

- D'après la définition de l'absorbance A, on note que $A = -\log T$.
- En général, dans les spectres infrarouges, les longueurs d'onde sont exprimées en µm, soit $1\ \mu m = 10^{-6}\ m = 10^{-4}\ cm$.

2 Identification des groupes caractéristiques par spectroscopie IR

- Les spectres infrarouges des molécules en phase liquide ou gazeuse peuvent représenter l'absorbance A en fonction de la longueur d'onde du rayonnement. Cependant, la plupart du temps, un spectre infrarouge est la **courbe de la transmittance T en fonction du nombre d'onde σ**.

Doc. **Exemple de spectre infrarouge**

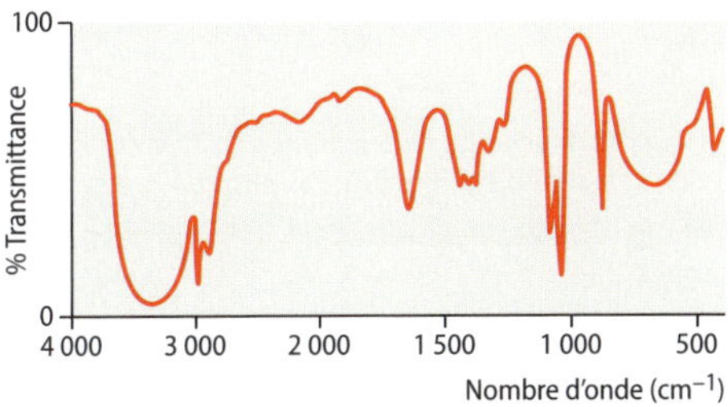

- La **spectroscopie infrarouge** est une spectroscopie d'absorption des rayonnements par les molécules dans une gamme d'énergie correspondant à la rotation et à la vibration des liaisons interatomiques.

● Le spectre IR permet surtout de mettre en évidence les fonctions de la molécule. Cette interprétation du spectre est fondée sur l'étude des élongations des liaisons : la lecture et le dépouillement du spectre infrarouge utilisent des tables de données ou des logiciels adaptés.

Exemple : Voici le spectre IR d'une molécule inconnue. La table infrarouge des correspondances permet de déduire la nature de la molécule. Il s'agit ici d'une molécule de la famille des esters : CH_3–CH_2–CH_2–COO–CH_2–CH_3.

remarque

En général, l'énergie de vibration correspond à l'élongation de la liaison ou à sa déformation (la longueur de la liaison est inchangée, mais les angles entre les liaisons sont modifiés).

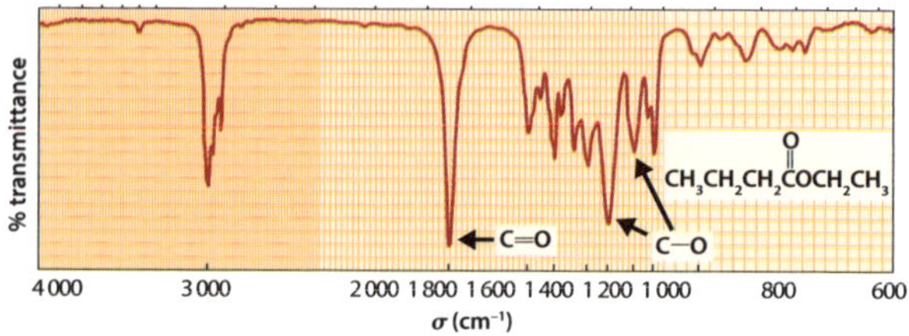

Liaison	Nombre d'onde	Bande
C–O	1 190-1 075	Forte
O–H	3 550-3 000	Intense et large
C=O	1 800-1 740	Forte
C–H dans –CH_3	2 960	Forte
C–H dans –$(CH_2)_n$–	750-720	Faible

Mémo'Quiz

	Vrai	Faux
1. Le spectre IR est la courbe de l'absorbance de la solution en fonction de la longueur d'onde de l'espèce colorée.	❑	❑
2. La transmittance *T*, grandeur sans unité, est l'opposée de l'absorbance *A*.	❑	❑
3. Le nombre d'onde est l'inverse de la longueur d'onde. Il s'exprime en cm^{-1} dans un spectre IR, mais en m^{-1} dans les unités du système international.	❑	❑
4. Le spectre IR ne permet pas de mettre en évidence deux fonctions hydroxyle dans la même molécule.	❑	❑

→ corrigés p. 307

Synthèse d'espèces chimiques organiques

64

Lue Relue Acquise

Une synthèse organique est constituée d'une ou de plusieurs étapes réactionnelles permettant de transformer progressivement un ensemble d'espèces chimiques en une espèce chimique « cible ».

1 Étapes d'un protocole

- Une synthèse organique se déroule en 4 étapes : la **transformation** chimique des réactifs, l'**isolement** appelé aussi traitement, la **purification** et l'**analyse** ou identification.
- La transformation correspond à la réaction d'espèces chimiques (les réactifs) donnant naissance à d'autres espèces chimiques (les produits). Le matériel utilisé pour cette étape est souvent un **montage à reflux** permettant d'accélérer la transformation et d'éviter les pertes.

Doc. Schéma du montage à reflux

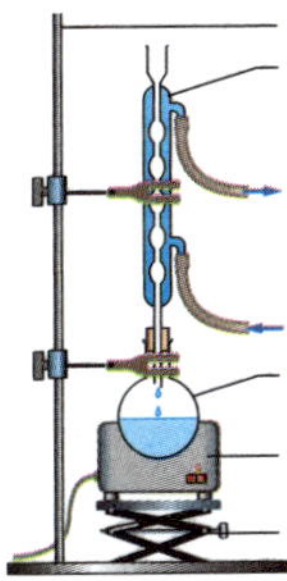

conseil

L'**extraction liquide-liquide** dans une ampoule à décanter ou la **filtration** simple ou sous vide peuvent être utilisées comme méthodes d'isolement.

- Souvent, l'espèce que l'on cible lors d'une synthèse est accompagnée d'autres produits de synthèse. L'isolement permet de récupérer le seul produit souhaité.

Doc. Schéma du montage de filtration sous vide

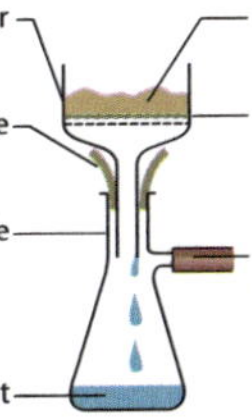

● L'isolement n'est pas suffisant pour récupérer l'espèce cible pure. Une étape de purification est nécessaire :

- la **distillation** est une technique fondée sur les différences de température de changement d'état des différents constituants d'un mélange : les composés subissent des vaporisations « séparées » ;
- la **recristallisation** est quant à elle basée sur les différences de solubilité du produit cible et des impuretés à éliminer dans un solvant bien choisi. Le mélange obtenu après isolement est dissous à chaud dans le solvant qui, en refroidissant, permet la recristallisation du produit cible avant celle des impuretés.

● Une fois le produit cible purifié, il faut vérifier sa nature et contrôler sa pureté :

- une **chromatographie sur couche mince** (CCM) permet, par comparaison avec un produit cible de référence, de vérifier la nature du produit de synthèse : les dépôts doivent migrer à la même hauteur ;
- la **température de changement d'état** d'un produit permet de l'identifier et de contrôler sa pureté : un banc Köfler est souvent utilisé pour connaître la température de fusion d'un composé solide.

2 Rendement

● Le **rendement *r* d'une synthèse** est le rapport entre la quantité de matière de l'espèce cible obtenue expérimentalement et celle calculée théoriquement :

$$r = \frac{\text{Quantité de matière obtenue}}{\text{Quantité de matière théorique}}$$

● Le rendement *r* est une valeur sans unité comprise entre 0 et 1. Il peut être donné en pourcentage en multipliant le résultat numérique par 100.

L'astuce du prof

$r = 1 = 100\ \%$ correspond au rendement maximal.

Mémo'Quiz

	Vrai	Faux
1. L'isolement permet de récupérer un produit cible.	❑	❑
2. Une CCM permet un contrôle du produit formé.	❑	❑
3. La filtration est une méthode d'isolement.	❑	❑
4. Un rendement de 50 % est $r = 0{,}50$.	❑	❑

→ corrigés p. 307

Conversion de l'énergie stockée dans la matière organique

65

Lue Relue Acquise

L'énergie libérée ou consommée lors d'une transformation chimique dépend des liaisons rompues et formées lors de la transformation. Cette dernière peut être exothermique, endothermique ou athermique, suivant la valeur et le signe de l'énergie calculée.

1 Réaction de combustion

- Une combustion est une réaction d'oxydoréduction dont les deux réactifs sont appelés **comburant** et **combustible**.
- Cette réaction libère de l'énergie notée $\boldsymbol{\Delta U_{\text{combustion}}}$. La réaction de combustion est donc une réaction **exothermique**.
- L'énergie d'une transformation, si elle est évaluée de manière algébrique, est souvent comptée négativement, car elle est cédée par le système chimique à l'environnement extérieur.
- La combustion du propane (comburant) dans le dioxygène (combustible) produit du dioxyde de carbone et de l'eau :

$CH_3{-}CH_2{-}CH_3\,(g) + 5\,O_2\,(g) \rightarrow 3\,CO_2\,(g) + 4\,H_2O\,(g)$

méthode

La réaction est exothermique lorsque l'énergie de la réaction est négative et libérée par le système chimique. Elle est endothermique dans le cas contraire, ou athermique si $\Delta U = 0$.

L'astuce du prof

Il existe des combustions incomplètes pour lesquelles il y a production de monoxyde de carbone CO.

2 Énergie de liaison $D_{\text{A-B}}$

- On appelle énergie de liaison $\boldsymbol{D_{\text{A-B}}}$ d'une liaison A–B l'énergie qu'il faut fournir à une mole de molécules AB à l'état gazeux pour **la dissocier en ses atomes** A et B à l'état gazeux.
- L'énergie de liaison s'exprime en $J \cdot mol^{-1}$ (ou en $kJ \cdot mol^{-1}$) et représente donc l'énergie à fournir lors de la transformation : AB (g) → A (g) + B (g).
- Les énergies de liaison sont répertoriées dans des tables, souvent pour une température de 25 °C. Leur valeur dépend de A, de B et du type de liaison (simple, double ou triple) entre A et B.
- Pour les réactions de combustion des alcanes ou des alcools, on donne par exemple : $D_{\text{C-H}} = 410\ kJ \cdot mol^{-1}$; $D_{\text{C-C}} = 348\ kJ \cdot mol^{-1}$; $D_{\text{C=O}} = 795\ kJ \cdot mol^{-1}$ dans le dioxyde de carbone ; $D_{\text{O=O}} = 494\ kJ \cdot mol^{-1}$; $D_{\text{O-H}} = 460\ kJ \cdot mol^{-1}$ et $D_{\text{C-O}} = 356\ kJ \cdot mol^{-1}$.

3 Énergie de réaction

- Lorsque les réactifs et les produits sont à l'état gazeux, on peut définir une énergie molaire de réaction comme :

$$\Delta U_{\text{réaction}} = \Sigma D_{\text{A-B rompues}} - \Sigma D_{\text{A-B créées}}$$ avec

- $\Sigma D_{\text{A-B rompues}}$: somme des énergies de liaison des liaisons rompues lors de la réaction,
- $\Sigma D_{\text{A-B créées}}$: somme des énergies de liaison des liaisons formées.

- Dans le cas de la combustion du propane, les liaisons C–C et C–H de l'hydrocarbure, ainsi que la liaison O=O du dioxygène sont rompues, alors que les liaisons O–H de l'eau ou C=O du dioxyde de carbone sont formées.

$$CH_3{-}CH_2{-}CH_3(g) + 5\,O_2(g) \rightarrow 3\,CO_2(g) + 4\,H_2O(g)$$

$2D_{C-C}$ + $8D_{C-H}$ + $5D_{O-O}$

$-6D_{C-O}$ + $-8D_{O-H}$

$$3\,C(g) + 8\,H(g) + 10\,O(g)$$

méthode

Il faut prendre en compte toutes les liaisons rompues ou formées, soit par exemple pour la combustion du propane : 2 C–C, 8 C–H et 5 O=O rompues et 6 C=O et 8 O–H formées.

- Les énergies de liaison sont à additionner dans le cas où elles sont rompues, et à soustraire ou à additionner négativement si elles sont créées.

Mémo'Quiz

	Vrai	Faux
1. L'énergie de liaison D_{A-B} d'une liaison A–B est comptée positivement lorsqu'il s'agit d'une dissociation, c'est-à-dire lorsque A–B est rompue.	❑	❑
2. L'énergie de liaison dépend du type de liaison, mais aussi de la molécule dans laquelle elle se trouve.	❑	❑
3. L'énergie de réaction est comptée négativement lorsqu'elle est endothermique.	❑	❑
4. L'énergie d'une transformation est la somme algébrique des énergies de liaison des liaisons rompues et créées lors de cette transformation. Elle tient compte des coefficients stœchiométriques.	❑	❑

→ corrigés p. 307

Notion de champ

66

Lue Relue Acquise

Un champ est l'association d'une grandeur scalaire ou vectorielle et d'un espace physique dans lequel elle est mesurable. Le champ électrostatique est un exemple de champ vectoriel.

1 Champs, lignes de champ et spectre

- Lorsqu'on associe en chaque point $M(x, y, z, t)$ de l'espace une grandeur scalaire, on définit un **champ scalaire** de cette grandeur.
- De la même manière, lorsqu'on associe en chaque point de l'espace une grandeur vectorielle (avec une direction, un sens et une norme ou intensité du vecteur), on définit un **champ vectoriel** de cette grandeur. Parmi les champs vectoriels physiques, on peut citer le champ électrique, le champ magnétique et le champ gravitationnel.

  Exemples : le champ des températures donné par Météo France est un champ scalaire, alors que le champ des vents est un champ vectoriel.

- Si la grandeur mesurée (scalaire ou vectorielle) prend la même valeur en tout point de l'espace $M(x, y, z)$, alors le champ est **uniforme**.
- Si la grandeur mesurée est indépendante du temps t, alors le champ est **stationnaire ou permanent**.
- On appelle **ligne de champ vectoriel** la courbe orientée à laquelle le vecteur champ, à un instant donné, est tangent.
- L'ensemble des lignes de champ constitue un **spectre**.

Doc. Exemple du spectre magnétique terrestre

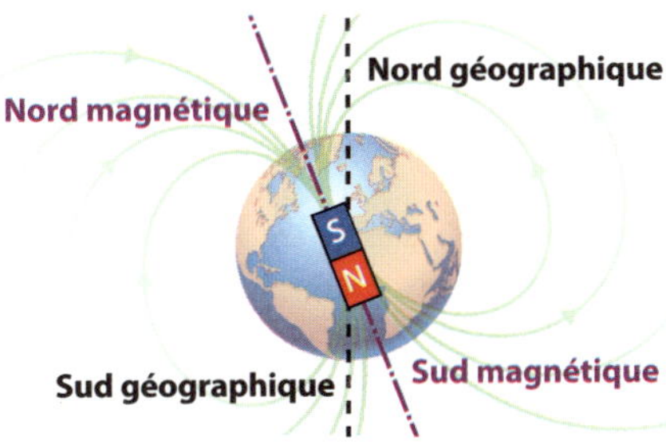

2 Charge électrique et loi de Coulomb

- La **charge électrique**, notée q ou Q et s'exprimant en coulombs (C), est une propriété intrinsèque de la matière. Positive ou négative, elle est par exemple à l'origine des interactions de type électrostatique.

- **Énoncé de la loi de Coulomb**

Un corps chargé A de charge q_A exerce sur un corps chargé B de charge q_B une force électrostatique $\overrightarrow{F_{A/B}}$ de norme (en newtons N) :

L'astuce du prof

La force de Coulomb est définie partout dans l'espace sauf en $d = 0$.

$$F_{A/B} = k\frac{|q_A q_B|}{d_{AB}^2} \text{ avec } \begin{cases} q_A \text{ et } q_B : \text{charges des corps A et B (en C),} \\ d_{AB} : \text{distance séparant A et B (en m),} \\ k : \text{constante électrique } (k = 9{,}0 \times 10^9 \,\text{N}\cdot\text{m}^2\cdot\text{C}^{-2}). \end{cases}$$

3 Influence électrostatique

- Lorsque l'on se peigne les cheveux, on peut observer une attraction de type électrostatique entre le peigne et nos cheveux. Pourtant, tous les objets dont on influence le comportement ne sont pas forcément chargés et sont électriquement neutres.
- Le phénomène décrit ci-avant est appelé phénomène d'électrisation.
- Il existe deux types d'électrisation :
  - l'**électrisation par contact** : un transfert d'électrons s'opère entre l'objet électrisé et l'objet neutre qui entre en contact avec ce dernier ;
  - l'**électrisation par influence** : aucun transfert d'électrons n'a lieu, mais l'objet influencé redistribue les charges qu'il porte.

Mémo'Quiz

	Vrai	Faux
1. Un champ, qu'il soit scalaire ou vectoriel, est généralement défini en tout point de l'espace.	❑	❑
2. La force électrostatique entre des charges ponctuelles est définie en tout point de l'espace.	❑	❑
3. Les lignes de champ sont des lignes orientées par le sens des vecteurs champs.	❑	❑
4. La force de Coulomb double si la distance entre les charges diminue de moitié.	❑	❑

→ corrigés p. 307

Champ électrostatique et champ de gravitation

67

Lue Relue Acquise

Les champs électrostatique et de gravitation sont des exemples de champs vectoriels.

1 Champ électrostatique

- Une charge Q exerce une force sur toute autre charge q placée en un point M quelconque de l'espace. Cette force électrostatique est proportionnelle, d'après la loi de Coulomb, à la charge q.
- On appelle **champ électrostatique**, noté $\vec{E}$, l'ensemble des forces d'interaction électrostatique créées par une charge Q en tout point M de l'espace où se situerait une charge test $q = 1$ C. De manière générale, le champ se définit comme :

$$\vec{E} = \frac{\vec{F}}{q}$$

- La norme du champ électrostatique s'exprime en **volts par mètre** ($V \cdot m^{-1}$, unité homogène à $N \cdot C^{-1}$).
- En utilisant la loi de Coulomb, on a :

$$\vec{E}(M) = \frac{\vec{F}}{q} = k\frac{Q}{d^2}\vec{u} \quad \text{avec}$$

- Q : charge qui crée le champ (en C),
- d : distance entre la charge et le point M (en m),
- k : constante électrique ($k = 9{,}0 \times 10^9\ N \cdot m^2 \cdot C^{-2}$),
- $\vec{u}$: vecteur unitaire de la charge Q vers M.

- Le champ électrostatique n'est pas défini au niveau de la charge ponctuelle.
- Les lignes de champ électrostatique sont **radiales** : elles divergent si la charge ponctuelle Q est positive et convergent en Q si elle est négative.

Doc. Spectres de champ électrostatique créé par une charge ponctuelle positive et négative

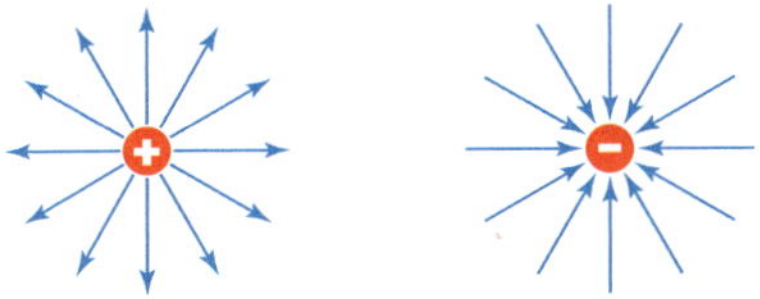

conseil

Penser à orienter les lignes de champ ou le champ électrostatique des charges positives vers les charges négatives.

2 Champ de gravitation

- Un corps A de masse m_A exerce sur un corps B de masse m_B une action attractive modélisée par une force de norme (en newtons N) :

$$F_{A/B} = G\frac{m_A \cdot m_B}{d^2_{A/B}} \text{ avec } \begin{cases} m_A \text{ et } m_B : \text{masses des corps A et B (en kg)}, \\ d_{AB} : \text{distance séparant les centres de A et de B (en m)}, \\ G : \text{constante de gravitation } (G = 6{,}67 \times 10^{-11}\ N \cdot m^2 \cdot kg^{-2}). \end{cases}$$

méthode

La force gravitationnelle $\overrightarrow{F_{A/B}}$ est portée par une droite joignant A et B et est dirigée de B vers A.

- La force gravitationnelle qu'exerce B sur A est telle que :

$$\overrightarrow{F_{A/B}} = -\overrightarrow{F_{A/B}}$$

Elle est l'opposée de celle qu'exerce A sur B.

- On appelle **champ de gravitation**, noté $\vec{\mathcal{G}}$, l'ensemble des forces d'interaction gravitationnelle créées par une masse M en tout point de l'espace, distant de d, où se situerait une masse test de $m = 1$ kg.
- Le champ se définit comme $\vec{\mathcal{G}} = \dfrac{\vec{F}}{m}$ de norme $\mathcal{G} = G\dfrac{M}{d^2}$ en $\mathbf{N \cdot kg^{-1}}$.
- Pour tout objet situé en un point P de la surface terrestre, le champ de gravitation est défini par :

$$\vec{g}_0 = G\frac{M_T}{R_T^2}\vec{u} \text{ avec } \begin{cases} M_T : \text{masse de la Terre (en kg)}, \\ R_T : \text{rayon de la Terre (en m)}, \\ G : \text{constante gravitationnelle}, \\ \vec{u} : \text{vecteur unitaire dirigé de } P \text{ vers le centre de la Terre.} \end{cases}$$

Mémo'Quiz

	Vrai	Faux
1. Le champ électrique ne dépend pas de la charge test $q = 1$ C.	❑	❑
2. Le champ électrique diminue lorsqu'on s'éloigne de la source.	❑	❑
3. Le champ gravitationnel s'exprime en newtons (N).	❑	❑
4. Le champ gravitationnel dépend de la masse de la source.	❑	❑

→ corrigés p. 307

Variation du vecteur vitesse et résultante des forces

68

Lue Relue Acquise

La somme des forces appliquées à un système mécanique, ou résultante des forces, est liée à la variation du vecteur vitesse du système.

1 Système et référentiel

- On appelle **système** un objet dont on étudie le mouvement.
- Le **centre de masse** G d'un système est le point remarquable auquel on attribue toute la masse du système pour une étude simplifiée. Pour les objets de densité uniforme, G est le centre géométrique.
- Le **référentiel** est l'observateur auquel on attache généralement un **repère** d'espace $(O, \vec{i}, \vec{j}, \vec{k})$.

2 Vecteur position, vecteur vitesse

- Si on définit un repère d'espace $(O, \vec{i}, \vec{j}, \vec{k})$ dans le référentiel d'étude et une origine des temps, tout point M de l'espace est alors repéré par le vecteur position $\overrightarrow{OM}(t)$: $\boldsymbol{\overrightarrow{OM}(t) = x(t)\vec{i} + y(t)\vec{j} + z(t)\vec{k}}$.
- Dans le référentiel d'étude muni du repère $(O, \vec{i}, \vec{j}, \vec{k})$, on définit le vecteur vitesse en $M(t)$, noté $\vec{v}_M(t)$, qui a les caractéristiques suivantes :
  - point d'application : au point $M(t)$;
  - direction : tangente à la trajectoire ;
  - sens : celui du mouvement ;
  - norme : $\|\vec{v}_M(t)\| = \dfrac{M\left(t-\frac{\Delta t}{2}\right)M\left(t+\frac{\Delta t}{2}\right)}{\Delta t}$ avec $M\left(t-\frac{\Delta t}{2}\right)$ et $M\left(t+\frac{\Delta t}{2}\right)$ les positions du système M repérées à l'instant immédiatement avant et immédiatement après t, et Δt la durée entre celles-ci.

Doc. Vecteur vitesse tangent à la trajectoire

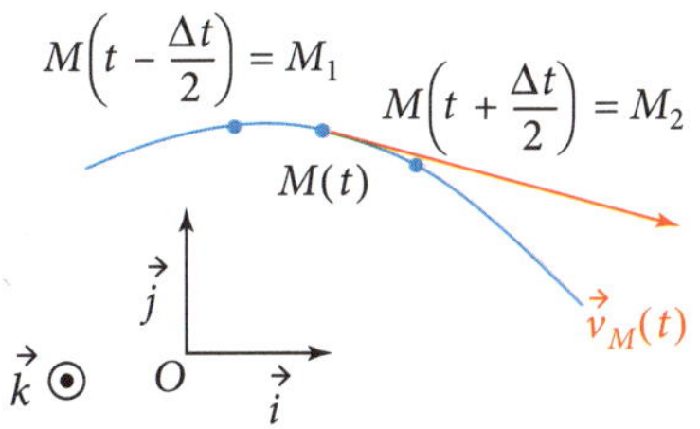

méthode

La vitesse apparaît comme le taux de variation de la position par rapport au temps.

$\vec{v}_M(t)$ s'écrit vectoriellement :

$$\vec{v}_M(t) = \frac{\overrightarrow{M\left(t-\frac{\Delta t}{2}\right)M\left(t+\frac{\Delta t}{2}\right)}}{\Delta t} = \frac{\overrightarrow{OM\left(t-\frac{\Delta t}{2}\right)-OM\left(t+\frac{\Delta t}{2}\right)}}{\Delta t} = \frac{\overrightarrow{\Delta OM(t)}}{\Delta t}$$

3 Résultante des forces

- On appelle **résultante des forces** extérieures appliquées à un système, notée $\Sigma \vec{F}_{ext}$, la somme vectorielle de ces forces.
- De la même manière que précédemment, on peut définir le vecteur **accélération** $\vec{a}_M(t)$ au point $M(t)$ comme la variation du vecteur vitesse :

$$\vec{a}_M(t) = \frac{\overrightarrow{v\left(t-\frac{\Delta t}{2}\right)}-\overrightarrow{v\left(t+\frac{\Delta t}{2}\right)}}{\Delta t} = \frac{\overrightarrow{\Delta v(t)}}{\Delta t}$$

- Dans le référentiel d'étude, la **résultante des forces** appliquée à un solide réduit à un point $M(t)$ ou centre de masse, de masse constante, est **proportionnelle à la variation de vecteur vitesse** :

$$m\frac{\overrightarrow{\Delta v(t)}}{\Delta t} = \Sigma \vec{F}_{ext}$$

4 Rôle de la masse

- La relation précédente permet de conclure que pour une même résultante des forces, la **variation du vecteur vitesse est d'autant plus faible que le système est massif**.

Mémo'Quiz

	Vrai	Faux
1. $\overrightarrow{OM}$ est appelé vecteur position du système.	❑	❑
2. Le vecteur vitesse est tangent à la trajectoire du système.	❑	❑
3. La variation du vecteur accélération est le vecteur vitesse.	❑	❑
4. La relation entre la somme des forces et l'accélération dépend de la masse.	❑	❑

→ corrigés p. 307

Fluide au repos

69

Lue Relue Acquise

Un fluide est un milieu constitué qui peut être décrit à plusieurs échelles. Au niveau macroscopique, la pression, la température et la masse volumique sont des grandeurs physiques permettant de le décrire.

1 Échelles de description

- Un **fluide** est un **milieu continu** : il est formé d'un grand nombre de molécules libres les unes par rapport aux autres et de très faible taille devant la dimension du fluide observé. Un fluide est ainsi un **milieu déformable** et sans rigidité.

- Le comportement d'un fluide pourrait être décrit à trois échelles différentes :
  - **à l'échelle microscopique** (échelle du nanomètre) en déterminant le mouvement de chaque particule qui compose le fluide. Il s'agit d'une **modélisation discrète** de la matière qui semble impossible au vu des quantités de données générées ;
  - **à l'échelle macroscopique** (échelle globale) pour laquelle le fluide est décrit comme une entité globale grâce à des grandeurs telles que sa vitesse globale, sa masse volumique, sa pression, etc. Il s'agit d'une **modélisation continue** de la matière ;
  - **à l'échelle mésoscopique** (échelle intermédiaire entre les échelles micro et macroscopique) afin de garder une **modélisation continue** de la matière, mais en prenant en compte les **variations locales des grandeurs caractéristiques** du fluide. Ces grandeurs ne sont pas forcément uniformes, c'est-à-dire de même valeur partout dans le fluide.

remarque

Parmi les fluides, on distingue souvent les liquides des gaz par leur compressibilité. Un liquide est un fluide considéré comme incompressible, c'est-à-dire à masse volumique constante.

- La description la plus pertinente pour le comportement d'un fluide est l'échelle mésoscopique.

2 Lien entre grandeurs macroscopiques et comportement microscopique

- Les grandeurs caractéristiques d'un fluide au repos sont les grandeurs macroscopiques suivantes : la masse volumique ρ (en $kg \cdot L^{-1}$ ou $kg \cdot m^{-3}$), la pression P (en Pa), la température T (en K).

conseil

La pression peut s'exprimer en bar et la température en °C. Les conversions sont : 1 bar = 10^5 Pa et $T(K) = \theta(°C) + 273$.

● La pression est liée au **nombre de chocs** entre les molécules, alors que la température est l'image macroscopique de l'**agitation** des molécules et donc de leur vitesse.

3 Masse volumique d'un fluide

● La **masse volumique** est une grandeur moyenne définie par :

$$\rho = \frac{m}{V} \text{ avec } \begin{cases} m : \text{somme des masses des molécules considérées (en kg),} \\ V : \text{volume occupé par celles-ci (en L ou m}^3\text{).} \end{cases}$$

● La masse volumique d'un fluide dépend de la température : le fluide se dilate lorsque la température augmente, il en résulte que la masse volumique décroît avec la température.

Doc. **Variation de la masse volumique de l'air en fonction de sa température**

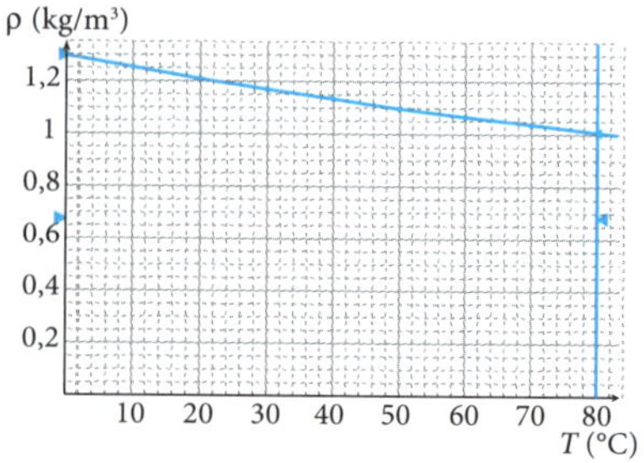

méthode

La masse volumique s'obtient expérimentalement en mesurant le volume précis d'un fluide à l'aide d'une éprouvette graduée et sa masse grâce à une balance de précision.

Mémo'Quiz

	Vrai	Faux
1. Un gaz ou un liquide sont des fluides.	❑	❑
2. La masse volumique s'exprime en $g \cdot mol^{-1}$.	❑	❑
3. La masse volumique d'un fluide diminue lorsque la température baisse.	❑	❑
4. Si le volume de fluide double, alors la masse volumique double.	❑	❑

→ corrigés p. 307

Action exercée par un fluide sur une paroi, force pressante

70

Lue Relue Acquise

La pression d'un fluide correspond à la force pressante surfacique qu'il exerce sur une paroi. Elle se mesure en pascals à l'aide d'un pressiomètre.

1 Force pressante

- Un fluide exerce sur une surface S des actions appelées **forces pressantes**.
- Pour chaque surface considérée, la résultante des forces pressantes est un vecteur perpendiculaire à la surface qui ne dépend pas de l'orientation de cette dernière.

Doc. Force pressante exercée sur une paroi

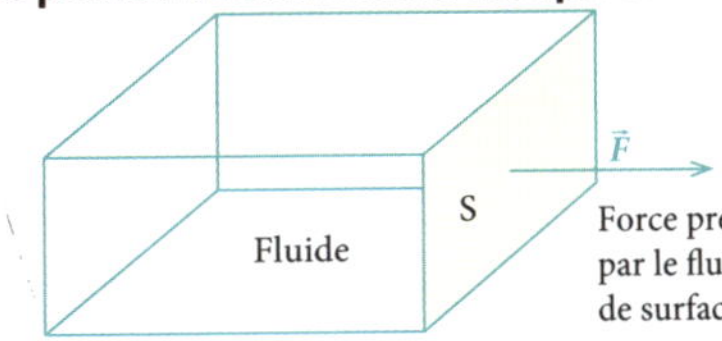

- La force pressante exercée par un fluide sur une paroi de surface S a les caractéristiques suivantes :
  - point d'application : le centre de la paroi considérée ;
  - direction : la droite perpendiculaire à la paroi ;
  - sens : celui du fluide vers la paroi (de l'intérieur vers l'extérieur du fluide) ;
  - norme : comme pour toute force, la norme de la force pressante notée F ou $\|\vec{F}\|$ s'exprime en newtons (N).

2 Pression d'un fluide

- La pression P d'un fluide est une grandeur macroscopique définie par la relation :

$$P = \frac{F}{S} \quad \text{avec} \quad \begin{cases} P : \text{pression (en Pa)}, \\ F : \text{valeur de la force pressante (en N)}, \\ S : \text{surface sur laquelle s'exerce la force pressante (en m}^2\text{)}. \end{cases}$$

- L'unité internationale pour la pression est le pascal (Pa). Une pression de 1 Pa correspond à une force pressante de 1 N qui s'exercerait sur une surface de 1 m^2.

● Il existe de nombreuses autres unités de mesure de la pression comme le bar, l'atmosphère (atm), le millimètre de mercure (mmHg) en médecine, le torr, le centimètre d'eau, etc.

Unité	1 bar	1 atm	1 mmHg
Correspondance en Pa	1×10^5	$1{,}013 \times 10^5$	133

L'astuce du prof

Les pressions atmosphériques sont souvent données en hectopascals (hPa).
1 hPa = 100 Pa = 1 mbar.

● La **pression atmosphérique** normale est de l'ordre de 1 bar = 1×10^5 Pa.

● La pression se mesure à l'aide d'un appareil appelé **pressiomètre**. De manière simple, en séance de travaux pratiques, on peut constater que la pression augmente de 1 mbar pour chaque centimètre supplémentaire de profondeur dans le liquide.

Doc. Dispositif de mesure de la pression dans un liquide

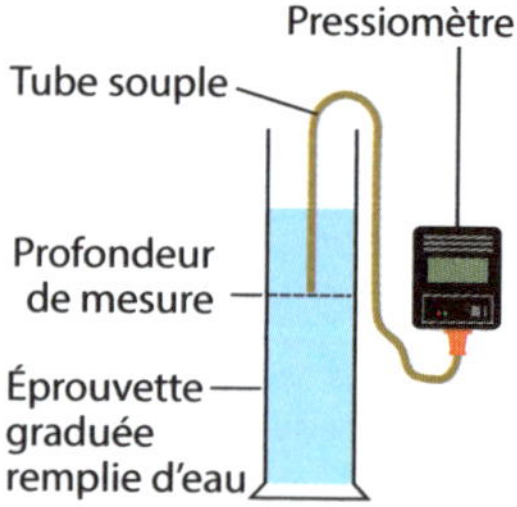

méthode

Le pressiomètre est équipé d'un tube souple que l'on peut positionner à n'importe quelle profondeur de liquide par rapport à la surface libre.

Mémo'Quiz

	Vrai	Faux
1. La force pressante s'exprime, comme n'importe quelle force, en newtons (N).	❑	❑
2. La pression est une force surfacique qu'un fluide exerce sur la paroi d'un solide.	❑	❑
3. Le pascal est une unité du système international qui est homogène à des newtons par mètre carré.	❑	❑
4. En plongée sous-marine, la pression augmente de 1 bar à chaque 10 m de profondeur supplémentaire.	❑	❑

→ corrigés p. 307

Loi de Mariotte et loi de la statique des fluides

71

Lue Relue Acquise

Les lois de Mariotte et de la statique des fluides modélisent le comportement d'un fluide : dans certaines conditions, la pression d'un fluide est inversement proportionnelle au volume qu'il occupe, et dans le cas de variations d'altitude significatives, la variation de pression dépend de sa masse volumique et de la différence d'altitude.

1 Loi de Mariotte

● **Énoncé de la loi de Mariotte** (ou loi de Boyle-Mariotte) :
À température et à quantité de matière constantes, la pression d'un fluide est inversement proportionnelle au volume qu'il occupe :

$$PV = \text{constante} \quad \text{avec} \quad \begin{cases} P : \text{pression (en Pa)}, \\ V : \text{volume (en m}^3\text{)}. \end{cases}$$

● À température et quantité de fluide constantes, si V_1 est le volume qu'occupe le fluide à pression P_1 et V_2 le volume occupé à pression P_2, on a la relation suivante :

$$P_1V_1 = P_2V_2$$

● La loi de Mariotte signifie qu'à température et quantité de matière constantes de fluide, **la pression et le volume ne sont pas des variables indépendantes**. Une augmentation de l'une des variables entraîne une diminution de l'autre.

méthode

PV = constante signifie que P est inversement proportionnelle à V ou que V est inversement proportionnel à P : aucun « produit en croix » ne doit être utilisé pour les calculs de pression ou de volume !

2 Loi fondamentale de la statique des fluides

● Considérons un repère d'espace (O, x, y, z) avec z l'altitude d'un point d'un fluide homogène, incompressible et au repos dans un champ de pesanteur.

Doc. Deux points *A* et *B* dans un repère d'espace

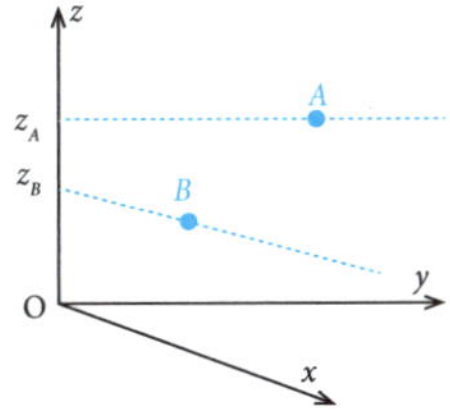

Loi de Mariotte et loi de la statique des fluides

- **Énoncé de la loi fondamentale de la statique des fluides** :
La variation de pression entre deux points A et B d'un fluide est telle que :

$$P_B - P_A = \rho g(z_A - z_B) \text{ avec } \begin{cases} P_A \text{ et } P_B : \text{pressions du fluide respectivement en } A \text{ et } B \text{ (en Pa)}, \\ \rho : \text{masse volumique du fluide (en kg·m}^{-3}\text{)}, \\ g : \text{intensité du champ de pesanteur (en N·kg}^{-1}\text{)}, \\ z_A \text{ et } z_B : \text{altitudes respectivement de } A \text{ et } B \text{ (en m).} \end{cases}$$

- La loi fondamentale de la statique des fluides signifie que la pression du fluide au repos dans un champ de pesanteur diminue avec l'altitude.

Exemple : dans la vie courante, on peut faire l'expérience de l'augmentation de la pression de l'eau lorsqu'on plonge en profondeur et de la diminution de la pression atmosphérique lorsqu'on monte en altitude.

- Dans le cas où A et B sont à la même altitude, $z_A = z_B$ et $P_B - P_A = 0$: la pression d'un fluide est **la même en tout point d'un plan horizontal**.

remarque

On suppose constantes les valeurs de g et ρ pour tous les points A et B du fluide.

Mémo'Quiz

	Vrai	Faux
1. Dans le cas où la loi de Mariotte s'applique, si le volume de fluide V double, alors sa pression P double aussi.	❑	❑
2. Si la température du fluide varie, la loi de Mariotte n'est plus valable.	❑	❑
3. La loi de Mariotte ne prend pas en compte la variation d'altitude dans les mesures de pression.	❑	❑
4. La loi de la statique des fluides permet de conclure que la pression est constante si l'altitude est constante.	❑	❑

→ corrigés p. 307

Courant électrique

72

Lue Relue Acquise

Le courant électrique correspond à une circulation de charges dont la nature dépend de l'état physique, solide ou liquide, du milieu. Son intensité se mesure à l'aide d'un ampèremètre.

1 Porteur de charge électrique

- Dans un solide, les porteurs de charge circulants sont les **électrons**. Leur charge est l'opposé de la charge élémentaire.
- Dans une solution ou un électrolyte, les porteurs de charge sont les **ions** : les cations sont porteurs de charges positives et les anions de charges négatives.
- La charge d'un ion est toujours un **multiple algébrique** de la charge élémentaire.

Exemples : la charge portée par un ion baryum Ba^{2+} est $2e = 3{,}2 \times 10^{-19}$ C et celle portée par un ion chorure Cl^- est $-e = -1{,}6 \times 10^{-19}$ C.

notation

La charge élémentaire se note e et vaut $1{,}6 \times 10^{-19}$ C.

2 Intensité du courant

- Un débit est défini comme une **quantité de matière par unité de temps**.
- Le débit de charges électriques dans un conducteur correspond à la **quantité d'électrons traversant une section de conducteur pendant une seconde**.
- L'**intensité d'un courant** électrique continu est égale au **débit de charges électriques** en un point d'un circuit.
- L'intensité du courant électrique se note ***I*** et s'exprime en **ampères de symbole A**.
- L'intensité du courant en un point d'un circuit électrique se mesure à l'aide d'un **ampèremètre**. Cet appareil de mesure est toujours placé en série dans le circuit. Son symbole est : —(A)—

notation

1 A correspond à un débit de charges de 1 $C \cdot s^{-1}$, soit $6{,}25 \times 10^{18}$ électrons traversant une section de conducteur par seconde.

3 Mesure de l'intensité du courant électrique dans un circuit

Doc. **Exemple de circuit électrique à trois branches**

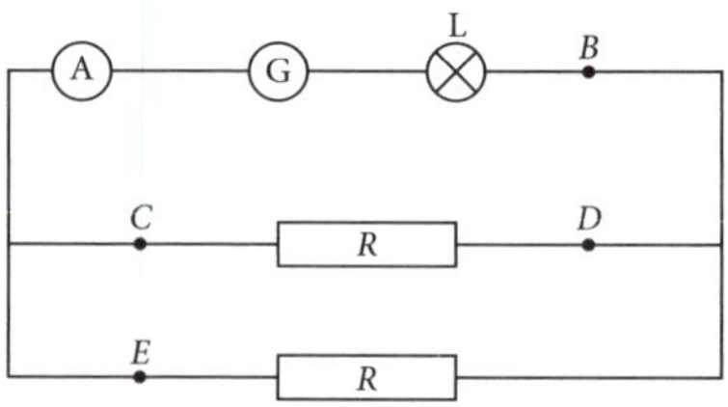

L'astuce du prof

L'ampèremètre est placé au point *A* comme si on avait ouvert le circuit en ce point et « obligé » les électrons à traverser l'appareil de mesure pour les « compter » pendant une seconde.

- L'ampèremètre, placé **en série** dans la branche principale du circuit ci-avant, permet de mesurer l'intensité *I* du courant débité par le générateur en série avec la lampe L.
- Si les deux conducteurs ohmiques ont la même résistance *R*, alors **le courant se distribue** de manière équitable dans les deux branches secondaires. L'intensité du courant mesurée en *C* et *E* est la même, soit *I*/2.
- **L'intensité du courant est la même dans toute la branche** : ainsi un ampèremètre mesure la même intensité au point *C* et au point *D*.

Mémo'Quiz

	Vrai	Faux
1. Dans un liquide, la charge électrique négative est portée par les anions et les électrons.	❑	❑
2. L'intensité du courant électrique est la mesure du débit de charges électroniques, cationiques ou anioniques.	❑	❑
3. L'intensité du courant est plus faible à la sortie d'une lampe de forte puissance qu'avant celle-ci.	❑	❑
4. L'ampèremètre est l'appareil qui mesure l'intensité du courant électrique dans un circuit, il se branche en série exactement à l'endroit de la mesure de *I*.	❑	❑

→ corrigés p. 307

Modèle d'une source réelle de tension

74

Lue Relue Acquise

Une source réelle de tension est modélisée par une source idéale en série avec un conducteur ohmique.

1 Source idéale de tension continue

- Une source de tension idéale fournit une **tension *E* constante** entre ses bornes, quel que soit le courant *I* débité.
- Sa caractéristique ou courbe de la tension *U* à ses bornes en fonction de l'intensité *I* du courant débité est une **droite d'équation *U* = *E***.
- Le symbole d'un générateur de tension continue idéal est :

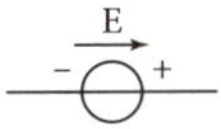

2 Résistance et loi d'Ohm

- Un conducteur ohmique est un dipôle dont la tension à ses bornes est **proportionnelle** à l'intensité du courant qui le traverse.
- Sa caractéristique est une **droite passant par l'origine**. Lorsqu'aucun courant ne traverse le dipôle, la tension à ses bornes est nulle : le conducteur ohmique est un **conducteur passif**.
- La relation liant la tension *U* à l'intensité *I* du courant est la **loi d'Ohm** :

$U = RI$ avec { R : coefficient de proportionnalité appelé résistance du conducteur ohmique (en ohms, Ω).

- Cette loi est valable lorsque la tension mesurée aux bornes du conducteur est dans le **sens opposé** à celle du courant électrique. On parle de **convention récepteur**.

vocabulaire

Par abus de langage, on parle de résistance pour désigner le conducteur ohmique.

Doc. Schéma normalisé d'un conducteur ohmique : convention récepteur et convention générateur

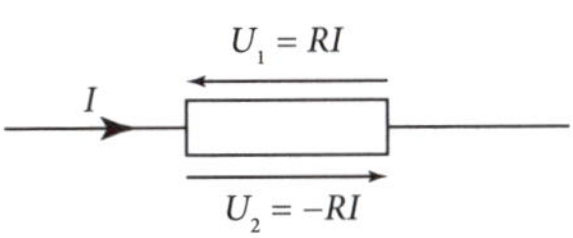

3 Source réelle de tension

Doc. Caractéristique d'une source réelle de tension

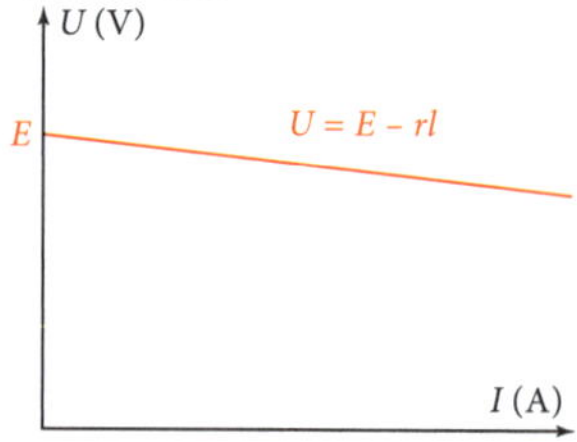

- La relation entre la tension aux bornes du générateur et l'intensité du courant débité est de la forme :

$$U = E - rI$$

avec :
- E est la **tension à vide**, c'est-à-dire aux bornes du générateur lorsqu'il ne débite aucun courant. Cette tension à vide se nomme **force électromotrice**, souvent abrégée en **fém**. Elle s'exprime en volts (V) ;
- r est la **résistance interne** du générateur, elle s'exprime en ohms (Ω).

- Un générateur de tension continue réel (non idéal) peut alors être modélisé par un **générateur de tension continue idéal en série avec un conducteur ohmique**.

remarque

La présence d'une résistance est responsable de la diminution de la tension délivrée par le générateur lorsque le débit électrique augmente.

Doc. Modélisation d'un générateur réel de tension

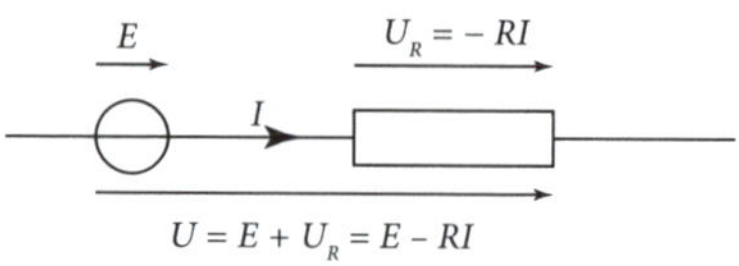

Mémo'Quiz

	Vrai	Faux
1. Un générateur idéal a une caractéristique horizontale.	❑	❑
2. La tension d'un générateur réel diminue lorsque l'intensité du courant diminue.	❑	❑
3. La loi d'Ohm s'écrit $U = E - rI$.	❑	❑
4. Un conducteur ohmique a une tension à ses bornes proportionnelle à l'intensité du courant qui le traverse.	❑	❑

→ corrigés p. 307

Énergie et puissances électriques

74

Lue Relue Acquise

Effectuer le bilan énergétique ou de puissance d'un circuit nécessite de déterminer l'énergie *W* ou la puissance *P* consommée ou produite par un dipôle. La puissance est l'énergie par unité de temps.

1 Énergie électrique

- En courant continu, l'énergie électrique reçue par un récepteur ou fournie par un générateur au circuit pendant une durée Δt est :

$W = U \times I \times \Delta t$ avec
- W : énergie électrique (en J),
- U : tension aux bornes du dipôle (en V),
- I : intensité du courant parcourant le dipôle (en A),
- Δt : durée de fonctionnement (en s).

- Dans le cas d'un **récepteur** *AB*, on écrira : $W_{AB} = U_{AB} \times I \times \Delta t$ l'énergie reçue par le dipôle.

Doc. Schéma normalisé d'un conducteur traversé par un courant

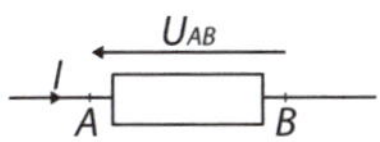

- Dans le cas d'un **générateur**, on notera : $W_e = U_{PN} \times I \times \Delta t$ l'énergie fournie par le générateur à l'ensemble du circuit électrique.

Doc. Schéma normalisé d'un générateur de tension

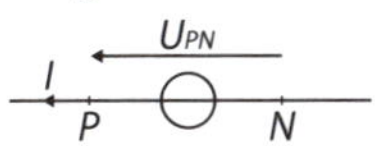

2 Puissance électrique

- On définit la puissance comme l'énergie par unité de temps :

$P = \dfrac{W}{\Delta t} = U \times I$ avec
- P : puissance (en W),
- W : énergie électrique (en J),
- U : tension aux bornes du dipôle (en V),
- I : intensité du courant parcourant le dipôle (en A),
- Δt : durée de fonctionnement (en s).

● Dans le cas de tensions et courants variables, les formules ci-avant restent valables et concernent les valeurs efficaces.

● La puissance d'un récepteur P_{AB} est celle qu'il consomme, et la puissance P_e d'un générateur est celle qu'il délivre à l'ensemble du circuit.

● Dans un circuit électrique, pour une même énergie, la puissance délivrée par le générateur au récepteur est **d'autant plus grande que Δt est faible.**

● La puissance électrique permet d'évaluer la rapidité du transfert énergétique.

piège à éviter

Le symbole W peut ici représenter à la fois la grandeur « énergie » qui s'exprime en joules (J) et l'unité de la puissance, c'est-à-dire le watt (W).

● L'unité de la puissance est le watt et celle de l'énergie est le joule. Cependant, dans la vie quotidienne, l'énergie consommée peut être évaluée en **watt-heure ou Wh**.

● La correspondance peut être retrouvée de la manière suivante :
1 Wh = 1 W × 1 h = 1 W × 3 600 s = 3 600 Ws = 3 600 J sans considération pour la précision de la valeur.

Mémo'Quiz

	Vrai	Faux
1. Une puissance de 1 W correspond à une énergie de 1 J délivrée pendant 1 s.	❑	❑
2. La puissance reçue par un dipôle dans un circuit électrique dépend à la fois de l'intensité du courant qui le traverse et de la tension à ses bornes.	❑	❑
3. L'énergie fournie par un générateur de tension continue est indépendante des dipôles qu'il alimente.	❑	❑
4. Un kilowattheure correspond à une puissance de $3{,}6 \times 10^6$ W.	❑	❑

➜ corrigés p. 307

Transferts d'énergie

75

Lue Relue Acquise

Le bilan énergétique d'un dipôle peut être modélisé par un schéma de puissance. La partie de type $P = rI^2$ est appelée effet Joule et rend compte de l'échauffement du dipôle lorsqu'il est traversé par un courant.

1 Bilan énergétique

Dipôle	Récepteur passif	Récepteur actif	Générateur
Exemples traités	Conducteur ohmique	Moteur	Générateur, pile, dynamo
Loi	$U_{AB} = RI$ avec R résistance du dipôle (en Ω) : loi d'Ohm	$U_{AB} = E' + rI$ avec E' force contre-électromotrice ou fcém (en V) et r résistance interne (en Ω)	$U_{PN} = E - rI$ avec E force électromotrice ou fém (en V) et r résistance interne (en Ω)
Bilan énergétique	$P = U_{AB}I = RI^2 = \frac{U_{AB}^2}{R}$ $W = RI^2\Delta t$	$P = U_{AB}I = E'I + rI^2$ $W = E'I\Delta t + rI^2\Delta t$	$P = U_{PN}I = EI - rI^2$ $W_e = EI\Delta t - rI^2\Delta t$

2 Schémas de puissance

- Le conducteur ohmique a une caractéristique correspondant à une droite passant par l'origine. C'est un dipôle **passif**. Son bilan en puissance peut se schématiser comme suit :

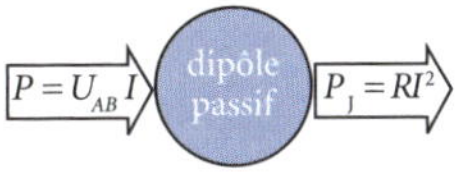

remarque

Dans un schéma de puissance, les flèches entrantes correspondent à des puissances fournies au dipôle, tandis que les flèches sortantes correspondent à des puissances cédées par le dipôle.

- Un **récepteur actif**, comme le moteur, a une caractéristique correspondant à une droite ascendante dont l'ordonnée à l'origine n'est pas nulle. Son schéma de puissance est alors :

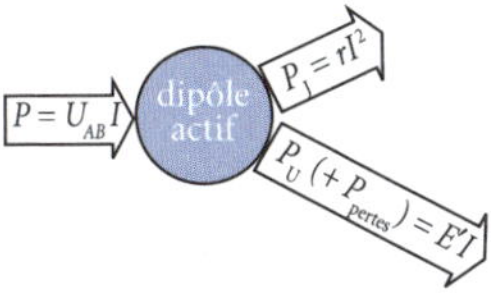

● Un **générateur non idéal** de tension a un schéma de puissance assez différent de celui d'un récepteur :

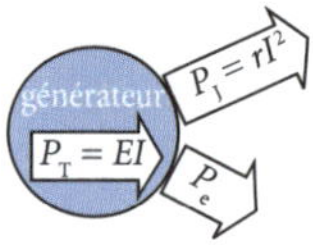

piège à éviter

Dans le cas du générateur, il n'y a aucune puissance qui lui est fournie. Il produit sa propre puissance électrique P_T : elle est donc interne.

3 Effet Joule

● Le terme RI^2 ou rI^2 est appelé **effet Joule**, il traduit la transformation de l'énergie en chaleur.

● Un conducteur ohmique transforme toute l'énergie qu'il reçoit en énergie de type Joule. La puissance Joule est notée P_J.

4 Puissance utile et rendement

● Le terme $E'I$ est la **puissance disponible** au récepteur actif pouvant être convertie en puissance mécanique P_m (cas du moteur) ou en puissance chimique P_{ch} (cas de l'électrolyseur).

● On appelle alors **puissance utile**, notée P_u, la puissance disponible à laquelle on soustrait les pertes autres que les pertes Joule.

● Le terme EI est la **puissance totale** du générateur, qui est la somme d'une puissance Joule et de la puissance électrique P_e délivrée par le générateur au circuit.

● On définit le **rendement**, noté η sans unité ou exprimé en pourcentage :

$$\eta = \frac{P_u}{P} = \frac{W_u}{W}$$

Mémo'Quiz

	Vrai	Faux
1. Un générateur est un récepteur actif.	❑	❑
2. Un dipôle passif ne produit que de l'effet Joule.	❑	❑
3. Le rendement est sans unité.	❑	❑
4. La puissance fournie par un générateur est de la forme $P = EI$ avec E sa fém.	❑	❑

→ corrigés p. 307

Bilan énergétique dans un circuit

76

Lue Relue Acquise

La conservation de l'énergie permet de mettre en évidence la loi des mailles et la loi des nœuds dans un circuit électrique.

1 Principe de conservation de l'énergie

● Dans un circuit électrique, l'énergie fournie par le générateur à l'ensemble des éléments du circuit est égale à la somme des énergies reçues par ces éléments :

$$W_e = \Sigma W_{reçues}$$

L'astuce du prof

Cette conservation de l'énergie du système peut aussi se traduire par la conservation de la puissance électrique : $P_e = \Sigma P_{reçues}$.

2 Loi des mailles

A Étude d'un cas simple

Doc. Circuit série

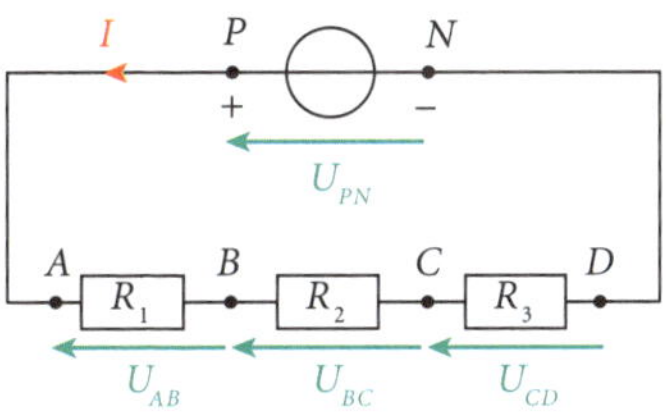

La conservation de l'énergie impose :

$W_e = W_1 + W_2 + W_3$ soit

$U_{PN}I\Delta t = U_{AB}I\Delta t + U_{BC}I\Delta t + U_{CD}I\Delta t$

et si $I \neq 0$ et $\Delta t \neq 0$, alors

$\boldsymbol{U_{PN} = U_{AB} + U_{BC} + U_{CD}}$.

B Loi d'additivité des tensions dans un circuit série

● Dans un circuit série, la tension aux bornes du générateur est égale à la somme des tensions aux bornes des récepteurs :

$$U_{PN} = \Sigma U_{récepteurs} \text{ (série)}$$

3 Loi des nœuds

A Étude d'un cas simple

La conservation de l'énergie impose :

$$W_e = W_1 + W_2 + W_3$$

soit : $$U_{PN}I\Delta t = U_{AB}I_1\Delta t + U_{BC}I_2\Delta t + U_{CD}I_3\Delta t$$

Doc. **Circuit en dérivation**

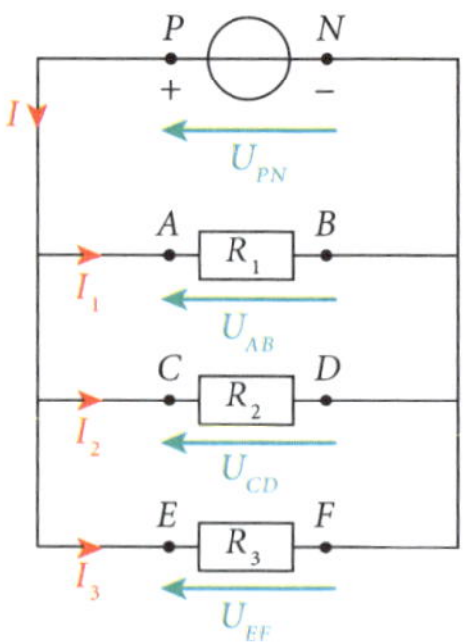

Or P, A, C et E sont reliés par un fil conducteur de tension nulle (il en est de même pour N, B, D et F), donc la tension aux bornes de chaque récepteur est égale à U_{PN} : $U_{AB} = U_{CD} = U_{EF} = U_{PN}$.

Finalement, si $\Delta t \neq 0$, alors $I = I_1 + I_2 + I_3$.

B Loi d'additivité des intensités dans un circuit en dérivation

- Dans un circuit en dérivation, l'intensité du courant délivré par le générateur est égale à la somme des intensités des courants dans les branches secondaires :

$$I = \Sigma I_n \text{ (dérivation)}$$
avec n allant de 1 à N (nombre total de branches secondaires)

- Cette loi s'appelle **la loi des nœuds**, car elle peut s'énoncer aussi de la manière qui suit : à un nœud, la somme des intensités des courants entrants est égale à la somme des intensités des courants sortants.
Ici, on a : $I_1 + I_2 + I_5 = I_3 + I_4$.

Doc. **Loi des nœuds**

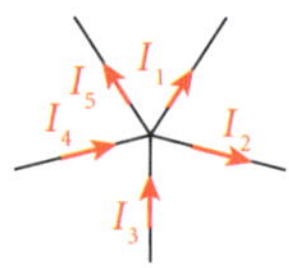

remarque

On peut aussi écrire une somme algébrique nulle des intensités des courants, les intensités entrantes étant positives et les sortantes négatives :
$-I_1 - I_2 + I_3 + I_4 - I_5 = 0$.

Mémo'Quiz

	Vrai	Faux
1. L'énergie se conserve dans un circuit électrique.	❑	❑
2. À un nœud, l'intensité du courant entrant se conserve.	❑	❑
3. La loi des mailles concerne les tensions dans un circuit.	❑	❑
4. Il y a conservation de la tension au sein d'une même branche d'un circuit.	❑	❑

→ corrigés p. 307

Travail d'une force et théorème de l'énergie cinétique

77

Lue Relue Acquise

L'énergie cinétique d'un système mécanique est son énergie de mouvement. Sa variation est égale au travail des forces extérieures appliquées au système : cela constitue le théorème de l'énergie cinétique.

1 Travail d'une force constante

- Lorsqu'un système est soumis à une force, celle-ci peut le déformer, le mettre en mouvement, modifier sa trajectoire, etc. On dit alors que la force travaille, c'est-à-dire qu'elle **fournit un travail**.
- Le travail d'une force peut être ainsi défini **comme l'énergie apportée par cette force au système** lorsqu'elle agit sur lui.

L'astuce du prof

Le travail d'une force peut être vu comme une mesure de l'efficacité d'une force pour une modification du mouvement du système par exemple.

- On considère un système modélisé par un point matériel en déplacement d'un point A vers un point B et soumis à une force constante $\vec{F}$.

Doc. **Point matériel en déplacement soumis à une force constante**

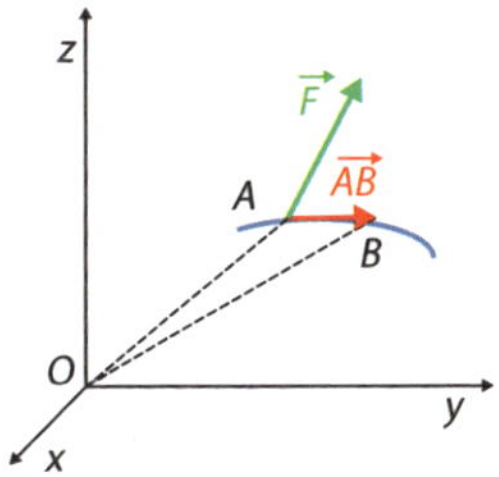

- Mathématiquement, le travail $W_{AB}(\vec{F})$ de cette force lors du déplacement AB est égal au **produit scalaire** de la force par le vecteur déplacement. Il s'exprime en joules (en J).

$$W_{AB}(\vec{F}) = \vec{F}\cdot\overrightarrow{AB} = F\cdot AB \times \cos\alpha$$

avec :
- F : norme de la force $\vec{F}$ (en N),
- AB : norme du vecteur déplacement $\overrightarrow{AB}$ ou distance AB (en m),
- $\alpha = (\vec{F}, \overrightarrow{AB})$: angle entre le vecteur force et le vecteur déplacement (en rad).

- Le travail est un produit scalaire entre deux vecteurs : c'est un scalaire. Il est **indépendant du chemin suivi** entre A et B.
- Si la force $\vec{F}$ contribue au déplacement, le travail est **moteur** et $W_{AB}(\vec{F}) > 0$. Si elle s'oppose au déplacement, le travail est **résistant** et $W_{AB}(\vec{F}) < 0$.
- Dans le cas d'une force perpendiculaire au déplacement, le travail est nul.

2 Énergie cinétique et théorème de l'énergie cinétique

- L'**énergie cinétique** d'un solide modélisé par un point matériel de masse m animé d'un mouvement à une vitesse est :

$$E_c = \frac{1}{2} m v^2 \text{ avec } \begin{cases} m : \text{masse (en kg)}, \\ v : \text{norme du vecteur vitesse (en m·s}^{-1}). \end{cases}$$

- On considère un système réduit à un point mobile dans un référentiel galiléen.

Théorème de l'énergie cinétique :
La variation de l'énergie cinétique d'un système mécanique en mouvement entre deux points A et B de sa trajectoire est égale au travail de la résultante des forces extérieures appliquées au système entre A et B :

$$E_c(B) - E_c(A) = \Delta E_c = W_{AB}(\Sigma \vec{F}_{ext})$$

piège à éviter
Comme toute énergie, l'énergie cinétique s'exprime en joules (J).

Mémo'Quiz

	Vrai	Faux
1. Le travail d'une force perpendiculaire au mouvement est nul.	❑	❑
2. Le travail du poids est un travail moteur dans le cas d'une chute libre, mais résistant dans le cas de la montée d'un plan incliné.	❑	❑
3. L'énergie cinétique double dans le cas où la vitesse du système double.	❑	❑
4. Dans le cas d'une chute libre sans frottement, la variation d'énergie cinétique est proportionnelle à la hauteur de chute.	❑	❑

→ corrigés p. 307

Forces (non) conservatives et énergie mécanique

78

Lue Relue Acquise

Lorsqu'une force est dite conservative, elle dérive d'une énergie potentielle. Dans le cas de la force de poids, il s'agit de l'énergie potentielle de pesanteur E_{pp}. Cette énergie potentielle s'ajoute à l'énergie cinétique pour constituer l'énergie mécanique d'un système dont la variation est égale au travail des forces de frottement ou forces dissipatives.

1 Force conservative, énergie potentielle

- Une force est dite **conservative** si l'on peut définir une fonction énergie potentielle notée $E_p(M)$. On dit que la force « dérive » d'une énergie potentielle.

- Pour une **force conservative** lors d'un déplacement de A vers B, **le travail**, qui **ne dépend pas du chemin suivi**, s'exprime :

$$W_{AB}(\vec{F}) = E_p(A) - E_p(B) = -\Delta E_p$$

- Pour un **déplacement** fini entre un point O (origine) et un point courant M, on montre que dans le cas d'une force constante, on a :

$$E_p(M) = -\vec{F} \cdot \overrightarrow{OM} + \text{cte}$$

- Pour une **force de pesanteur** ou **poids**, $\vec{F} = \vec{P} = m\vec{g}$, l'énergie potentielle est appelée énergie potentielle de pesanteur et notée E_{pp} :

$$E_p(M) = E_{pp}(M) = -\vec{P} \cdot \overrightarrow{OM} + \text{cte}$$

soit, avec un axe (Oz) ascendant $\overrightarrow{OM}$ et $z\vec{k}$ et $\vec{P} = mg\vec{k}$:

$$E_{pp}(M) = mgz + \text{cte}$$

La constante « cte » est définie arbitrairement en convenant d'une valeur pour l'énergie potentielle pour l'altitude $z = 0$, le niveau du sol ou à l'infini.

- Avec une référence des énergies potentielles de pesanteur au niveau du sol, $E_{pp} = mgz$.

Doc. Énergies potentielles de pesanteur avec référence au sol

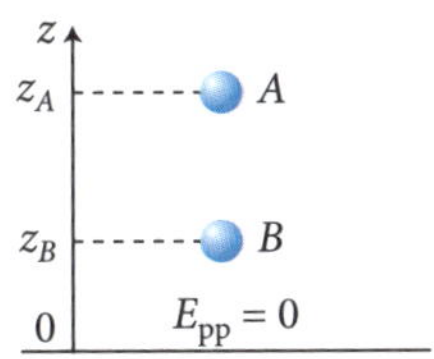

2 Forces dissipatives ou non conservatives

- On appelle **force dissipative ou force non conservative** une force qui ne dérive pas d'une énergie potentielle.
- Les **forces de frottement** (opposées au mouvement) dont le travail est résistant sont des forces dissipatives.

3 Bilan énergétique, énergie mécanique

- Par définition, l'énergie **mécanique** E_m est la somme de l'énergie cinétique E_c et de l'énergie potentielle E_p :

$$E_m = E_c + E_p$$

- L'énergie mécanique représente l'énergie totale macroscopique du système.
- La variation d'énergie mécanique au cours d'un mouvement de A vers B d'un point matériel M est égale au travail des forces dissipatives exercées sur M lors du déplacement AB :

$$\Delta E_m = E_m(B) - E_m(A) = W_d$$

piège à éviter

Comme toutes les énergies, l'énergie mécanique et l'énergie potentielle s'expriment en joules (J).

- Si les forces sont uniquement conservatives, $\Delta E_m = 0$: **l'énergie mécanique est conservée**. Sa valeur est constante sur la totalité du déplacement du système.

Mémo'Quiz

	Vrai	Faux
1. Il existe d'autres formes d'énergie potentielle comme l'énergie potentielle emmagasinée dans un ressort ou un élastique.	❑	❑
2. L'énergie mécanique est la somme des énergies potentielles et de l'énergie cinétique d'un système. Elle garde toujours la même valeur dans le temps.	❑	❑
3. Dans le cas d'une chute libre, la variation d'énergie potentielle de pesanteur est égale au travail des forces de frottement de l'air.	❑	❑
4. Une énergie potentielle s'exprime en joules (J) et est toujours positive.	❑	❑

→ corrigés p. 307

Onde mécanique progressive

79

Lue Relue Acquise

Une onde mécanique progressive est une perturbation se propageant dans un milieu matériel sans déplacement de matière. Les exemples les plus courants sont à connaître, ainsi que les propriétés principales.

1 Onde mécanique progressive et grandeurs physiques associées

- Une onde mécanique est la **propagation d'une perturbation** ou déformation d'un milieu matériel élastique.
- Une **onde mécanique progressive** est une onde telle que la perturbation progresse dans un **milieu matériel** en s'éloignant de sa source **sans transport de matière**.

Exemple : les ondes sismiques, une onde à la surface de l'eau (phénomène de houle) ou une onde acoustique sont des ondes mécaniques.

2 Exemple des ondes sismiques

- Les ondes sismiques sont des ondes mécaniques produites soit lors des tremblements de terre, soit artificiellement, afin de renseigner sur la constitution de la matière traversée. On distingue les ondes de volume et les ondes de surface.
- Les **ondes de volume** se propagent dans le globe terrestre avec une vitesse de propagation dépendant du milieu. On distingue les **ondes P** ou **primaires**, ondes de compression/dilatation enregistrées en premier dans un séisme (schéma 1), et les **ondes S** ou **secondaires**, ondes dites de cisaillement qui arrivent plus tard et qui ne se propagent pas dans les liquides (schéma 2).

remarque

Les différences de temps d'arrivée au sismographe entre les ondes P et S renseignent sur l'épicentre du séisme.

Doc. **Ondes sismiques P et S**

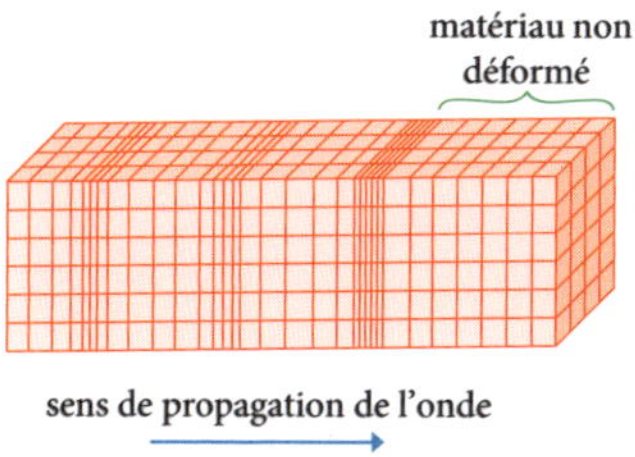

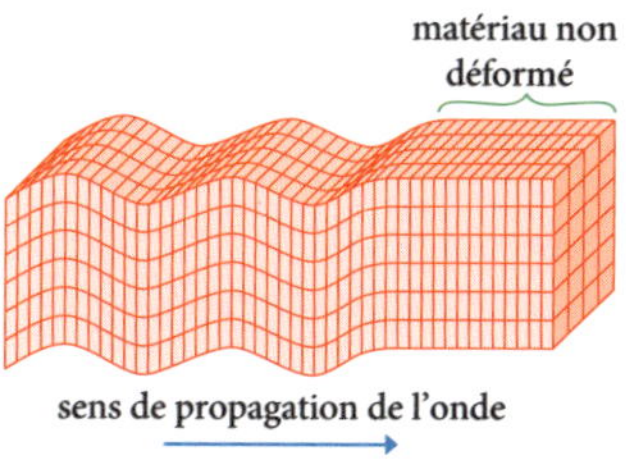

● Les **ondes de surface** sont des ondes mécaniques guidées par la surface de la Terre. Elles sont moins rapides que les ondes de volume.

3 Caractéristiques et propriétés

● Les caractéristiques et propriétés des ondes mécaniques progressives sont multiples.

● **Nature transversale ou longitudinale** : une onde est transversale (resp. longitudinale) si la perturbation est perpendiculaire (resp. parallèle) à la direction de propagation.

Exemples :
- Une onde de surface est une onde transversale.
- Une onde de compression-dilatation comme l'onde acoustique est une onde longitudinale.

● **Propagation** : elle s'effectue sans transport de matière. C'est uniquement l'énergie qui se propage. Pour les milieux homogènes et isotropes, la célérité des ondes mécaniques progressives est supposée constante.

● **Superposition** : lorsque deux ondes se rencontrent, elles se superposent, c'est-à-dire que les perturbations s'additionnent de manière algébrique.

L'astuce du prof

Une bonne image d'une onde de surface est celle créée par un caillou qui tombe dans l'eau. L'onde se propage à la surface de manière circulaire.

Doc. Superposition de deux ondes

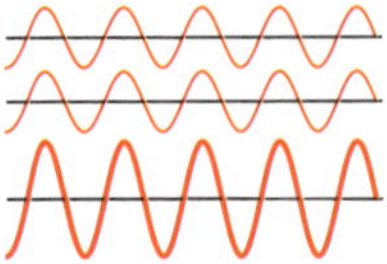

Superposition de 2 ondes en phase

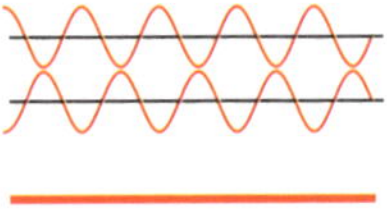

Superposition de 2 ondes en opposition de phase

Mémo'Quiz

	Vrai	Faux
1. La lumière est une onde mécanique.	❑	❑
2. Les ondes sismiques P sont des ondes longitudinales, alors que les ondes S sont transversales.	❑	❑
3. Le son est une onde mécanique.	❑	❑
4. Il est possible que deux sons se superposent pour créer du silence.	❑	❑

→ corrigés p. 307

Célérité d'une onde, retard

80

Lue Relue Acquise

La célérité ou vitesse d'une onde dépend entre autres du milieu de propagation. La distance parcourue et la durée de parcours permettent d'obtenir des informations sur la source de l'onde.

1 Célérité d'une onde, durée et distance parcourue

- Considérons une perturbation se propageant le long d'une corde. Observons la corde à des instants différents.

Doc. Images d'une corde à différents instants

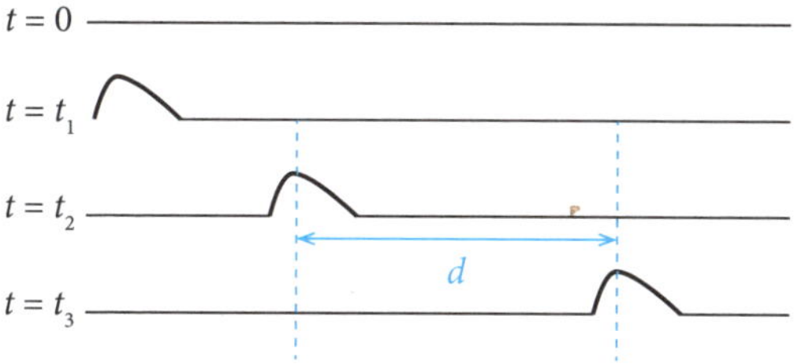

vocabulaire

Le terme célérité (du latin *celer* : rapide) est préféré au terme vitesse, car la propagation d'une onde mécanique se fait sans transport de matière.

- On appelle **milieu dispersif**, un milieu de propagation dans lequel la célérité des ondes dépend de leur fréquence.
- L'onde parcourt une distance d entre deux instants (par exemple t_2 et t_3) séparés d'une durée Δt (ici $\Delta t = t_2 - t_3$).
- Dans un milieu non dispersif, la distance d (en m) parcourue par l'onde est telle que :

$$d = v \times \Delta t \quad \text{avec} \quad \begin{cases} \Delta t : \text{durée (en s),} \\ v : \text{célérité ou vitesse de l'onde (en m·s}^{-1}\text{).} \end{cases}$$

- La mesure du temps de **retard** connaissant la célérité d'une onde permet alors de **localiser la source du signal**.

2 Influence du milieu

- La célérité d'une onde est une **caractéristique** du milieu de propagation.

● La célérité d'une onde dépend de l'inertie du milieu (capacité à résister au déplacement) et de sa rigidité (capacité à résister à une déformation).

● La célérité d'une onde **augmente avec la rigidité** du milieu et **diminue avec son inertie**.

3 Exemple d'un radar de recul

● Un radar de recul de voiture est composé de capteurs ultrasonores identiques qui génèrent des salves de durée Δt_1 avec une périodicité Δt_2.

Doc. Émissions et réceptions d'un radar de recul

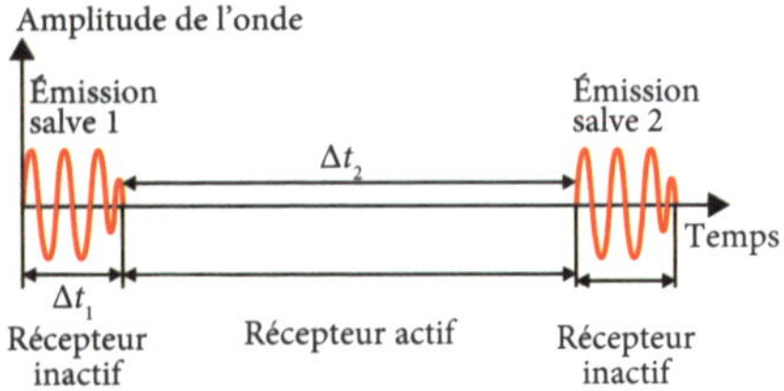

● Connaissant la célérité v des ultrasons dans l'air, les valeurs de Δt_1 et Δt_2 permettent de connaître des valeurs minimale et maximale des distances détectées entre la voiture et un obstacle :

$$d_{min} = \frac{v \times \Delta t_1}{2} \text{ et } d_{max} = \frac{v \times \Delta t_2}{2}$$

Le coefficient 2 correspond au fait que l'onde fait un aller-retour.

conseil

Il faut avoir à l'esprit l'ordre de grandeur de la valeur de la célérité des ondes acoustiques dans l'air ambiant : $v = 340 \text{ m·s}^{-1}$ environ.

Mémo'Quiz

	Vrai	Faux
1. La célérité d'une onde dépend de la nature du milieu.	❑	❑
2. La célérité du son dans l'air est plus importante que celle du son dans un métal.	❑	❑
3. La vitesse du son est de l'ordre de 340 km·s^{-1}.	❑	❑
4. La célérité des ondes sonores ou ultrasonores est la même dans un milieu non dispersif.	❑	❑

→ corrigés p. 308

Ondes mécaniques périodiques

81

☐ Lue ☐ Relue ☐ Acquise

Une onde mécanique possède une double périodicité : une périodicité spatiale caractérisée par sa longueur d'onde λ et une périodicité temporelle caractérisée par sa période *T* à laquelle on associe la fréquence de l'onde.

1 Période temporelle, période spatiale

- Lorsque le phénomène vibratoire est périodique, on parle d'**onde progressive périodique**.
- Une **onde sinusoïdale** est un cas particulier d'une onde périodique.
- Une onde progressive périodique possède une double périodicité :
  - une périodicité spatiale caractérisée par la **longueur d'onde λ** ;
  - une périodicité temporelle caractérisée par la **période *T***.
- Dans le cas d'une onde de surface par exemple, la longueur d'onde correspond à la longueur d'un motif de l'onde, le temps étant fixé :

Doc. Longueur d'onde ou période spatiale

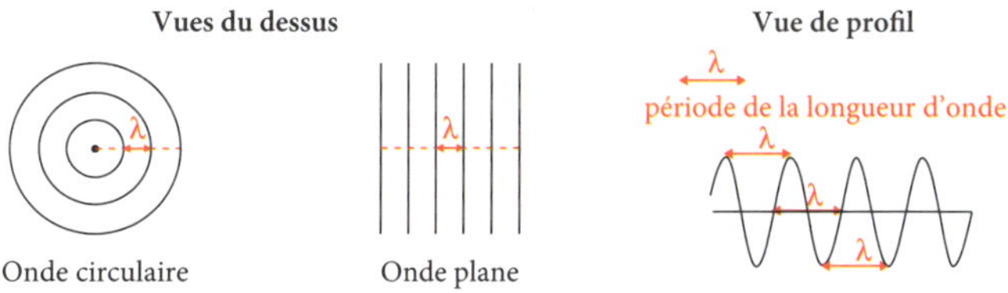

- La longueur d'onde peut être repérée de plusieurs manières possibles :
  - entre deux maxima consécutifs ;
  - entre deux minima consécutifs ;
  - entre deux valeurs nulles de l'onde sur le même front montant ou descendant.
- La période *T* correspond à la **durée d'un motif** :

> **méthode**
> Pour déterminer la longueur d'onde, repérer le plus grand nombre de motifs pour gagner en précision.

Doc. Période temporelle

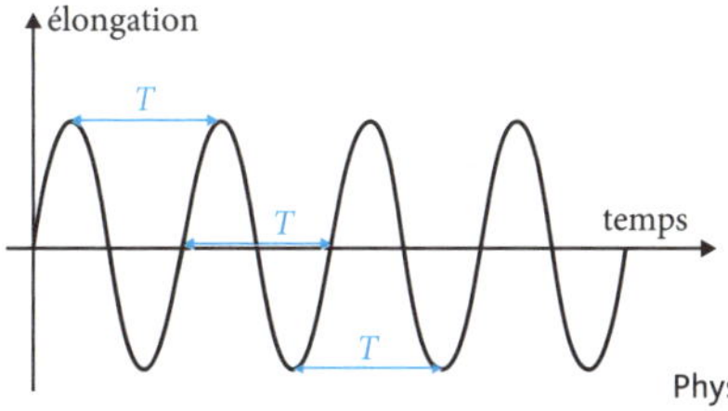

- Les conseils pour repérer la période temporelle sont les mêmes que ceux donnés ci-avant pour la période spatiale : **plusieurs manières** de faire sont possibles, et il est important de prendre **plusieurs motifs** pour gagner en précision.

2 Relation entre période, longueur d'onde et célérité

- La relation entre les périodes spatiale λ (en m) et temporelle T (en s) d'une onde périodique est :

$$\lambda = vT \quad \text{avec} \quad \begin{cases} v : \text{célérité de l'onde (en m·s}^{-1}\text{)}, \\ T : \text{période temporelle (en s)}. \end{cases}$$

- La fréquence est définie comme l'inverse de la période temporelle et s'exprime en hertz (Hz) : $\boldsymbol{f = \frac{1}{T}}$.
- On peut alors établir la relation entre la période spatiale ou longueur d'onde λ (en m) et la fréquence d'une onde :

$$\lambda = \frac{v}{f} \quad \text{avec} \quad \begin{cases} v : \text{célérité de l'onde (en m·s}^{-1}\text{)}, \\ f : \text{fréquence (en Hz)}. \end{cases}$$

- Les fréquences visibles sont de quelques centaines de térahertz.
- Les relations précédentes établies pour les ondes mécaniques sont aussi valables pour les ondes électromagnétiques.

Mémo'Quiz

	Vrai	Faux
1. La longueur d'onde est la période temporelle d'une onde mécanique.	❏	❏
2. Lorsque la fréquence d'une onde double, sa longueur d'onde est réduite de moitié et sa période temporelle double.	❏	❏
3. La période temporelle et la période spatiale sont proportionnelles.	❏	❏
4. La période temporelle *T* d'une onde se mesure entre deux valeurs nulles consécutives sur le graphe de l'amplitude en fonction du temps.	❏	❏

→ corrigés p. 308

Image donnée par une lentille convergente

82

☐ Lue ☐ Relue ☐ Acquise

Une lentille permet d'avoir une image d'un objet, qu'elle soit réelle/virtuelle, droite/renversée, réduite/agrandie.

1 Formation des images

- Soit une lentille convergente L de centre optique *O*. On note Δ l'axe optique de L. On observe l'image *A′B′* d'un objet *AB* placé devant la lentille et parallèle à L.

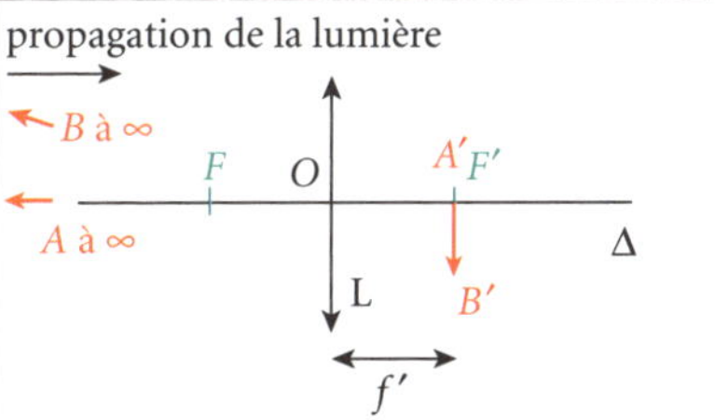	**L'objet *AB* est loin de la lentille.** L'image *A′B′* est unique. Elle se situe derrière la lentille L à une distance fixe $OA' = OF' = f'$ qui ne dépend que de la lentille. *A′B′* est renversée par rapport à l'objet *AB*.
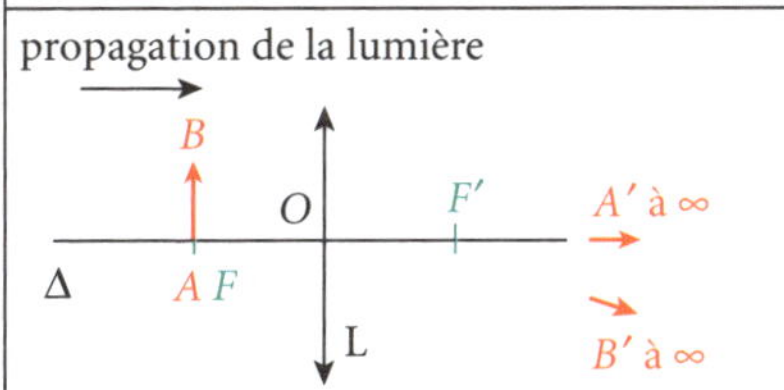	**L'objet *AB* est à une distance $OA = f'$ de la lentille.** L'image est très loin de la lentille, on dit qu'elle est projetée à l'infini. En pratique, l'image *A′B′* n'est pas observable. Cette configuration est la symétrique du cas précédent.
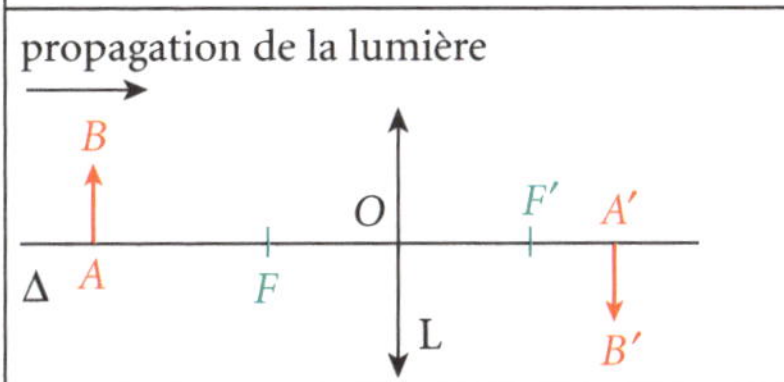	**L'objet *AB* est à une distance finie $OA > f'$ de la lentille.** L'image *A′B′* est unique et renversée. Elle se situe à une distance : $OA' > OF' = f'$.
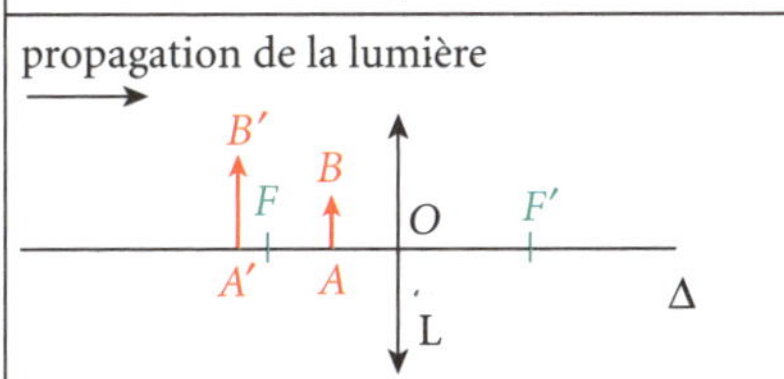	**L'objet AB est proche de la lentille à une distance $OA < f'$.** L'image *A′B′* n'est observable qu'en regardant dans la lentille. Cette image est droite et agrandie. On parle d'« effet loupe ».

2 Foyers d'une lentille, espaces objet et image

- Pour chaque lentille, il existe deux points particuliers de l'axe optique notés *F* et *F'*, respectivement **foyer focal objet** et **foyer focal image**.
- *F* et *F'* sont tels que l'image de tout objet :
  - situé en F se forme à l'infini après la lentille ;
  - provenant de l'infini avant la lentille se forme en *F'*.
- La partie de l'espace avant la lentille contenant le foyer focal objet est appelée **espace objet**. De même, l'autre partie de l'espace contenant le foyer focal image est appelée **espace image**.

méthode

F et *F'* doivent être symétriques par rapport à *O*, centre optique de la lentille convergente.

- Une image située dans l'espace image est dite **réelle**. Une image située dans l'espace objet sera qualifiée de **virtuelle** (exemple de la loupe).

3 Distance focale et vergence *C*

- On définit la **distance focale** d'une lentille convergente comme la distance *OF'*. On la note f'.
- La **vergence** d'une lentille, notée *C*, est l'inverse de la distance focale f' :

$$C = \frac{1}{f'} \quad \text{avec} \quad \begin{cases} C : \text{vergence (en dioptries } \delta), \\ f' : \text{distance focale (en m).} \end{cases}$$

Mémo'Quiz

	Vrai	Faux
1. Une image virtuelle ne se voit pas sur un écran, mais à l'intérieur de la lentille.	❑	❑
2. Si l'objet est situé en *F*, alors son image est à l'infini.	❑	❑
3. Une lentille de vergence 8 δ a une distance focale de 12,5 cm.	❑	❑
4. Une lentille de distance focale f' = 10 cm a une vergence de *C* = 0,1 δ.	❑	❑

→ corrigés p. 308

Image à travers une lentille

83

Lue Relue Acquise

L'image d'un objet à travers une lentille est obtenue géométriquement en traçant deux ou trois rayons principaux. Les relations de conjugaison et de grandissement, en tenant compte des grandeurs algébriques, permettent de retrouver les caractéristiques de cette image.

1 Image géométrique et rayons principaux

Doc. Construction géométrique d'une image

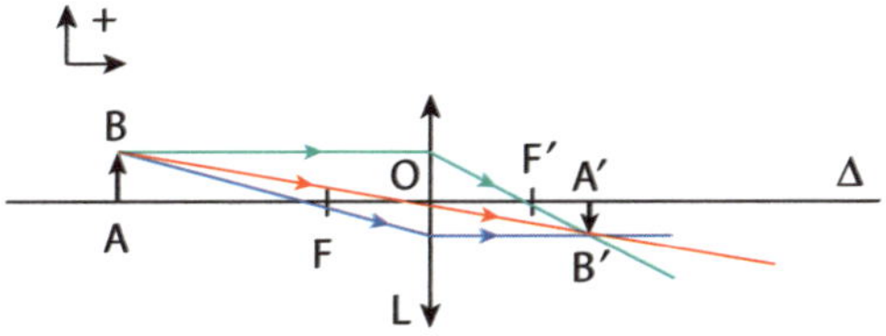

- L'image $A'B'$ d'un objet AB s'obtient en recherchant l'image B' de B. Le point ***A′* est alors la projection de *B′*** sur l'axe optique Δ.
- Tout point image B' d'un point B situé proche de l'axe optique Δ est le point de concours de trois **rayons principaux** :
  - le rayon issu de B parallèle à l'axe optique Δ avant la lentille et passant par le foyer focal image F' après la lentille (rayon vert) ;
  - le rayon issu de B passant par le centre optique O (rayon rouge) ;
  - le rayon issu de B passant par le foyer focal objet F avant la lentille et parallèle à l'axe optique Δ après la lentille (rayon bleu).
- La plupart du temps, seuls deux rayons principaux suffisent à obtenir B'. Le troisième rayon sert de rayon de contrôle.

L'astuce du prof

Si l'image est virtuelle, alors il faut prolonger les rayons principaux dans l'espace objet. B' est alors le point de concours des rayons avant la lentille.

2 Grandeurs algébriques

- Le trajet de la lumière impose un sens aux grandeurs mesurées : on comptera **positivement toute distance mesurée dans le même sens que la propagation de la lumière** (de gauche à droite).
- Les grandeurs considérées sont donc des grandeurs algébriques : on note par exemple $\overline{OF'} > 0$, mais $\overline{OF} < 0$.

3 Relation de conjugaison

- La position de A', point image conjugué d'un point objet A à travers une lentille L de centre O et de foyer focal image F', est telle que :

$$\frac{1}{\overline{OA'}} - \frac{1}{\overline{OA}} = \frac{1}{\overline{OF'}}$$ avec
- $\overline{OA'}$: distance algébrique de O à A' (en m),
- $\overline{OA}$: distance algébrique de O à A (en m),
- $\overline{OF'}$: distance focale image f' (en m).

4 Relation du grandissement

- La taille de l'image $A'B'$ est telle que : $\frac{\overline{A'B'}}{\overline{AB}} = \frac{\overline{OA'}}{\overline{OA}}$, les grandeurs algébriques (en m) étant comptées positivement lorsqu'elles sont orientées de bas en haut.
- On appelle **grandissement**, noté γ, le rapport algébrique entre la taille de l'image et celle de l'objet.
- La relation du grandissement est alors :

$$\gamma = \frac{\overline{A'B'}}{\overline{AB}} = \frac{\overline{OA'}}{\overline{OA}}$$ avec
- γ : grandissement (sans unité),
- $\overline{A'B'}$, $\overline{AB}$, $\overline{OA'}$, $\overline{OA}$: grandeurs algébriques (en m).

vocabulaire

Si $\gamma > 0$, l'image est dite droite par rapport à l'objet ; si $\gamma < 0$, l'image est dite renversée.

Mémo'Quiz

	Vrai	Faux
1. Tout rayon lumineux passant par le centre d'une lentille mince n'est jamais dévié par celle-ci.	❑	❑
2. Une grandeur est positive si elle se lit sur un graphe optique de haut en bas ou de gauche à droite.	❑	❑
3. La formule du grandissement permet de calculer la distance focale de la lentille convergente.	❑	❑
4. La formule de conjugaison exprime la position de l'image par rapport à la lentille en fonction de la position de l'objet.	❑	❑

→ corrigés p. 308

Lumière blanche

Lue Relue Acquise

84

La lumière blanche se décompose en radiations que l'homme perçoit sous forme de couleurs de l'arc-en-ciel du fait des caractéristiques de sa rétine.

1 Perception des couleurs

- La couleur est un concept complexe faisant intervenir la fréquence des ondes lumineuses, le comportement de l'œil percevant la lumière, mais aussi le comportement du cerveau qui interprète les données transmises par la rétine. Ces deux comportements sont différents d'un individu à l'autre.
- Chez l'homme, la vision des couleurs est due à trois sortes de cônes de la rétine sensibles au rouge, au vert ou au bleu. On dit que la vision est **trichromique**.

Doc. Vision trichromique

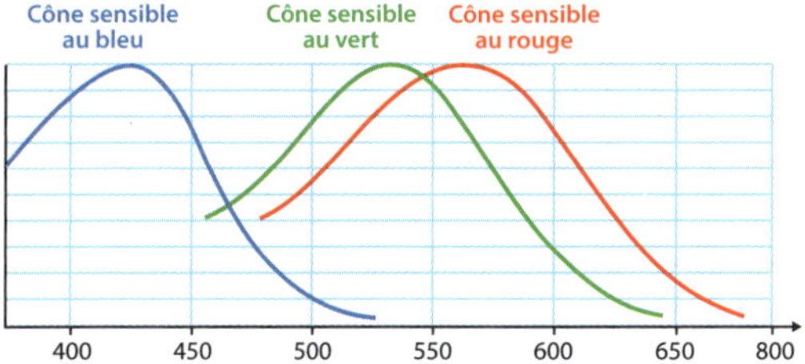

- Le **daltonisme** est une déficience d'un ou de plusieurs de ces cônes. Il existe ainsi plusieurs types de daltonisme, conduisant généralement à la confusion de plusieurs couleurs.

2 Spectre de la lumière blanche

- La **lumière blanche** peut être décomposée en une infinité de radiations de fréquences comprises **entre 4×10^{14} Hz et 8×10^{14} Hz** environ.
- On définit couramment sept couleurs dans le spectre de la lumière blanche, appelées **couleurs de l'arc-en-ciel** ou couleurs spectrales : rouge, orange, jaune, vert, bleu, indigo et violet (dans le sens croissant des fréquences).

méthode

La décomposition de la lumière s'obtient à l'aide d'un système dispersif comme un prisme ou un réseau.

- Ces couleurs correspondent à des bandes de radiations du spectre lumineux.
- Toute couleur perçue par la rétine n'est pas une couleur spectrale. Le brun par exemple est une couleur perçue par la rétine, mais qui ne correspond à aucune radiation ou bande du spectre lumineux.

piège à éviter

Une couleur spectrale est perçue par la rétine. Mais la réciproque n'est pas vraie.

3 Absorption, diffusion, transmission de la lumière

- Nous ne nous intéresserons ici qu'aux cas où la lumière se propage en ligne droite. Elle peut passer d'un milieu à un autre : on parle alors de **transmission**.
- Lorsqu'un faisceau de lumière se propage à l'intérieur d'une substance, les rayons lumineux peuvent :
  - interagir avec la matière et être déviés dans toutes les directions de l'espace : on parle de **phénomène de diffusion** ;
  - être absorbés par la matière et ne plus se propager : on parle de **phénomène d'absorption**.

Doc. **Diffusion, transmission et absorption**

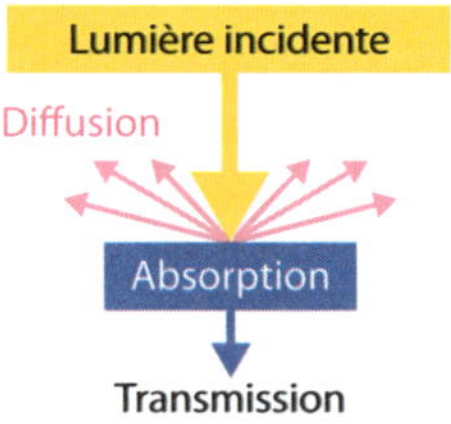

Mémo'Quiz

	Vrai	Faux
1. Le marron est une couleur spectrale.	❑	❑
2. La plupart des individus ont 3 cônes rétiniens : bleu, jaune, rouge.	❑	❑
3. La couleur absorbée est la couleur complémentaire de celle diffusée.	❑	❑
4. Les couleurs spectrales sont les couleurs perçues dans le spectre de la lumière blanche.	❑	❑

→ corrigés p. 308

Synthèse additive

85

Lue Relue Acquise

La synthèse additive est une technique d'addition des couleurs par superposition en un point de l'espace de lumières colorées. Les couleurs primaires de cette synthèse sont le rouge, le vert et le bleu.

1 Trichromie – Couleurs primaires et secondaires

- La **trichromie** est une technique qui permet d'obtenir n'importe quelle couleur à partir de trois couleurs primaires en fonction de leur intensité et de la manière dont on les superpose (synthèse).
- Une **couleur primaire** ne peut être obtenue à partir d'autres couleurs.
- Une **couleur secondaire** est obtenue par synthèse de deux des trois couleurs primaires.

2 Synthèse additive

- La **synthèse additive** correspond à la superposition d'au moins deux lumières colorées différentes.

Exemples :
- superposition de lumières colorées issues de spots différents équipés de filtres, que l'on dirige vers le même point de l'espace ;
- petites taches colorées que l'on place les unes à côté des autres, suffisamment proches pour que l'œil ne puisse pas les séparer (technique utilisée par les peintres pointillistes à la fin du XIXe siècle).

- Ce mode de superposition concerne tous les mélanges de couleurs que l'on retrouve dans les projecteurs, spots, scanners, appareils photo numériques, écrans de télévision...
- Dans le cas de la synthèse additive, **les couleurs primaires sont le rouge, le vert et le bleu (RVB)**.
- L'addition de ces trois couleurs avec le même niveau d'intensité donne du blanc si l'intensité est suffisante. (Si ce n'est pas le cas, la synthèse donne du gris.) **L'absence de couleurs donne, en revanche, du noir.**

Doc. **Synthèse additive**

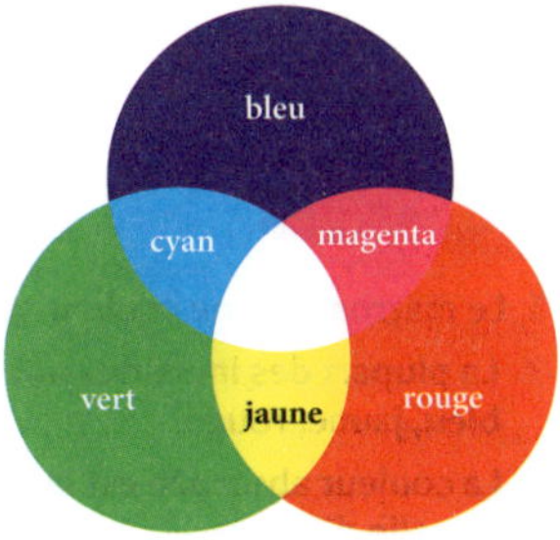

Synthèse additive

- L'addition de deux couleurs primaires est telle que :
  - le bleu et le vert donnent du cyan (C) : **B + V = C** ;
  - le rouge et le bleu donnent du magenta (M) : **R + B = M** ;
  - le rouge et le vert donnent du jaune (J) : **R + V = J**.
- Le système trichromique cyan, magenta et jaune (CMJ) apparaît donc comme le trio de couleurs secondaires pour la synthèse additive.
- Le système de couleurs secondaires CMJ de la synthèse additive constitue un **système de couleurs complémentaires** pour le système de couleurs primaires RVB, et inversement. Une couleur et sa complémentaire sont toujours **opposées dans le cercle chromatique**.

vocabulaire

La synthèse additive doit son nom au fait que l'addition des trois couleurs primaires RVB revient à une recomposition du spectre pour obtenir la lumière visible.

Doc. Cercle chromatique de la synthèse additive

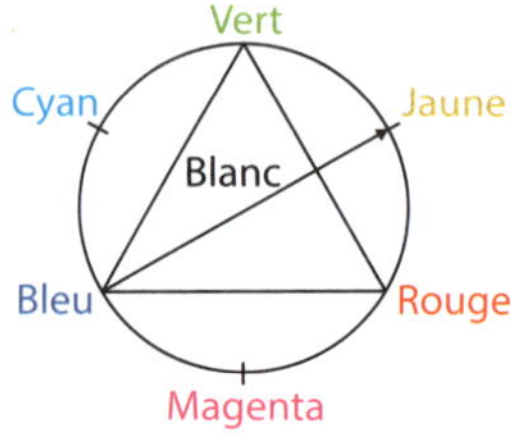

Mémo'Quiz

	Vrai	Faux
1. Les trois couleurs primaires de la synthèse additive sont le rouge, le vert et le bleu.	❑	❑
2. Le mélange en peinture du rouge, du vert et du bleu correspond à une synthèse additive.	❑	❑
3. Le magenta, synthèse additive du rouge et du bleu, est la couleur complémentaire de la couleur primaire autre que le rouge et le bleu.	❑	❑
4. Dans le cas d'une synthèse additive, la somme des trois couleurs primaires ou la somme des trois couleurs secondaires, prises avec la même intensité, donne du blanc.	❑	❑

→ corrigés p. 308

Synthèse soustractive et couleur d'un objet

86

Lue Relue Acquise

La synthèse soustractive est une technique d'addition des couleurs par superposition de matières colorées. Les couleurs primaires de cette synthèse sont le cyan, le magenta et le jaune. La couleur d'un objet dépend des radiations qu'il absorbe et de la lumière qui l'éclaire.

1 Synthèse soustractive

- La **synthèse soustractive** correspond à la superposition des effets d'absorption d'au moins deux objets éclairés en lumière blanche.

  Exemple : la superposition de deux pigments en peinture ou de deux filtres colorés éclairés par la même source de lumière correspond à une synthèse soustractive.

2 Couleurs primaires et secondaires

- Les couleurs primaires (resp. secondaires) de la synthèse soustractive sont les couleurs secondaires (resp. primaires) de la synthèse additive.
- En synthèse soustractive, l'addition est telle que :
  – le cyan et le magenta donnent du bleu : **C + M = B** ;
  – le cyan et le jaune donnent du vert : **C + J = V** ;
  – le magenta et le jaune donnent du rouge : **M + J = R**.

Doc. Synthèse soustractive

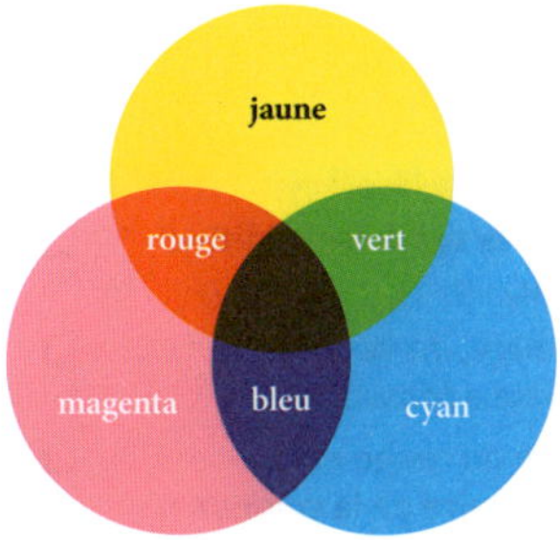

- **L'absence de couleurs donne alors du blanc**, alors que la superposition des trois couleurs primaires donne du noir.

remarque

Il arrive souvent qu'en arts plastiques, les couleurs primaires soient le bleu, le rouge et le jaune (le vert étant remplacé par le bleu).

3 Application aux couleurs d'un objet

- Lorsque l'on éclaire un objet en lumière blanche, ce dernier **absorbe certaines radiations** du spectre visible et transmet les autres.
- La superposition des radiations transmises et/ou diffusées correspond à la **couleur de l'objet**, alors que l'ensemble des radiations absorbées constitue, par définition, sa **couleur complémentaire**.
- Lorsque l'on éclaire un objet en lumière colorée :
  - si cette lumière colorée contient les radiations pouvant être absorbées par l'objet, alors ce dernier prend la couleur issue de la recomposition des radiations incidentes et non absorbées ;
  - si cette lumière colorée ne contient pas les radiations absorbées par l'objet, alors ce dernier est transparent pour cette lumière colorée incidente. La couleur de l'objet est celle de la lumière qui l'éclaire.

Doc. Objet rouge, vert, bleu, cyan, magenta ou jaune éclairé en lumière blanche

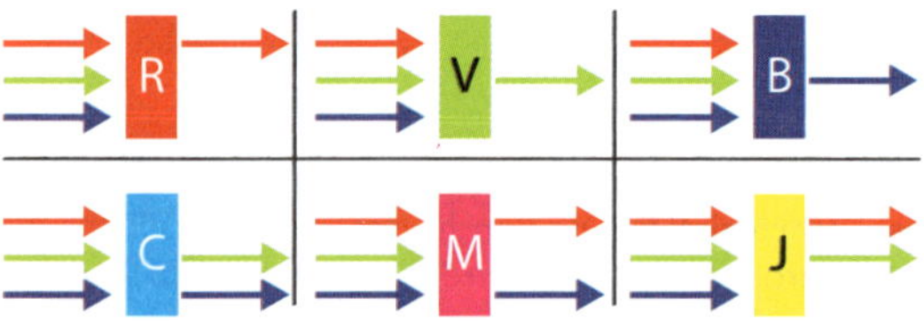

piège à éviter

La couleur d'un objet n'est pas une propriété intrinsèque de celui-ci, mais dépend du spectre de la lumière incidente qui l'éclaire.

Mémo'Quiz

	Vrai	Faux
1. Les couleurs primaires de la synthèse additive sont les couleurs secondaires de la synthèse soustractive.	❑	❑
2. Lors d'une synthèse soustractive, la somme des couleurs primaires de même intensité donne du noir, tout comme la somme des couleurs secondaires de même intensité.	❑	❑
3. Par abus de langage, on dira qu'un objet est vert. En fait, il est vert s'il est éclairé en lumière blanche, mais il n'est pas vert s'il est éclairé en lumière rouge.	❑	❑
4. En peinture, le pointillisme ou le mélange des pigments directement sur la toile sont des techniques de synthèse soustractive.	❑	❑

→ corrigés p. 308

Modèle ondulatoire

87

Lue Relue Acquise

La lumière est perçue comme une onde caractérisée par une gamme de fréquences visibles. Il existe d'autres domaines d'ondes électromagnétiques dont les applications sont diverses et variées.

1 Ondes électromagnétiques et relation entre longueur d'onde, célérité et fréquence

méthode

Apprenez par cœur la célérité des ondes électromagnétiques dans le vide ou dans l'air.

- Le spectre de la lumière blanche est composé d'une infinité de radiations lumineuses **définies par leur fréquence** f exprimée en hertz (Hz).
- Dans le vide, ce rayonnement se propage à la vitesse $c = 3 \times 10^8\ \text{m}\cdot\text{s}^{-1}$.
- On peut définir pour chaque radiation une longueur d'onde dans le vide notée λ_0, s'exprimant en mètres comme toute longueur et telle que :

$$\lambda_0 = \frac{c}{f}$$

- La **fréquence est caractéristique de l'onde**, c'est-à-dire qu'elle ne dépend pas du milieu de propagation, ce qui n'est pas le cas de la longueur d'onde.
- Les radiations du spectre visible sont alors caractérisées, dans le vide, par des longueurs d'onde comprises entre :

$$\lambda_{\text{violet}} = 4 \times 10^{-7}\ \text{m} = 400\ \text{nm et } \lambda_{\text{rouge}} = 7 \times 10^{-7}\ \text{m} = 700\ \text{nm}$$

- Le domaine des longueurs d'onde juste inférieures à λ_{violet} est celui du rayonnement **ultraviolet**, alors que le domaine des longueurs d'onde juste supérieures à λ_{rouge} est celui de **l'infrarouge**.

Doc. **Ondes électromagnétiques**

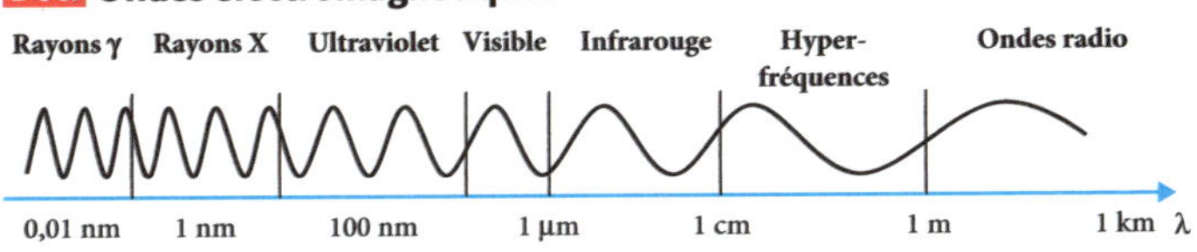

● On peut généraliser ce qui vient d'être affirmé à tous les milieux de propagation. Pour un milieu donné, chaque radiation de fréquence f se propageant à la vitesse v, c possède une longueur d'onde λ (en m) telle que :

$$\lambda = \frac{v}{f} \quad \text{avec} \quad \begin{cases} v : \text{vitesse de l'onde dans le milieu (en m·s}^{-1}\text{)}, \\ f : \text{fréquence de l'onde (en Hz)}. \end{cases}$$

2 Applications

● Les ondes électromagnétiques permettent en **particulier d'explorer et de visualiser le vivant** :

- les **rayons X** de longueurs d'onde comprises entre 10^{-2} m et 10^{-8} m sont utilisés en imagerie médicale pour faire de la « radiographie conventionnelle » ;
- les objets à température ambiante émettent des radiations dans le domaine **infrarouge** : la thermographie est une technique de détection par image thermique des infections ou des tumeurs ;
- la scintigraphie et la tomographie, deux techniques d'imagerie médicale, sont basées sur la détection d'un **rayonnement gamma** ($\lambda < 10^{-12}$ m).

● Les **ondes radio**, de longueurs d'onde allant de quelques cm à quelques km, sont utilisées pour la **transmission de l'information** : radio, télévision, téléphone...

● Les radars utilisent pour la **détection des objets** par écho des **ondes hyperfréquences de quelques cm à quelques m** de longueur d'onde.

Mémo'Quiz

	Vrai	Faux
1. La lumière visible est constituée d'ondes électromagnétiques dont les fréquences sont celles perçues par la rétine humaine.	❑	❑
2. Une onde électromagnétique a une fréquence donnée et une longueur d'onde constante qui sont caractéristiques de l'onde.	❑	❑
3. Il existe une relation entre la fréquence d'une onde et sa période spatiale appelée longueur d'onde.	❑	❑
4. Tous les domaines des ondes électromagnétiques sont utilisés par l'homme pour diverses applications.	❑	❑

→ corrigés p. 308

Quantification de l'énergie d'un atome

88

Lue Relue Acquise

Les niveaux d'énergie d'un atome sont quantifiés. Ils ne peuvent prendre que des valeurs d'énergie finies et bien déterminées.

1 Expérience de Franck et Hertz

- Un faisceau d'électrons circule dans une ampoule de verre contenant une vapeur monoatomique sous faible pression. Dans l'ampoule, une plaque collecte les électrons et mesure l'intensité du courant après leur traversée du gaz monoatomique.
- On peut alors observer des **diminutions brutales de l'intensité du** courant pour certaines valeurs de l'énergie des électrons incidents : lors de collisions, ces derniers peuvent **céder aux atomes gazeux toute ou une partie de leur énergie**. L'atome ne peut donc prendre à l'électron qu'une quantité d'énergie parfaitement déterminée.
- En même temps que ces diminutions brutales de l'intensité électrique, on observe une émission lumineuse.
- De manière générale, on peut noter que la plus petite perte énergétique des électrons notée ΔE par collision avec le gaz monoatomique est proportionnelle à la fréquence du rayonnement émis par le gaz :

$$\Delta E = \mathrm{h}f = \mathrm{h}\nu = \frac{\mathrm{h}c}{\lambda} \quad \text{avec} \quad \begin{cases} f = \nu : \text{fréquence du rayonnement (en Hz),} \\ c : \text{vitesse de la lumière (en m·s}^{-1}\text{),} \\ \lambda : \text{longueur d'onde du rayonnement (en m).} \end{cases}$$

h est appelé **constante de Planck** et vaut **$\mathbf{h = 6{,}62 \times 10^{-34}}$ J·s.**

2 Quantification des niveaux d'énergie

- Au niveau microscopique, comme l'a montré l'expérience de Franck et Hertz, les échanges d'énergie ne se font que par quantités d'énergie parfaitement déterminées : on parle alors de **quanta d'énergie** échangée.
- L'absorption, par les atomes, d'énergies quantifiées amène les physiciens à conclure que les énergies des atomes sont elles-mêmes quantifiées.
- L'état de repos d'un atome, appelé état fondamental, correspond à l'état d'énergie le plus bas. Les autres états sont des états excités dans lesquels les atomes passent en effectuant une transition atomique.
- Les niveaux d'énergie d'un atome sont représentés sur un diagramme énergétique.

Doc. **Diagramme énergétique de l'hydrogène**

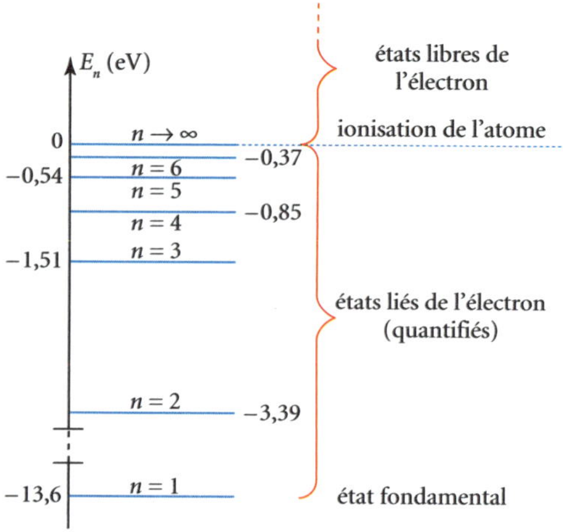

unités

Dans ce domaine de la physique, l'énergie d'un niveau s'exprime en électronvolts (eV) :
$1\ eV = 1,6 \times 10^{-19}$ J.

Mémo'Quiz

	Vrai	Faux
1. Un atome ne peut absorber qu'un quantum d'énergie correspondant à une différence d'énergie entre deux niveaux énergétiques.	❑	❑
2. L'électronvolt est l'unité de la tension d'un électron.	❑	❑
3. La fréquence du quantum absorbé par un atome est liée à la différence d'énergie entre deux niveaux énergétiques.	❑	❑
4. Les niveaux d'énergie d'un atome ne peuvent prendre que des valeurs d'énergie bien définies.	❑	❑

→ corrigés p. 308

Interaction lumière-matière

89

Lue Relue Acquise

Le quantum d'énergie électromagnétique est appelé photon. Les échanges entre la matière et le rayonnement ne se font que par quantités finies et déterminées d'énergie.

1 Le photon et son énergie

- Les transitions atomiques peuvent s'accompagner d'émissions lumineuses.
- L'onde électromagnétique produite peut être considérée comme un faisceau de particules appelées **photons**. Chaque photon transporte alors la quantité d'énergie (**quantum d'énergie**) :

$$\Delta E_{photon} = h\nu = \frac{hc}{\lambda} \text{ avec } \begin{cases} \nu : \text{fréquence du rayonnement (en Hz),} \\ \lambda : \text{longueur d'onde associée (en m),} \\ c : \text{célérité de la lumière (en m·s}^{-1}\text{).} \end{cases}$$

2 Émission-absorption

- Dans une lampe spectrale par exemple, les transitions font passer l'atome d'un état d'énergie basse E_1 **vers un état d'énergie plus élevée** E_2. Cependant, l'atome ne reste pas dans l'état d'énergie E_2. Il fait une **nouvelle transition vers un état plus stable** en émettant un ou plusieurs photons d'énergie fixée.

remarque

Une lampe spectrale est constituée d'un gaz monoatomique pouvant effectuer des transitions atomiques grâce à l'énergie cédée par les électrons lors de la décharge électrique dans l'ampoule.

Doc. Diagramme simplifié des niveaux d'énergie du sodium

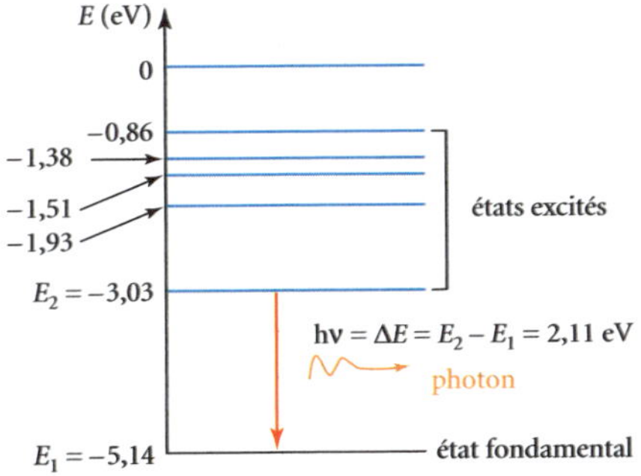

- Plusieurs transitions étant possibles, le gaz peut finalement émettre plusieurs radiations de longueurs d'onde caractéristiques de l'atome constituant le gaz. On obtient alors un **spectre d'émission de raies**, chaque raie correspondant à une transition atomique d'un état de haute énergie vers un état d'énergie basse plus stable.
- Le spectre suivant représente celui du sodium. La raie d'émission à 589,0 nm correspond à la transition du niveau E_2 vers E_1 et un photon est émis à la fréquence ν telle que $h\nu = E_2 - E_1$.

Doc. Spectre d'émission du sodium (doublet à 589,0 et 589,6 nm)

- Si l'on éclaire à l'aide d'un faisceau de lumière blanche une ampoule de sodium gazeux, le spectre de la lumière transmise après passage du faisceau lumineux dans le gaz est le suivant :

Doc. Spectre d'absorption du sodium

- Le gaz **absorbe les radiations de la lumière blanche** et effectue une transition vers un état excité dans lequel il ne reste pas. Rapidement, l'atome réémet, dans toutes les directions, des photons de même fréquence que ceux absorbés (phénomène de diffusion).

L'astuce du prof

Les deux spectres ci-avant sont complémentaires l'un de l'autre.

Mémo'Quiz

	Vrai	Faux
1. L'énergie d'une transition s'exprime en électronvolts de symbole eV, et 1 eV correspond à l'énergie d'un électron soumis à une tension de 1 V.	❏	❏
2. Les énergies des niveaux d'énergie sont positives.	❏	❏
3. L'énergie du photon est proportionnelle à sa fréquence.	❏	❏
4. Le spectre d'émission d'un atome et son spectre d'absorption sont complémentaires.	❏	❏

→ corrigés p. 308

Variabilité de la mesure d'une grandeur physique

Fiche MÉTHODE

Série de mesures indépendantes

- Deux mesures d'une grandeur physique sont **indépendantes** lorsqu'elles sont aléatoires, c'est-à-dire qu'elles n'ont **aucune influence l'une sur l'autre**.

  Exemple : la mesure du résultat d'un lancer de dé n'a aucune influence sur celle du lancer de dé suivant. Les mesures des valeurs d'un lancer de dé sont donc indépendantes.

- Une série de mesures d'une grandeur physique peut être représentée sous la forme d'un **histogramme** des valeurs obtenues.

  Exemple : en séance d'activité expérimentale, des élèves réalisent plusieurs fois la mesure de la vitesse du son dans l'air. L'histogramme ci-après récapitule les valeurs des mesures obtenues.

Doc. Mesures de la vitesse du son

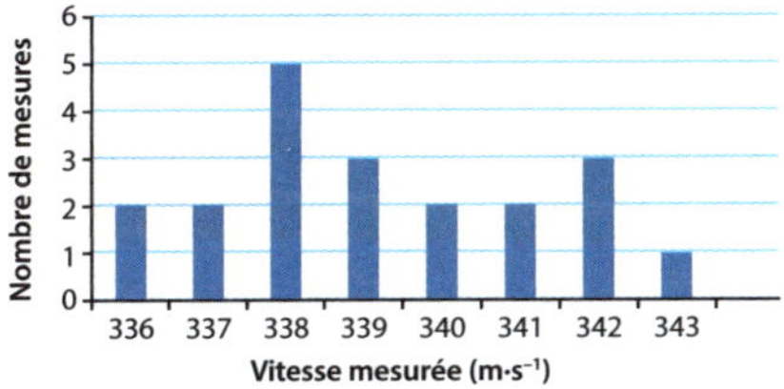

- Soit N mesures indépendantes x_i d'une grandeur physique, la meilleure estimation x du résultat est alors la **valeur moyenne de x,** notée $\langle x \rangle$ ou $\overline{x}$, moyenne arithmétique des N mesures réalisées :

$$\boldsymbol{x = \langle x \rangle = \overline{x} = \frac{\Sigma x_i}{N}}$$

L'**écart-type expérimental** est défini par :

$$\sigma_{exp} = \sqrt{\frac{\Sigma (x_i - \overline{x})^2}{N - 1}}$$

Notation : l'écart-type expérimental est souvent noté σ_{N-1} du fait du facteur $N - 1$ de son dénominateur.

Instrument de mesure et protocole

- La **valeur vraie** d'une grandeur physique est une valeur que l'on obtiendrait dans le cas d'un mesurage parfait : c'est une valeur toujours inconnue.
- L'**erreur de mesure** est alors la différence entre la valeur mesurée et la valeur vraie. On distingue une multitude d'erreurs, comme :
  - une erreur due à la méthode utilisée dans un protocole comme celle de l'estimation du virage d'un indicateur coloré ;
  - une erreur due à l'instrument de mesure dont la graduation n'est pas suffisamment précise.

Évaluation de la dispersion

- La **dispersion** statistique représente la capacité des valeurs d'une série de mesures indépendantes à se disperser, et en particulier autour d'une valeur spécifique comme la moyenne.
- La dispersion peut se mesurer en calculant l'étendue d'une série de mesures indépendantes. L'étendue est la différence entre la valeur maximale mesurée et la valeur minimale :

$$\boldsymbol{e = x_{max} - x_{min}}$$

L'**incertitude de mesure** U_x est aussi un paramètre caractérisant la dispersion des valeurs. On note alors le résultat de la mesure :

$$\boldsymbol{X = x \pm U_x}$$

où x est la meilleure estimation de la grandeur physique mesurée.

Exemple : dans le cas de la série de mesures de la vitesse du son dans l'air, l'étendue est de 343 – 336 = 7 m/s.

- La **dispersion autour de la moyenne** peut se mesurer en calculant l'écart-type ou la variance d'une série de mesures.

La variance est définie comme le carré de l'écart-type expérimental :

$$\text{var}(x) = \sigma^2_{\text{exp}} = \frac{\Sigma(x_i - \bar{x})^2}{N-1}$$

Remarque : il existe d'autres mesures possibles de la dispersion, par exemple l'intervalle interquantile autour de la médiane.

Incertitude-type

Fiche MÉTHODE

Définition d'une incertitude-type

- Soit U_x l'incertitude de mesure d'une grandeur physique. On peut exprimer U_x sous la forme :

$$U_x = ku_x \text{ avec } \begin{cases} u_x : \textbf{incertitude-type}, \\ k : \text{facteur d'élargissement associé à un niveau de confiance.} \end{cases}$$

- Le résultat d'une mesure se présente alors souvent ainsi :

$$\boldsymbol{X = x \pm U_x = x \pm ku_x}$$

suivi de l'unité de X et du niveau de confiance correspondant à k.

- On peut aussi présenter le résultat par un intervalle :

$$\boldsymbol{X \in [x - ku_x ; x + ku_x]}$$

- On appelle **incertitude-type relative** la valeur de $\frac{u_x}{x}$.

<u>Remarque</u> : la valeur de k est donnée par des tables en fonction du niveau de confiance choisi, comme 95 % ou 99 %.

- L'incertitude relative indique la **précision** de la mesure.
- Dans le cas où une grandeur y se déduit à partir des mesures x_i de X, on dit que les incertitudes « se propagent ».

- **Loi de propagation des incertitudes**

Si $y = x_1 + x_2 - x_3$ (additions et/ou soustractions) alors :

$$\boldsymbol{u_y^2 = u_{x_1}^2 + u_{x_2}^2 + u_{x_3}^2}$$

Si $y = \frac{x_1 x_2}{x_3}$ (multiplications et/ou divisions), alors :

$$\left(\frac{u_y}{y}\right)^2 = \left(\frac{u_{x_1}}{x_1}\right)^2 + \left(\frac{u_{x_2}}{x_2}\right)^2 + \left(\frac{u_{x_3}}{x_3}\right)^2$$

<u>Exemple</u> : la vitesse v du son dans l'air peut se calculer à partir d'une mesure d'écho connaissant la distance d entre l'émetteur et le récepteur et la durée t du parcours, $v = \frac{2d}{t}$. Dans ce cas, l'incertitude-type relative à la mesure de la vitesse est :

$$\left(\frac{u_v}{v}\right)^2 = \left(\frac{u_d}{d}\right)^2 + \left(\frac{u_t}{t}\right)^2$$

sans que le facteur 2 rentre en compte.

Approche statistique (évaluation de type A)

- Un expérimentateur effectue N mesures indépendantes d'une grandeur physique. L'incertitude-type est définie par :

$$u_x = \frac{\sigma_{exp}}{\sqrt{N}} \text{ avec } \sigma_{exp} \text{ l'écart-type expérimental}$$

- L'incertitude U_x vaut alors $U_x = ku_x$ avec k facteur d'élargissement qui dépend du nombre N et de la limite de confiance choisi.

Remarque : k dépend du nombre N de mesures et de la limite de confiance choisie. Lorsque N dépasse 20, $k = 2$ pour une limite de confiance à 95 % par exemple.

Approche non statistique (évaluation de type B)

- L'évaluation de type A nécessite une répétabilité des mesures effectuées. Dans le cas où cela n'est pas possible, l'évaluation de l'incertitude est effectuée à partir d'informations sur la précision des instruments de mesure par exemple (évaluation de type B).
- On peut évaluer l'incertitude-type **connaissant la tolérance d'un instrument** de mesure notée $\pm\,\varepsilon$. Dans ce cas, on a :

$$u_x = \frac{\varepsilon}{\sqrt{3}}$$

Exemple : en activité expérimentale, un élève utilise une pipette jaugée de 10,0 mL de classe A. Le constructeur donne l'indication suivante : $\varepsilon = \pm\,0{,}02$ mL. Dans ce cas, l'incertitude-type vaut $u_x = \frac{0{,}02}{\sqrt{3}} = 0{,}012$ mL.

- On peut évaluer l'incertitude-type dans le cas d'**une lecture sur un instrument de mesure** dont la plus petite graduation correspond à un pas d. Dans ce cas, on a :

$$u_x = \frac{d}{2\sqrt{3}}$$

Or dans certains cas, on effectue une double lecture (pipette graduée bi-jaugée, règle graduée entre le 0 et la valeur X, etc.) :

$$u_x^2 = \left(\frac{d}{2\sqrt{3}}\right)^2 + \left(\frac{d}{2\sqrt{3}}\right)^2 = 2\left(\frac{d}{2\sqrt{3}}\right)^2$$

Écriture du résultat, valeur de référence

Fiche **MÉTHODE**

Précision d'une mesure

- Le résultat d'un calcul à partir de grandeurs mesurées ne doit pas être exprimé avec plus de précision que la moins précise des grandeurs.
- Dans le cas d'une addition ou d'une soustraction entre plusieurs mesures, le résultat **ne doit pas avoir plus de décimales que la donnée qui en a le moins** dans une unité de référence.
- Dans le cas d'un résultat d'une mesure présentée avec son incertitude, **U_x comporte autant de décimales que x**.

  Exemples : $c = (5{,}0 \pm 0{,}01) \times 10^{-2}\ \text{mol}\cdot\text{L}^{-1}$ ou $c = (5{,}00 \pm 0{,}1) \times 10^{-2}\ \text{mol}\cdot\text{L}^{-1}$ sont des écritures incorrectes. En revanche, $c = (5{,}0 \pm 0{,}1) \times 10^{-2}\ \text{mol}\cdot\text{L}^{-1}$ est une écriture correcte.

Nombre de chiffres significatifs

- On appelle **chiffre significatif**, un chiffre d'une valeur de mesure différent d'un des 0 démarrant l'écriture numérique de cette valeur.

  Exemple : la mesure de la vitesse du son $v = 340\ \text{m}\cdot\text{s}^{-1}$ comporte trois chiffres significatifs (3, 4 et 0), alors que la concentration $c = 0{,}050\ \text{mol}\cdot\text{L}^{-1}$ n'en comporte que deux (5 et 0 après le 5), car les deux premiers zéros de gauche ne sont pas significatifs.
- Le **premier chiffre significatif ne peut être nul**, ce qui n'est pas le cas des suivants.
- Une mesure est d'autant plus **précise** que son nombre de chiffres significatifs est **grand**.
- Dans le cas d'une multiplication ou d'une division entre plusieurs mesures, le résultat **ne doit pas avoir plus de chiffres significatifs que la donnée la moins précise**.

  Exemple : la vitesse v du son dans l'air par la méthode d'écho connaissant la distance d entre l'émetteur et le récepteur et la durée t du parcours donne $v = \frac{2d}{t}$. Si les mesures sont $d = 100{,}00$ m (5 chiffres significatifs) et $t = 0{,}585$ s (3 chiffres), alors le résultat obtenu 341,880 341 880 3 permet d'écrire $v = 342\ \text{m}\cdot\text{s}^{-1}$ avec autant que chiffres significatifs que t, mesure la moins précise. Le coefficient 2 n'intervient pas dans le raisonnement, car il n'est pas le résultat d'une mesure de grandeur physique.

Grandeurs fondamentales et dérivées

	Nom	Notation littérale usuelle	Unité SI Symbole (nom)
Grandeurs fondamentales	Longueur	L	m (mètre)
	Temps	t	s (seconde)
	Masse	m	kg (kilogramme)
	Intensité du courant électrique	I	A (ampère)
	Température absolue	T	K (kelvin)
	Quantité de matière	n	mol (mole)
Grandeurs dérivées	Aire ou superficie	S	m^2
	Volume	V	m^3
	Vitesse	v	$m \cdot s^{-1}$
	Force	F	N (newton)
	Intensité de la pesanteur	g	$N \cdot kg^{-1}$
	Énergie	W ou Q	J (joule)
	Puissance	P	W (watt)
	Charge électrique	q	C (coulomb)
	Tension électrique	U	V (volt)
	Résistance	R	Ω (ohm)
	Masse volumique	ρ ou μ	$kg \cdot m^{-3}$ ou $g \cdot L^{-1}$
	Densité	d	Sans unité
	Masse molaire	M	$g \cdot mol^{-1}$
	Concentration	[...] ou c	$mol \cdot L^{-1}$ ou $mol \cdot m^{-3}$
	Absorbance	A	Sans unité
	Fréquence	f ou ν	Hz (hertz)

SVT

Sommaire

SVT

Lue / Relue / Apprise

La Terre, la vie et l'organisation du vivant

Le patrimoine génétique, transmission et variation

L'expression du patrimoine génétique

La structure du globe terrestre

Sommaire

Lue | Relue | Apprise

Sommaire

Lue | Relue | Apprise

La mitose, une reproduction conforme

90

Lue Relue Apprise

Au cours de la mitose, une cellule mère donne deux cellules filles contenant chacune un nombre de chromosomes identique à celui de la cellule mère.

1 La mitose, une étape du cycle cellulaire

A Mitose et interphase

- Une cellule alterne entre un temps au cours duquel elle effectue ses synthèses, **l'interphase**, et un temps au cours duquel elle se divise, la **mitose.**
- Une interphase et une mitose forment **un cycle cellulaire.**
- Pour des cellules se divisant activement, la mitose dure environ une heure tandis que l'interphase dure 23 heures.

Remarque

Le terme chromosome est employé avec deux sens. Il peut s'agir de la molécule d'ADN, que ce soit au cours de l'interphase ou de la mitose. Mais on parle plus souvent de chromosomes pour qualifier l'ADN devenu visible, c'est-à-dire pendant la mitose.

B Des chromosomes qui changent d'aspect

- Au cours du cycle cellulaire, les chromosomes contenant l'ADN sont toujours présents mais pas forcément visibles.
- En interphase, les molécules d'ADN sont décondensées et forment un amas diffus appelé chromatine.
- **En début de mitose, l'ADN se condense** et chaque molécule prend une forme de bâtonnet. **Les chromosomes, devenus visibles,** sont alors constitués de deux **chromatides** reliées au niveau d'un **centromère**.

Lexique

Chromatide : partie d'un chromosome contenant une molécule d'ADN.

C Une variation de la quantité d'ADN

Doc. Quantité d'ADN dans la cellule au cours du cycle cellulaire

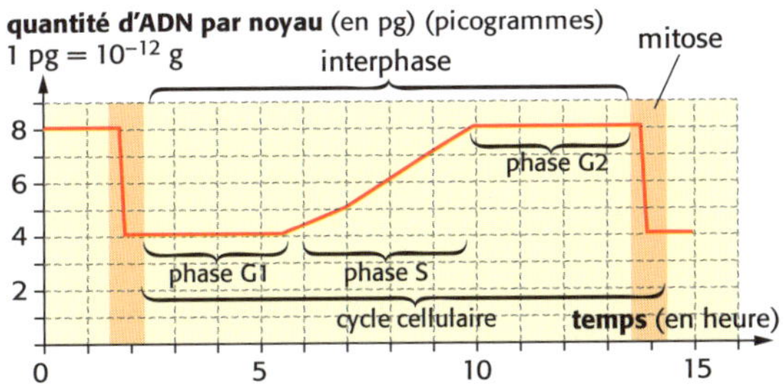

● Au cours de l'interphase, la quantité de matériel génétique double : chaque molécule d'ADN se réplique. On distingue dans le cycle une phase G1 précédant la phase S de synthèse de l'ADN, suivie par la phase G2 qui précède la mitose.

● Ainsi, en début de mitose lorsque les chromosomes deviennent visibles, leurs deux chromatides contiennent chacune une molécule d'ADN.

2 La mitose et la conservation du caryotype

● La mitose est continue mais pour faciliter son étude, on la divise arbitrairement en quatre phases.

● La **prophase** : l'ADN se condense et les chromosomes, formés de deux chromatides, deviennent visibles. L'enveloppe nucléaire disparaît, tandis que des fibres forment un **fuseau de division** reliant les deux pôles de la cellule.

● **La métaphase :** les chromosomes condensés **migrent dans le plan équatorial** de la cellule et se fixent par leur centromère aux fibres du fuseau.

● **L'anaphase** : les chromosomes **se clivent en deux chromatides** au niveau de leur **centromère**. Chacune d'entre elles migre à des pôles opposés, tractée le long du fuseau de division.

● **La télophase** : le cytoplasme se divise en deux moitiés pour former deux cellules filles.

Lexique

Centromère : partie qui relie les deux chromatides d'un chromosome.

Caryotype : garniture chromosomique d'une cellule.

Doc. Les étapes de la mitose

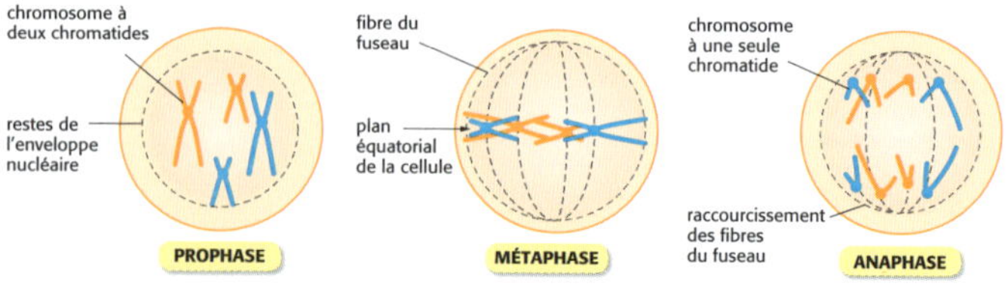

● Ainsi, à la suite de la mitose, les deux chromatides d'un même chromosome sont réparties dans deux cellules filles. Dans celles-ci, le nombre total de chromosomes est donc identique à celui de la cellule mère. La mitose est une reproduction conforme car elle **conserve le caryotype**.

● Au cours du cycle cellulaire, la duplication des chromosomes suivie de leur clivage aboutit à la **conservation de la quantité d'ADN** entre chaque cellule fille et la cellule mère.

La méiose et la formation de gamètes haploïdes

91

Lue Relue Apprise

Les gamètes, destinés à la fécondation, sont produits au cours d'une division particulière, la méiose, pendant laquelle les cellules voient leur nombre de chromosomes réduit de moitié.

1 Des cellules diploïdes et des cellules haploïdes

- Dans les **cellules somatiques**, les chromosomes sont en double exemplaire : les cellules sont **diploïdes**.
- Les chromosomes d'une même paire sont d'aspect identique (forme, taille) : ce sont des **chromosomes homologues** qui portent les mêmes gènes (mais pas forcément les mêmes allèles). Avec 23 paires de chromosomes, la formule chromosomique d'une cellule humaine s'écrit : $2n = 46$.

Lexique

Cellules somatiques : cellules qui ne donneront pas de gamètes.

Cellules germinales : ce sont les gamètes et les cellules dont ils sont issus.

- Parmi les **cellules germinales**, les gamètes ne possèdent qu'un seul exemplaire de chaque paire de chromosomes : ils sont **haploïdes**. La formule chromosomique d'un gamète humain s'écrit $n = 23$.
- Ces gamètes haploïdes sont formés au cours d'une division particulière, la méiose.

2 Les étapes de la méiose

A La première division de méiose

- La méiose est constituée de deux divisions successives. Seule la première est précédée par la **réplication de l'ADN**. Chaque division peut être découpée en quatre phases.
- En **prophase** de première division, l'ADN se condense et les chromosomes deviennent visibles tandis qu'un fuseau de division se met en place.

– En **métaphase**, les chromosomes se disposent dans le plan équatorial.
– En **anaphase**, chaque chromosome se sépare de son homologue et chacun migre à un pôle opposé.
– À la **télophase**, le cytoplasme de la cellule se divise. Deux cellules distinctes se forment à partir de la cellule initiale.

Remarque

La première division de méiose est bien différente de la mitose car ce ne sont pas les chromatides de chaque chromosome qui se séparent mais les homologues de chaque paire.

● À l'issue de la première division, le nombre de chromosomes est donc réduit de moitié dans chaque cellule. Chacune hérite **d'un seul homologue** de chaque paire et renferme donc **un lot haploïde** de chromosomes à deux chromatides.

Doc. La première division de méiose

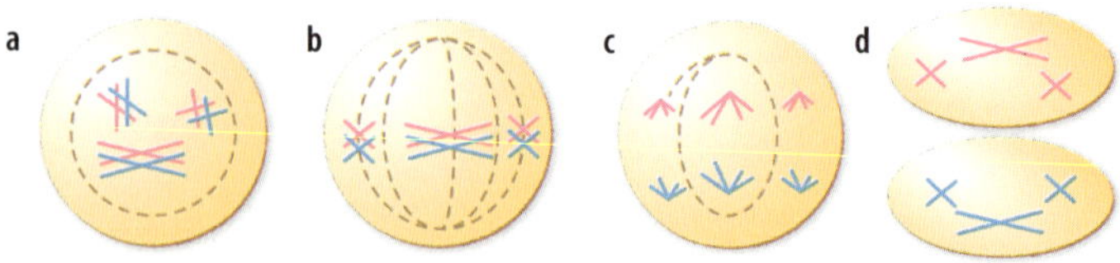

prophase 1 — métaphase 1 — anaphase 1 — télophase 1

B La deuxième division de méiose

● Elle suit immédiatement la première, sans réplication de l'ADN. Elle comporte une prophase, une métaphase et une anaphase similaires à celles d'une mitose. Au cours de cette dernière, les deux chromatides d'un chromosome se séparent et migrent à des pôles opposés.

Ainsi, la méiose aboutit à la formation de quatre cellules haploïdes munies de chromosomes à une chromatide.

Remarque
La deuxième division de méiose ressemble à une mitose.

Doc. La deuxième division de méiose

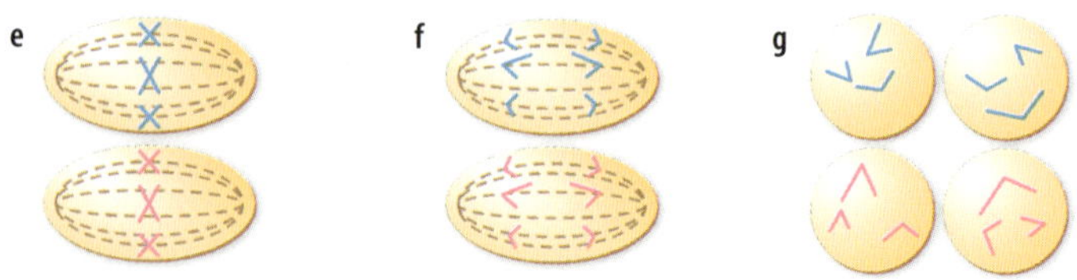

métaphase 2 — anaphase 2 — télophase 2

C Après la méiose

● La quantité d'ADN contenue dans chacune des cellules filles est réduite de moitié par rapport à celle de la cellule mère initiale.

La réplication de l'ADN

92

Lue Relue Apprise

Au cours de l'interphase, l'ADN est répliqué. Le mécanisme de la réplication permet de conserver l'information génétique à l'identique.

1 Une réplication semi-conservative

A L'expérience de Meselson et Stahl (1958)

- Jusqu'en 1958, plusieurs hypothèses sont envisagées concernant le mode de réplication de l'ADN.

– Un mode de réplication dit **conservatif** : une molécule fille est nouvellement formée tandis que la molécule mère est conservée.

– Un mode de réplication dit **semi-conservatif** : chaque molécule fille est constituée d'un brin de la molécule mère et d'un autre **brin nouvellement formé**.

- Pour tester la seconde hypothèse, des bactéries sont cultivées sur un milieu contenant de l'azote 15 sur lequel elles se divisent une seule fois. Elles sont ensuite placées dans un milieu contenant de l'azote 14 et se divisent une nouvelle fois. Chaque division est précédée de la réplication de l'ADN.

Rappel

La molécule d'ADN est formée de deux brins, chacun constitué d'une succession de nucléotides qui diffèrent les uns des autres par leur base azotée.

Chaque base d'un brin est associée à celle d'un autre brin selon la loi de complémentarité.

B Les résultats et leur interprétation

- L'ADN est extrait des bactéries, puis placé dans un tube au-dessus d'un gel, avant d'être centrifugé.
- La constitution de l'ADN en azote 14 ou en azote 15 est repérée par centrifugation. L'ADN constitué d'azote 15, plus lourd, occupe dans le tube une position différente de celle de l'ADN constitué d'azote 14 léger.

Doc. Les résultats de l'expérience

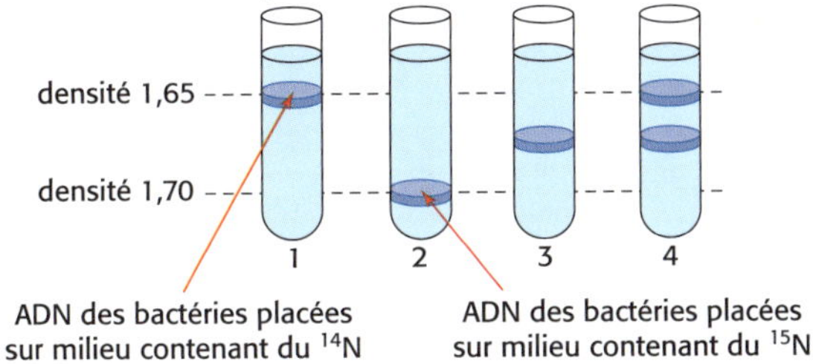

- Après plusieurs réplications sur de l'azote 15, l'ADN est de densité unique (une seule marque dans le tube 2).
- Après une division sur un milieu contenant de l'azote 14 (tube 3), la densité de l'ADN est intermédiaire entre celle de l'ADN à azote 14 (tube 1) et celle de l'ADN à azote 15. On peut en déduire que chaque molécule est constituée d'un brin avec de l'azote 14 et d'un autre avec de l'azote 15. La réplication de l'ADN s'effectue donc selon un mode semi-conservatif.
- Après une division supplémentaire sur le milieu contenant l'azote 14 (tube 4), les cellules renferment de l'ADN de densité intermédiaire et de l'ADN de densité 14. L'hypothèse d'une réplication semi-conservative est ainsi confirmée.

2 Une réplication conforme

- La réplication débute par la séparation des deux brins d'une molécule d'ADN tandis qu'une enzyme, **l'ADN polymérase**, progresse en associant à chaque nucléotide de la molécule mère un nouveau nucléotide **complémentaire**.

Lexique

Enzyme : substance qui augmente la vitesse d'une réaction chimique.

- Au fur et à mesure de sa progression, un nouveau brin d'ADN complémentaire à celui de la molécule mère se forme, le même phénomène se produisant pour l'autre brin.

Doc. Le mécanisme de la réplication

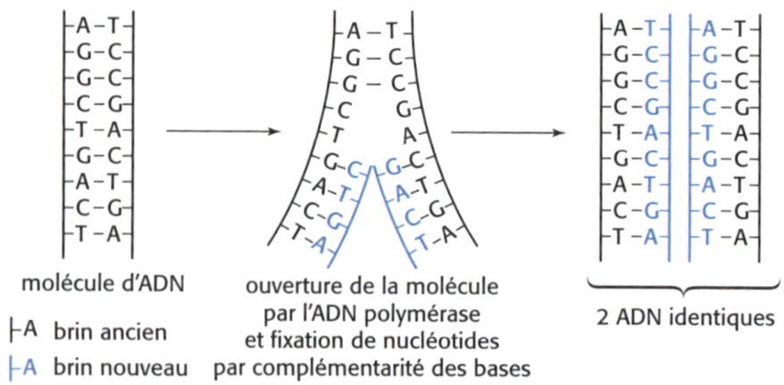

- Ainsi, à la fin de la réplication, une molécule mère a donné deux molécules filles, chacune constituée d'un de ses brins et d'un autre nouvellement formé. Grâce à la **complémentarité** des bases, **les deux molécules filles sont identiques entre elles et à la molécule mère.**
- Après la réplication, les **deux chromatides** d'un même chromosome contiennent donc des **molécules d'ADN strictement identiques**.

Les mutations, des événements aléatoires

93

Lue Relue Apprise

Au cours de la réplication de l'ADN, des erreurs de lecture aboutissent à la formation de molécules filles de séquence différente de celle de la molécule mère.

1 Des modifications de l'ADN

A Des accidents génétiques

- Au cours de la réplication, l'ADN polymérase peut commettre des **erreurs** et associer entre eux des nucléotides non complémentaires. C'est une **mutation**.
- Ce type d'accident génétique aboutit à la formation d'une molécule de séquence différente de celle de la molécule mère.
- Les mutations sont **spontanées** et produites de façon **aléatoire.**
- Néanmoins le génie génétique peut induire des **mutations** pour créer des **organismes génétiquement modifiés** (OGM).

Lexique

Mutation : modification de la séquence d'ADN.

Agent mutagène : substance ou agent physique augmentant la fréquence de mutation.

B La fréquence des mutations

- On estime qu'un nucléotide sur un million est affecté par une erreur au cours de la réplication, soit une **fréquence de mutation de 10^{-6}**.
- Cette fréquence est faible en elle-même mais, sur les 6 milliards de paires de nucléotides présents dans chaque cellule, plusieurs sont modifiés à chaque cycle cellulaire.
- La fréquence des mutations augmente sous l'effet d'**agents mutagènes** :

– de **nature physique** (rayons X, gamma et aussi ultraviolets). Ainsi, les rayons du Soleil peuvent générer des mutations dans l'ADN des cellules de la peau.

– de **nature chimique** (solvants, goudrons produits par la combustion du tabac, pesticides plus ou moins mutagènes selon la dose).

Remarque

Juste après la mutation, au niveau du fragment d'ADN concerné, les bases ne sont pas complémentaires. Mais à la réplication suivante, les deux brins se séparent et de nouvelles bases, cette fois-ci complémentaires, sont ajoutées. Ainsi dans les cellules filles mutées, la séquence en nucléotides est différente.

2 Le devenir des mutations

A Des systèmes de réparation de l'ADN

- La fréquence des erreurs de lecture lors de la réplication de l'ADN est plus élevée que celle des mutations constatées. Cela s'explique par l'existence d'un **système de vérification et de réparation.**
- Des enzymes vérifient la séquence des molécules d'ADN répliquées et corrigent les éventuelles erreurs. Ce système de réparation fait disparaître les mutations avant qu'elles ne s'expriment et limite ainsi leur fréquence.

B Des mutations qui se transmettent

- **Une mutation est un phénomène aléatoire qui survient théoriquement dans une cellule unique.** Sa transmission au cours de la mitose aboutit à la formation d'un **clone** de cellules mutées.
- **Les mutations peuvent affecter les cellules somatiques** comme les cellules **germinales**.
- **Les mutations affectant les cellules somatiques se propagent** uniquement à l'intérieur de l'organisme mais pas d'un individu à l'autre.
- **Seules les mutations présentes dans les cellules germinales** sont susceptibles d'être **transmises à la descendance** par l'intermédiaire des spermatozoïdes et des ovules.
- **Dans ce cas, la mutation présente dans la cellule œuf** est transmise par mitose à toutes les cellules de l'organisme. Elles deviennent alors potentiellement **héréditaires** et certaines peuvent **être à l'origine d'une maladie génétique**.

Lexique

Clone : ensemble de cellules identiques formées par divisions cellulaires successives.

Héréditaire : qui se transmet par l'intermédiaire du patrimoine génétique de génération en génération.

Allèles : différentes versions d'un même gène qui peuvent être distinguées par leur séquence.

3 Variabilité de l'ADN et biodiversité

- Un gène existe sous **plusieurs formes**, les **allèles**, qui diffèrent par leur séquence. Ces allèles sont issus d'un gène ancestral qui a subi, lui ou ses descendants, une ou plusieurs mutations.
- **Présents dans les cellules germinales, ces allèles sont alors susceptibles de se transmettre de génération en génération**. De cette façon, des allèles peuvent se répandre et **enrichir la biodiversité**.
- Les différents allèles d'un même gène sont responsables de l'expression d'un caractère sous différentes formes. Ainsi, les mutations sont responsables de la **diversité des individus** au sein d'une espèce.

L'Histoire humaine lue dans son génome

94

Lue Relue Apprise

Les génomes humains ont enregistré les traces de l'Histoire de leurs ancêtres. Ils permettent d'en retracer différentes étapes et d'établir des relations de parenté entre les Hommes actuels et ceux aujourd'hui disparus.

1 Reconstituer l'évolution humaine

A Dater une divergence

- Les techniques modernes permettent d'extraire l'ADN de fossiles humains pour le comparer à celui de l'Homme actuel.
- Les génomes **d'*Homo sapiens*** et de **l'Homme de Néandertal** sont identiques à 99,5 %.
- Grâce à la méthode de « l'horloge moléculaire » selon laquelle les mutations s'accumulent dans le génome à vitesse constante, on peut estimer que les deux espèces ont divergé il y a environ 590 000 ans.

Lexique

Génome : ensemble du matériel génétique d'un organisme.

Homo sapiens : seule espèce humaine actuelle.

Homme de Néandertal : une des espèces de la lignée humaine, présente entre - 450 000 et - 30 000 ans.

B Établir des relations de parenté

- En analysant l'ADN de différents fossiles, il est possible d'établir leur appartenance à une espèce identifiée et **également** de reconstituer leurs liens de parenté.
- Ainsi, de l'ADN de restes fossiles humains découverts dans la grotte de Denisova (en Sibérie) **a été comparé à celui de** Néandertaliens et d'Hommes actuels.

Doc. Comparaison de l'ADN d'Hommes actuels et fossiles

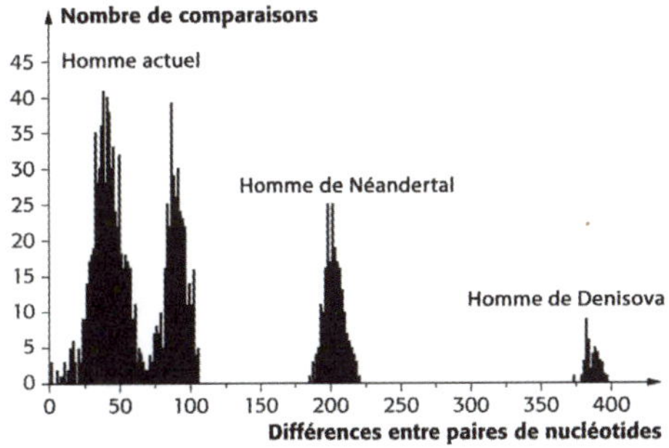

- Le nombre de paires de nucléotides différents est d'autant plus élevé que des mutations ont pu s'accumuler en grand nombre et donc, la période de séparation entre les deux espèces est importante.
- Entre l'Homme actuel et celui de Denisova, il y a plus de différence qu'avec les Néandertaliens. L'Homme actuel et l'Homme de Néandertal ont donc un ancêtre commun plus récent, qu'ils ne partagent pas avec l'Homme de Denisova.
- L'Homme de Denisova n'est donc ni un *Homo sapiens* ni un Néandertalien, mais une autre espèce.

2 Expliquer des variations génétiques entre populations

A L'intolérance au lactose

- C'est une enzyme intestinale, la **lactase**, qui, chez le nouveau-né, permet la digestion du lactose, un sucre présent dans le lait.
- **À l'âge adulte, la capacité à digérer le lactose disparaît** chez certains individus dits « lactase non persistante » (LNP) ou « intolérants au lactose », tandis que chez d'autres « lactase persistante » (LP) ou « tolérants au lactose », elle est conservée.
- Ces individus diffèrent par **une séquence d'ADN** qui, chez les LP, **active le gène de la lactase à l'âge adulte**, tandis qu'elle en empêche l'expression chez les LNP.

B Des variations génétiques résultant de la sélection naturelle

- 65 % environ de la population mondiale est de phénotype LP. Néanmoins, la fréquence de ce phénotype varie suivant les populations, les plus fortes fréquences étant observées dans le nord-ouest de l'Europe (îles britanniques, Scandinavie).
- Par ailleurs, l'analyse de l'ADN d'Hommes préhistoriques a permis d'établir qu'ils étaient tous de phénotype LNP.
- On peut donc supposer que le phénotype LP est apparu secondairement dans l'évolution humaine, à la suite de **mutations**.
- Il a été ensuite **sélectionné** dans les régions d'Europe du Nord, là où l'élevage laitier était le plus pratiqué et le lait abondamment consommé.

Lexique

Sélection naturelle : influence de l'environnement sur les fréquences alléliques.

Phénotype : caractère(s) d'un individu, lié(s) à l'expression de ses différents allèles.

Remarque

De nombreuses variations génétiques résultent d'une sélection (tolérance au lactose, résistance à la haute altitude, résistance à la peste).

Le patrimoine génétique, transmission et variation

Révision EXPRESS

Le schéma à retenir

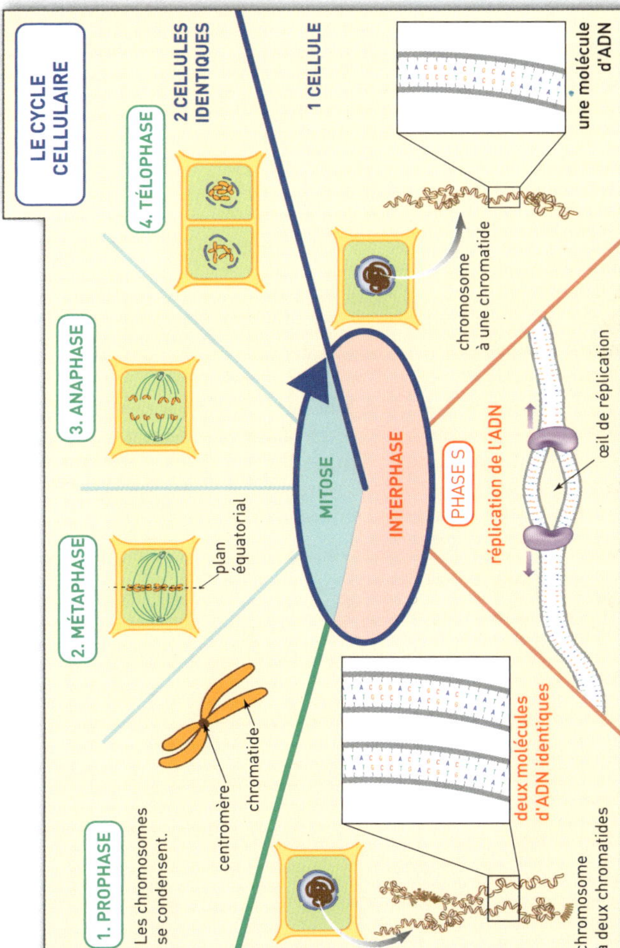

Les points essentiels

- Au cours d'un cycle cellulaire, la cellule alterne entre **une période de division**, **la mitose**, et une **période de synthèse**, **l'interphase**, pendant laquelle l'ADN se réplique.
- **La mitose** est **une reproduction conforme** qui aboutit à deux cellules filles identiques entre elles et à la cellule mère. Le clivage des chromosomes en deux chromatides et leur répartition dans les deux cellules filles permettent **la conservation du caryotype**.
- **La méiose** est une suite de deux divisions qui, à partir d'une cellule diploïde, aboutit à la formation de quatre cellules haploïdes. Pendant la première division, chaque chromosome est séparé de son homologue. Puis au cours de la seconde division, les chromosomes à deux chromatides sont clivés, chaque chromatide migrant à un pôle.
- **Suite à la réplication de l'ADN**, il se forme deux molécules filles identiques entre elles et identiques à la molécule mère. Chaque nouvelle molécule comporte un brin de la molécule mère : la réplication est dite **semi-conservative**.
- Malgré l'existence de systèmes de réparation, **des erreurs de lecture** se produisent parfois et une molécule d'ADN de séquence différente est alors formée. C'est **une mutation**, parfois à l'origine d'une nouvelle version d'un gène, ou allèle. En effet, elle peut être transmise aux générations suivantes uniquement si elle affecte les cellules germinales.

Mémo'Quiz

1. La réplication de l'ADN se déroule durant la prophase.
❑ Vrai ❑ Faux

2. La première division de méiose s'apparente à une mitose.
❑ Vrai ❑ Faux

3. En début de méiose, les chromosomes ont deux chromatides.
❑ Vrai ❑ Faux

4. La réplication de l'ADN est conservative.
❑ Vrai ❑ Faux

5. Les différents allèles d'un même gène sont issus de mutations.
❑ Vrai ❑ Faux

→ corrigés p. 308

Du gène à la protéine, intervention d'un intermédiaire 95

Lue Relue Apprise

Le gène porte l'information génétique qui, pour s'exprimer, doit être traduite en protéines, molécules responsables des caractères chez les êtres vivants.

1 Une relation gène-protéine

- Une protéine est une **macromolécule** constituée par l'association de plusieurs **acides aminés** différents.
- **Une protéine peut être formée de plusieurs chaînes d'acides aminés, chacune étant un polypeptide**.
- **Les polypeptides se distinguent les uns des autres par leur enchaînement en acides aminés**. Cet enchaînement spécifique est appelé **séquence**.
- **Les protéines jouent un rôle majeur chez les êtres vivants. Elles interviennent dans leur structure comme dans leur fonctionnement.**
- Un **gène** est un fragment d'ADN portant **l'information nécessaire à la synthèse d'une chaîne protéique.** Une maladie génétique est le plus souvent causée par un changement dans la séquence d'une protéine. Ce changement est toujours associé à une modification dans la séquence du gène codant pour cette protéine.
- Ainsi, **l'ordre des nucléotides** dans le gène définit **l'ordre** dans lequel se succèdent **les acides aminés** dans la chaîne protéique.

Lexique

Macromolécule : molécule de grande taille, le plus souvent constituée par la succession de molécules simples.

Acide aminé : molécule simple constitutive des protéines et composée de C, H, O et N.

2 L'ARN messager, un intermédiaire entre le gène et la protéine

A Un intermédiaire nécessaire

- Grâce au marquage radioactif des acides aminés, on peut localiser la **synthèse des protéines dans le cytoplasme**. Or, l'information génétique portée par l'ADN est localisée dans le noyau.
- **L'ADN, une macromolécule, est incapable de traverser la membrane du noyau pour se déplacer dans le cytoplasme.**
- Ces informations laissent supposer qu'il existe un intermédiaire entre l'ADN, porteur de l'information génétique, et la protéine correspondante.

B L'ARN, un acide nucléique porteur d'information génétique

- Dans des conditions expérimentales, une cellule dépourvue d'ADN (ayant perdu son noyau) peut fabriquer des protéines à condition qu'on injecte dans son cytoplasme un autre acide nucléique, l'ARN (acide ribonucléique).
- L'ARN est un acide nucléique formé **d'une seule chaîne.** Celle-ci est constituée d'un assemblage de nucléotides dont le sucre est différent de celui de l'ADN (du **ribose** au lieu du désoxyribose).
- Au nombre de quatre, ces nucléotides se distinguent par leur base azotée : l'adénine, la guanine, la cytosine et **l'uracile**. Cette dernière remplace la thymine présente dans l'ADN.

Doc. Comparaison entre l'ADN et l'ARN

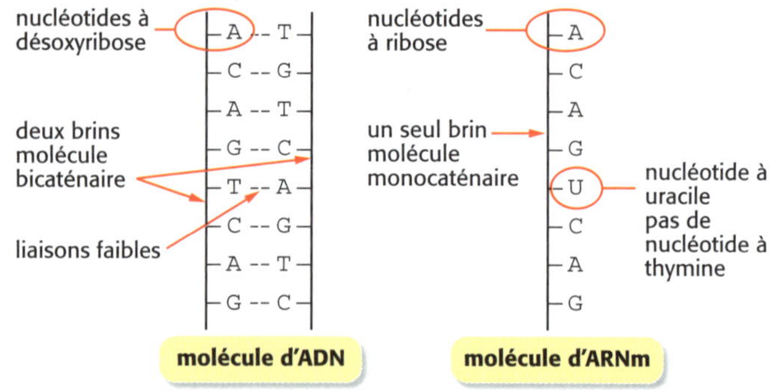

- L'ARN a une taille plus courte et une durée de vie plus brève que l'ADN.
- Malgré la présence d'un seul brin, les bases de l'ARN sont capables de s'apparier à d'autres selon les mêmes lois de la complémentarité **:** la guanine avec la cytosine, l'adénine avec l'uracile.
- L'ARN est capable de traverser la membrane du noyau pour passer dans le cytoplasme. Pour cette raison, on le nomme ARN messager (ARNm) ou ARN pré-messager, selon les cas.

La transcription et la maturation de l'ARN

96

Lue Relue Apprise

Pour être exprimée, l'information génétique est d'abord transcrite en un intermédiaire, l'ARN pré-messager, qui subit une maturation avant d'être transformé en ARN messager.

1 La transcription de l'ADN en ARN pré-messager dans le noyau

Lexique

Transcription : synthèse de l'ARN pré-messager.

- Lors de la **transcription**, de l'ARN pré-messager est formé dans le noyau à partir de l'ADN.
- La molécule d'ADN s'ouvre sous l'action d'une enzyme : ses deux brins se séparent, ce qui permet la fixation d'une **ARN polymérase**. Cette enzyme glisse le long d'un brin d'ADN, le brin transcrit, tandis qu'elle lit sa séquence en nucléotides.
- **À chaque nucléotide d'ADN, l'ARN polymérase fait correspondre un nucléotide d'ARN selon la loi de complémentarité des bases.**
- À la fin de la transcription, le brin d'ARN synthétisé se détache, tandis que les deux brins d'ADN se réassocient.
- Au final, la séquence de la molécule d'ARN pré-messager est **complémentaire du brin transcrit** de l'ADN mais identique à celle du brin non transcrit, l'uracile remplaçant néanmoins la thymine.

Doc. **La transcription**

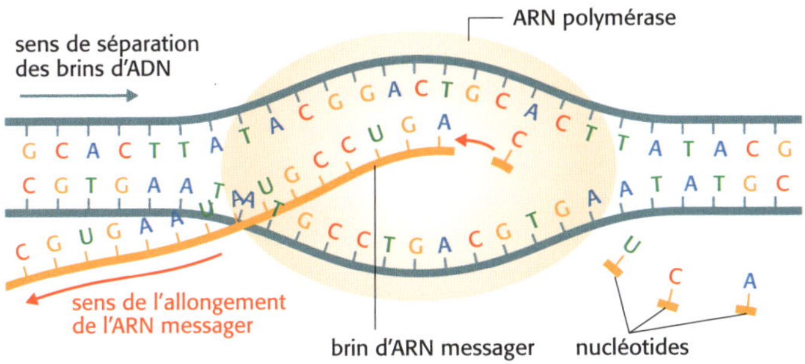

- Plusieurs ARN polymérases se déplacent en même temps sur le fragment d'ADN à transcrire. Plusieurs ARN pré-messagers sont donc synthétisés en même temps à partir du même gène.

2 La maturation de l'ARN pré-messager en ARN messager

A L'épissage

● Après sa synthèse, l'ARN pré-messager n'est pas directement utilisable. En effet, il est constitué d'une alternance de séquences codantes, les **exons,** et de séquences non codantes, les **introns**.

● Les introns sont d'abord éliminés (ou excisés), puis au cours de **l'épissage**, les exons sont réassociés. L'ARN pré-messager est alors transformé en **ARN messager**.

Doc. L'épissage

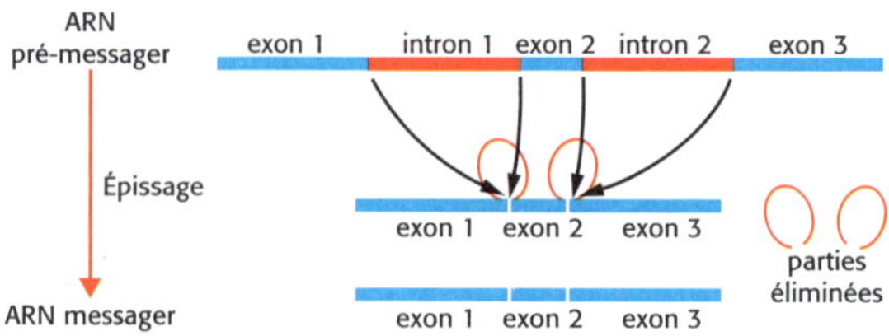

B Un épissage alternatif

● Selon les cellules, les séquences non codantes d'un même ARN pré-messager ne sont pas les mêmes et l'épissage subi est différent. On parle alors **d'épissage alternatif.**

● **Un même ARN pré-messager peut donc donner plusieurs ARN messagers** différents. Un même gène peut donc être à l'origine de plusieurs protéines.

Doc. L'épissage alternatif

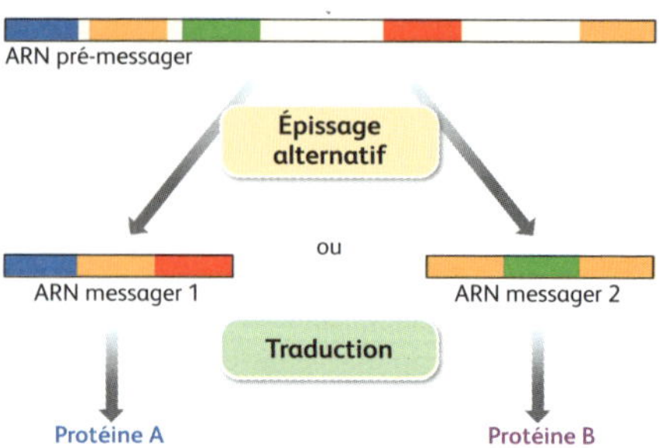

La traduction de l'ARN messager en protéines

97

Lue Relue Apprise

Dans le cytoplasme, l'ARN messager est traduit en protéines selon le code génétique.

1 Le code génétique, un système de correspondance

- 20 acides aminés entrent dans la composition des protéines, tandis qu'il y a seulement quatre nucléotides. Une **combinaison de plusieurs nucléotides** est donc nécessaire pour coder **chaque acide aminé**.
- Ainsi, le **code génétique** fait correspondre un acide aminé à une succession de trois nucléotides d'ARN, appelée **codon**.

Lexique

Code génétique : système de correspondance entre le langage nucléotidique et les acides aminés.

Codon : suite de trois nucléotides d'ARN correspondant à un acide aminé.

- Il existe 64 combinaisons différentes de trois nucléotides (3^4), c'est-à-dire plusieurs codons pour un même acide aminé : le code génétique est dit « **redondant** ».
- En revanche, un même codon ne code que pour un seul acide aminé. Le code génétique n'est pas **ambigu**.
- Le code génétique est le même chez tous les êtres vivants. Il est **universel**.

2 le déroulement de la traduction

- La **traduction** de l'information génétique en protéines se déroule dans le **cytoplasme** en présence de deux acteurs principaux : l'ARNm et les **ribosomes**.
- Les ribosomes sont constitués de deux sous-unités qui se fixent sur l'ARNm au niveau d'un codon particulier à partir duquel débute la traduction : le codon **initiateur** (AUG).
- Le ribosome se déplace ensuite le long de l'ARNm en lisant les nucléotides trois par trois, c'est-à-dire codon par codon. À chacun, le ribosome **fait correspondre un acide aminé spécifique**.
- À mesure que le ribosome glisse le long de l'ARN messager, **la chaîne polypeptidique**

Lexique

Traduction : synthèse d'une chaîne protéique à partir de l'information contenue dans l'ARN messager.

Ribosomes : éléments cytoplasmiques assurant la traduction.

Chaîne polypeptidique : chaîne d'acides aminés reliés entre eux par des liaisons peptidiques. Une protéine peut être composée d'une ou de plusieurs chaînes polypeptidiques.

s'allonge. Des **liaisons peptidiques** s'établissent entre les acides aminés : c'est **l'élongation**.

- Plusieurs ribosomes peuvent se succéder sur le même ARN messager, ce qui permet la synthèse simultanée de nombreuses protéines.
- Il existe trois **codons « STOP »** auxquels ne correspond aucun acide aminé (UAA, UAG et UGA).
- Lorsqu'un ribosome arrive devant un de ces codons STOP, l'élongation est bloquée et la traduction se termine. Les deux sous-unités des ribosomes se séparent, se décrochent de l'ARN messager et la chaîne polypeptidique est libérée dans le cytoplasme : c'est la terminaison.
- La chaîne polypeptidique peut s'assembler à d'autres pour former une protéine, migrer à l'intérieur ou vers l'extérieur de la cellule.

Doc. La traduction

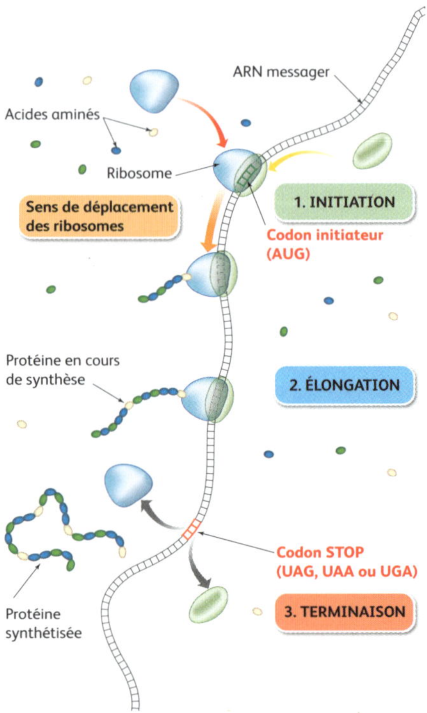

Le phénotype, une expression du génotype

98

Lue Relue Apprise

Les protéines sont responsables des caractères d'un individu, c'est-à-dire de son phénotype. Ce dernier dépend de l'expression des gènes mais aussi des facteurs de l'environnement.

1 Du génotype au phénotype

A Un phénotype à différentes échelles

- Le phénotype peut s'étudier à travers l'exemple d'une maladie génétique, la **drépanocytose**.
- Celle-ci est caractérisée par des signes comme des essoufflements, une grande fatigue et une **anémie**. L'ensemble de ces signes observables à l'échelle de l'organisme définit le **phénotype macroscopique.**
- Les **hématies** d'un individu atteint de drépanocytose sont **déformées**, en forme de faucille, d'où le nom d'anémie falciforme donnée à la maladie. Le phénotype s'observe donc aussi à **l'échelle cellulaire.**

Lexique

Anémie : diminution du nombre de globules rouges.

Hématie : globule rouge.

Hémoglobine : protéine présente dans les globules rouges, responsable du transport de dioxygène dans le sang.

- La déformation des hématies s'explique par la présence de fibres formées par **l'hémoglobine,** du fait d'une modification de sa séquence.
- **Ainsi, le phénotype** d'un individu dépend de ses **protéines**. Celles-ci définissent les caractéristiques des cellules et, par conséquent, des organes et de l'organisme. L'hémoglobine ainsi modifiée correspond au **phénotype moléculaire**.

Doc. Hématies d'un individu sain et d'un individu drépanocytaire

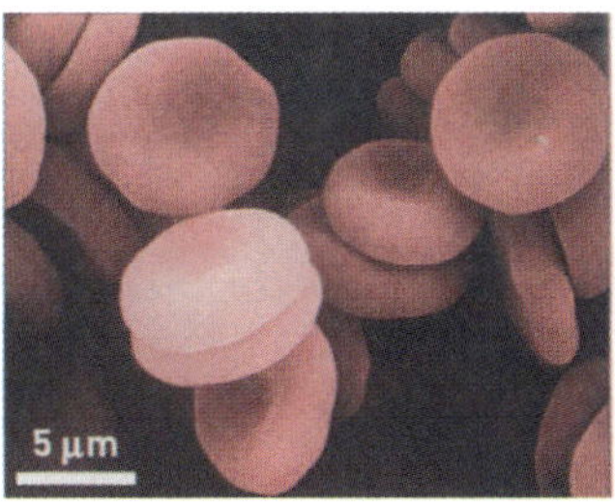

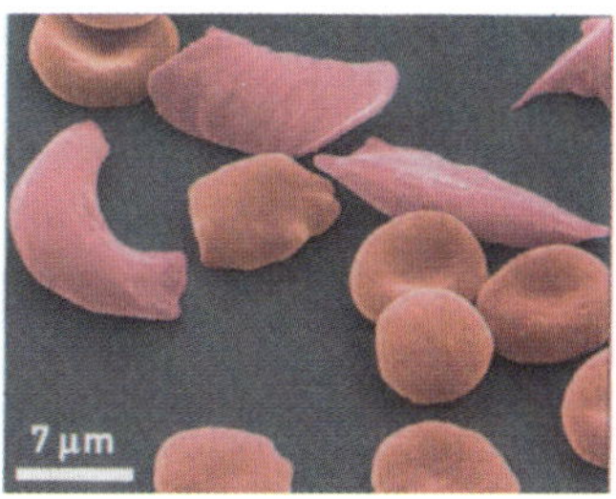

B Une expression du génotype

- Chaque protéine est une molécule séquencée résultant de l'expression d'un gène. Selon les allèles présents chez un individu, c'est-à-dire son **génotype**, la séquence d'une protéine donnée peut être plus ou moins modifiée.

Lexique

Génotype : ensemble des allèles d'un individu.

- Ainsi, dans le cas de la drépanocytose, la présence **d'allèles mutés** du gène de l'hémoglobine entraîne la synthèse d'une hémoglobine anormale.
- Le phénotype résulte donc de **l'expression du génotype**.

2 Une expression variable des gènes

- Les cellules de l'organisme sont **différenciées**, spécialisées dans une fonction : elles possèdent des structures et des molécules particulières responsables de leur phénotype. Par exemple, seules les cellules pancréatiques synthétisent de l'insuline.
- Pourtant, **toutes les cellules contiennent la même information génétique**, identique à celle de la cellule-œuf. Néanmoins, **seule une partie des gènes s'exprime** dans une cellule donnée.
- En effet, au cours du développement, des **facteurs internes** stimulent l'expression de certains gènes et engagent la cellule dans une **voie de différenciation particulière** comme, par exemple, la transformation en hématie.
- Il existe à proximité des gènes des **séquences régulatrices** qui contrôlent leur expression.

Remarque

Les expériences de clonage montrent que toutes les cellules contiennent la même information génétique. Une cellule déjà différenciée est en effet capable de reconstituer un individu complet, avec tous ses types cellulaires.

- Par exemple, l'expression du **gène de la lactase** est inhibée chez la plupart des individus à l'âge adulte par une séquence régulatrice. Chez certains individus, une mutation touche cette séquence régulatrice et le gène de la lactase continue à s'exprimer à l'âge adulte.

3 L'influence de l'environnement

- Certains gènes, au contraire, ne sont exprimés que si la cellule reçoit des **signaux externes déclenchant la transcription**.
- Par exemple, une baisse de la teneur en oxygène de l'air entraîne une élévation de la quantité d'hémoglobine et d'hématies dans le sang.
- Le phénotype résulte donc de l'expression du génotype, modulée par l'influence de l'environnement.

Les enzymes, des molécules essentielles à la vie cellulaire

99

Lue Relue Apprise

Selon la spécialisation des cellules, différentes enzymes sont synthétisées. Ce sont des molécules spécifiques qui facilitent le déroulement de réactions chimiques.

1 Les enzymes, des catalyseurs spécifiques

A Des réactions facilitées par les enzymes

- Les cellules des glandes salivaires et celles du pancréas synthétisent une enzyme digestive, l'amylase. Celle-ci catalyse l'**hydrolyse** de l'amidon, c'est-à-dire sa fragmentation en molécules de glucose, selon la réaction :

$$(C_6H_{12}O_5)n + n\ H_2O \rightarrow n\ C_6H_{12}O_6$$

Lexique

Hydrolyse : réaction chimique au cours de laquelle une molécule est fragmentée sous l'action de l'eau.

Catalyseur : substance qui accélère le déroulement d'une réaction.

Doc. **Hydrolyse d'une molécule d'amidon**

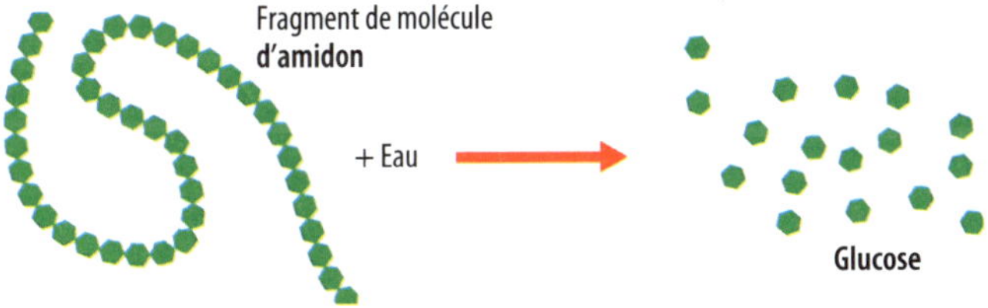

- En absence d'amylase, la réaction digestive pourrait théoriquement avoir lieu mais à une vitesse si faible que ses effets seraient nuls. En effet, l'enzyme est un **catalyseur** : elle **favorise et accélère le déroulement de la réaction** en abaissant l'énergie nécessaire à son déroulement.
- Les enzymes agissent à **faible concentration** mais à **grande vitesse**. À la fin de la réaction, une enzyme est **récupérée intacte**. Sa quantité initiale est conservée.

B Une spécificité de réaction et de substrat

- Selon les cellules, il existe une grande variété d'enzymes qui catalysent des **réactions biochimiques diverses** : de dégradation, de synthèse, d'oxydoréduction, de transformation.... **Toutes les réactions cellulaires nécessitent des enzymes.**

Remarque

L'ARN polymérase catalyse une réaction spécifique : la synthèse d'ARN. Elle permet l'assemblage (la polymérisation) de ribonucléotides (nucléotides à ARN) en se fixant sur une matrice d'ADN.

● Chaque enzyme est **spécifique d'une réaction** chimique. Ainsi, l'amylase catalyse l'hydrolyse de l'amidon mais pas sa synthèse : c'est une hydrolase.

● Il existe ainsi différentes catégories d'enzymes : des oxydases, des synthases...

● Une enzyme est aussi **spécifique d'un substrat** : l'amylase n'agit que sur l'amidon et pas sur un autre glucide.

Lexique

Substrat : molécule qui est transformée par une enzyme.

2 Les enzymes, des catalyseurs biologiques

● L'activité des enzymes **dépend de la température** du milieu : elle est maximale à environ 40 °C, en général, puis de plus en plus faible lorsque la température s'éloigne dans un sens ou dans l'autre de cette valeur.

● À 0 °C, une enzyme est inactive mais elle retrouve son activité si on élève la température. En revanche, la perte d'activité est irréversible après un passage à une température supérieure à 60 °C.

Doc. Influence de la température sur l'activité enzymatique

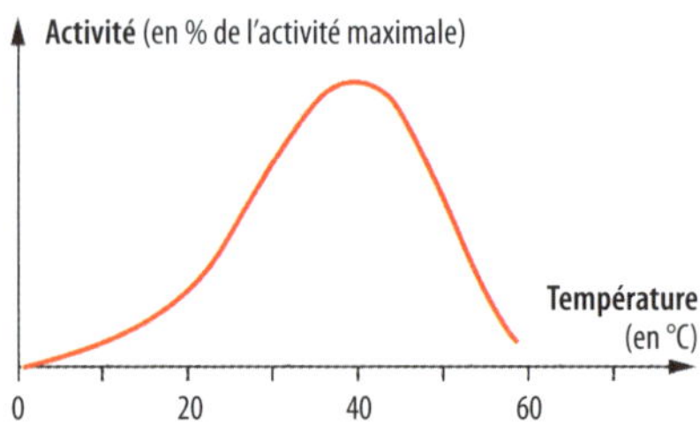

● L'activité des enzymes dépend aussi du pH. Chaque enzyme agit dans des conditions de pH limitées, avec un optimum de pH variable d'une enzyme à l'autre. Par exemple, l'amylase n'agit qu'à pH neutre et les enzymes gastriques n'agissent qu'à pH acide.

● Ainsi, les enzymes sont actives dans des conditions compatibles avec la vie : ce sont des **catalyseurs biologiques**.

Le mode d'action des enzymes 100

Lue Relue Apprise

Lors de la réaction enzymatique, un complexe enzyme-substrat transitoire se forme. Il permet la transformation du substrat en produit.

1 La vitesse de la réaction enzymatique

- L'activité d'une enzyme peut être mesurée par la quantité de **produit** formé au cours du temps. Celle-ci augmente, au cours du temps puis devient constante. Tout le substrat est alors transformé en produit.
- La **vitesse de la réaction** peut être mesurée par la pente de la courbe qui traduit la formation de produit au cours du temps. Elle est maximale au début de la réaction, puis diminue pour devenir nulle en fin de réaction.

Lexique

Produit : molécule résultant de la transformation du substrat par l'enzyme.

Vitesse de la réaction : quantité de produit formée par unité de temps.

Doc. Mesure de la vitesse d'une réaction enzymatique

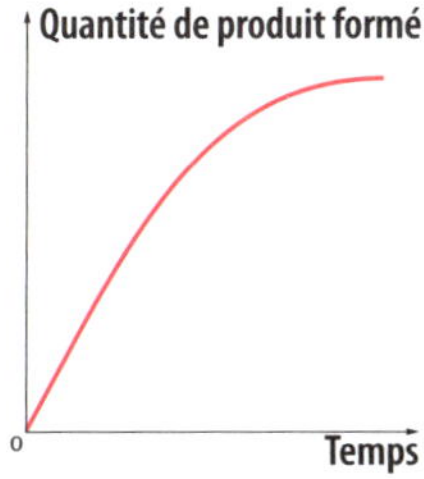

- La **vitesse de la réaction augmente** proportionnellement avec la **quantité d'enzyme**. Elle augmente également avec la **quantité de substrat**.

Doc. Influence de la quantité d'enzyme (a) et de substrat (b) sur la vitesse de réaction enzymatique

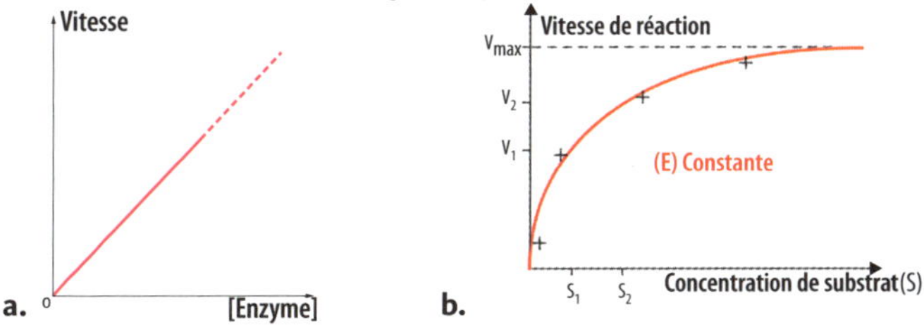

● Au-delà d'une certaine quantité de substrat, la vitesse reste constante quelle que soit la concentration en substrat.

2 La formation d'un complexe enzyme-substrat

A Une association réversible entre l'enzyme et le substrat

● Comme la vitesse de réaction est proportionnelle à la concentration en enzyme, on peut penser que celle-ci participe à la réaction.

● Enfin, comme au-delà d'une certaine concentration en substrat, la vitesse n'augmente plus, tout se passe comme si l'enzyme était **saturée**.

● Ainsi, **substrat et enzyme agissent molécule à molécule pour former un complexe réversible, le complexe enzyme-substrat**.

● Une fois ce complexe formé, le substrat est transformé en produit.

● Ce dernier est alors immédiatement libéré par l'enzyme qui devient disponible pour fixer un nouveau substrat.

● On peut résumer ces étapes de la façon suivante :

$$E + S \rightarrow ES \rightarrow E + P.$$

● Comme les enzymes agissent à grande vitesse et ne sont pas transformées après la réaction, cela explique qu'elles agissent à faible concentration.

Lexique

Complexe enzyme-substrat : association transitoire d'une enzyme et de son substrat.

Site de fixation : région de l'enzyme au niveau de laquelle se fixe le substrat.

Site catalytique : région de l'enzyme qui interagit avec le substrat pour le transformer en produit.

B Le site actif de l'enzyme

● Le substrat se fixe sur l'enzyme au niveau d'un **site de fixation** spécifique dont la forme est **complémentaire** de celle du substrat.

● Ainsi positionné, le substrat interagit avec une région de l'enzyme, le **site catalytique**. Il est alors transformé en produit.

● Site de fixation et site catalytique constituent le **site actif** de l'enzyme.

Doc. La formation d'un complexe enzyme-substrat

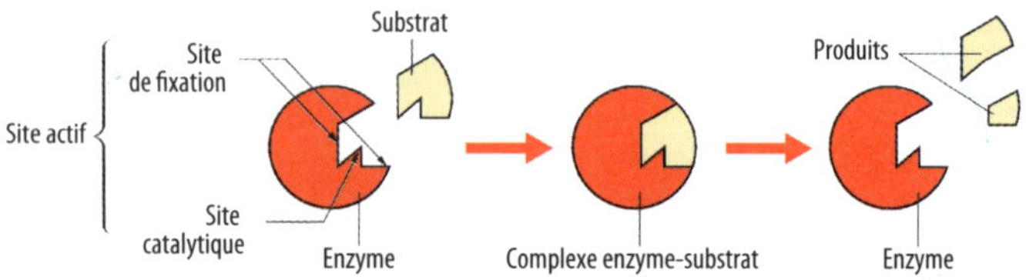

Les enzymes, des protéines issues de l'expression génétique 101

Lue Relue Apprise

L'activité d'une enzyme est conditionnée par sa forme tridimensionnelle qui elle-même dépend de sa séquence en acides aminés.

1 Un mode d'action lié à une forme tridimensionnelle

A Une forme complémentaire de celle du substrat

- Une enzyme est une **protéine**, c'est-à-dire une **chaîne d'acides aminés** dont les replis dans l'espace lui donne une forme propre appelée configuration spatiale.
- Ces replis sont établis par des liaisons faibles, comme les liaisons hydrogènes. Par ailleurs, ces liaisons faibles peuvent être stabilisées par des liaisons covalentes.
- La forme tridimensionnelle de l'enzyme est primordiale pour la réalisation de sa fonction. En effet, son site de fixation a une forme complémentaire de celle du substrat. Ceci explique d'ailleurs la **spécificité** du substrat reconnu.
- Certaines substances dont la forme est voisine de celle du substrat peuvent se fixer plus ou moins réversiblement sur le site de fixation à la place du substrat et inhiber l'action de l'enzyme : ce sont des **inhibiteurs.**

Lexique

Configuration spatiale : forme en trois dimensions (ou structure tridimensionnelle).

Liaison hydrogène : liaison facilement rompue, formée entre un atome d'hydrogène et un autre atome tel que l'oxygène.

B Influence de la température et du pH sur la forme de l'enzyme

- Sous l'effet de variations de la température ou du pH, les liaisons faibles entre acides aminés sont rompues. L'enzyme perd alors sa forme tridimensionnelle et devient inactive.
- Par ailleurs, les liaisons covalentes qui stabilisent la forme de l'enzyme sont détruites à haute température. Dans ce cas, l'enzyme est **dénaturée** de façon irréversible et rendue définitivement inactive.

Remarque

Certains acides aminés sont chargés négativement, d'autres positivement, selon le pH du milieu. Les replis de la chaîne polypeptidique sont ainsi stabilisés par des liaisons ioniques établies entre acides aminés éloignés. Suivant les variations de pH, ces liaisons peuvent être rompues.

2 Une forme imposée par la séquence en acides aminés

A Une forme établie spontanément

- Une expérience menée sur une enzyme, la ribonucléase, a permis de montrer qu'une **enzyme dénaturée retrouve spontanément sa forme native** et son activité après élimination des substances dénaturantes.

Doc. L'expérience d'Afinsen (1961)

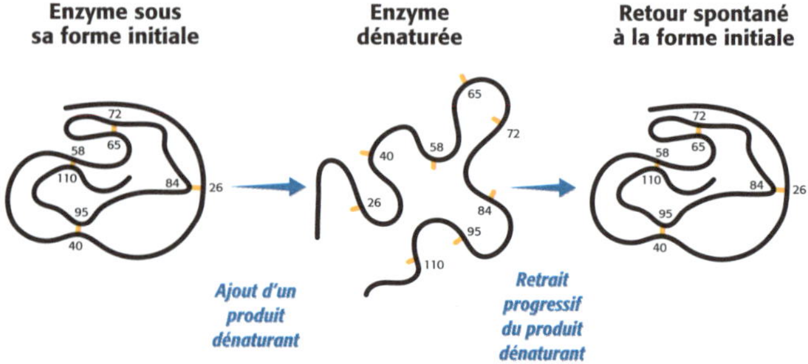

- Cela signifie que la configuration spatiale des enzymes, et notamment la forme du site actif, est déterminée par la **séquence des acides aminés**.
- En effet, la nature de ces acides aminés (**hydrophobes** ou **hydrophiles,** par exemple) et l'ordre dans lequel ils se suivent conditionnent les replis de la chaîne polypeptidique.
- Par ailleurs, l'activité catalytique de l'enzyme dépend de la nature des acides aminés du site catalytique.

Lexique

Hydrophobe : qui repousse l'eau ; les acides aminés hydrophobes se placent vers l'intérieur de la protéine.

Hydrophile : qui établit des liaisons avec l'eau ; les acides aminés hydrophiles restent en surface.

B Une séquence codée par le génome

- La séquence en acides aminés d'une enzyme est **déterminée génétiquement**. Elle est la traduction de l'information codée sous forme d'une séquence de nucléotides dans le gène correspondant.
- Une **mutation** du gène de l'enzyme, en modifiant la structure tridimensionnelle du site actif, rendra le plus souvent l'enzyme inactive, incapable de se lier au substrat et/ou de réagir avec lui.
- Ainsi, les enzymes, comme toutes les protéines, expriment le génotype à travers le phénotype.

L'expression du patrimoine génétique

Révision EXPRESS

Le schéma à retenir

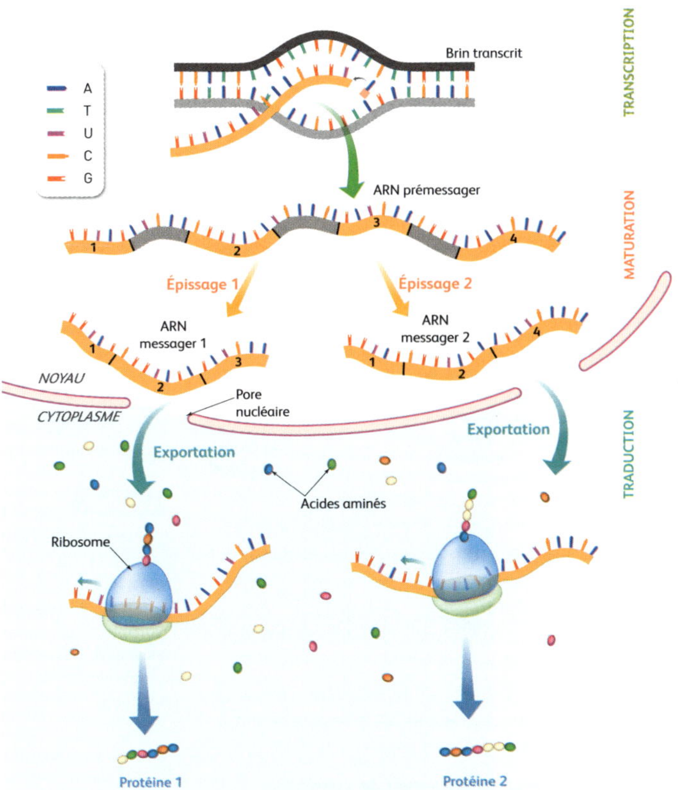

Les points essentiels

- L'information contenue dans l'ADN s'exprime en deux étapes : **la transcription** et **la traduction**.
- Lors de la transcription, des molécules d'ARN sont synthétisées à partir d'un brin de l'ADN, par complémentarité des nucléotides. Après une maturation au cours de laquelle des régions non codantes sont éliminées, **des ARN messagers** sont exportés dans **le cytoplasme**.
- Chaque molécule d'ARNm est constituée d'**une succession de codons** qui seront **traduits en acides aminés** selon un code de correspondance universel, **le code génétique**. La traduction aboutit ainsi à **la synthèse d'une chaîne polypeptidique**.
- **Le phénotype** d'un individu (ses caractères, dépendants de ses protéines) résulte de **l'expression de son génotype**. Celle-ci est par ailleurs régulée sous l'influence de facteurs internes et externes.
- Dans les cellules, des protéines particulières, **les enzymes**, catalysent des réactions chimiques spécifiques en augmentant leur vitesse. **La structure tridimensionnelle** d'une enzyme, déterminée par sa séquence en acides aminés, permet **la fixation d'un substrat**, puis sa transformation en **produit**. Ses propriétés sont donc contrôlées par **le génotype**, selon une expression propre à chaque type de cellule.

Mémo'Quiz

1. La synthèse d'ARN se déroule dans le cytoplasme.
❑ Vrai ❑ Faux

2. Chaque acide aminé est codé par un seul codon.
❑ Vrai ❑ Faux

3. Au cours d'une réaction enzymatique, un produit est transformé en substrat.
❑ Vrai ❑ Faux

4. La forme tridimensionnelle d'une protéine est déterminée par sa séquence.
❑ Vrai ❑ Faux

5. Le génotype dépend à la fois du phénotype et de l'environnement.
❑ Vrai ❑ Faux

→ corrigés p. 308

La croûte terrestre, accessible à l'observation directe

102

Lue Relue Apprise

La croûte est la partie la plus superficielle du globe. On distingue une croûte continentale et une croûte océanique de composition et d'épaisseur différentes.

1 Des contrastes entre les continents et les océans

- La répartition des reliefs terrestres décrit une **courbe bimodale** : un maximum à plus de 100 m d'altitude correspond aux continents et un autre à - 4 500 m correspond aux **plaines abyssales** des océans.

Lexique

Courbe bimodale : courbe présentant deux pics, ce qui indique l'existence de deux catégories distinctes pour la variable mesurée.

Plaines abyssales : grands fonds océaniques, situés en général entre 5 000 et 6 000 mètres de profondeur.

Doc. Distributions des altitudes à la surface de la Terre

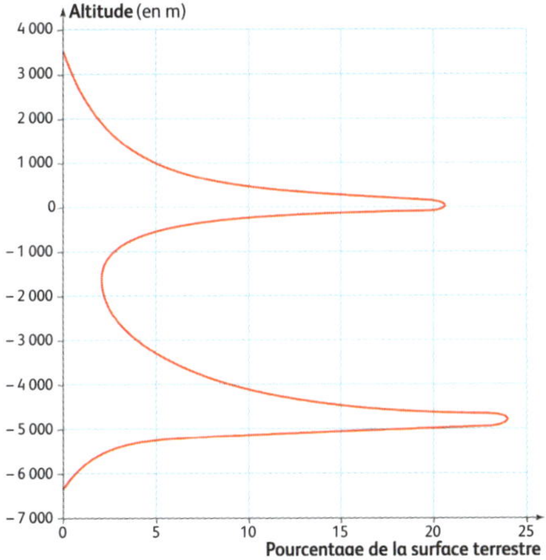

- Si océans et continents formaient un ensemble homogène, c'est-à-dire s'il n'existait qu'une seule et même croûte terrestre, la variation des altitudes serait progressive, des plus élevées vers les plus basses avec un seul pic.
- La distribution bimodale des altitudes suggère au contraire **une différence de nature entre océans et continents** et, par conséquent, **deux types de croûtes**.

2 Des croûtes d'épaisseur et de composition différentes

A La croûte continentale

- La croûte continentale se compose d'une couverture de **roches sédimentaires** (argiles, calcaires, sables, grès...) reposant sur un **socle** constitué de roches cristallisées, des **roches magmatiques** (voir la fiche 14) et **métamorphiques**.
- Le **granite** (voir la fiche 14) est l'une des roches les plus représentatives de la croûte continentale. C'est une roche formée en profondeur que l'érosion de la couverture sédimentaire peut faire affleurer en surface.
- Les techniques de **sismique réflexion** permettent d'évaluer l'épaisseur de la croûte continentale. Elle est en **moyenne de 30 km** et peut atteindre 70 km sous les chaînes de montagne.
- La **densité moyenne** de la croûte continentale, estimée à partir des roches qui la composent, est estimée à **2.7**.

B La croûte océanique

- La croûte océanique fait suite à la croûte continentale au niveau d'une **zone de transition** appelée **marge** continentale.
- Elle est composée d'une couche de sédiments d'épaisseur variable sous laquelle on trouve du **basalte** et, plus en profondeur, du **gabbro** ; toutes deux étant des roches magmatiques (voir la fiche 14).
- La croûte océanique est **plus fine** que la croûte continentale : son épaisseur varie de 7 à 12 km.
- En revanche, la **densité moyenne** de la croûte océanique, de l'ordre de **2.9**, est supérieure à celle de la croûte continentale.

Lexique

Roches sédimentaires : roches formées par dépôt de particules (les sédiments). Elles forment ainsi des couches superposées.

Roches métamorphiques : roches issues de la transformation de roches préexistantes.

Remarque

La sismique réflexion est une technique qui consiste à émettre des ondes sismiques dans la croûte, puis à les recueillir après leur traversée et leur réflexion afin d'obtenir des informations sur les couches rencontrées.

Lexique

Marge : limite géologique entre l'océan et le continent, caractérisée par le passage de la lithosphère océanique à la lithosphère continentale.

Des roches magmatiques plutoniques et volcaniques

103

Lue Relue Apprise

Toutes les roches magmatiques de la croûte résultent du refroidissement d'un magma, mais ce refroidissement peut avoir eu lieu dans des conditions différentes.

1 Des roches magmatiques plutoniques

A Le granite

- L'observation d'un granite à l'œil nu, ou sur une lame mince au microscope, montre qu'il est composé de **cristaux jointifs** de grande taille. La roche, **entièrement cristallisée**, présente une **structure grenue**.

Lexique

Structure grenue : caractérise une roche entièrement composée de cristaux visibles à l'œil nu.

Roche plutonique : roche issue d'un magma ayant refroidi lentement en profondeur.

Doc. Lame mince de granite observée au microscope polarisant

En haut : Feldspath
Au milieu : Quartz
En bas : Mica

- Le granite est une roche **magmatique** : ses cristaux se forment lors du **refroidissement d'un magma**. La grande taille des cristaux et la structure grenue de la roche témoignent d'un **refroidissement lent**, à température relativement élevée, à quelques kilomètres de **profondeur**. Le granite, formé en profondeur, est donc une **roche plutonique**.
- Les principaux cristaux du granite sont le **quartz**, les **feldspaths** (des plagioclases et/ou de l'orthose) et les **micas**.

B Le gabbro

- Le gabbro de la croûte océanique, lui aussi entièrement cristallisé, est pour les mêmes raisons une roche magmatique plutonique.
- Ses principaux cristaux sont des feldspaths (plagioclases), des pyroxènes et, plus rarement, de l'olivine.

2 Le basalte, une roche magmatique volcanique

- À l'œil nu, le basalte semble dépourvu de cristaux. En revanche, au microscope, il apparaît formé de cristaux de très petite taille, les **microlites**, et de quelques rares **phénocristaux** noyés dans une pâte vitreuse non cristallisée (ou **verre**).
- La structure microlitique du basalte témoigne du **refroidissement rapide** d'un magma à **basse température**, ce qui n'a pas laissé le temps aux cristaux de se développer. Le magma s'est refroidi à la **surface** de la croûte océanique, sous l'eau.
- Le basalte est une **roche volcanique**. Ses microlites ont cristallisé pendant la remontée du magma, dans la cheminée volcanique, tandis que les gros cristaux se sont formés dans la chambre magmatique, à une température relativement élevée.

Lexique

Microlites : cristaux de très petite taille, en forme de baguettes.

Phénocristaux : cristaux visibles à l'œil nu.

Verre : pâte non cristallisée.

Roche volcanique : roche issue du refroidissement rapide d'un magma en surface.

Doc. Gabbro (gauche) et basalte (droite) observés au microscope en lumière polarisée analysée (LPA).

- Le basalte a la **même composition minéralogique que le gabbro** (il est composé des mêmes minéraux) : plagioclases, pyroxènes et quelques cristaux d'olivine.
- Basalte et gabbro ont donc la **même composition chimique** et sont issus du **même magma**.

Les ondes sismiques, utiles pour l'étude du globe

104

Lue Relue Apprise

Pour connaître la structure profonde du globe, on utilise les ondes sismiques. Elles voyagent en profondeur et leur comportement varie selon les roches traversées.

1 Des ondes sismiques propagées dans toutes les directions

- Au cours d'un séisme, la **rupture** de roches en profondeur au niveau du foyer libère de **l'énergie** dont une partie se propage dans toutes les directions sous forme **d'ondes sismiques**.
- Ainsi, les ondes sismiques peuvent être recueillies et enregistrées sous forme de **sismogramme** dans des stations réparties sur toute la surface du globe.
- Plus la station d'enregistrement est éloignée de l'épicentre du séisme, plus les ondes ont circulé **en profondeur** pour y arriver.

Lexique

Foyer : lieu de naissance d'un séisme, situé en profondeur (généralement entre 10 et 100 km).

Sismogramme : enregistrement des ondes sismiques.

Épicentre : zone de la surface située à la verticale du foyer.

Doc. Un sismogramme

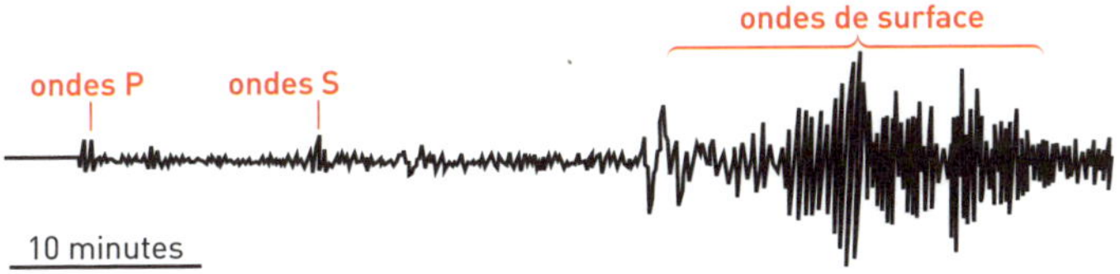

- On distingue trois catégories d'ondes sismiques :
  - les **ondes P ou « premières »**, les plus rapides, qui se propagent en **compressant** et décompressant les roches ;
  - les **ondes** S ou « secondes » qui cisaillent la matière et sont **incapables de se déplacer dans les liquides ;**
  - les ondes L ou « longues », plus lentes, qui ne se déplacent qu'en surface et sont sans intérêt pour connaître la structure profonde du globe.

2 Un comportement différent selon les roches traversées

A Une vitesse variable selon les caractéristiques des roches

- Des études menées en laboratoire montrent que la vitesse des ondes varie selon la **composition** des roches traversées. On peut ainsi identifier la nature des roches profondes du globe en comparant la vitesse des ondes mesurée à une certaine profondeur avec celle correspondant à une roche donnée.
- Un **brusque changement de vitesse** traduit l'existence d'une discontinuité, c'est-à-dire un changement de milieu.
- La vitesse des ondes dépend également des **propriétés physiques** des roches traversées. Ainsi, les ondes ralentissent si le milieu devient plus déformable. En revanche, quand la pression augmente (la roche est à la fois moins déformable et plus dense) les ondes accélèrent.
- Une modification des caractéristiques physiques au sein d'une même roche se traduit par une **variation progressive** de la vitesse des ondes qui la traversent.

Lexique

Discontinuité : limite entre deux couches de nature différente.

B Des changements de direction

- En passant d'un milieu à l'autre, une onde rencontre une surface de discontinuité et change de trajectoire.
- Elle est alors simultanément **réfléchie** vers la surface et **réfractée**, c'est-à-dire déviée en profondeur.

Doc. Trajet des ondes sismiques dans deux milieux différents

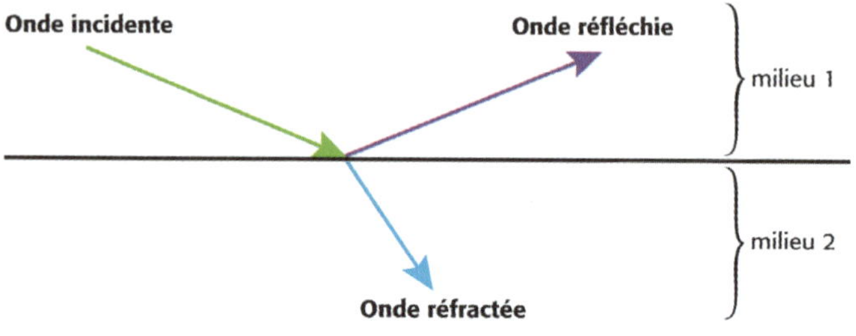

Données des ondes sismiques sur la structure du globe

105

Lue Relue Apprise

Les données sismiques ont permis d'établir un modèle d'organisation du globe en couches concentriques comprenant la croûte, le manteau et le noyau.

1 La croûte et le manteau

A Deux couches de composition différente

- En 1903, à la suite d'un séisme produit à Zagreb, le géophysicien croate André Mohorovicic observe successivement l'arrivée de **deux trains d'ondes P à la même station**. Le même phénomène se produit également pour les ondes S.
- Il conclut à l'existence d'une **surface de discontinuité** au niveau de laquelle les **ondes sont réfléchies et réfractées**. Celle-ci sera baptisée « le **Moho** » et sépare la **croûte superficielle du manteau**.
- La **variation brutale** de la vitesse des ondes (à 30 km de profondeur sous les continents et à 10 km de profondeur sous les océans) confirme que la composition du manteau est différente de celle de la croûte. Il est constitué d'une roche appelée **péridotite.**

Lexique

Moho : surface de discontinuité séparant la croûte du manteau.

Péridotite : roche cristallisée constitutive du manteau terrestre, composée essentiellement d'olivine.

Doc. Variation de la vitesse des ondes P et S sous les continents (a) et les océans (b)

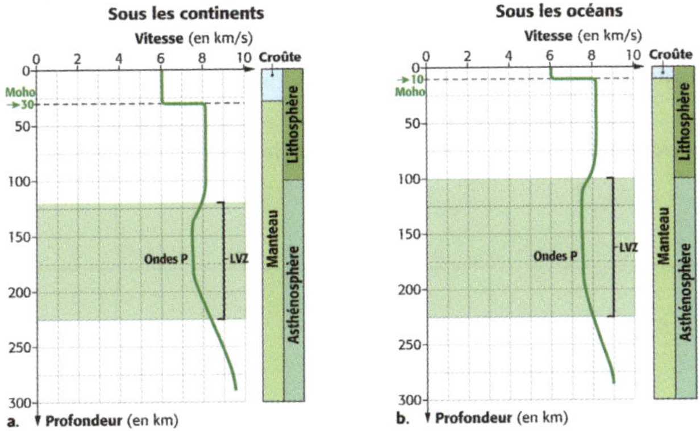

LVZ (Low Velocity Zone) : zone à moindre vitesse.

B Lithosphère et asthénosphère

● Par ailleurs, on constate un **ralentissement progressif** de la vitesse des ondes **entre 100 et 300 km** de profondeur. Il s'explique par une modification des propriétés physiques du manteau qui devient plus **ductile** à cette profondeur.

● Par conséquent, sur la base de caractéristiques physiques, on distingue une **entité rigide superficielle**, la **lithosphère**, constituée de la croûte et d'une partie du manteau jusqu'à environ 100 km de profondeur (plus épaisse au niveau des continents que des océans). Elle recouvre **l'asthénosphère**, une **région du manteau plus ductile**.

Lexique

Ductile : caractérise une matière à l'état solide mais capable de se déformer.

Lithosphère : enveloppe superficielle rigide du globe, composée de la croûte et d'une partie du manteau.

Asthénosphère : partie ductile du manteau située sous la lithosphère.

2 Un noyau profond

● À 2 900 km de profondeur, la vitesse des ondes P décroît brusquement, tandis que les ondes S disparaissent totalement. Cela montre qu'à partir de cette profondeur, la matière devient **liquide** : c'est le **noyau externe**.

● L'existence de cette discontinuité entre le manteau et le noyau est confirmée par une anomalie dans la réception des ondes, appelée **« zone d'ombre »**. Les ondes P ne sont jamais reçues aux stations situées à une distance de 11 500 à 14 500 km de l'épicentre. Pourtant, elles ne sont pas stoppées car elles réapparaissent après 14 500 km. Tout se passe comme si elles étaient déviées, réfractées par une discontinuité que des calculs situent à 2 900 km, c'est-à-dire à la base du manteau.

● La vitesse des ondes P augmente brusquement à 5 100 km, tandis que les ondes S réapparaissent. Cette nouvelle discontinuité indique l'existence d'un **noyau interne**, à l'état **solide**. Ces ondes S se propageant dans le noyau interne proviennent des ondes P dont une partie, en arrivant au noyau interne, se réfracte en ondes S.

Un modèle du globe complété par les données thermiques

106

Lue Relue Apprise

La Terre est traversée par un flux thermique d'origine profonde dont l'intensité varie selon les structures et les phénomènes géologiques observés en surface.

1 Une source d'énergie interne

Lexique

Flux géothermique : quantité de chaleur dissipée à la surface du globe.

Gradient géothermique : variation de la température avec la profondeur.

A Flux et gradient géothermiques

- L'existence de sources d'eau chaude ou de geysers montre que de l'énergie se dissipe de l'intérieur vers la surface du globe.
- Ainsi, la Terre est traversée par un **flux géothermique** qui se mesure par la quantité d'énergie émise par unité de surface (en $W.m^{-2}$).
- La température du globe augmente avec la profondeur, en moyenne de 20 à 30 °C par km. Ce **gradient géothermique** traduit l'existence d'une source d'énergie interne qui, en se dissipant vers la surface, est à l'origine du flux géothermique.

B Une inégale répartition du flux thermique

- Le flux géothermique est inégalement réparti à la surface du globe.
- Il est élevé à l'aplomb des dorsales et plus faible au niveau des fosses océaniques.

Doc. **Flux thermique à la surface du globe**

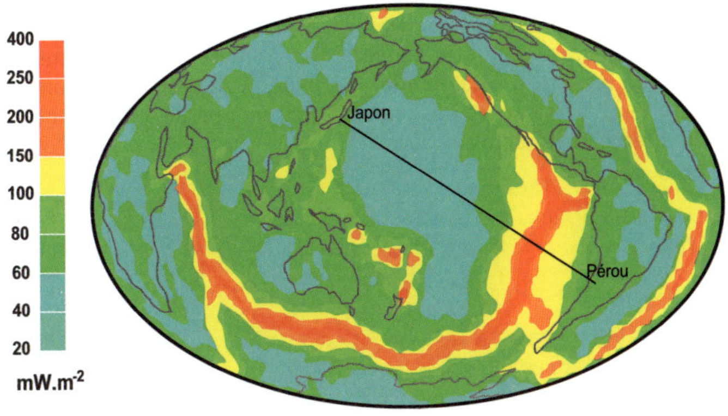

2 La dissipation de la chaleur

A Une variation inégale de la température

- Le gradient géothermique varie selon les couches du globe traversées en profondeur. Dans la **lithosphère**, la forte variation de la température avec la profondeur est à l'origine d'un **gradient géothermique élevé**.
- Au contraire, dans **l'asthénosphère** et le **manteau inférieur**, le gradient géothermique est moins élevé, la **variation de température est plus faible** pour une même différence de profondeur.

Doc. Variation de la température en profondeur

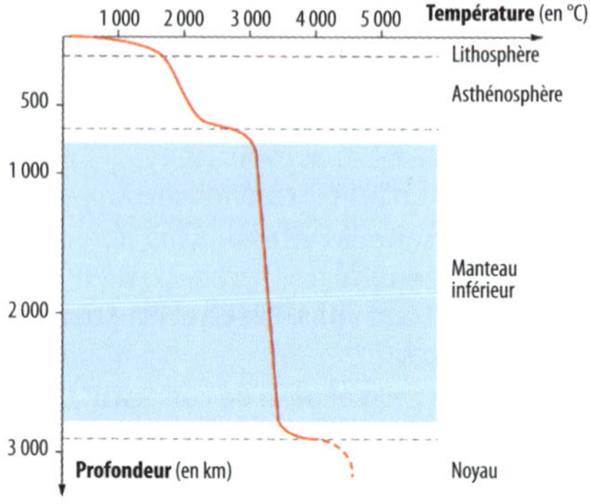

B Conduction et convection

- Les gradients géothermiques inégaux dans la lithosphère et l'asthénosphère s'expliquent par **deux modes différents de transfert thermique**.
- Dans la **lithosphère**, la forte variation de température avec la profondeur indique un transfert de chaleur **peu efficace**. La chaleur se transmet par **conduction**, c'est-à-dire **de proche en proche**, dans la matière immobile. Ce mode de transmission est très lent (50 km en 100 millions d'années).
- **Dans l'asthénosphère**, où la température varie peu selon la profondeur, la chaleur est transmise plus **efficacement** par **convection : elle est portée par la matière en mouvement**.

Remarque

Conduction et convection dépendent des propriétés de la matière. La conduction a lieu dès qu'il existe une différence de température à l'intérieur de la matière. La convection ne se produit que dans les fluides ou les solides ductiles capables de se déformer.

Hétérogénéité du manteau et échanges convectifs

107

Lue Relue Apprise

Les différences de température à l'intérieur du manteau permettent de mettre en évidence des mouvements de matière, à l'origine des phénomènes géologiques qui affectent la Terre.

1 La tomographie sismique et l'étude du globe

- La **tomographie sismique** consiste à mesurer la **vitesse de propagation** des ondes sismiques à l'intérieur d'une couche du globe (à une profondeur donnée, souvent dans le manteau), puis à **comparer les résultats obtenus à ceux attendus.**
- En effet, à une profondeur donnée, on connaît la nature des roches et leurs propriétés physiques. On peut donc prévoir la vitesse de propagation des ondes correspondantes.

Remarque

Le principe de tomographie sismique s'explique par le fait que plus la matière est chaude, moins elle est rigide. Les ondes s'y propagent alors à faible vitesse.

- Si on constate une **anomalie de vitesse** dans une couche donnée, on doit conclure à son **hétérogénéité**. Les roches peuvent donc avoir **localement** une température plus ou moins élevée et être plus ou moins rigides, voire même à l'état de fusion**.**
- La tomographie sismique permet ainsi de concevoir un **modèle en trois dimensions** des hétérogénéités de vitesse sismique, révélatrices de la structure à grande échelle du manteau terrestre.

Doc. Tomographie sismique verticale sous l'arc insulaire des Tonga

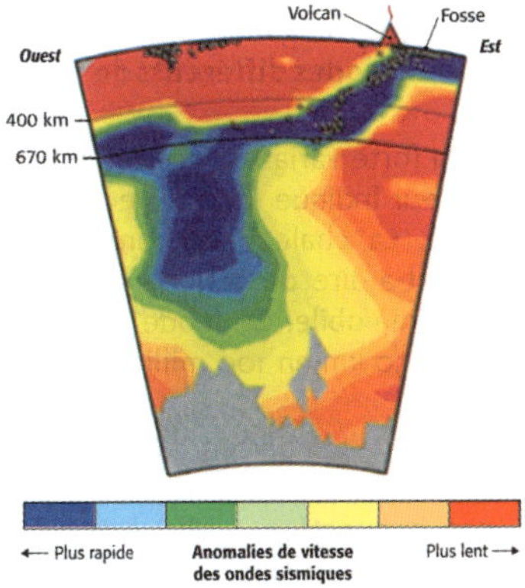

2 Des mouvements de matière dans le manteau

A Une remontée de l'asthénosphère sous les dorsales.

- Le flux thermique est élevé au niveau des dorsales. De plus, l'anomalie négative de vitesse des ondes enregistrée sous les dorsales indique une température plus élevée que la normale.
- Elle s'explique par une remontée de matière chaude et ductile, c'est-à-dire de manteau asthénosphérique.

B La plongée d'un matériau froid au niveau des fosses

- Au niveau des fosses, le flux thermique est plus faible. Par ailleurs, l'anomalie de vitesse mesurée en profondeur est positive.
- Ces données s'interprètent par la plongée d'un matériau froid et rigide provenant des couches superficielles.

C Des cellules de convection

- Ces mouvements verticaux résultent de la dissipation de la **chaleur profonde** du globe, par le biais de mouvements de matière.
- La matière chaude, moins dense, s'élève vers la surface.
- Elle se déplace ensuite horizontalement et, une fois refroidie et devenue plus dense, elle redescend.
- Au sein du manteau, la matière décrit ainsi des boucles, appelées « **cellules de convection** ».
- Ces mouvements de convection dans le manteau sont à l'origine de phénomènes géologiques observés en surface.
- Ainsi, par le biais de ces mouvements de convection, l'énergie thermique est convertie en énergie mécanique : la Terre est une **machine thermique**.

Lexique

Cellules de convection : boucles décrites par la matière chaude ascendante et la matière refroidie qui redescend.

Machine thermique : machine qui convertit l'énergie thermique en énergie mécanique, comme le fait un moteur à combustion.

La structure du globe terrestre

Révision EXPRESS

Le schéma à retenir

Structure du globe jusqu'à 300 km de profondeur

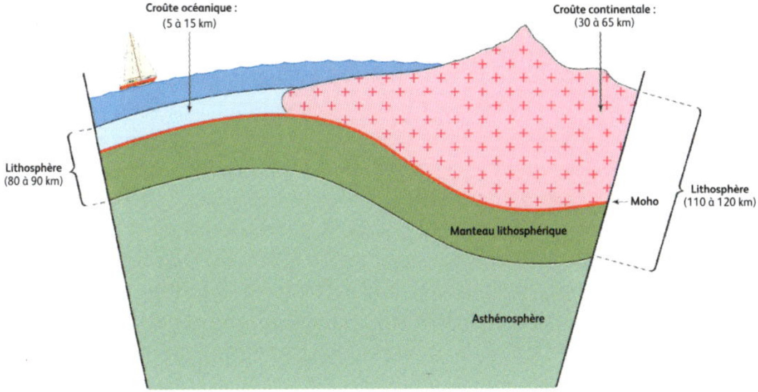

Une organisation en couches concentriques

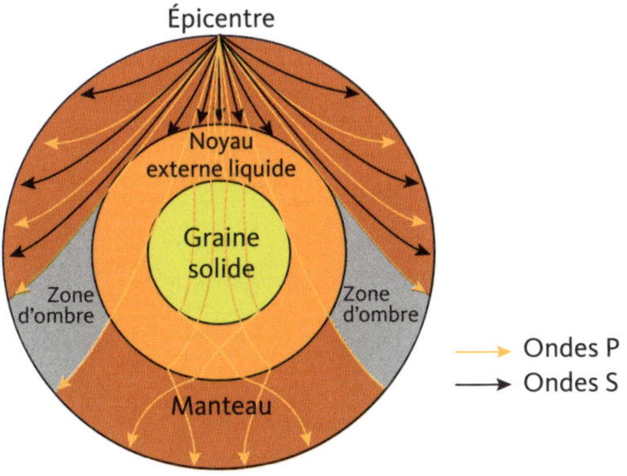

Les points essentiels

- **La croûte continentale**, épaisse de 30 km en moyenne est principalement constituée de granite. Elle se distingue de **la croûte océanique**, épaisse de 7 km, constituée de basaltes surmontant des gabbros.
- Granite, basalte et gabbro sont **des roches magmatiques**. Le granite et le gabbro sont **des roches plutoniques**, formées à partir d'un magma ayant refroidi lentement en profondeur. Le basalte est **une roche volcanique** issue du refroidissement rapide d'un magma en surface.
- Les couches plus profondes du globe sont connues grâce **aux ondes sismiques** qui se propagent en profondeur. Ainsi, une brusque élévation de leur vitesse vers 30 km de profondeur sous les continents et 7 km sous les océans marque **une limite entre la croûte et le manteau** plus profond.
- Une discontinuité à 2 900 km indique **la présence d'un noyau**, comprenant une partie externe liquide et une partie interne solide.
- On distingue par ailleurs **la lithosphère rigide**, englobant la croûte et la partie la plus superficielle du manteau, de **l'asthénosphère solide mais ductile**, située à l'intérieur du manteau.
- De l'intérieur vers la surface, la Terre est traversée par **un flux géothermique** qui correspond à la dissipation de son énergie interne. **Des mouvements de convection** dans le manteau sont à l'origine de phénomènes géologiques observés en surface.

Mémo'Quiz

1. Le gabbro est une roche magmatique plutonique.
❑ Vrai ❑ Faux

2. Le manteau est composé de basalte.
❑ Vrai ❑ Faux

3. La lithosphère a une épaisseur d'environ 30 km.
❑ Vrai ❑ Faux

4. Les ondes sismiques :
a. sont réfléchies par une discontinuité.
b. changent de vitesse en changeant de milieu.
c. sont ralenties quand le milieu devient plus rigide.

5. Le flux géothermique est également réparti à la surface de la Terre.
❑ Vrai ❑ Faux

→ corrigés p. 308

Une lithosphère découpée en plaques mobiles

108

Lue Relue Apprise

La surface de la Terre est découpée en plaques rigides. Ce sont des portions de lithosphère en mouvement.

1 La surface de la Terre découpée en plaques

A Des limites actives

Remarque

Les reliefs positifs sont des chaînes de montagnes.

Les reliefs négatifs correspondent à des fosses océaniques.

● **L'activité** du globe (séismes et volcanisme) se répartit le long **d'étroites bandes** qui se relaient sur toute sa surface et dont la distribution **se superpose à celle de relief**s, positifs ou négatifs. Ces reliefs peuvent être désignés ainsi :

– les **dorsales océaniques** (comme la dorsale médio-Atlantique et la dorsale Pacifique), dont les reliefs sont situés à 2 500 m sous le niveau de la mer ;

– les **fosses océaniques**. Pouvant atteindre 11 km de profondeur, elles sont **intra-océaniques** (comme celle des Mariannes) ou situées **en bordure de continent** (fosse du Pérou ou fosse du Japon). Dans ce dernier cas, elles sont associées à des chaînes de montagnes (la Cordillère des Andes, pour le Pérou).

● Ces **zones actives délimitent les frontières de vastes zones inactives** : les **plaques.**

B Le modèle de la Tectonique des plaques

Lexique

Plaque : portion de lithosphère en mouvement.

Tectonique : étude des déformations relatives aux mouvements.

● En 1968, Xavier Le Pichon construit un **modèle cohérent** à partir de différentes observations : le modèle de « la **Tectonique des plaques ».**

● Selon ce modèle, les plaques sont des **calottes sphériques de lithosphère rigide** dont les bords sont intensément déformés.

● On dénombre ainsi **douze plaques lithosphériques** d'une centaine de kilomètres d'épaisseur.

● Les plaques peuvent être **océaniques** (Pacifique), **océaniques et continentales** (Eurasienne), mais **jamais uniquement continentale**.

● Quand une limite de plaque correspond à une marge (côte ouest Pacifique), il s'agit alors d'une **marge active**, caractérisée par une intense activité sismique et volcanique.

● Enfin, les plaques **se déplacent à la surface** du globe. Les manifestations d'activité de la Terre seraient ainsi liées aux mouvements des plaques, tout comme les déformations observées aux frontières des plaques.

2 Les mouvement des plaques

● Les **déformations** des roches au niveau des frontières des plaques ont permis de déterminer leurs mouvements. Ceux-ci ont été ensuite confirmés par différentes méthodes (voir la fiche 20).

● Au niveau des **dorsales** la présence de nombreuses failles normales **témoigne d'une structure en extension.**

● Ainsi, les dorsales sont des frontières au niveau desquelles deux plaques **divergent**.

● Au niveau des fosses, on observe des déformations des roches liées à une compression, comme des failles inverses.

● On peut donc en déduire qu'au niveau d'une fosse, deux plaques **convergent.**

Lexique

Failles normales : cassures survenant à la suite d'une extension. Les deux compartiments qui en résultent sont tirés dans des directions opposées.

Failles inverses : cassures survenant à la suite d'une compression. Les deux compartiments qui en résultent glissent l'un sur l'autre, ce qui entraîne le raccourcissement des terrains impliqués.

Doc. Les plaques et leurs mouvements

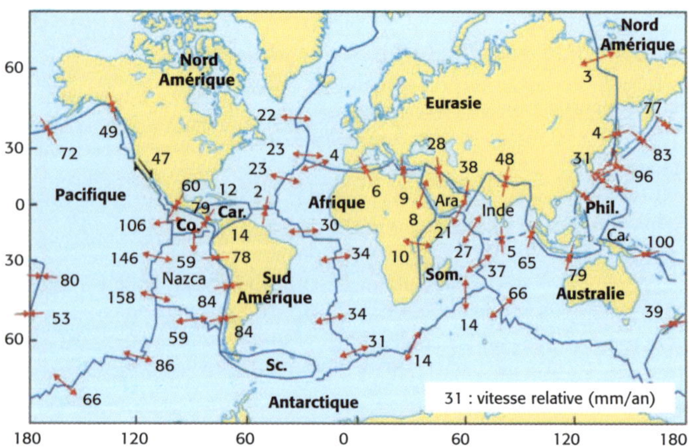

La vitesse de déplacement des plaques

109

Lue Relue Apprise

Différentes méthodes permettent, non seulement de confirmer la validité du modèle de la Tectonique des plaques, mais aussi de mesurer le déplacement des plaques en temps réel.

1 Le volcanisme intraplaque

- Dans l'océan Pacifique, on observe des **alignements d'îles volcaniques d'âge croissant** d'une extrémité à l'autre. Seuls les volcans d'une extrémité sont encore actifs.
- On interprète ce volcanisme comme résultant de l'activité d'un **point chaud**, c'est-à-dire une remontée de magma d'origine profonde dont la localisation est fixe.

Lexique

Point chaud : magmatisme d'origine profonde et fixe.

Doc. Le déplacement de la plaque Pacifique sur le point chaud d'Hawaï

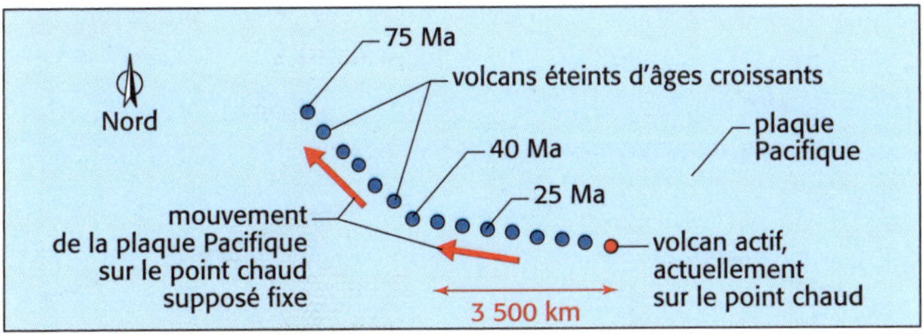

- La remontée de magma d'origine profonde perce la lithosphère. Comme le point chaud est fixe, **l'alignement des volcans traduit le déplacement de la plaque lithosphérique.**
- La **vitesse de déplacement** de la plaque peut ainsi être évaluée selon la formule

v = d/t. (t : âge d'un volcan, d : sa distance au volcan actif)

L'astuce du prof

Le volcan, âgé de 75 MA, se trouvait autrefois à l'emplacement du volcan actif actuellement.

La plaque s'est donc dirigée vers le nord-ouest depuis.

- Ici, en 40 MA (40.10^{6} ans), la plaque a parcouru environ 3 500 km ($350.\ 10^{6}$ cm.)

Sa vitesse (v = d/t) est donc de 350/40 = 8,75 cm/an.

2 La mobilité des plaques confirmée par les données GPS

A La mesure par GPS du déplacement des plaques

● Depuis la fin du XXe siècle, il est possible de mesurer en temps réel le déplacement des plaques par satellite grâce à la méthode **GPS**.

● Des balises situées au sol captent des signaux émis par des satellites, ce qui permet d'établir leur position à quelques millimètres près. Le déplacement en **latitude** et en **longitude** de différentes stations est mesuré en temps réel.

Lexique

GPS (*global positioning system*) : méthode permettant d'établir les coordonnées géographiques d'un point avec une grande précision.

Latitude : elle définit une position nord-sud, entre les deux pôles.

Longitude : elle définit une position ouest-est.

Doc. Déplacement de deux stations situées de part et d'autre de la dorsale islandaise

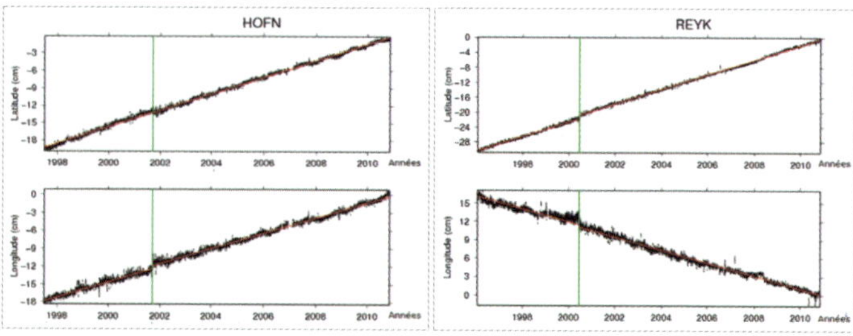

● Un déplacement positif en latitude indique un déplacement vers le nord (et un négatif, vers le sud). Un déplacement positif en longitude correspond à un déplacement vers l'est (un négatif, vers l'ouest). Le déplacement global résulte des déplacements en latitude et en longitude.

B Des résultats conformes aux données géologiques

● Les données GPS confirment le déplacement des plaques conformément au modèle.

● Les vitesses de déplacement des plaques obtenues par GPS correspondent à celles déterminées par d'autres méthodes, notamment celle basée sur le volcanisme de point chaud.

Remarque

Les données GPS montrent que la station Hofn se dirige vers le nord-est, tandis que la station Reyk se dirige vers le nord-ouest. La divergence entre deux plaques limitées par la dorsale islandaise est ainsi confirmée.

L'expansion océanique

110

Lue Relue Apprise

Différents arguments géologiques montrent qu'au niveau des dorsales, les plaques divergent tandis que l'océan s'agrandit.

1 Les données des forages océaniques

- À partir de 1968, des forages ont été réalisés sur les fonds océaniques à grande profondeur (programme JOIDES). Ils remontent ainsi des **carottes de sédiments** au contact du basalte.
- On constate alors que **l'âge et l'épaisseur des sédiments augmentent avec la distance par rapport à la dorsale**, et ceci de façon **symétrique** de part et d'autre de cette dernière.
- Or, l'âge du basalte correspond à celui des sédiments à son contact. Ainsi, **plus les basaltes sont éloignés de la dorsale, plus ils sont anciens**, et plus les sédiments ont eu de temps pour se déposer.
- On en déduit que du basalte se met en place au niveau de la dorsale, puis s'en éloigne progressivement au fur et à mesure que le plancher océanique s'accroît par ajouts successifs. Cette **accrétion océanique** est responsable de **l'expansion océanique**.

Lexique

Carottes de sédiments : échantillons cylindriques de sédiments prélevés par forage.

Accrétion océanique : formation de lithosphère océanique au niveau de la dorsale.

Remarque

L'âge d'un sédiment au contact du basalte et sa distance à la dorsale permettent de déterminer une vitesse d'expansion.

Doc. **Carte mondiale de l'âge des sédiments océaniques**

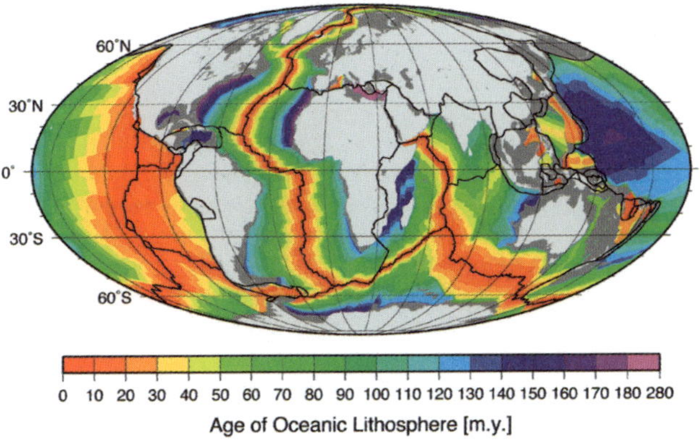

2 Les apports du paléomagnétisme

A Le profil magnétique du fond des océans

- Des mesures du champ magnétique du fond des océans montrent des bandes **d'anomalies magnétiques positives** et **négatives, parallèles et symétriques** de part et d'autre de la dorsale.
- Or, une anomalie magnétique est due à la **superposition du champ magnétique terrestre actuel et du champ magnétique fossile** enregistré par le basalte lors de sa formation. Lorsque le champ magnétique de l'époque était inverse de l'actuel, une anomalie négative est enregistrée. Dans le cas contraire, l'anomalie est positive.

Lexique

Anomalies magnétiques : valeurs mesurées du champ magnétique, supérieures ou inférieures à la valeur moyenne du champ magnétique terrestre.

Doc. Le profil magnétique du fond des océans

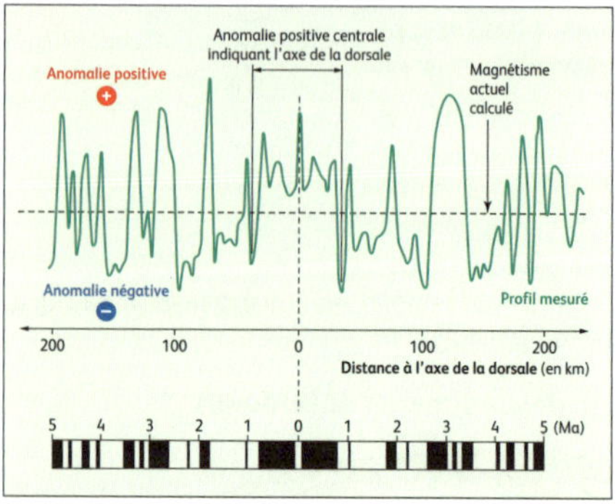

Remarque

Périodiquement la polarité du champ magnétique terrestre s'inverse.
Un calendrier des inversions magnétiques a pu être établi, ce qui a permis de dater les anomalies enregistrées sur les fonds océaniques.

B L'interprétation

- La **symétrie** des anomalies par rapport à la dorsale suggère que deux bandes de basalte situées de part et d'autre de la dorsale et à la même distance se sont mises en place au même moment. Leur datation confirme que **l'âge du basalte augmente avec la distance par rapport à la dorsale.** Celle-ci est donc bien un lieu de divergence au niveau duquel se produit une accrétion océanique.
- La **vitesse de divergence** du basalte à partir de la dorsale se calcule selon la formule $v = d / t$ (d = distance à la dorsale, t = âge du basalte, indiqué par l'âge de **l'inversion magnétique**). Comme l'océan s'accroît de part et d'autre de la dorsale, la **vitesse d'accrétion océanique est le double de la vitesse de divergence**.

La production de la lithosphère océanique et son évolution

111

Lue Relue Apprise

La lithosphère océanique se forme à partir de magma produit au niveau des dorsales. Ce dernier résulte de la fusion partielle de la péridotite du manteau.

1 Les dorsales, des zones de production de magma

- Le **flux thermique élevé** au niveau des dorsales ainsi que les **anomalies de vitesse** mises en évidence par tomographie sismique témoignent de la **remontée d'un matériau mantellique chaud et ductile, correspondant à l'asthénosphère.**
- L'état solide, partiellement fondu ou liquide, de la péridotite du manteau dépend des conditions de **pression et de température**. Le **solidus** sépare le domaine de température et de pression correspondant à l'état solide et celui où la roche subit une **fusion partielle**.
- En remontant, l'asthénosphère subit une **décompression** et la péridotite franchit le solidus vers 60 km de profondeur. Elle fond partiellement pour donner naissance à un magma.

Lexique

Magma : liquide provenant de la fusion d'une roche.

Solidus : courbe correspondant aux conditions minimales de température et de pression permettant la fusion partielle d'une roche.

Doc. État de la péridotite en fonction de la température et de la pression

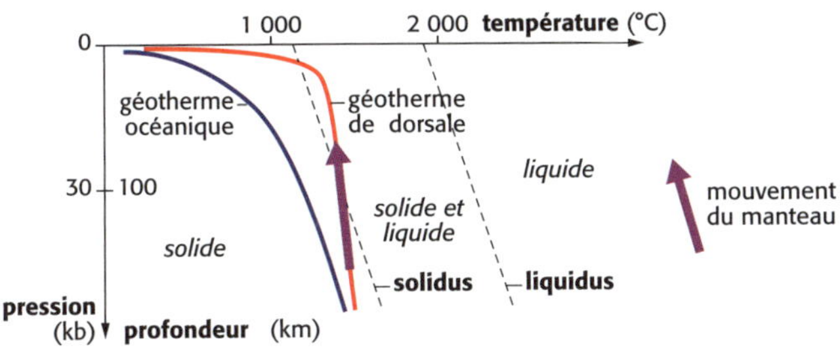

- Du fait de sa légèreté, le magma s'élève jusqu'à une **chambre magmatique** où il est collecté, à environ 5 km de profondeur.

2 Du magma aux roches de la lithosphère océanique

- Lors de la fusion partielle de la péridotite du manteau, les **premiers minéraux à fondre sont les plagioclases et les pyroxènes**. Ils donnent alors naissance à un liquide de composition basaltique.
- Une partie de ce magma **remonte rapidement** en surface où il **refroidit sans cristalliser** et donne naissance au **basalte**. Le **gabbro se forme en profondeur**, sous le basalte, par **refroidissement lent** du magma. Sous le gabbro, la **péridotite résiduelle** correspond à la péridotite source (initiale) après extraction du liquide de composition basaltique.
- Les **dorsales rapides** (type Pacifique) produisent du magma en permanence et forment des **couches continues de basalte et de gabbro**. D'autres sont plus **lentes** (type Atlantique), et l'apport intermittent de magma forme **une couche discontinue de gabbro et de basalte** qui laisse affleurer le manteau sous-jacent.

3 Évolution de la lithosphère océanique

- En s'éloignant de la dorsale, la lithosphère océanique **se refroidit**. Or, elle est séparée de l'asthénosphère par **l'isotherme** 1 300 °C. **Ainsi, au fur et à mesure de son refroidissement, la lithosphère s'épaissit au détriment de l'asthénosphère**. En même temps, sa densité augmente car **la proportion du manteau augmente par rapport à celle de la croûte**.

Lexique

Isotherme : ligne virtuelle le long de laquelle la température est la même.

Doc. Évolution de la lithosphère océanique au cours du temps

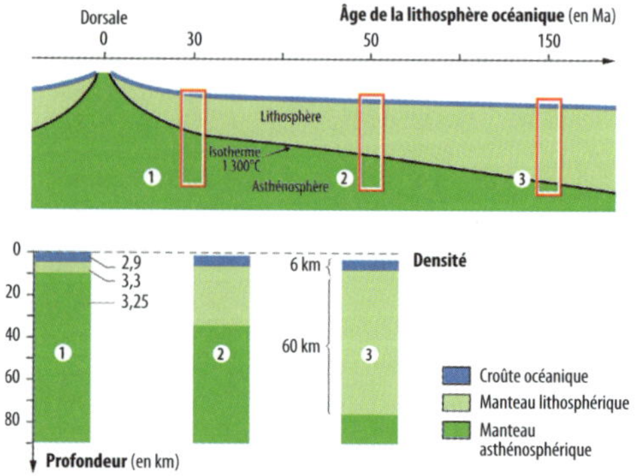

La subduction océanique

112

Lue Relue Apprise

Au cours de la subduction, la lithosphère océanique s'enfonce en profondeur dans l'asthénosphère. Sa plongée s'accompagne d'une forte activité sismique.

1 Les fosses, des zones de subduction

A Des zones sismiquement actives

- Les fosses océaniques (Mariannes, Japon...) se caractérisent par une **activité sismique intense**. Ainsi, **l'arc insulaire** du Japon, situé en bordure d'une fosse, est affecté par de nombreux séismes.
- Par ailleurs, **la profondeur des foyers sismiques augmente avec la distance par rapport à la fosse**, et leur distribution s'établit selon un **plan incliné : le plan de Wadati-Benioff.**
- Or, les séismes se produisent par **rupture brutale** des roches et n'affectent que des **matériaux rigides**. L'inclinaison du plan de distribution des foyers sismiques s'interprète donc comme la **plongée en profondeur d'un matériau rigide et cassant**.
- De plus, les données obtenues par tomographie sismique montrent l'existence d'une couche froide plongeante dont l'épaisseur est estimée à une centaine de kilomètres.
- Une fosse océanique est donc une dépression formée lors de l'enfoncement de la lithosphère océanique dans le manteau asthénosphérique. Les **frottements** dus à l'enfoncement de la couche plongeante sont à l'origine des **séismes**.

Lexique

Subduction : plongée de la lithosphère océanique en profondeur.

Arc insulaire : chapelet d'îles disposées en forme d'arc.

Plan de Wadati-Benioff : plan incliné matérialisé par la distribution des foyers sismiques dans une zone de subduction.

B Des zones de convergence des plaques

- Ainsi, les zones de subduction sont des frontières entre deux plaques qui convergent. Si **la lithosphère subduite est toujours océanique**, la lithosphère chevauchante peut être océanique (au niveau de la fosse des Mariannes) ou continentale (au niveau du Pérou). Dans ce cas, la zone de subduction correspond à une **marge active**.

Lexique

Subduite (lithosphère) : lithosphère plongeante.

2 Le moteur de la subduction

B Augmentation de la densité de la lithosphère

- Du fait de son refroidissement, vers l'âge de 30 MA, la lithosphère océanique devient plus dense que l'asthénosphère (3,30 contre 3,25). Néanmoins, elle continue encore à flotter en raison de l'inertie. Mais lorsque l'équilibre est rompu, la lithosphère océanique plonge et entre en subduction.
- De ce fait, il n'y a pas de lithosphère océanique d'âge supérieur à 200 MA.

B L'entretien de la subduction

- La vitesse de déplacement d'une plaque augmente avec la taille de sa frontière en subduction. La subduction participe donc au déplacement des plaques. En effet, le plongement de la plaque subduite exerce une **traction** qui entretient le mouvement horizontal, c'est-à-dire l'expansion océanique.
- Ainsi, la **gravité** est le moteur principal de la tectonique des plaques. Elle permet le déplacement horizontal des plaques à la surface de la Terre.

Doc. Le déplacement horizontal des plaques

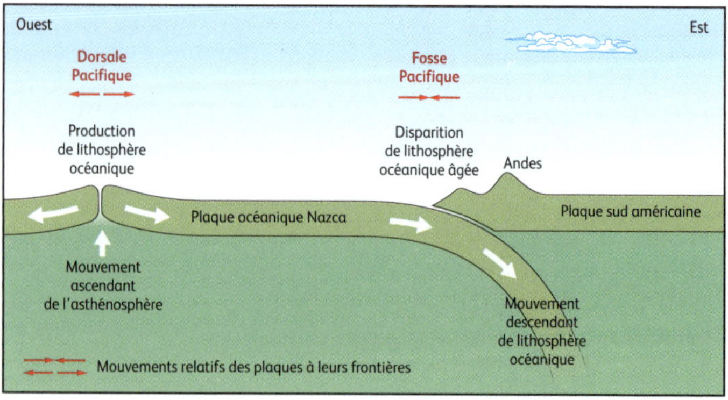

Magmatisme dans les zones de subduction

113

Lue Relue Apprise

Des roches magmatiques sont produites dans les zones de subduction. Elles proviennent de la fusion partielle du manteau de la plaque chevauchante.

1 Des roches magmatiques caractéristiques

A Des roches volcaniques

- Les zones de subduction sont le siège d'un **volcanisme de type explosif**. Des matériaux solides (scories, blocs, cendres) et des **nuées ardentes** sont éjectés aux cours d'explosions violentes qui occasionnent souvent des dégâts.
- **La richesse en silice de la lave explique sa viscosité élevée**. Dans la cheminée du volcan, la lave se fige et crée un **bouchon** au niveau duquel la pression augmente sous la poussée des matériaux qui remontent. Ce bouchon finit par céder au cours d'une explosion.

Lexique

Nuées ardentes : nuages de gaz brûlants émis par un volcan en même temps que des débris et des cendres.

Andésites : roches volcaniques constituées de cristaux de plagioclase et de pyroxènes noyés dans un matériau vitreux.

- Des roches volcaniques caractéristiques, **andésites et rhyolithes**, sont produites dans les zones de subduction. Leurs cristaux de petite taille ou microlites, noyés dans une pâte vitreuse, **témoignent d'un refroidissement brutal en surface**.

B Des roches plutoniques

- Des **roches plutoniques comme les granodiorites**, entièrement cristallisées, se sont mises en place en **profondeur** au cours d'un **refroidissement lent** du magma.
- À l'inverse des roches du manteau, les roches plutoniques et volcaniques formées dans les zones de subduction sont **riches en minéraux hydroxylés.** C'est le signe qu'elles proviennent d'un **magma riche en eau**.

Lexique

Granodiorites : roches plutoniques proches du granite.

Minéraux hydroxylés : qui comportent un groupement OH.

- La **semblable composition chimique** de ces différentes roches témoigne d'une **origine commune**.

2 La formation des magmas

A Température des plaques plongeante et chevauchante

- Sous les volcans des zones de subduction, la **plaque plongeante** est située entre 100 et 200 km de profondeur.
- À cette profondeur, la **température** de la plaque plongeante, 600 °C environ, **est trop basse** pour permettre sa fusion.
- En revanche, à la même profondeur, la péridotite du manteau de la plaque chevauchante est à 1 000 °C.

Remarque

La plaque plongeante qui provient de la surface reste relativement froide en plongeant par inertie thermique.

B Une fusion partielle de la péridotite hydratée

- Entre 100 et 200 km de profondeur, à 1 000 °C, la péridotite peut entrer en fusion partielle **en présence d'eau seulement**.
- La production de magma dans les zones de subduction suppose donc une **hydratation de la péridotite** du **manteau chevauchant**.

Doc. **Conditions de la fusion de la péridotite**

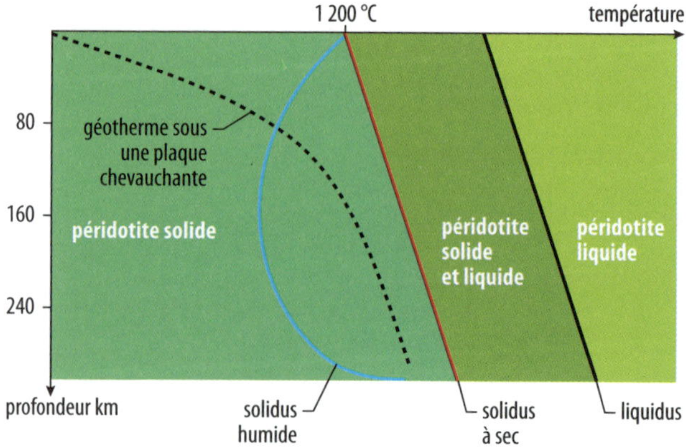

- Une fois le magma formé, selon l'importance du réseau de failles, il peut atteindre la surface et refroidir rapidement pour former des roches volcaniques ou bien cristalliser en profondeur. Des roches plutoniques se formeront alors.

Le métamorphisme de la croûte plongeante

114

Lue Relue Apprise

La croûte océanique, hydratée durant l'expansion océanique, se déshydrate au cours de la subduction. L'eau libérée permet la fusion du manteau sus-jacent.

1 Une croûte océanique hydratée

- Près de la dorsale, la croûte océanique est encore chaude. Elle est constituée de roches (gabbro et basalte) qui ne sont pas hydratées.
- Au fur et à mesure que la lithosphère s'éloigne de la dorsale, **elle refroidit tandis que de l'eau pénètre dans les fractures de la croûte.**
- Placés dans de **nouvelles conditions de pression-température, les minéraux du gabbro deviennent instables.** Ils vont réagir avec l'eau et se transformer par **métamorphisme** :

– plagioclase + pyroxène + eau → hornblende (amphibole, minéral hydraté)

– plagioclase + hornblende + eau → chlorite + actinote (minéraux hydratés).

- Ainsi, les roches de la **croûte océanique s'enrichissent en minéraux hydratés**. Le gabbro métamorphisé devient un **métagabbro** riche en minéraux de couleur verte (**chlorite, actinote**) qui correspond au **faciès « schistes verts ».**

Lexique

Métamorphisme : transformation minéralogique réalisée à l'état solide sous l'effet du changement de conditions du milieu.

Métagabbro : terme général qui désigne un gabbro métamorphisé.

Faciès (métamorphique) : désigne une catégorie de roches qui correspondent à un domaine défini de pression et de température.

Doc. Diagramme pression-température et domaines de stabilité de minéraux

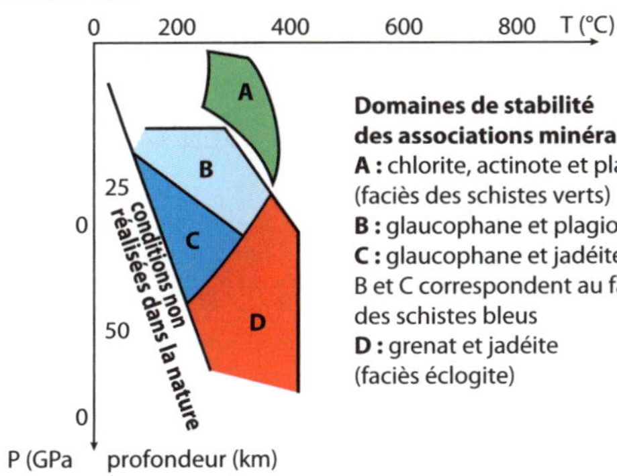

Domaines de stabilité des associations minérales :

A : chlorite, actinote et plagioclase (faciès des schistes verts)

B : glaucophane et plagioclase

C : glaucophane et jadéite

B et C correspondent au faciès des schistes bleus

D : grenat et jadéite (faciès éclogite)

2 Déshydratation de la plaque plongeante et hydratation de la péridotite

A Un métamorphisme de subduction

- **Dès le début de la subduction, en s'enfonçant** en profondeur, la plaque plongeante subit une **augmentation de pression** qui déstabilise les minéraux hydratés de la croûte. De l'eau est libérée tandis qu'un nouveau minéral apparaît selon la réaction suivante **:**

plagioclase + chlorite → glaucophane + eau.

- Les métagabbros qui renferment du **glaucophane** appartiennent au faciès **« schistes bleus ».**
- Au fur et à mesure de l'enfoncement de la plaque, la pression augmente et, toujours par métamorphisme, de nouveaux minéraux se forment, comme la **jadéite** et le **grenat** : la roche devient une **éclogite**.

Lexique

Glaucophane : amphibole de couleur bleue.

Éclogite : roche métamorphique composée de grenat et de jadéite.

B Fusion partielle de la péridotite

- La transformation des minéraux de la croûte libère **de l'eau** qui, sous forme de **vapeur**, vient **percoler le manteau** sus-jacent.
- Les **péridotites s'hydratent** alors et leur **température de fusion s'abaisse**. Elles peuvent ainsi donner naissance à un **magma** qui sera à l'origine des roches produites dans les zones de subduction.

Doc. **L'origine du magmatisme d'une zone de subduction**

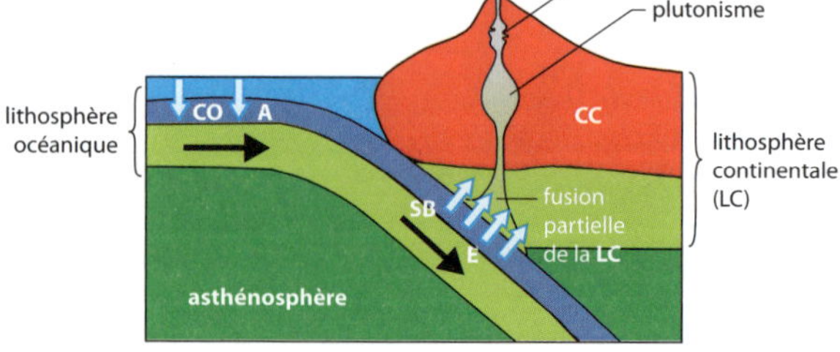

CC : croûte continentale
CO : croûte océanique
SB : faciès schistes bleus
E : faciès éclogites
A : faciès schistes verts
transferts d'eau
LC : lithosphère continentale

La collision et la formation des chaînes de montagne

115

Lue Relue Apprise

Lorsqu'au terme de la subduction, deux lithosphères continentales se font face, elles entrent en collision et une chaîne de montagnes se forme.

1 Une racine crustale dans les chaînes de montagnes

- La sismique réflexion permet de localiser la limite entre la croûte et le manteau (le Moho), jusqu'à 60 km sous les chaînes de montagne (contre 30 km en moyenne sur les continents). Ainsi, aux **reliefs élevés** des chaînes de montagnes correspond en profondeur une **racine crustale**.

Lexique

Racine crustale : épaississement de la croûte sous une chaîne de montagnes.

- **L'épaississement** de la croûte continentale s'explique par la **superposition de deux lithosphères continentales** confrontées l'une à l'autre, suite à la subduction. Comme elles sont de **même densité**, la **subduction est bloquée**.
- Elles entrent alors en **collision**, provoquant la formation d'une chaîne de montagnes.

Doc. **Les étapes de la formation d'une chaîne de montagne**

a. Stade océan en fermeture par subduction

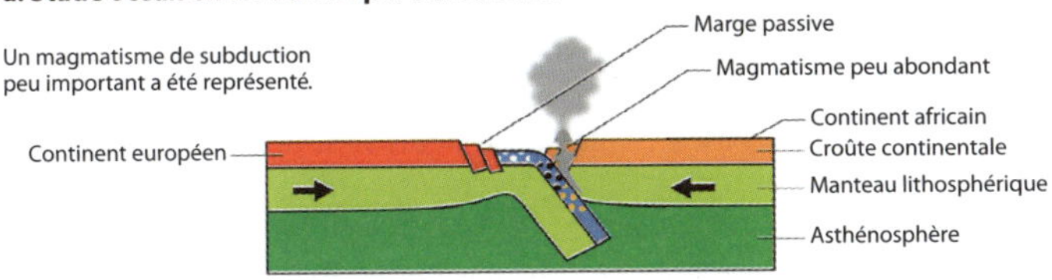

b. Stade collision

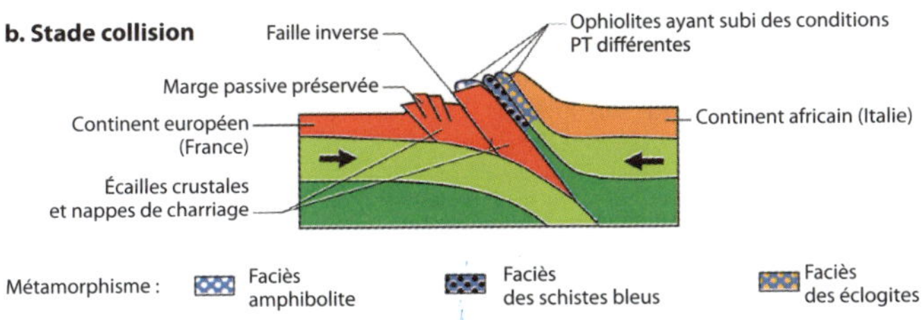

2 Les marqueurs de la collision

A Les déformations des roches

● Dans les chaînes de montagnes, les déformations des roches (**plis**, **failles inverses**) attestent d'un raccourcissement et d'un épaississement de la lithosphère sous l'effet de **contraintes convergentes**.

Remarque

Les **failles inverses** sont produites par des contraintes **convergentes**.
Les **failles normales** sont produites par des forces **divergentes**.

● Un **pli** est une **déformation continue et souple**, réalisée à haute température, c'est-à-dire en profondeur. Une **faille** est une **déformation discontinue et cassante**, réalisée à plus basse température, c'est-à-dire plus en surface.

Doc. **Faille inverse**

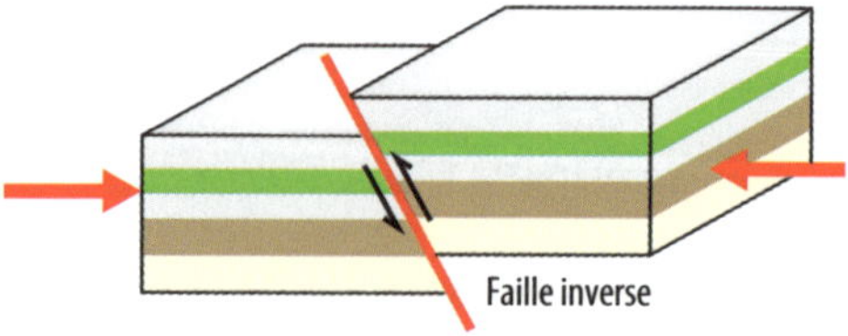

B Des contacts anormaux entre les couches

● Dans plusieurs zones des Alpes, la disposition des couches de roches ne respecte pas le **principe de superposition**. On y trouve des **contacts anormaux** : des roches anciennes en recouvrent d'autres, plus jeunes, suite à des déplacements.

Lexique

Principe de superposition : principe selon lequel une couche de roche sédimentaire est plus récente que celle sur laquelle elle repose.

● On parle de « **chevauchement** » pour des déplacements modestes et de « **nappe de charriage** » pour les plus importants (plusieurs dizaines de kilomètres).

● Ainsi, lors de la collision des deux lithosphères continentales, les roches soumises à des forces compressives sont déformées et fracturées en unités (ou « écailles ») qui s'empilent. Il en résulte un épaississement de la croûte et une élévation des reliefs.

La dynamique de la lithosphère

Révision EXPRESS

Le schéma à retenir

La dynamique de la lithosphère

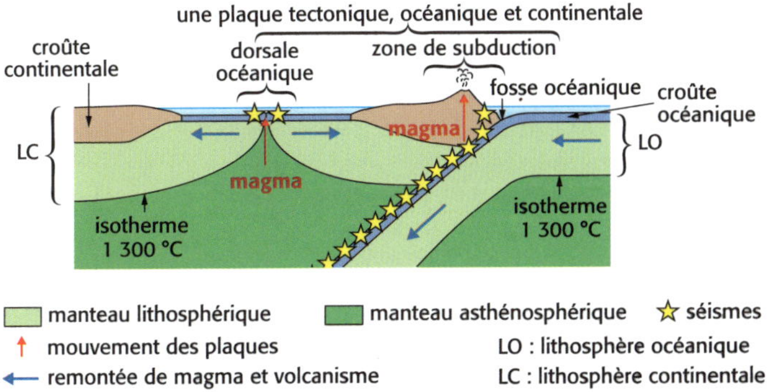

Les points essentiels

- La surface du globe est découpée en **plaques lithosphériques rigides**, animées de **mouvements de divergence ou de convergence**.
- La répartition symétrique des sédiments, ainsi que celle des anomalies magnétiques de part et d'autre de la dorsale, suggère la mise en place de basalte à la dorsale, puis son éloignement de part et d'autre au fur et à mesure qu'une nouvelle bande de basalte se forme. **Cette accrétion océanique est responsable de l'expansion océanique**.
- Sous la dorsale, la remontée d'asthénosphère provoque **la décompression de la péridotite** qui entre alors en fusion partielle. Le magma produit formera du basalte et du gabbro.
- Au fur et à mesure qu'elle vieillit, la lithosphère océanique refroidit et s'épaissit au détriment de l'asthénosphère. En même temps, elle s'hydrate et subit des transformations minéralogiques tandis que sa densité augmente.

Révision EXPRESS

- Au niveau **des zones de subduction**, la lithosphère océanique s'enfonce dans l'asthénosphère, ce qui génère des séismes. Le plongement de la plaque exerce une traction qui entretient le mouvement horizontal, c'est-à-dire **l'expansion océanique**.
- Les zones de subduction sont le siège d'un volcanisme explosif. Le magma provient de la fusion du manteau situé au-dessus de la plaque plongeante. Celle-ci libère de l'eau qui abaisse la température de fusion du manteau chevauchant.
- Une fois la lithosphère océanique entièrement subduite, deux lithosphères continentales entrent en collision. Sous l'effet de contraintes convergentes, **les roches sont déformées** (plis, failles inverses, chevauchements).
- Le raccourcissement et l'épaississement de la lithosphère est à l'origine d'une chaîne de montagnes.

Mémo'Quiz

1. Les plaques divergent au niveau des dorsales.
❏ Vrai ❏ Faux

2. Une marge active correspond à une zone de subduction.
❏ Vrai ❏ Faux

3. Les minéraux d'une roche métamorphique proviennent de la fusion d'une roche préexistante.
❏ Vrai ❏ Faux

4. Le basalte de la croûte océanique provient de la fusion du manteau.
❏ Vrai ❏ Faux

5. Citez deux minéraux qui se forment à partir du gabbro lors de la subduction.

→ corrigés p. 308

L'organisation des écosystèmes

116

Lue Relue Apprise

Les êtres vivants appartiennent à des écosystèmes à l'intérieur desquels ils établissent des relations entre eux et avec leur milieu. Ces relations conditionnent la biodiversité d'un écosystème.

1 Des communautés d'êtres vivants organisées en écosystèmes

A Un écosystème : un biotope et une biocénose

- Les êtres vivants sont organisés en **populations** à l'intérieur d'un écosystème.
- Un écosystème est constitué d'un **biotope** et d'une **biocénose**.
- Les écosystèmes peuvent prendre des **aspects variés :** l'océan, une forêt ou une prairie sont des écosystèmes au même titre qu'un rocher de bord de mer ou le tronc d'arbre d'une forêt. Les écosystèmes peuvent être définis à **différentes échelles**.

Lexique

Population : ensemble d'individus d'une même espèce occupant un même milieu.

Biotope : milieu de vie caractérisé par ses facteurs physico-chimiques.

Biocénose : communauté d'êtres vivants interagissant entre eux.

B Une relation biotope-biocénose

- Un biotope n'est peuplé que par les espèces dont les exigences sont compatibles avec ses **conditions physiques et chimiques**, encore appelées **« facteurs abiotiques ».**
- Parmi ceux-ci, on distingue les **facteurs climatiques** (température, humidité, éclairement luminosité...) et les **caractéristiques du sol et de l'eau** (calcaire, acide...). Les espèces vivant au Sahara, par exemple, n'ont pas les mêmes besoins que celles se trouvant en Antarctique.
- Des **modifications des facteurs abiotiques** entraînent le plus souvent une **transformation de la biocénose**. Certaines espèces disparaissent, les conditions de vie ne correspondant plus à leurs exigences.
- La **biocénose agit elle-même sur le biotope**. Ainsi, le développement du couvert végétal diminue la quantité de lumière arrivant au sol, ainsi que la température. De plus, il augmente l'humidité de l'air.

Par ailleurs, en creusant leurs galeries dans le sol, les lombrics facilitent l'infiltration de l'eau. Ils interviennent aussi dans le recyclage de la matière organique.

Doc. **Les relations à l'intérieur d'un écosystème**

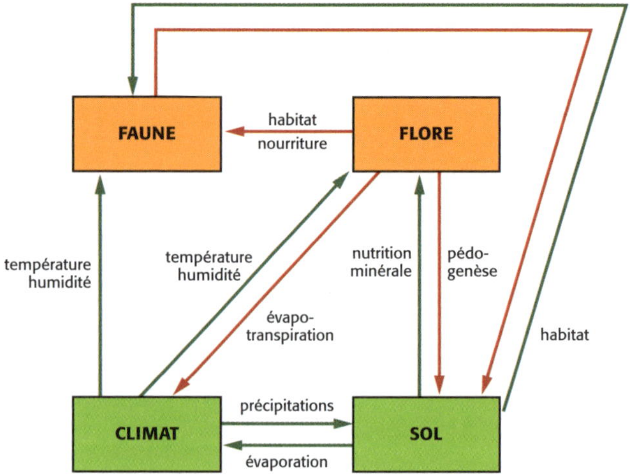

2 Des interactions entre les êtres vivants

- Chaque écosystème est occupé par un nombre variable d'espèces végétales, animales et microbiennes. La **biodiversité** y est mesurée par le nombre d'espèces présentes mais aussi par l'**équitabilité** de celles-ci.
- Ces différentes espèces établissent entre elles des **relations de compétition** (pour l'espace, les ressources...), d'**exploitation** (prédation, parasitisme) et de **coopération**, comme le **mutualisme** entre les insectes pollinisateurs et les plantes. Lorsque le mutualisme est obligatoire et permanent pour les deux espèces impliquées, on parle alors de « **symbiose** ».
- La disparition d'une espèce (de proies ou de prédateurs) modifie les relations dans l'écosystème et peut conduire à la disparition ou à la prolifération d'autres espèces.
- Ainsi, les **interactions entre les êtres vivants structurent la biodiversité de l'écosystème.**

Lexique

Équitabilité : distribution plus ou moins égale des espèces, c'est-à-dire du nombre d'individus au sein de celles-ci.

Mutualisme : interaction à bénéfices réciproques entre deux êtres vivants.

Flux de matière et d'énergie dans les écosystèmes

117

Lue Relue Apprise

Au sein des écosystèmes, les relations alimentaires entre les êtres vivants assurent un transfert de matière et d'énergie.

1 Des relations alimentaires entre les êtres vivants

- L'ensemble des relations de nutrition au sein d'un écosystème constitue un **réseau trophique,** lui-même formé de plusieurs **chaînes trophiques** interconnectées.
- La position d'une espèce dans une chaîne trophique (son **niveau trophique**) dépend de son mode de nutrition.
- Les **végétaux chlorophylliens** constituent le **premier niveau trophique**, celui des **producteurs primaires**. En effet, au cours de la photosynthèse, **ils produisent de la matière organique à partir de matière minérale** (dioxyde de carbone, eau...), ceci grâce à l'énergie fournie par la lumière. Ainsi, l'énergie lumineuse est convertie en énergie chimique.

Lexique

Chaîne trophique : succession d'espèces telle que chacune se nourrit de celle qui la précède.

Producteurs primaires : êtres vivants, le plus souvent des végétaux chlorophylliens, produisant leur matière organique à partir de matière minérale.

- Les animaux consomment des végétaux chlorophylliens ou d'autres animaux. Ce sont des **consommateurs** et, par conséquent, des **producteurs secondaires** qui fabriquent leur matière organique à partir de celle d'autres êtres vivants.

Doc. Flux de la matière et niveaux trophiques dans un écosystème

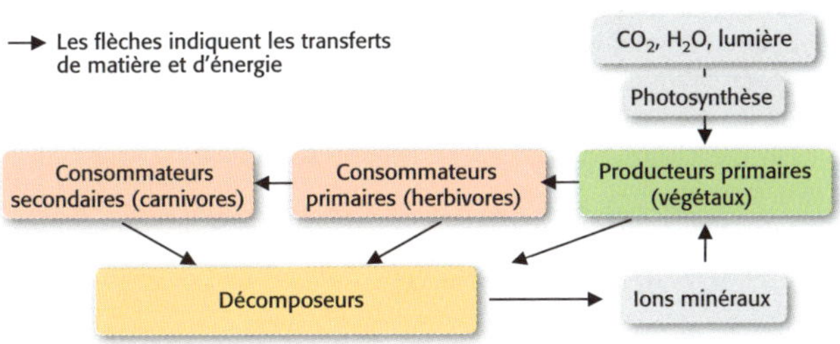

- **L'interconnexion** des chaînes alimentaires rend les **êtres vivants dépendants** les uns des autres. La disparition d'une espèce peut avoir des répercussions importantes sur l'écosystème.

2 Les transferts de matière et leur représentation

A Les pyramides écologiques

- La production de matière de chaque niveau trophique peut être mesurée en masse de matière sèche par unité de surface (on parle de **productivité** pour une production par année). Les différents niveaux peuvent être représentés sous la forme d'un graphique appelé « **pyramide écologique** ».
- Les pyramides écologiques de tous les écosystèmes sont caractérisées par une **diminution importante de la production d'un niveau trophique à l'autre**. En effet : d'une part, une partie de la matière organique consommée est utilisée pour les dépenses énergétiques ; d'autre part, elle n'est pas entièrement assimilée.

Lexique

Productivité : masse de matière produite par unité de surface et de temps.

Pyramide écologique : représentation des différents niveaux trophiques d'un écosystème mettant en évidence les pertes liées au transfert de matière entre chaque niveau.

Doc. Pyramide de productivité

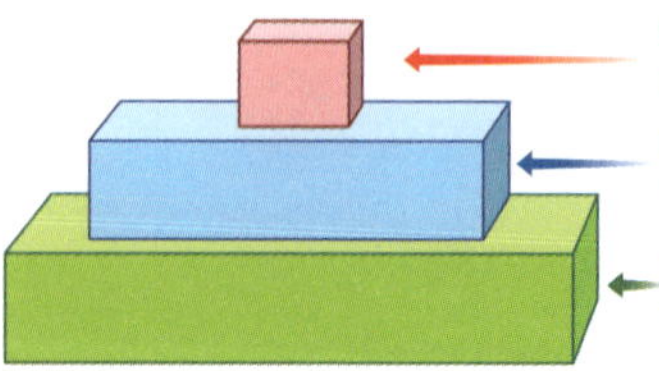

B Un recyclage de la matière

- Après la mort des êtres vivants, leur matière organique est enfouie dans le sol, puis progressivement **minéralisée par des décomposeurs**.
- La **matière minérale sera ensuite utilisée par les végétaux chlorophylliens** pour fabriquer leur matière organique.
- Ainsi, les êtres vivants génèrent ou facilitent des **flux de matière** (eau, carbone, azote...) qui entrent, circulent et sortent de l'écosystème.

Remarque

Les décomposeurs sont principalement des champignons et des bactéries.

Écosystèmes et circulation du carbone

118

Lue Relue Apprise

Les écosystèmes participent à la circulation du carbone entre différents réservoirs terrestres. L'équilibre dynamique entre ces réservoirs est perturbé par les activités humaines.

1 Les flux de carbone dans un écosystème

A Différents réservoirs de carbone

- À l'échelle du globe, le carbone est stocké dans des **réservoirs naturels** sous différentes formes :

– sous forme de **dioxyde de carbone dissous** ou d'ions dans l'océan ;
– dans les **roches carbonées** (pétrole, charbon) et les roches calcaires (**roches carbonatées**) formées de carbonate de calcium ($Ca\ CO_3$) de la lithosphère ;
– dans les **gaz de l'atmosphère**, comme le dioxyde de carbone (CO_2) et le méthane (CH_4) ;
– dans les **molécules organiques** de la biosphère.

Lexique

Réservoirs naturels (de carbone) : enveloppes de la Terre dans lesquelles le carbone est stocké (océan, biosphère, atmosphère, lithosphère).

B Des échanges entre atmosphère et biosphère

- Le carbone présent dans **l'atmosphère** (sous forme **minérale** dans le CO_2) est utilisé par les végétaux pour **produire des molécules organiques** carbonées au cours de la **photosynthèse**.
- Ces molécules organiques sont elles-mêmes utilisées par les consommateurs pour la production de matière organique et **transférées le long des chaînes trophiques**.
- La matière organique produite est **minéralisée** par les végétaux comme par les animaux au cours de la **respiration**, avec rejet de CO_2 dans l'atmosphère. Les décomposeurs du sol, en dégradant la matière organique morte, achèvent la minéralisation du carbone, principalement par la respiration.
- Ainsi, par l'intermédiaire de la **photosynthèse** et de la **respiration**, le carbone entre et sort en permanence de l'écosystème. Le **moteur de ces échanges est l'énergie solaire**, nécessaire à la photosynthèse.

Malgré les variations saisonnières, **un écosystème en équilibre** produit autant de CO_2 atmosphérique qu'il en consomme.

Remarque

La photosynthèse consomme autant de carbone que la respiration n'en libère dans l'atmosphère.

2 Le cycle biogéochimique du carbone

A Le cycle naturel du carbone

- **À l'échelle du globe**, des échanges de carbone ont lieu non seulement entre la biosphère et l'atmosphère, mais aussi avec d'autres réservoirs de carbone.
- Ainsi, du CO_2 présent dans l'atmosphère peut se retrouver **sous forme dissoute dans l'océan et, en se combinant au calcium, peut former des roches carbonatées.**
- En libérant le carbone souterrain, l'érosion favorise le retour du carbone dans l'océan.
- La matière organique morte peut être **soustraite à la respiration** et transformée en **roches carbonées** (charbon et pétrole).
- Le cycle biogéochimique naturel du carbone est **équilibré**, les entrées et sorties d'un réservoir se compensant.

Doc. Les échanges de carbone entre les principaux réservoirs (en Gt)

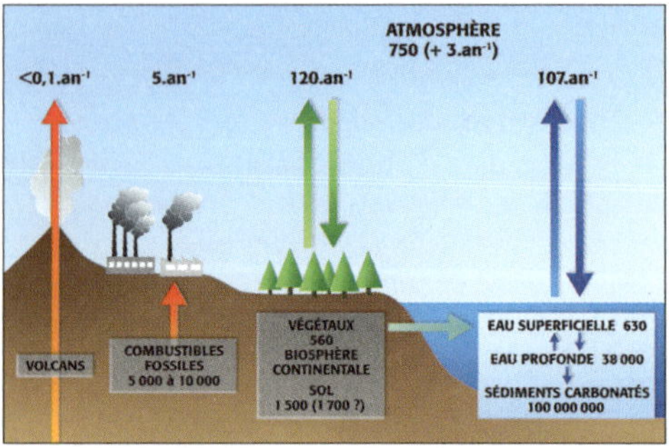

B Une perturbation du cycle par les activités humaines

- La **combustion d'hydrocarbures fossiles** tels que le pétrole ou le gaz naturel rejette du CO_2 dans l'atmosphère, avec pour conséquence un accroissement de **l'effet de serre** et une augmentation des températures terrestres.
- D'autres activités humaines comme la **déforestation** ou la combustion de calcaire dans des cimenteries, entraînent une augmentation de la concentration en dioxyde de carbone et interfèrent avec le cycle naturel du carbone.

Lexique

Effet de serre : réchauffement de l'atmosphère dû au piégeage, par des gaz comme le CO_2, des rayons thermiques réémis par le sol.

Des équilibres dynamiques

119

Lue Relue Apprise

Un écosystème se caractérise par un équilibre dynamique qui résulte d'un réseau d'interactions. Toutefois, cet équilibre peut être perturbé par des facteurs internes et externes.

1 Des écosystèmes en évolution

A Une évolution jusqu'à l'équilibre

- Les écosystèmes présentent une **organisation spatiale** qui leur est propre. Ainsi, dans une forêt, les espèces végétales se répartissent en **différentes strates selon leur hauteur** (arborescente, arbustive, herbacée et **muscinale**).
- Les espèces animales sont elles aussi réparties dans l'espace, même si cela est moins visible.
- Cette organisation est le résultat d'une **lente évolution**. Une friche laissée à l'abandon se couvre d'abord de plantes herbacées, puis d'arbustes. La végétation grandit, de nouvelles espèces s'installent et une nouvelle biocénose se constitue, caractéristique de la région, du climat, du sol, jusqu'à l'apparition d'une forêt, stade d'équilibre de cette évolution, encore appelé « climax ».

Lexique

Muscinale (strate) : elle est composée de végétaux (et de champignons) situés au ras du sol (lichens, mousses).

Climax : état d'équilibre stable et durable.

B Une instabilité permanente

- À chaque instant dans l'écosystème, des individus entrent en **compétition pour l'espace, la lumière et la nourriture**. Certaines espèces sont alors en **expansion** et d'autres en **régression**.
- Ces changements dans la biocénose peuvent **modifier le milieu** et avantager de nouvelles espèces qui, à leur tour, modifieront le biotope...
- Un écosystème est en permanence dans une situation d'instabilité qui peut ou non le transformer : il est en équilibre dynamique.
- Néanmoins, plus un écosystème est diversifié et plus sa **stabilité est grande**. Une importante biodiversité lui permet de mieux résister aux variations des conditions du milieu et aux variations de densité des populations.

Remarque

En introduisant de nouvelles espèces dans un écosystème, l'Homme peut bouleverser son équilibre.

2 Des écosystèmes qui se reconstituent

A La résilience des écosystèmes

● Après avoir été détruite par un incendie, une forêt peut reconstituer sa biodiversité grâce à sa propriété de **résilience**.

● L'incendie favorise la libération des graines par les fruits, lève la **dormance** des graines qui les empêchait de germer et minéralise le sol par l'épaisse couche de cendres produite. Si les parties aériennes de l'arbre sont détruites, les parties souterraines protégées forment des rejets et de nouveaux individus.

● Le feu élimine aussi la litière épaisse, les branches et les arbres morts qui, en recouvrant le sol, filtraient la lumière et empêchaient la croissance des jeunes pousses.

● Toutefois, **cette résilience disparaît au-delà d'un certain niveau de perturbation** car les conditions, trop modifiées, ne permettent plus le retour de l'écosystème à l'équilibre. Celui-ci est alors transformé.

Lexique

Résilience (écologique) : capacité d'un écosystème à retrouver un état d'équilibre dynamique après une phase d'instabilité due à une perturbation extérieure ou interne.

Dormance : état de vie ralentie, caractérisé par une absence de croissance.

B Deux comportements différents des espèces face aux stress

● Certaines espèces sont **résilientes**. Elles sont sensibles à différentes formes de stress écologique qui provoquent une **mortalité presque totale**. La population **se rétablit néanmoins à son niveau d'origine** grâce à un **pouvoir élevé de régénération**.

● D'autres espèces, au contraire, sont **résistantes : certaines formes de stress les affectent peu, mais d'autres entraînent une élimination massive voire totale, sans possibilité de régénération**.

Doc. **Des espèces au comportement différent**

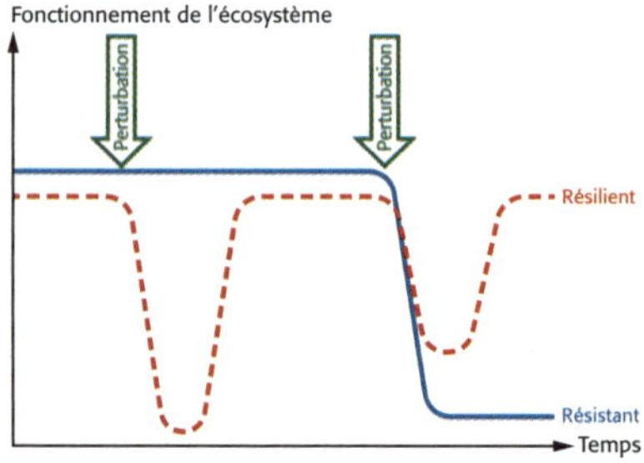

Les services écosystémiques et leur gestion

120

Lue Relue Apprise

L'espèce humaine dépend des écosystèmes et exploite leurs ressources. Une gestion rationnelle des écosystèmes est nécessaire pour limiter l'impact des activités humaines et préserver les services rendus.

1 L'exploitation des ressources

- Au sein des écosystèmes, l'espèce humaine interagit avec les autres espèces avec lesquelles elle établit des relations de **compétition**, de **coopération**, et d'**exploitation**.
- En **exploitant des ressources** minérales ou forestières, en **modifiant le biotope** local (érosion des sols) ou global (changement climatique, introduction d'espèces invasives), l'Homme **modifie la biodiversité et le fonctionnement des écosystèmes**.

Remarque

L'exploitation d'une population peut entraîner indirectement la disparition d'une autre population (une population de prédateurs peut décliner avec la baisse des effectifs de ses proies).

- Lorsque le prélèvement des ressources est supérieur à leurs capacités de renouvellement naturel, l'Homme **surexploite la biodiversité**. Ainsi, depuis 1950, le prélèvement des poissons marins (thon, morue) en Méditerranée a été multiplié par 5, entraînant une forte baisse des effectifs.
- De façon générale, il en résulte une **perte mondiale de biodiversité** et des effets sur les activités humaines elles-mêmes (**diminution de la production, pollutions et développement de maladies**).

2 La nécessité d'une gestion rationnelle

A Des services écosystémiques

- Le fonctionnement des écosystèmes procure pourtant à l'être humain de nombreux bénéfices appelés « services écosystémiques ».
- Parmi ceux-ci, on trouve des services d'**approvisionnement** (bois, champignons, pollinisation, fruits et graines...), de **régulation** (dépollution de l'eau et de l'air, lutte contre l'érosion, lutte contre les ravageurs et les maladies, recyclage de matière organique, fixation de carbone...) et de **loisirs** (randonnée, plongée...).

Lexique

Services écosystémiques : fonctions assurées par les écosystèmes et dont l'être humain tire profit.

- La **biodiversité** fournit aussi des substances à **usage médical**, dont on continue aujourd'hui à découvrir de nouvelles formes.

Les services écosystémiques et leur gestion

Doc. **Les services écosystémiques**

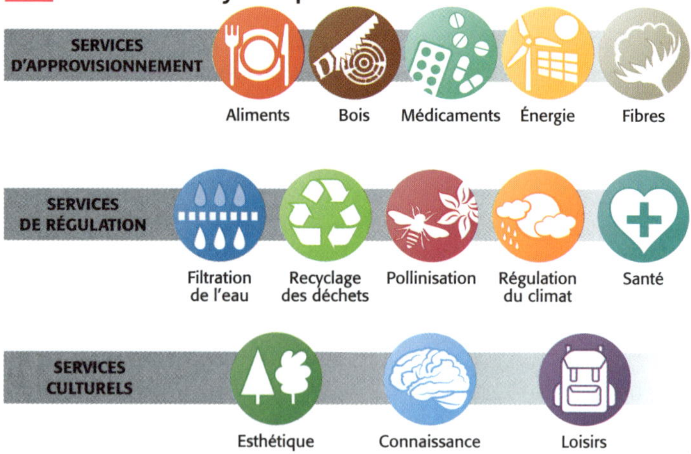

B Préserver et restaurer l'environnement

- La prise de conscience de plus en plus manifeste de tous ces avantages a entraîné le développement de l'**ingénierie écologique**. Il s'agit d'un ensemble de techniques visant à gérer l'exploitation des écosystèmes en optimisant leurs fonctions tout en **limitant les impacts des activités humaines**.
- L'ingénierie écologique permet **également** la **reconstitution de milieux naturels** et la **restauration de milieux dégradés** en **favorisant la résilience** des écosystèmes.
- Ces techniques reposent sur la connaissance du fonctionnement des écosystèmes, c'est-à-dire de l'**écologie**. Il s'agit notamment **d'utiliser le vivant**, animal et végétal, pour préserver ou restaurer un environnement.
- Par exemple, les sols pollués par les métaux lourd sont réhabilités par la culture de plantes accumulatrices de ces polluants et les eaux polluées sont épurées par les microorganismes.

Lexique

Ingénierie écologique : ensemble des techniques qui visent à manipuler, modifier, exploiter ou réparer les écosystèmes afin d'en tirer durablement le maximum de bénéfices.

Écologie : étude des interactions entre les êtres vivants, ainsi qu'avec leur environnement.

Écosystèmes et services environnementaux

Révision EXPRESS

Le schéma à retenir

Les relations à l'intérieur d'un écosystème

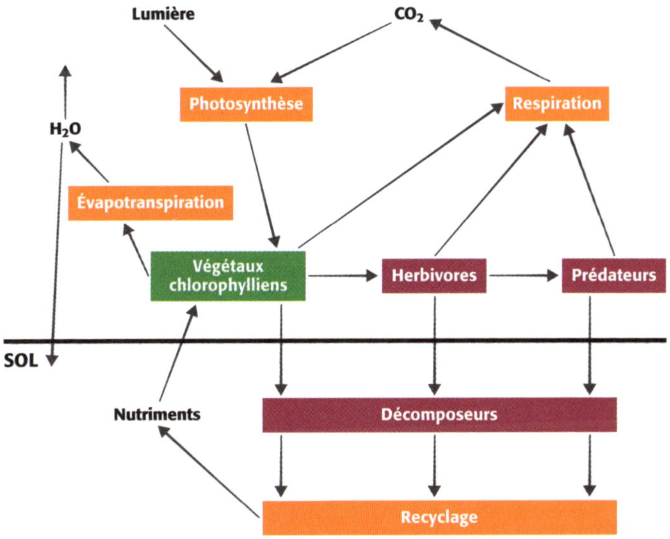

Les points essentiels

- Au sein des écosystèmes, les êtres vivants interagissent entre eux et avec leur milieu. Ces interactions structurent **l'organisation de l'écosystème, sa biodiversité, son fonctionnement et son évolution.**
- Les écosystèmes sont traversés par **des flux de matière et d'énergie**. Grâce à l'énergie lumineuse, **les végétaux** produisent de la matière organique à partir de matière minérale : ce sont **des producteurs primaires**. La matière produite est ensuite transférée le long de chaînes trophiques à différents consommateurs. Dans le sol, **des décomposeurs** assurent la minéralisation de la matière organique morte.

● Ainsi, les écosystèmes participent au cycle biogéochimique du carbone. Au cours de celui-ci, le carbone est transféré entre différents **réservoirs** passant de sa forme minérale à sa forme organique, et inversement. Il s'échange notamment entre l'atmosphère et la biosphère par le biais de **la photosynthèse** et de **la respiration**.

● **Les activités humaines** perturbent l'équilibre de ces échanges et provoquent **une élévation du taux de CO_2 atmosphérique** responsable d'**une intensification de l'effet de serre**.

● Même si les écosystèmes sont en équilibre dynamique et capables de **résilience**, en exploitant leurs ressources et en modifiant l'environnement, l'Homme peut les dégrader. Aussi, pour continuer à bénéficier des services écosystémiques, l'Homme a mis en place **une ingénierie écologique** qui lui permet de gérer de façon durable les écosystèmes.

Mémo'Quiz

1. Les animaux sont des producteurs secondaires.
❑ Vrai ❑ Faux

2. La biosphère est un réservoir de carbone minéral.
❑ Vrai ❑ Faux

3. L'installation d'une biocénose est conditionnée par les facteurs du milieu.
❑ Vrai ❑ Faux

4. Le mutualisme est une association à bénéfices réciproques entre espèces.
❑ Vrai ❑ Faux

5. Nommez la propriété des écosystèmes qui leur permet, après une perturbation, de retrouver leur état initial.

→ corrigés p. 308

La mucoviscidose, une maladie génétique

121

Lue Relue Apprise

La mucoviscidose est une maladie génétique caractérisée par un ensemble de signes observables à différentes échelles.

1 Les signes de la maladie

A Le phénotype macroscopique de la mucoviscidose

- La mucoviscidose se caractérise par la production d'un **mucus visqueux** par les muqueuses des appareils respiratoire et digestif. Il en résulte notamment une obstruction des bronches à l'origine de **difficultés respiratoires**.
- En outre, le mucus étant difficilement évacué, il permet le développement de microbes responsables **d'infections respiratoires à répétition**.
- Ce mucus aussi sécrété par l'appareil digestif, en gênant la libération des enzymes, entraîne des **troubles digestifs**.

B Un dysfonctionnement cellulaire

- L'anomalie repose sur le dysfonctionnement d'une **protéine appelée CFTR**, logée dans la membrane plasmique de certaines cellules, comme celles des bronches.
- La protéine CFTR a la forme d'un canal, au travers duquel sont rejetés des ions chlore vers l'extérieur de la cellule.
- Ce flux de chlore est accompagné d'une sortie d'eau qui fluidifie alors le mucus présent dans les voies respiratoires.
- Dans le cas de la mucoviscidose, la protéine CFTR est imperméable aux ions chlore, ce qui empêche la sortie d'eau des cellules et la fluidification du mucus.

Doc. **Le mécanisme cellulaire de la mucoviscidose**

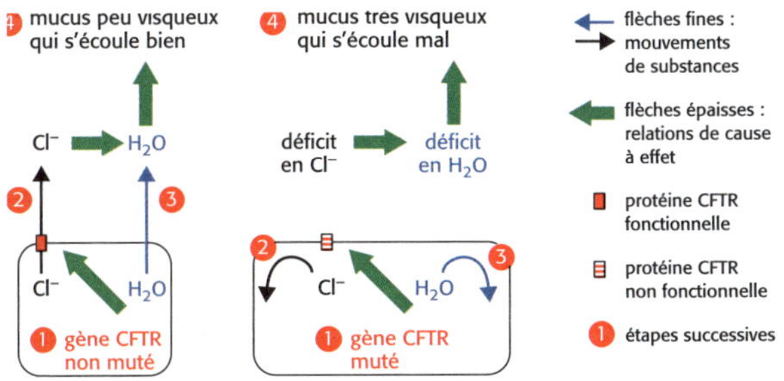

2 Une origine génétique

A Une mutation du gène CFTR

- La protéine CFTR est codée par un gène du même nom. La maladie provient de **mutations du gène CFTR**. De nombreuses mutations ont été mises en évidence, responsables des signes plus ou moins graves entraînés par la maladie.
- Ces mutations sont responsables de **variations de séquence de la protéine CFTR**, entraînant des **modifications de sa forme tridimensionnelle.**
- Le changement de forme de la protéine CFTR est responsable de son imperméabilité aux ions chlore.

Remarque

La fonction d'une protéine est généralement liée à sa forme.

Doc. Comparaison des séquences normales et mutées du gène et de la protéine CFTR

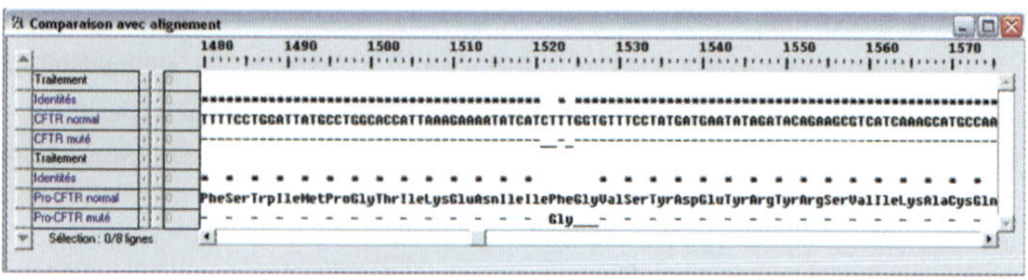

B Une maladie héréditaire

- Les différents **allèles mutés** à l'origine de la maladie sont **récessifs**. Ils ne s'expriment pas en présence de l'allèle non muté. Celui-ci, qui s'exprime quel que soit l'autre allèle présent, est qualifié de **dominant**.
- Un individu malade est donc forcément **homozygote** pour le gène CFTR. Un individu non malade est soit homozygote non muté soit **hétérozygote**.
- Pour noter le génotype de l'individu, on peut utiliser la convention d'écriture suivante.

Soit m l'allèle muté et S, l'allèle non muté (l'allèle dominant est noté avec une majuscule).

Individu homozygote non muté : S//S

Individu homozygote muté : m//m

Individu hétérozygote : m//S (ou S//m)

Lexique

Homozygote : individu qui possède deux allèles identiques pour un gène donné.

Hétérozygote : individu qui possède deux allèles différents pour un gène donné.

Prévoir et traiter la mucoviscidose

122

Lue Relue Apprise

Si la mucoviscidose est déterminée génétiquement, le traitement symptomatique, la prévention et le dépistage permettent de limiter ses effets.

1 Limiter les effets de la maladie ou soigner

A Traiter les symptômes

- Il n'existe actuellement **aucun traitement curatif** permettant de guérir de la maladie. Pourtant, il est possible d'atténuer les symptômes.
- La **kinésithérapie respiratoire** permet d'accélérer l'évacuation du mucus hors des voies respiratoires.

Remarque

Malgré l'absence de traitement curatif, l'espérance de vie à la naissance est passée de 7 ans en 1965 à 47 ans en 2005.

- **L'oxygénothérapie** consiste à apporter aux patients un air enrichi en oxygène afin de compenser le déficit de ce gaz dans le sang du malade.
- Les problèmes digestifs sont aussi traités par un apport alimentaire supplémentaire, enrichi en calories et en vitamines. La prise d'enzymes digestives améliore la digestion des malades.
- On réalise aussi des **greffes cœur-poumon** dans les cas extrêmes.

B La thérapie génique

- Un véritable traitement consisterait à faire disparaître la cause de la maladie. Des essais de thérapie génique sont à l'étude. Elle consiste à **insérer dans les cellules l'allèle dominant non muté de la protéine CFTR** afin que les cellules puissent à nouveau synthétiser une molécule fonctionnelle.
- Pour transformer un nombre suffisant de cellules, on utilise un vecteur, en l'occurrence un **virus modifié dans lequel l'allèle non muté a été introduit**.

Lexique

Thérapie génique : technique consistant à compenser un gène déficient en introduisant dans les cellules un allèle normal de ce gène.

Vecteur : système permettant le transfert d'un gène dans une cellule.

- Ce virus est amené avec l'air inhalé aux cellules bronchiales. Une fois à leur contact, il injecte l'allèle non muté à l'intérieur de celles-ci.
- La méthode n'est pour l'instant qu'imparfaite car ses effets sont transitoires.

2 La prévision génétique

- Il est possible **d'évaluer le risque** d'être atteint de la maladie pour un enfant à naître.

Doc. Arbre généalogique d'une famille à risque

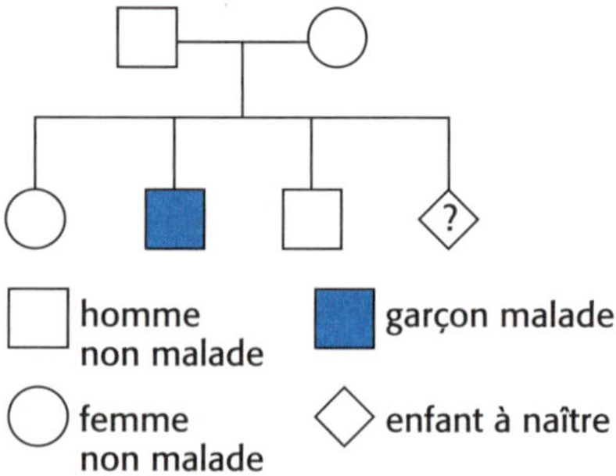

- Dans cet arbre, **le seul génotype certain est celui du garçon malade, m//m**. **Son père et sa mère** sont donc chacun **hétérozygotes m//S**, puisqu'ils lui ont transmis chacun un allèle.
- Pour évaluer la probabilité de transmettre l'un ou l'autre de leurs allèle à leurs enfants, on construit un échiquier de croisement sous forme d'un tableau à double entrée dans lequel les gamètes produits par chaque parent (S/ ou m/) constituent une entrée.

Chaque case du tableau représente un génotype possible.

	S	**m**
S	S//S	S //m
m	S//m	m//m

- Ainsi, **deux hétérozygotes ont une probabilité sur quatre d'avoir un enfant malade**, une sur deux d'avoir un enfant non malade hétérozygote et une sur quatre d'avoir un enfant non malade homozygote.
- Pour un enfant déjà né et non malade, le risque d'être hétérozygote n'est pas de 1/2 mais de 2/3. En effet, la case m//m n'est pas à prendre en compte puisqu'il n'est pas malade.

Des maladies plurifactorielles 123

Lue Relue Apprise

Si le génotype détermine le phénotype, la relation entre les deux est en réalité modulée par l'environnement comme le montre l'étude de nombreuses maladies, celle du diabète de type II par exemple.

1 Les caractéristiques du diabète de type II

- Le **diabète** est un état chronique d'**hyperglycémie**. La **glycémie** est habituellement régulée autour d'une valeur de 1 g par litre notamment grâce à une hormone, l'**insuline**.
- Le diabète de type II, contrairement à celui de type I, apparaît chez l'adulte pour qui l'insuline, malgré une sécrétion normale, n'est plus fonctionnelle en raison d'une **insensibilité des cellules** sur lesquelles elle agit normalement.
- L'hyperglycémie provoque des **lésions des vaisseaux sanguins**, avec pour conséquence extrême la cécité ou la nécessité de pratiquer l'amputation des doigts de pieds par exemple.

Lexique

Hyperglycémie : taux de glucose sanguin anormalement élevé.

Glycémie : taux de glucose sanguin.

Insuline : hormone sécrétée par le pancréas et régulant la glycémie.

2 Un déterminisme génétique

A Des données favorables à un déterminisme génétique

- Des **études épidémiologiques** ont montré que lorsqu'un individu est atteint d'un diabète de type II, le risque pour un membre de sa famille d'être atteint lui aussi est plus grand que celui dans la population.
- Alors que la fréquence des diabétiques de type II est de 4 % en France, le risque pour le frère ou la sœur d'un individu atteint est de 25 %. Dans le cas de vrais jumeaux, le risque s'élève alors à 99 %.

Lexique

Études épidémiologiques : études statistiques recherchant notamment un lien entre une maladie et des gènes ou des modes de vie.

B Des gènes de susceptibilité

- Ces données montrent l'influence du génotype sur l'apparition de la maladie. Néanmoins, contrairement à l'exemple de la mucoviscidose, il n'existe **pas une relation directe entre un allèle muté et le diabète**. Dans le cas du diabète de type II, **certains allèles** favorisent l'apparition

Remarque

On parle plus souvent de gènes de susceptibilité que d'allèles même si ce terme conviendrait mieux car seules certaines formes du gène favorisent l'apparition de la maladie.

de la maladie, c'est-à-dire **augmentent le risque** pour un individu qui les porte de la développer. Leur présence n'est pourtant pas obligatoire au déclenchement de la maladie et leur absence n'en protège pas forcément. On parle alors d'allèles ou **de gènes de prédisposition ou de susceptibilité.**

3 L'influence de l'environnement sur l'apparition de la maladie

- Des données ont aussi confirmé que **le patrimoine génétique n'est pas l'unique déterminant de la maladie. L'environnement**, au sens large du terme, c'est-à-dire l'ensemble des conditions de vie, **a aussi une influence.**
- Quand un groupe dans une population migre et acquiert de nouvelles habitudes de vie, le risque de contracter un diabète de type II est modifié. Il se rapproche alors de celui du pays de destination.

Doc. Risque relatif de diabète de type II en fonction du sexe et de l'IMC (indice de masse corporelle)

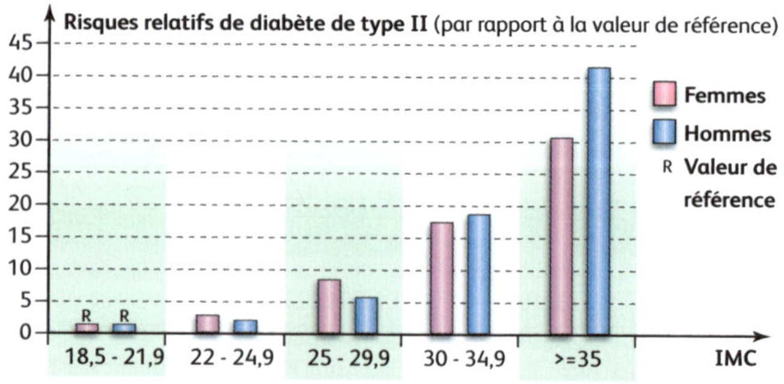

- Un exemple bien connu est celui des Indiens Pimas d'Amérique dont la population est scindée en deux groupes : l'un vivant au Mexique, l'autre aux États-Unis. Chez ces derniers, le taux de diabète de type II est l'un des plus forts du monde.
- Les indiens Pimas des États-Unis ont une **vie sédentarisée** à l'extrême et une **alimentation déséquilibrée**, à l'inverse de ceux du Mexique. Ils ne sont pas les seuls mais si la maladie est si développée dans cette population, c'est que celle-ci possède des **gènes de susceptibilité**.

Le cancer, une altération du génome

124

Lue Relue Apprise

Un mécanisme de régulation contrôle la division cellulaire mais si celui-ci dysfonctionne, la perturbation peut générer un cancer.

1 Des cellules transformées

A Une perte de contrôle de la division cellulaire

- Dans les conditions normales, **la fréquence et le nombre des divisions cellulaires sont contrôlés** par l'intermédiaire de signaux chimiques.
- Certaines cellules échappent pourtant à ce système régulateur et prolifèrent : elles deviennent cancéreuses.
- Il se forme alors une **tumeur**, c'est-à-dire **un clone de cellules cancéreuses**, toutes issues de la même cellule mère et donc génétiquement identiques.

B Les étapes de la cancérisation

- L'apparition d'une cellule tumorale fait suite à **une ou plusieurs mutations**.
- En même temps que la tumeur se forme, l'irrigation sanguine se développe, ce qui permet aux cellules d'être nourries, condition nécessaire à leur division active.

Doc. Le processus de cancérisation

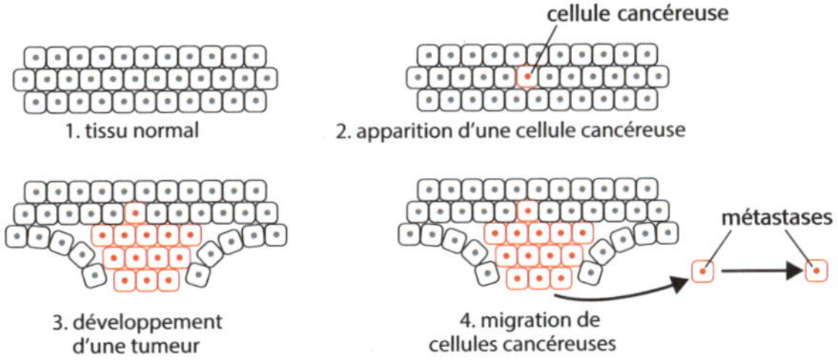

- Les cellules tumorales se transforment. Elles changent d'aspect et **perdent leur propriété naturelle d'adhésion**. Elles migrent alors et **se disséminent** dans l'organisme, par les vaisseaux sanguins ou lymphatiques. Elles forment ainsi des **métastases** dans de nouveaux organes.

Lexique

Métastase : tumeur formée après la migration de cellules cancéreuses dans un nouveau site.

- La présence d'une tumeur peut empêcher le bon fonctionnement de l'organe, par exemple en comprimant les vaisseaux sanguins et en empêchant l'irrigation.

2 Des gènes impliqués dans la cancérisation

A Des signaux cellulaires

- Plusieurs signaux **contrôlent la division cellulaire** et déclenchent **l'élimination des cellules présentant des anomalies.**
- Ainsi, la **protéine 53 (p53)** est capable de bloquer la division des cellules anormales et même de provoquer leur destruction.
- En cas d'anomalie importante, elle se fixe sur l'ADN et déclenche le processus d'apoptose, appelé aussi mort cellulaire programmée.
- Pour cette raison, le gène qui code la protéine 53 est qualifié de **gène suppresseur de tumeur.**
- D'autres gènes, appelés proto-oncogènes, stimulent la division cellulaire mais de façon contrôlée.

Lexique

Apoptose : mécanisme par lequel la cellule enclenche sa propre destruction.

Proto-oncogène : gène stimulant la division cellulaire.

B Des mutations de gènes régulateurs

- Ce sont des **mutations des gènes régulateurs** de la mitose ou de gènes comme celui de la p53 qui sont à l'origine de cancers.
- Ainsi, suite à une (ou plusieurs) mutation(s), **les proto-oncogènes se transforment en oncogènes** et deviennent hyper-actifs.
- Ces proto-oncogènes peuvent être aussi **réactivés par la présence d'un virus** qui insère son ADN dans celui de la cellule.

Doc. Extraits de la séquence de la protéine p53 chez deux individus, atteints ou non d'un cancer

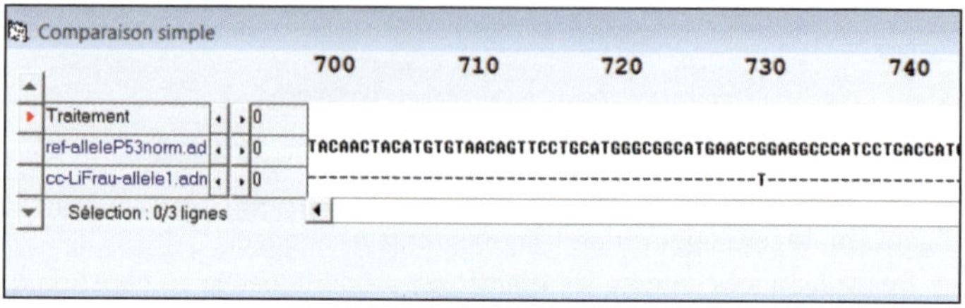

La prévention des cancers

125

Lue Relue Apprise

Les conditions de vie ont une influence sur le risque d'apparition des cancers. Connaître les facteurs favorisant la survenue d'un cancer permet d'en limiter les risques.

1 Une prédisposition génétique

- Le risque de développer un cancer est différent d'un individu à l'autre, même à mode de vie semblable.
- Comme pour d'autres **maladies plurifactorielles**, il existe des **gènes de prédisposition** dont certains allèles augmentent le risque de survenue de la maladie.
- Cela explique l'incidence plus forte de cancers à l'intérieur de certaines familles. Dans ce cas, on peut rechercher par des **tests génétiques**, lorsqu'ils existent, la présence d'allèles de prédisposition.
- En cas de résultats positifs, une **surveillance accrue est exercée afin de détecter le plus tôt possible la présence d'une tumeur**.

Doc. Risque de cancer du sein selon l'âge et la présence d'un allèle de susceptibilité

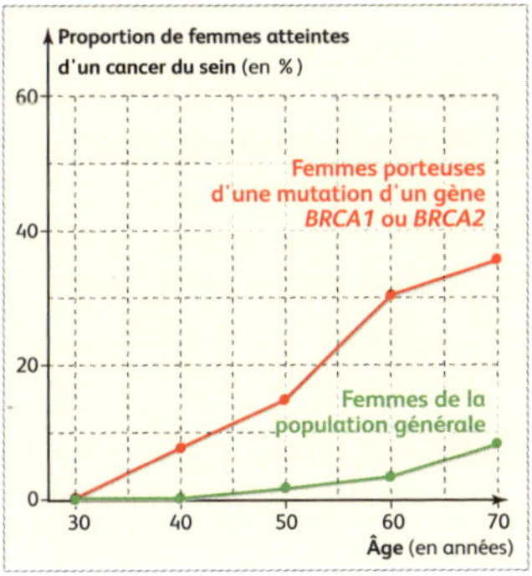

2 Une influence de l'environnement

A Des agents mutagènes

- Les **mutations sont des phénomènes aléatoires**. Néanmoins, des agents mutagènes peuvent en augmenter la fréquence.
- Des substances comme les **goudrons**, produits par la combustion du tabac, élèvent la fréquence de mutation. L'exposition aux rayons ultraviolets accroît le risque de cancer de la peau, surtout pour les individus à peau peu colorée.

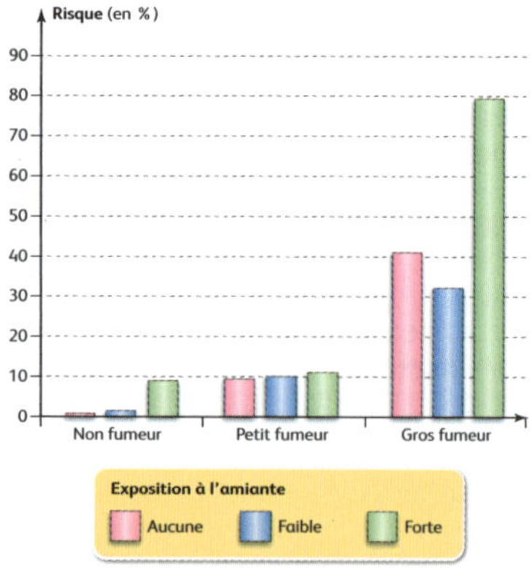

Doc. **Influence du tabac et de l'amiante sur l'apparition des cancers**

B Des virus mis en cause

- Certains virus peuvent déclencher des cancers.
- Le **papillomavirus** par exemple **accroît le risque de cancer de l'utérus.** Une fois introduit dans les cellules, il libère une protéine qui **inhibe l'activité de la p53** en se fixant sur elle.
- On a pu développer un **vaccin contre le papillomavirus** : celui-ci apprend au système immunitaire à détecter et éliminer la protéine du virus.
- D'autres vaccins contre le cancer sont à l'étude. C'est le cas de celui contre un type de cancer du poumon. À la différence du précédent, il n'agit que lorsque la maladie est déjà apparue. En effet, il consiste à stimuler le système immunitaire du malade pour éliminer les cellules cancéreuses.

Remarque

Un vaccin est par définition préventif mais les progrès de la médecine tendent à mettre au point des vaccins qui aident le système immunitaire uniquement lorsque la maladie est déjà présente.

3 Une évolution de l'incidence et de la mortalité

- Le nombre de cas de cancers a doublé entre 1980 et 2012 chez l'homme comme chez la femme.
- Cette évolution s'explique d'une part par le **vieillissement de la population** mais aussi par son **accroissement**. Par ailleurs, les **progrès du dépistage** permettent de détecter plus de cas.
- La mortalité par cancer a aussi augmenté mais bien plus faiblement que le nombre de cas. En conséquence, on peut dire que le risque de décéder d'un cancer a diminué notablement pendant cette période.

Les antibiotiques face aux maladies infectieuses

126

Lue Relue Apprise

Depuis leur découverte en 1928, de nombreux antibiotiques ont été mis au point. Par différents modes d'action, ils peuvent détruire une grande variété de micro-organismes.

1 Le mode d'action des antibiotiques

A Deux types d'antibiotiques

- Les antibiotiques sont des substances permettant de lutter contre les micro-organismes, **principalement les bactéries** mais aussi les champignons et les protozoaires.
- On distingue les **antibiotiques bactériostatiques**, qui empêchent la division cellulaire, des **antibiotiques bactéricides**, qui détruisent la cellule. Les antibiotiques bactériostatiques aboutissent néanmoins à la mort des micro-organismes puisqu'incapable de se diviser, la cellule se dégrade inévitablement.

Doc. Organisation simplifiée d'une bactérie

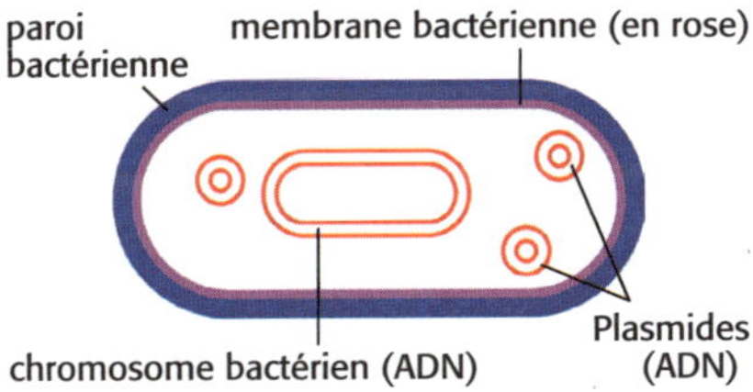

B Des modes d'action variés

- Le principe des antibiotiques est de **bloquer une étape de la vie** de cellule qui sera alors condamnée à disparaître.
- Certains agissent sur la **paroi cellulaire** et empêchent sa synthèse chez les cellules en croissance ou issues de la division. En exerçant une pression sur le cytoplasme, la paroi évite à la bactérie d'éclater sous l'effet de la pression des liquides cytoplasmiques.

Lexique

Paroi cellulaire : enveloppe cellulosique et rigide entourant les cellules bactériennes et végétales.

- Des antibiotiques agissent sur la **membrane plasmique** en la rendant perméable, ce qui entraîne une fuite des constituants, puis la mort cellulaire.

- Des antibiotiques **bloquent la réplication** – et donc la division qui suit – en empêchant le déroulement de l'ADN. Ce sont alors des substances bactériostatiques.
- D'autres antibiotiques **agissent sur la transcription**. Ils l'inhibent en se fixant sur l'ARN polymérase ou en empêchant le déroulement de l'ADN.

Doc. Action d'antibiotiques sur la transcription

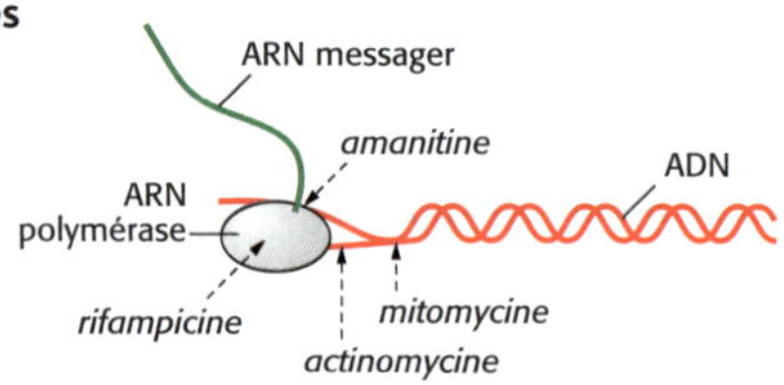

La rifampicine empêche la synthèse de l'ARNm en se fixant sur l'ARN polymérase.
L'actinomycine se combine à l'ADN et empêche la transcription.
La mitomycine empêche la séparation des deux brins de l'ADN.
L'amanitine inhibe la synthèse de l'ARNm.

- Enfin, certains antibiotiques agissent en bloquant différentes réactions cytoplasmiques.

2 Évaluer l'efficacité des antibiotiques

- Face à la diversité des antibiotiques disponibles, il convient de choisir parmi les plus adaptés pour garantir l'efficacité du traitement.
- Pour cela, un **antibiogramme est réalisé.** Il consiste à cultiver la bactérie responsable de l'infection sur une boîte de pétri contenant une solution nutritive. Différents antibiotiques sont par ailleurs déposés sous forme de pastilles, à partir desquelles ils diffusent et empêchent le développement bactérien. Une zone dépourvue de bactéries s'observe dans ce cas autour de la pastille. Son diamètre est proportionnel à la sensibilité de la bactérie à l'antibiotique.

Doc. Antibiogramme d'une souche de bactérie

Sur cet antibiogramme, on constate que les antibiotiques A et C sont les plus efficaces contre la bactérie. B et E ne le sont pas du tout puisqu'elle se développe à leur contact.

Améliorer l'efficacité des antibiotiques

127

Lue Relue Apprise

Les antibiotiques perdent progressivement leur efficacité, ce qui pose un problème de santé publique. Des règles d'utilisation strictes doivent être appliquées.

1 Des résistances aux antibiotiques

A Des résistances variées

- Les antibiogrammes montrent que **chaque souche de bactéries est plus ou moins sensible**, voire pas du tout, à un antibiotique donné. Dans ce dernier cas, on parle de **souche résistante**.
- Cela s'explique d'abord par la **spécificité des antibiotiques** qui ciblent une molécule ou une réaction chimique, différente d'une espèce à l'autre.
- Mais dans d'autres cas, l'efficacité d'un antibiotique contre une souche se perd progressivement à partir de son utilisation. On parle alors de **résistance acquise**.
- Par exemple, lorsqu'on cultive une souche de bactéries sensibles à un antibiotique comme la streptomycine, si la plupart ne se développent pas en sa présence, quelques-unes parviennent à se diviser et forment des colonies. **Elles sont devenues résistantes à cet antibiotique.**

Doc. Bactéries cultivées sur un milieu sans (a) ou avec streptomycine (b)

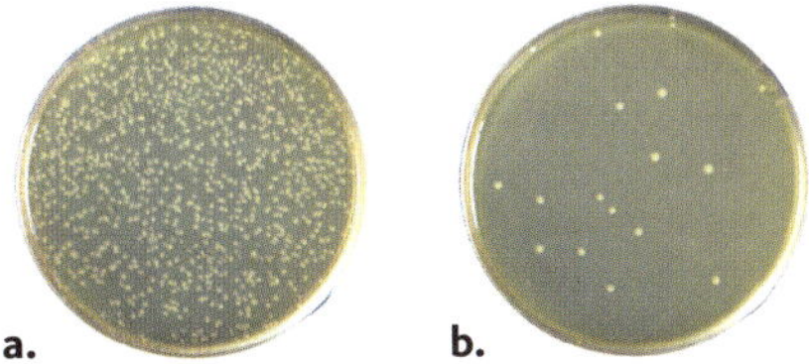
a. b.

B Les modalités d'apparition des résistances

- **La résistance à un antibiotique est un caractère de la bactérie, déterminé génétiquement**. Une résistance acquise survient après une **mutation**.
- Celle-ci est responsable du changement d'un caractère, par exemple la forme d'une molécule sur laquelle l'antibiotiques ne peut plus se fixer.
- **La fréquence d'apparition d'une résistance** est donc liée – a priori – à celle des mutations. Pourtant, les résistances acquises, parfois simultanément à plusieurs antibiotiques, sont plus fréquentes. Il existe donc une autre modalité d'acquisition que les seules mutations.

● **Les bactéries échangent entre elles des fragments de chromosome** sur lesquels sont présents des gènes de résistance. Parmi ceux-ci, les plus courants proviennent des **plasmides**, de petits fragments d'ADN circulaire portant des **gènes de résistance**.

Lexique

Plasmide : fragment d'ADN bactérien surnuméraire.

Gènes de résistance : gènes qui rendent la bactérie insensible à l'antibiotique.

● L'ampleur du phénomène est d'autant plus importante que ces échanges ont lieu y compris entre bactéries appartenant à des espèces différentes.

C La sélection des souches résistantes

● Une fois la souche devenue résistante à un antibiotique, **elle acquiert un avantage** face aux autres bactéries avec lesquelles elle est en compétition. La souche résistante **est sélectionnée**, elle réussit à survivre et à se développer d'autant mieux que les souches non résistantes sont éliminées. Ainsi, par ce phénomène de **sélection naturelle**, les gènes de résistance aux antibiotiques tendent à se répandre dans les populations bactériennes et leur **fréquence augmente**.

D Des phénomènes de résistance multiple

● Pour contourner le problème de la résistance aux antibiotiques, on peut administrer **plusieurs antibiotiques à la fois.** Si la probabilité d'apparition d'une résistance à une souche contre un antibiotique n'est pas rare, elle est très faible contre plusieurs antibiotiques à la fois.

● Pourtant **les phénomènes de résistance multiple**, c'est-à-dire contre plusieurs antibiotiques, se développent et constituent un vrai problème de santé publique.

2 Lutter contre les résistances

● **La découverte et la mise au point d'antibiotiques se fait moins rapidement que l'apparition des résistances.** La gamme d'antibiotiques utilisables de façon efficace tend donc à se réduire. On a même découvert des souches bactériennes résistantes à tous les antibiotiques connus.

● Il existe une **corrélation étroite entre la consommation d'antibiotiques et le développement des résistances.** La prescription d'antibiotiques doit se faire seulement contre des micro-organismes sensibles, les bactéries par exemple mais pas les virus.

● Plus les bactéries seront au contact avec les antibiotiques, plus elles développeront par **le phénomène de sélection naturelle des résistances** à ceux-ci. Aussi la prescription d'antibiotiques doit donc se faire de façon raisonnée.

Variations génétiques et santé

Révision EXPRESS

Le schéma à retenir

Variations génétiques et santé

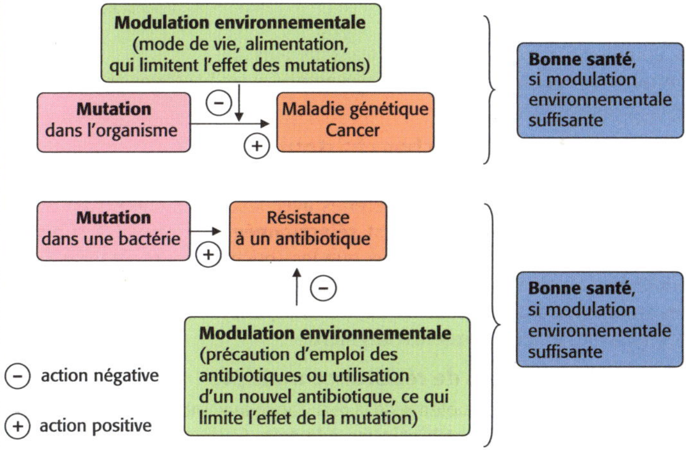

Les points essentiels

- Les maladies génétiques ont pour origine un **allèle muté, récessif ou dominant**. Si cet allèle muté est récessif et porté par un autosome, l'individu malade est obligatoirement **homozygote** : il possède deux exemplaires de l'allèle muté. Un individu **hétérozygote** est dit « porteur sain » : muni d'un exemplaire de l'allèle muté, il est capable de transmettre la maladie sans être malade.
- Le risque de transmission de la maladie est évalué à partir d'**un échiquier de croisement**. Si l'allèle muté est récessif, deux parents hétérozygotes ont **un risque sur quatre** d'avoir un enfant malade.
- **La thérapie génique** consiste à insérer un allèle non muté dans des cellules de l'individu malade, pour compenser l'allèle déficient. Pour transformer les cellules on utilise **un vecteur**, par exemple un virus modifié dans lequel l'allèle non muté a été introduit.

- **Les maladies plurifactorielles** comme le diabète de type II sont **favorisées par la présence de gènes de susceptibilité**. Elles dépendent également de **l'influence de l'environnement** (nutrition, activité physique...).
- **Les cancers** s'expliquent par **des mutations de gènes** impliqués dans la réparation de l'ADN ou dans le contrôle de la division cellulaire. **Les conditions de vie ont une influence** sur le risque d'apparition des cancers. Ainsi des agents mutagènes, en favorisant les mutations, favorisent la survenue des cancers.
- **Les antibiotiques** sont des molécules utilisées dans le traitement des infections bactériennes. Néanmoins, dans une population de bactéries au contact d'un antibiotique, des individus peuvent devenir résistants en raison de **l'apparition spontanée de mutations**. Avantagés, ces individus vont se reproduire en plus grand nombre : ils sont sélectionnés. L'antibiotique va alors devenir de moins en moins efficace pour lutter contre l'infection.

Mémo'Quiz

1. Un homozygote se distingue d'un hétérozygote par son nombre de gènes.
❑ Vrai ❑ Faux

2. Un porteur sain, dans le cas de la mucoviscidose, ne peut pas avoir d'enfant malade.
❑ Vrai ❑ Faux

3. La présence d'allèles de susceptibilité dans le cas d'une maladie favorise son déclenchement.
❑ Vrai ❑ Faux

4. Le cancer est une maladie plurifactorielle.
❑ Vrai ❑ Faux

5. Un antibiotique permet de soigner une maladie virale comme la grippe.
❑ Vrai ❑ Faux

→ corrigés p. 308

L'immunité innée, une première ligne de défense 128

Lue Relue Apprise

L'entrée de micro-organismes dans le corps déclenche une réaction d'inflammation, une réponse universelle et rapide de l'immunité innée.

1 Une première réponse face à l'agression

A Une réponse de l'immunité innée

- **L'organisme peut subir des agressions externes**, de nature microbienne ou physique. Des bactéries qui se multiplient ou libèrent des toxines, des virus qui pénètrent dans les cellules, le rayonnement solaire qui détruit les cellules de l'épiderme sont autant d'exemples courants.
- **La réaction inflammatoire est une première réponse de défense** à ces agressions. Elle est **innée, immédiate** et **non spécifique à l'agent agresseur**. Elle appartient à **l'immunité innée** qui s'oppose à **l'immunité adaptative.**

Lexique

Immunité innée : système de défense rapide, présent dès la naissance et ne nécessitant pas d'apprentissage.

B Les manifestations de la réaction inflammatoire

- La réaction inflammatoire se caractérise par un ensemble de signes : **rougeur, chaleur, œdème** (gonflement) **et douleur**.
- Rougeur, chaleur et œdème s'expliquent par un **afflux de sang** dans les tissus de la zone d'inflammation. La douleur est due à la présence de substances excitant les **terminaisons nerveuses spécifiques de la douleur**.

2 Le déroulement de la réaction inflammatoire

- La réaction d'inflammation se divise en deux phases successives : **la phase d'initiation** et **la phase d'amplification**.

A La phase d'initiation

- La pénétration des bactéries ou une lésion tissulaire déclenchent la production de signaux de danger détectés par des **cellules sentinelles** comme les cellules dendritiques ou les **mastocytes**.
- Les cellules sentinelles possèdent sur leur membrane des **récepteurs non spécifiques, les PRR,** qui peuvent reconnaître et se fixer à des molécules situées à la surface des bactéries.
- **Elles sécrètent alors des facteurs chimiques** qui déclenchent la réaction d'inflammation proprement dite. L'histamine, par exemple, provoque la dilatation des capillaires sanguins, d'où la rougeur et la chaleur observées dans la zone d'inflammation.

Lexique

Cellules sentinelles : cellules immunitaires qui résident en permanence dans les tissus, même lorsqu'ils ne sont pas lésés ou infectés.

• **Les PRR ne sont pas spécifiques d'un agent pathogène.** Ces molécules ont donc la possibilité de reconnaître la plupart d'entre eux. **L'immunité innée est non spécifique.**

• On retrouve des PRR identiques chez des êtres vivants variés, plantes et insectes par exemple. **Les mécanismes de reconnaissance non spécifique ont donc été conservés au cours de l'évolution.**

B La phase d'amplification

• L'histamine, avec d'autres facteurs chimiques, attire des cellules immunitaires, **les granulocytes et les macrophages circulants, tous des leucocytes.**

• Ces cellules passent à travers la paroi distendue des capillaires. C'est la **diapédèse**. Du plasma s'échappe aussi dans les tissus, provoquant l'œdème dans la région d'inflammation.

• D'autres facteurs, les **cytokines**, stimulent la prolifération des cellules inflammatoires déjà sur place qui, en plus grand nombre, peuvent s'attaquer efficacement aux micro-organismes. Il y a **amplification de la réponse**.

Lexique

Leucocytes : cellules sanguines avec noyau, appelées aussi globules blancs.

Granulocyte : leucocyte à noyau plurilobé.

Macrophage : leucocyte résidant dans les tissus et réalisant la phagocytose.

Doc. La réaction inflammatoire

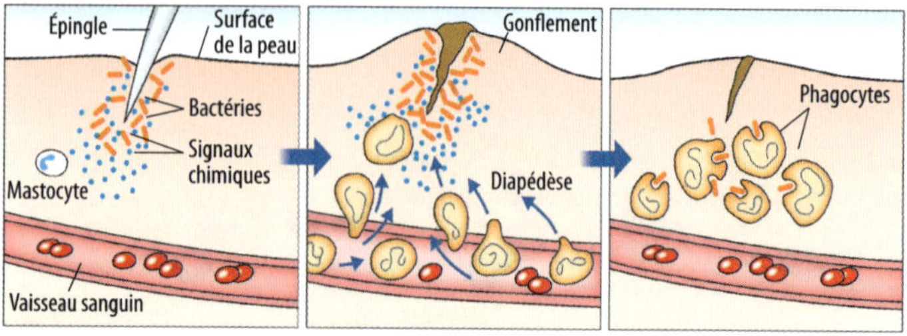

❶ Blessure : libération de médiateurs chimiques.

❷ Dilatation et passage de plasma : diapédèse des phagocytes.

❸ Consommation des bactéries et débris cellulaires par les phagocytes.

• **Les granulocytes et les macrophages** reconnaissent les bactéries et les englobent pour les absorber. C'est la **phagocytose** (voir la fiche 40).

• Les débris cellulaires issus de la dégragation des micro-organismes ainsi que les cellules immunitaires s'accumulent dans un liquide caractéristique, **le pus**, qui lui aussi sera éliminé par la phagocytose.

La réaction d'inflammation : une réaction centrale

129

Lue Relue Apprise

La réaction inflammatoire initie l'élimination des pathogènes et prépare aussi la réponse adaptative. Elle est modulée, ce qui évite un emballement autodestructeur.

1 L'élimination des micro-organismes

● **Granulocytes et macrophages** notamment éliminent par ingestion des micro-organismes ou des cellules reconnus comme indésirables. C'est **la phagocytose**, qui se déroule en plusieurs étapes :

- **adhésion** de la cellule phagocytaire au pathogène (bactéries...) et reconnaissance, grâce à des récepteurs, de marqueurs non spécifiques présents à la surface de tous les pathogènes ;
- **expansion de la membrane plasmique** du phagocyte entourant la bactérie et formation d'une **vésicule** ;
- fusion de cette vésicule avec d'autres remplies **d'enzymes digestives** ;
- digestion du phagocyte ;
- rejet à l'extérieur de la cellule des déchets digestifs.

Lexique

Phagocytose : absorption et digestion de particules étrangères ou débris d'organisme par des cellules spécialisées.

Doc. **Les étapes de la phagocytose**

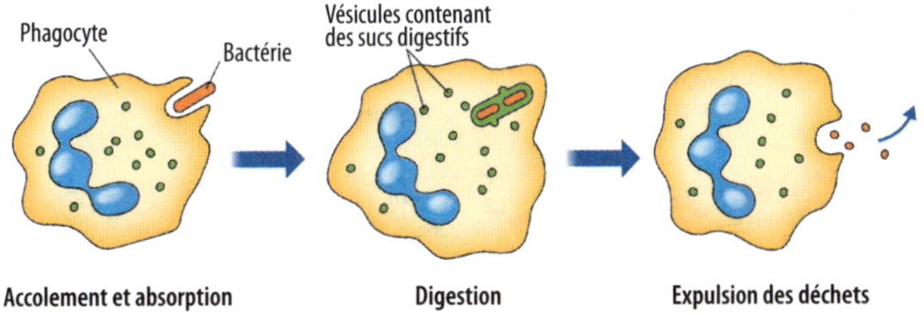

2 La préparation à la réponse adaptative

● La réaction inflammatoire n'est pas toujours suffisante pour éliminer totalement le pathogène. Elle est complétée par la **réponse immunitaire adaptative**, pour laquelle interviennent d'autres leucocytes, les **lymphocytes B et T**.

● Des cellules phagocytaires, comme les macrophages ou les cellules dendritiques, **ne digèrent que partiellement les pathogènes**. Des

- fragments issus de leurs **antigènes** de surface sont conservés et exposés à la surface de la cellule phagocytaire, associés à des molécules du **Complexe Majeur d'Histocompatibilité** (CMH).
- Le phagocyte devient alors une **cellule présentatrice de l'antigène** (**CPA**).
- **L'association CMH-antigène** exposée à la surface des phagocytes est **spécifique** Elle possède une séquence propre qui lui donne une **forme spécifique dans l'espace**. Elle permettra le déclenchement de la réponse immunitaire adaptative.

Lexique

Antigène : molécule qui déclenche une réaction immunitaire spécifique.

Complexe Majeur d'Histocompatibilité : protéines membranaires marqueurs de l'identité des cellules.

Cellule présentatrice de l'antigène (CPA) : cellule exposant sur sa face externe un fragment d'antigène associé à une molécule du CMH.

3 Moduler la réaction inflammatoire

- La réaction inflammatoire est à l'origine de **douleurs** et de **fièvre**, normalement de courte durée mais qui peuvent persister, devenir chroniques et produire des lésions dans les tissus.
- Des médicaments anti-inflammatoires comme **l'aspirine** permettent le contrôle de la réaction inflammatoire et en **limitent les effets**.
- L'aspirine ou **acide salicylique** est une molécule utilisée depuis l'Antiquité, extraite à l'époque de l'écorce d'un arbre, le saule. Au XIXe siècle, la **synthèse chimique** de la molécule a permis sa large diffusion.
- La molécule inhibe la synthèse de signaux chimiques, les **prostaglandines**, qui provoquent en temps normal la dilatation des vaisseaux sanguins nécessaire à la réaction d'inflammation.

Doc. **Mode d'action d'un anti-inflammatoire, l'aspirine**

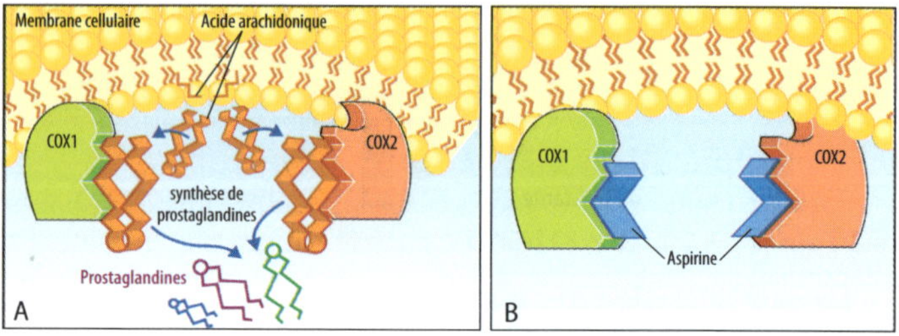

Les anticorps, des effecteurs de l'immunité adaptative

130

Lue Relue Apprise

La réponse immunitaire adaptative neutralise les pathogènes grâce à deux types d'agents effecteurs, dont les anticorps.

1 Les anticorps, des molécules effectrices circulantes

- L'infection par des micro-organismes provoque une élévation du taux d'**immunoglobulines ou anticorps**, des protéines plasmatiques.
- Ces anticorps sont capables de neutraliser l'agent pathogène. Ce sont les effecteurs de la **réponse immunitaire à médiation humorale,** une des deux composantes de la **réponse immunitaire adaptative.**
- Un anticorps se fixe **de façon spécifique** sur un antigène, par complémentarité.
- Un anticorps est constitué de **quatre chaînes polypeptidiques**, deux chaînes lourdes (H) et deux chaînes légères (L) identiques deux à deux.
- Chacune de ces quatre chaînes présente une **partie constante**, de même séquence pour tous les anticorps, et une **partie variable**, différente d'un anticorps à l'autre. C'est au niveau de cette partie variable qu'ont lieu la reconnaissance et la fixation de l'antigène. C'est la forme dans l'espace du **site de fixation** qui explique la spécificité d'un anticorps. Un anticorps possède deux sites de fixation identiques.

Lexique

Réponse immunitaire à médiation humorale : réponse immunitaire adaptative dont les effecteurs sont des molécules, les anticorps.

Réponse immunitaire adaptative : réponse immunitaire spécifiquement dirigée contre un antigène.

Doc. La structure d'un anticorps

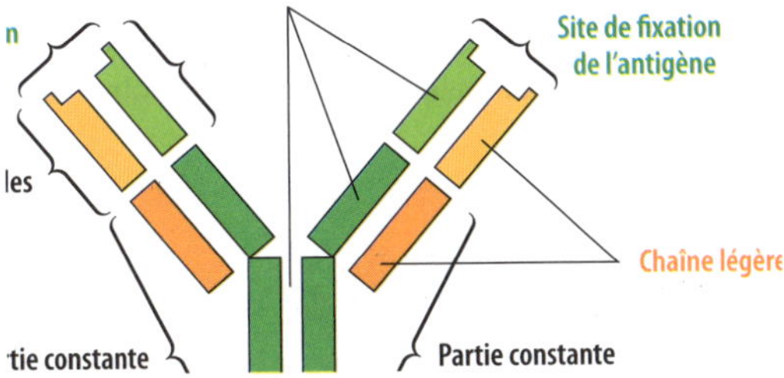

2 Les modes d'action des anticorps

A La neutralisation des agents pathogènes

- Les anticorps ne détruisent pas le porteur d'antigène mais le **neutralisent**, c'est-à-dire l'empêchent d'agir.

● **Les anticorps se fixent sur les antigènes** portés par des virus et les **masquent**, ce qui empêche le contact et la pénétration dans les cellules-cibles. L'infection de nouvelles cellules est ainsi rendue impossible. Les anticorps se fixent aussi sur les antigènes libres, comme les toxines libérées par des bactéries.

● L'association antigène-anticorps forme un **complexe immun** qui sera éliminé.

● L'existence de deux sites de fixation par anticorps permet l'association de plusieurs anticorps et de plusieurs antigènes et la précipitaion des complexes immuns.

Doc. La formation d'un complexe immun

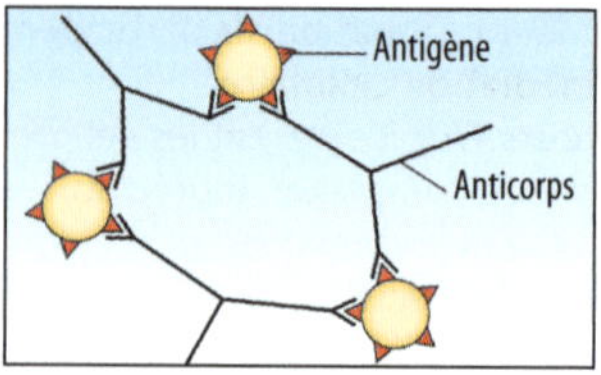

B Une préparation à la phagocytose

● La fixation de l'antigène occupe une seule extrémité de l'anticorps. L'autre **extrémité, constante,** reste disponible. Or, il existe à la surface de cellules du système immunitaire comme les macrophages ou les granulocytes, des **récepteurs complémentaires** de cette extrémité.

● Ces récepteurs, non spécifiques, ne se fixent à l'anticorps que s'il est associé à un antigène et forme un complexe immun.

● Cette fixation déclenche alors la phagocytose du complexe immun et sa dégradation.

Doc. Les anticorps et la phagocytose

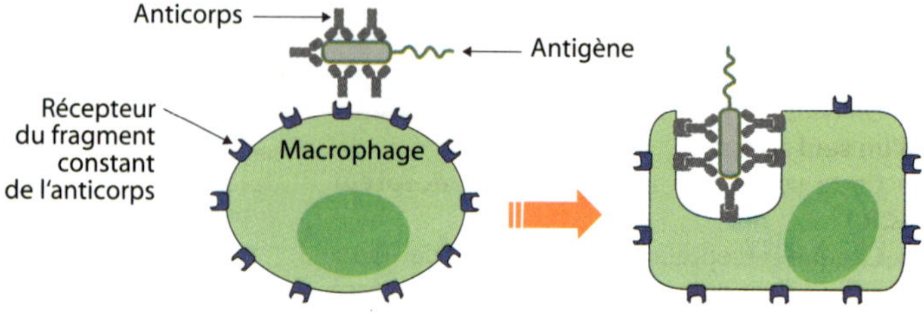

Les lymphocytes T cytotoxiques, des cellules effectrices

131

Lue Relue Apprise

Parallèlement aux anticorps, les lymphocytes T cytotoxiques participent à l'élimination de l'antigène.

1 Un contrôle des populations cellulaires

- Les anticorps ne peuvent pas neutraliser les cellules cancéreuses ou infectées par un virus, dangereuses pour l'organisme. Les lymphocytes cytotoxiques (LTc), capables de les reconnaître, assurent leur élimination. Ils participent à la **réponse à médiation cellulaire**.
- Leurs **récepteurs TCR** identifient les cellules en se fixant sur des **complexes moléculaires** situés sur la membrane plasmique.
- Constitués par l'association d'un marqueur du **Complexe Majeur d'Histocompatibilité** (CMH) et d'un fragment d'antigène du pathogène (complexes CMH-Ag), ces complexes marquent les cellules anormales.
- Les cellules reconnues par les lymphocytes cytotoxiques sont détruites, d'où le nom donné à cette catégorie de **cellules effectrices.**

Lexique

Réponse à médiation cellulaire : réponse immunitaire adaptative dont les effecteurs sont des cellules, les lymphocytes T CD8 (différenciés en lymphocytes T cytotoxiques).

Doc. Le complexe CMH-Antigène

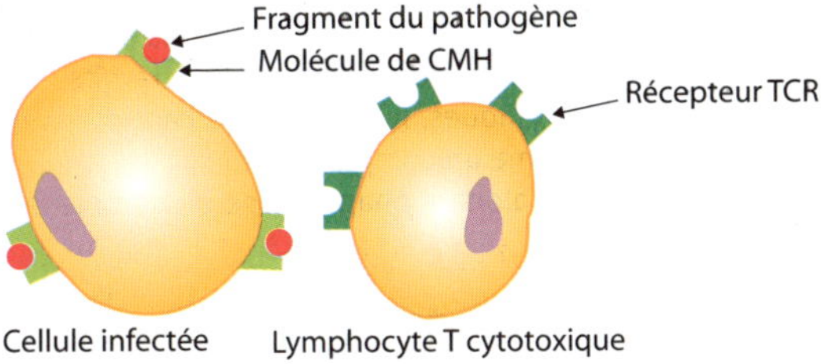

2 Des cellules spécifiques

- Un lymphocyte T cytotoxique est **spécifique d'un seul antigène.**
- Cette spécificité dépend de leur **récepteur TCR**.
- Chaque récepteur est constitué de deux chaînes peptidiques exposées sur la face externe de la membrane plasmique. L'extrémité des deux chaînes fixée dans la membrane est identique chez tous les lymphocytes T cytotoxiques

Remarque

Un lymphocyte donné ne porte qu'un seul type de récepteur TCR, mais en plusieurs exemplaires.

contrairement à l'extrémité libre, **de séquence variable** d'un lymphocyte à l'autre.

- **La forme spécifique** de l'extrémité libre la rend **complémentaire d'un seul complexe CMH-Ag**.

3 Une lyse des cellules par contact

- Une fois la cellule cible reconnue, le lymphocyte T cytotoxique s'y fixe par son récepteur TCR. Il sécrète alors une substance, **la perforine**, qui perce la membrane plasmique de la cellule infectée.
- De l'eau s'engouffre dans la cellule et la fait éclater. Parallèlement, le lymphocyte T cytotoxique sécrète des enzymes qui la digèrent.
- Le lymphocyte T cytotoxique **lyse** les cellules-cibles **par contact**.

Remarque

Contrairement aux anticorps qui circulent et opèrent à distance de leur lieu de production, **la perforine agit là où elle a été produite**.

Doc. La lyse, par un lymphocyte T cytotoxique, de la cellule infectée

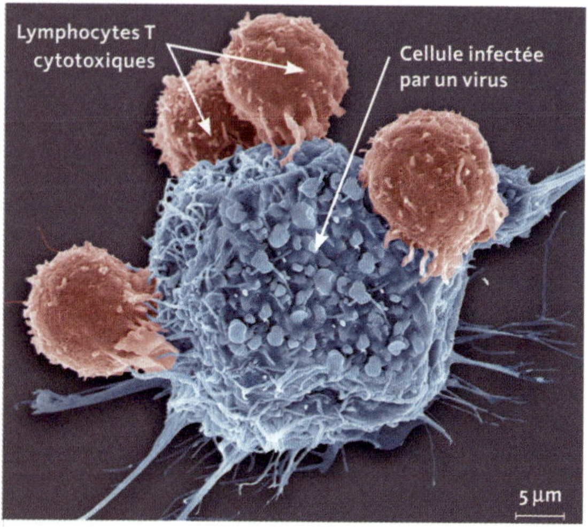

- Les lymphocytes T cytotoxiques jouent, comme les anticorps, le rôle d'effecteurs de la réponse immunitaire adaptative, mais ils s'en distinguent par différentes caractéristiques :
  - ce sont des cellules et non pas des molécules ;
  - ils sont capables d'éliminer les cellules infectées de l'organisme.

Mise en place de la réponse immunitaire adaptative

132

Lue Relue Apprise

La phase effectrice de la réponse immunitaire adaptative est précédée par une phase de sélection et par une phase d'amplification, nécessaires à une réponse efficace.

1 La phase de sélection

- Dès son entrée dans l'organisme, un pathogène est reconnu par des récepteurs présents à la surface des lymphocytes B et T spécifiques. Ces lymphocytes sont alors **sélectionnés**.
- Chaque **lymphocyte B** (LB) ne porte qu'**un seul type de récepteurs**, de même structure que les anticorps sécrétés. On les nomme aussi « **anticorps membranaires** ».
- Les lymphocytes B reconnaissent directement l'antigène, soit libre, soit présent à la surface du pathogène, virus ou bactérie.
- Les récepteurs des lymphocytes T reconnaissent l'antigène présenté par des cellules de l'organisme (cellule présentatrice de l'antigène-CPA) associé aux marqueurs cellulaires du CMH.
- Il existe **deux catégories de lymphocytes T** qui se distinguent par des marqueurs membranaires différents, les marqueurs CD4 et les marqueurs CD8.
- **La sélection des lymphocytes compétents B et T** constitue le **premier signal déclencheur** de la réponse immunitaire adaptative, ou **induction.**

Lexique

Sélection : recrutement de lymphocytes spécifiques de l'antigène.

Lymphocyte compétent : lymphocyte capable de participer à une réaction immunitaire.

Induction : déclenchement de la réponse immunitaire adaptative.

2 La phase d'amplification

- Les lymphocytes T CD4 sélectionnés se multiplient et se différencient en **lymphocytes T CD4 auxiliaires** secrèteurs **d'interleukine 2.**
- **La libération d'interleukine 2 par les LT auxiliaires** constitue le **deuxième signal** de la réponse immunitaire adaptative. L'interleukine agit sur les lymphocytes B, T CD8 et T CD4 préalablement sélectionnés, c'est-à-dire ayant reconnu l'antigène. Elle **stimule leur multiplication** et permet la formation de **clones**, groupe de lymphocytes identiques, spécifiques d'un antigène.
- Les LB sélectionnés et stimulés par l'interleukine 2 se transforment en **plasmocytes, cellules sécrétrices d'anticorps,** reconnaissables à leur abondant réticulum endoplasmique granulaire spécialisé dans la synthèse protéique.

- Les LT CD8 se différencient quant à eux en lymphocytes T cytotoxiques capables de sécréter de la perforine.
- Ainsi, cette multiplication cellulaire suivie d'une différenciation permet de produire un grand nombre de cellules seulement en présence du pathogène. C'est un mécanisme tourné vers l'économie.

Doc. **Sélection et activation des lymphocytes**

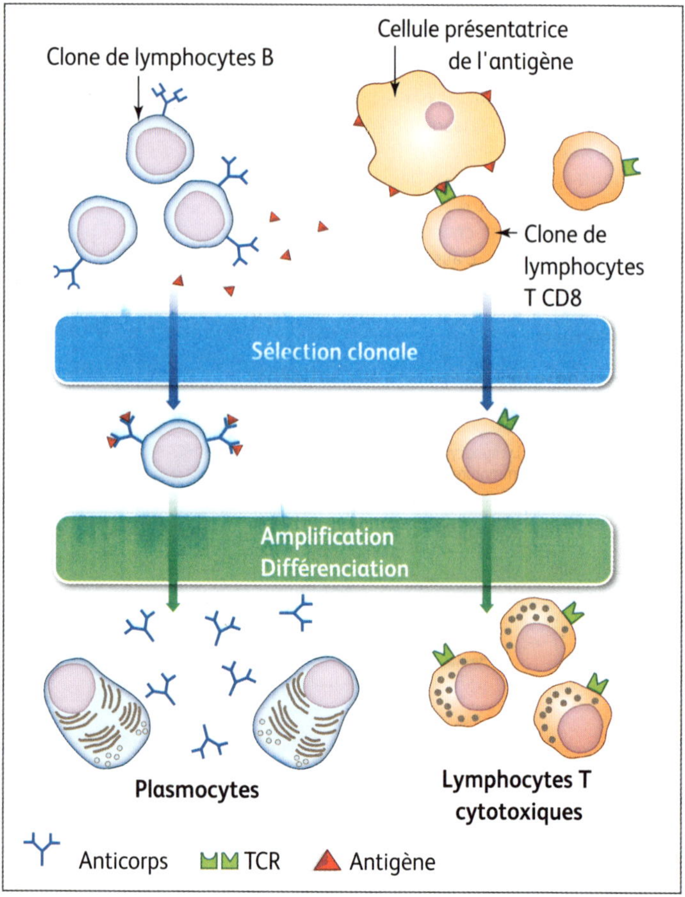

Le répertoire immunitaire

Lue Relue Apprise

Les cellules du système immunitaire reconnaissent spécifiquement des millions d'antigènes différents grâce à la diversité de leurs récepteurs.

1 Une production aléatoire de récepteurs

- Les cellules de l'immunité adaptative, lymphocytes B et T, sont produites dans **la moelle osseuse**, à partir de cellules souches qui se multiplient puis se différencient.
- Ces cellules constituent des populations identiques, ou **clones**, différentes les unes des autres par les récepteurs spécifiques aux antigènes.
- Chaque individu possède un **répertoire spécifique de récepteurs** codés par son génotype. Pourtant, nous possédons entre 20 à 30 000 gènes, bien moins que les millions de récepteurs différents produits.
- Les récepteurs T et B sont codés par un système de gènes dont chacun est constitué de plusieurs fragments. **L'assemblage au hasard** de ces fragments multiplie les possibilités et aboutit à la synthèse d'une multitude de récepteurs différents.

Rappel

Les récepteurs B et TCR sont des protéines, ils sont donc codés par les gènes.

Doc. Synthèse des récepteurs aux antigènes

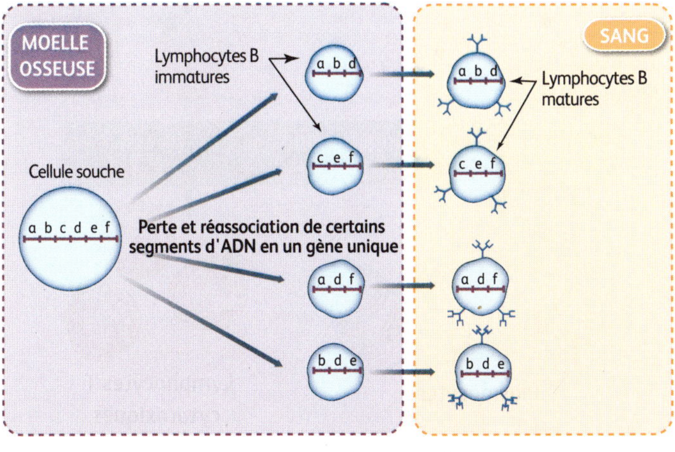

- Ainsi, les cellules immunitaires fabriquent des récepteurs aux antigènes sans jamais avoir été au contact de ces derniers. L'ensemble des récepteurs d'un individu constitue son **répertoire immunitaire**.

2 Une sélection des récepteurs

A L'acquisition d'une immunocompétence

- Après leur production, les lymphocytes B et T, incapables de participer à la réponse immunitaire adaptative, doivent subir une **maturation**.
- **Les lymphocytes B** acquièrent leurs récepteurs membranaires dans la **moelle osseuse** où ils deviennent **immunocompétents**.
- **Les lymphocytes T** passent dans le **thymus**. Là, ils acquièrent leurs récepteurs TCR et deviennent **immunocompétents**.

Remarque
Ne pas confondre les **récepteurs TCR** et les **marqueurs CD4** et **CD8**.

B L'élimination des cellules dirigées contre le soi

- Les récepteurs aux antigènes étant fabriqués de façon aléatoire, un certain nombre de lymphocytes T et d'anticorps membranaires sont dirigés contre les cellules de leur propre organisme (« le soi »).
- Les **maladies auto-immunes** sont la plupart du temps évitées car les cellules immunitaires dirigées contre le soi, **les cellules autoréactives**, sont éliminées ou neutralisées.
- La majeure partie des cellules autoréactives sont éliminées, dans la moelle osseuse pour les LB, dans le thymus pour les LT. Quelques cellules autoréactives circulent néanmoins dans le sang et sont neutralisées par le système immunitaire.

Lexique
Maladies auto-immunes : maladies pour lesquelles le système immunitaire détruit les cellules de l'organisme.

Doc. Élimination et contrôle des lymphocytes T autoréactifs

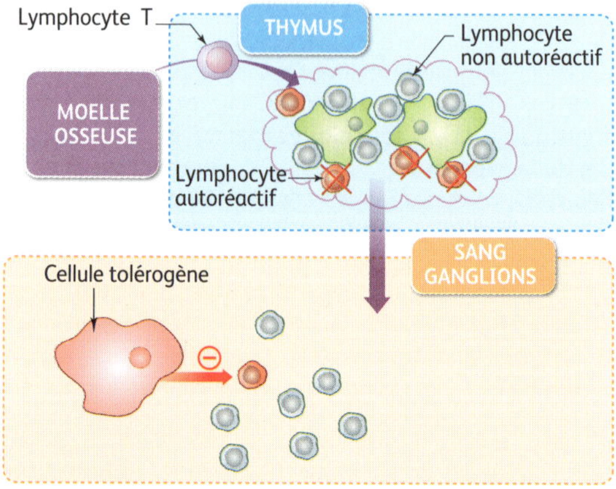

Immunité adaptative et santé humaine

134

Lue Relue Apprise

Les caractéristiques du système immunitaire définissent le phénotype immunitaire, variable au cours de la vie et d'un individu à l'autre.

1 La mémoire immunitaire

- La réponse immunitaire adaptative, sécrétion d'anticorps ou production de lymphocytes T, est **plus rapide, de plus grande amplitude et de plus longue durée au cours d'un second contact** avec un même antigène. C'est la **réponse secondaire,** plus efficace que la **réponse primaire**.
- La réponse secondaire explique qu'un pathogène déjà rencontré par l'organisme ne déclenche plus la maladie. Le système immunitaire garde en **mémoire** le contact avec l'antigène.

Doc. Sécrétion d'anticorps au cours des réponses primaire et secondaire

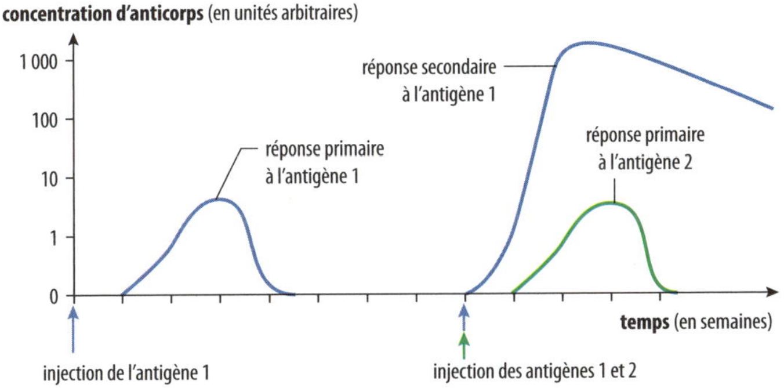

- Au cours de la réponse primaire, tous les lymphocytes produits ne se différencient pas en cellules effectrices, une partie deviennent des cellules à longue durée de vie, **les cellules mémoire**.
- Au cours de la réponse secondaire, ces **lymphocytes B et T mémoire** sont immédiatement opérationnels. Ils se multiplient et se différencient plus rapidement en cellules effectrices, ce qui rend la réaction plus efficace.
- La mise en mémoire du contact avec l'antigène explique aussi qu'une même maladie infectieuse ne se contracte pas deux fois, sauf si les antigènes du pathogène varient d'une année à l'autre, comme dans le cas de la grippe.
- **Le principe de la vaccination repose sur ce mécanisme** qui consiste à inoculer un micro-organisme rendu non pathogène ou un de ses antigènes à un individu afin qu'une réponse secondaire se produise dès le contact suivant.

- La longue durée de vie des cellules mémoire permet de ne stimuler le système immunitaire qu'après de longues années, au cours d'une injection de rappel.
- À l'antigène est associé un **adjuvant, non antigénique,** déclenchant une réaction d'inflammation qui stimule la réaction immunitaire adaptative.

Doc. Variation du taux d'anticorps spécifiques suite à une vaccination contre l'hépatite B

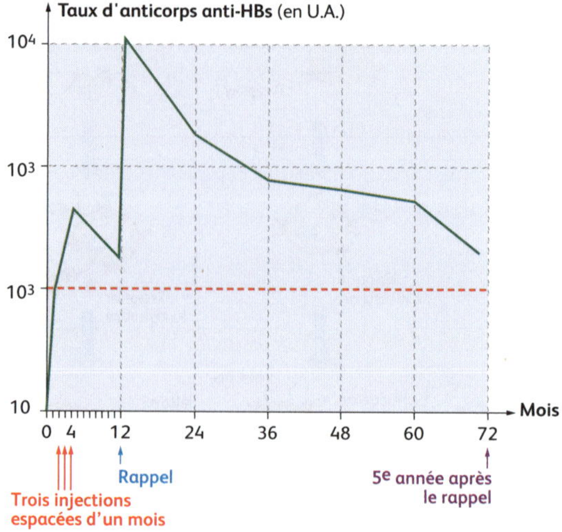

2 L'évolution du phénotype immunitaire

- Le répertoire immunitaire dépend du génotype et détermine le **phénotype immunitaire** de chaque individu.
- Au contact d'un antigène, l'effectif des lymphocytes sélectionnés augmente. Ainsi, le phénotype immunitaire évolue selon l'environnement.

Lexique

Phénotype immunitaire : ensemble des lymphocytes T et B capables de reconnaître des antigènes différents.

- Chez le nouveau-né, le répertoire immunitaire est essentiellement constitué de **lymphocytes naïfs**, c'est-à-dire n'ayant jamais été au contact de l'antigène.
- Les contacts répétés avec des antigènes variés font diminuer la proportion de lymphocytes naïfs, tandis que celle de lymphocytes mémoire augmente.

Le schéma à retenir

La réponse immunitaire adaptative à une infection virale

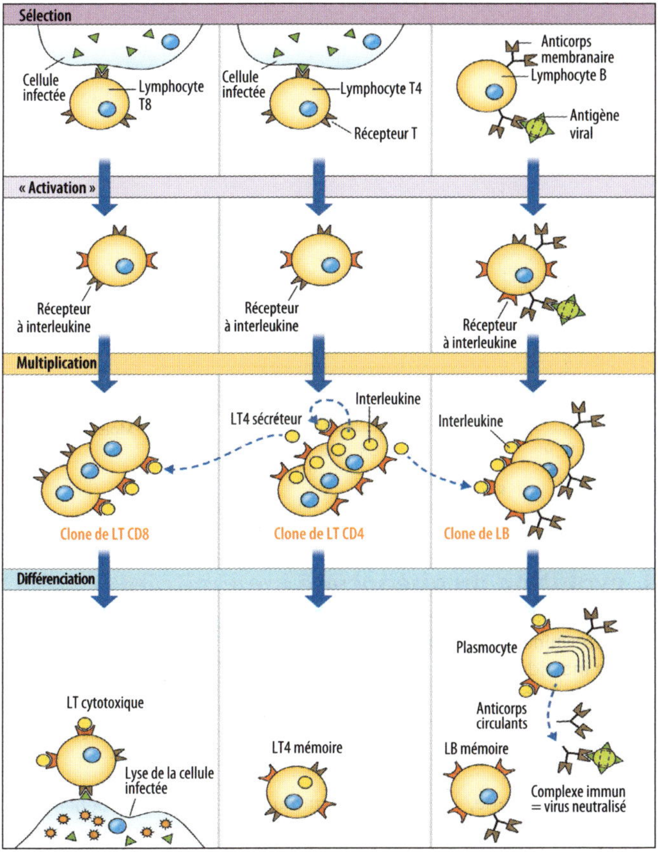

Les points essentiels

- L'entrée de micro-organismes dans le corps déclenche **une réaction d'inflammation** qui aboutit à leur élimination. Cette réaction innée, non spécifique, prépare **la réaction immunitaire adaptative** qui va suivre en transformant certaines cellules en **cellules présentatrices de l'antigène**.
- **Au cours de la réponse adaptative**, des lymphocytes B reconnaissent un antigène grâce à leurs récepteurs spécifiques. Ils sont alors sélectionnés, puis **différenciés en plasmocytes**, sécréteurs d'anticorps. Ceux-ci s'associent à l'antigène et forment **un complexe immun** qui sera éliminé.
- Parallèlement, des lymphocytes T CD8 sont sélectionnés et deviennent **des LT cytotoxiques** capables de **lyser** des cellules infectées.
- La réponse immunitaire adaptative est **coordonnée**. Des cellules présentent l'antigène à des lymphocytes T CD4. Une fois l'antigène reconnu, les LTCD4 sécrètent de **l'interleukine** capable d'activer la différenciation des lymphocytes B et T CD8 préalablement sélectionnés.
- Les récepteurs des LB et LT sont fabriqués par assemblage aléatoire de fragments de gènes. Le nombre considérable de combinaisons possibles permet d'en former autant que d'antigènes.
- La vaccination repose sur le fait que, lors d'un second contact avec l'antigène, la réponse immunitaire adaptative est plus rapide et plus intense grâce à l'intervention de **cellules mémoire**.

Mémo'Quiz

1. La réaction adaptative est immédiate et spécifique.
❑ Vrai ❑ Faux

2. Les lymphocytes B possèdent des anticorps membranaires.
❑ Vrai ❑ Faux

3. La réaction inflammatoire fait intervenir les lymphocytes.
❑ Vrai ❑ Faux

4. Les lymphocytes T sont produits dans le thymus.
❑ Vrai ❑ Faux

5. La vaccination repose sur l'existence de cellules mémoire.
❑ Vrai ❑ Faux

→ **corrigés p. 308**

Corrigés des Mémo'Quiz

Maths

5. 1. Faux **2.** Vrai **3.** Vrai

6. 1. Vrai **2.** Vrai **3.** Faux

7. 1. Vrai **2.** Vrai **3.** Vrai

8. 1. géométrique de raison 0,2 **2.** $6{,}55 \times 10^{-12}$ **3.** 32,15

9. 1. 5050 **2.** 1023 **3.** 2431 **4.** 2,999

10. 1. a pour solutions 1 et –2 **2.** a pour solution 5 **3.** n'a pas de de solution **4.** $3(x+2)(x-5)$

11. 1. Vrai **2.** Faux **3.** Faux **4.** Vrai

12. 1. Vrai **2.** Faux **3.** Vrai

13. 1. $f'(-1) = -3$ **2.** $g'(3) = -12$ **3.** $h'(2) = -\frac{5}{4}$

14. 1. Faux **2.** Vrai **3.** Vrai **4.** Vrai **5.** Faux

15. 1. $y = x - 1$ **2.** $y = 16x + 20$ **3.** $x = 0$

16. 1. Faux **2.** Vrai **3.** Faux **4.** Vrai **5.** Vrai **6.** Vrai

17. 1. Faux **2.** Faux **3.** Vrai

18. 1. deux extremums locaux **2.** égal à –27 et atteint en 3

19. 1. Faux **2.** Faux **3.** Vrai **4.** Vrai **5.** Vrai

20. 1. $3(1 - 2x)e^{-2x}$ **2.** $]-\infty\,;\frac{1}{2}]$ **3.** $y = 3x$

21. 1. Faux **2.** Vrai **3.** Vrai **4.** Faux

22. 1. B **2.** C **3.** D **4.** E

23. 1. $-\sqrt{0{,}91}$ **2.** $\sqrt{0{,}75}$ **3.** –3,18 **4.** $\frac{\sqrt{3}}{3}$

24. 1. Faux **2.** Vrai **3.** Vrai **4.** Vrai

25. 1. Vrai **2.** Faux **3.** Vrai

26. 1. Impaire **2.** Paire **3.** $\frac{2\pi}{3}$

27. 1. Faux **2.** Vrai **3.** Vrai

28. 1. Vrai **2.** Faux **3.** Vrai **4.** Vrai

Corrigés des Mémo'Quiz

29. **1.** –7 **2.** –7 **3.** $\sqrt{13}$ **4.** 13 **5.** 2,2 rad

30. **1.** ni l'un ni l'autre **2.** colinéaires **3.** orthogonaux

31. **1.** Vrai **2.** Faux **3.** Vrai

32. **1.** Faux **2.** Vrai **3.** Vrai

33. **1.** $\mathscr{D}_1$ et $\mathscr{D}_2$ ne sont ni l'un, ni l'autre **2.** $\mathscr{D}_3 // \mathscr{D}_4$
3. $y = 3x - 5$ **4.** $y = -\frac{1}{3}x + \frac{5}{3}$

34. **1.** $\vec{u}$ et $\vec{u}'$ colinéaires ; $\vec{u} \cdot \vec{u}' = 0$ **2.** $\vec{n} \cdot \vec{n}' = 0$; $\vec{u} \cdot \vec{u}' = 0$; $\vec{u}$ et $\vec{n}'$ colinéaires
3. $2\sqrt{3}$ **4.** 2

35. Pas de Mémoquiz

36. **1.** 35 éléments **2.** 260 éléments **3.** 135 éléments

37. **1.** $\frac{20}{31}$ **2.** $\frac{12}{31}$ **3.** $\frac{240}{992}$ **4.** $\frac{240}{992}$

38. **1.** 0,47 **2.** 0,094 **3.** 0,19

39. **1.** Faux **2.** Vrai **3.** Vrai **4.** Faux

40. **1.** Vrai **2.** Faux **3.** Vrai

41. **1.** 0,1 **2.** 2,4 **3.** Faux **4.** 5,5

42. **1.** Vrai **2.** Faux **3.** Vrai

43. **1.** Vrai **2.** Faux **3.** Vrai

44. **1.** Faux **2.** Vrai

45. **1.** 5 **2.** i allant de 0 à 5 **3.** $S + u$ **4.** $2v - 7$ **5.** –84

46. **1.** $x^3 - 2 > 0$ **2.** $x - 0{,}01$ **3.** 1,25

47. **1.** Faux **2.** Vrai **3.** Vrai

48. **1.** Faux **2.** Vrai **3.** Vrai

49. **1.** Faux **2.** Vrai **3.** Vrai

Physique-Chimie

50.	**1.** Vrai	**2.** Vrai	**3.** Faux	**4.** Faux
51.	**1.** Faux	**2.** Faux	**3.** Vrai	**4.** Vrai
52.	**1.** Vrai	**2.** Faux	**3.** Vrai	**4.** Faux
53.	**1.** Vrai	**2.** Faux	**3.** Faux	**4.** Vrai
54.	**1.** Faux	**2.** Vrai	**3.** Vrai	**4.** Vrai
55.	**1.** Vrai	**2.** Vrai	**3.** Vrai	**4.** Faux
56.	**1.** Vrai	**2.** Vrai	**3.** Faux	**4.** Vrai
57.	**1.** Vrai	**2.** Vrai	**3.** Vrai	**4.** Faux
58.	**1.** Faux	**2.** Vrai	**3.** Faux	**4.** Vrai
59.	**1.** Vrai	**2.** Vrai	**3.** Vrai	**4.** Vrai
60.	**1.** Vrai	**2.** Vrai	**3.** Faux	**4.** Faux
61.	**1.** Vrai	**2.** Faux	**3.** Faux	**4.** Vrai
62.	**1.** Vrai	**2.** Faux	**3.** Faux	**4.** Faux
63.	**1.** Faux	**2.** Faux	**3.** Vrai	**4.** Vrai
64.	**1.** Vrai	**2.** Vrai	**3.** Vrai	**4.** Vrai
65.	**1.** Vrai	**2.** Vrai	**3.** Faux	**4.** Vrai
66.	**1.** Vrai	**2.** Faux	**3.** Vrai	**4.** Faux
67.	**1.** Vrai	**2.** Vrai	**3.** Faux	**4.** Vrai
68.	**1.** Vrai	**2.** Vrai	**3.** Faux	**4.** Vrai
69.	**1.** Vrai	**2.** Faux	**3.** Faux	**4.** Faux
70.	**1.** Vrai	**2.** Vrai	**3.** Vrai	**4.** Vrai
71.	**1.** Faux	**2.** Vrai	**3.** Vrai	**4.** Vrai
72.	**1.** Faux	**2.** Vrai	**3.** Faux	**4.** Vrai
73.	**1.** Vrai	**2.** Faux	**3.** Faux	**4.** Vrai
74.	**1.** Vrai	**2.** Vrai	**3.** Faux	**4.** Faux
75.	**1.** Faux	**2.** Vrai	**3.** Vrai	**4.** Vrai
76.	**1.** Vrai	**2.** Vrai	**3.** Vrai	**4.** Faux
77.	**1.** Vrai	**2.** Vrai	**3.** Faux	**4.** Vrai
78.	**1.** Vrai	**2.** Faux	**3.** Faux	**4.** Faux
79.	**1.** Faux	**2.** Vrai	**3.** Vrai	**4.** Vrai

Corrigés des Mémo'Quiz

80.	**1.** Vrai	**2.** Faux	**3.** Faux	**4.** Vrai
81.	**1.** Faux	**2.** Faux	**3.** Vrai	**4.** Faux
82.	**1.** Vrai	**2.** Vrai	**3.** Vrai	**4.** Faux
83.	**1.** Vrai	**2.** Faux	**3.** Faux	**4.** Vrai
84.	**1.** Faux	**2.** Faux	**3.** Vrai	**4.** Vrai
85.	**1.** Vrai	**2.** Faux	**3.** Vrai	**4.** Vrai
86.	**1.** Vrai	**2.** Vrai	**3.** Vrai	**4.** Faux
87.	**1.** Vrai	**2.** Faux	**3.** Vrai	**4.** Vrai
88.	**1.** Vrai	**2.** Faux	**3.** Vrai	**4.** Vrai
89.	**1.** Vrai	**2.** Faux	**3.** Vrai	**4.** Vrai

SVT

p. 212

1. Faux **2.** Faux **3.** Vrai **4.** Faux **5.** Vrai

p. 228

1. Faux **2.** Faux **3.** Faux **4.** Vrai **5.** Faux

p. 242

1. Vrai **2.** Faux **3.** Faux **4.** a et b **5.** Faux

p. 260

1. Vrai **2.** Vrai **3.** Faux **4.** Vrai **5.** Le glaucophane et le grenat

p. 272

1. Vrai **2.** Faux **3.** Vrai **4.** Vrai **5.** La résilience

p. 288

1. Faux **2.** Faux **3.** Vrai **4.** Vrai **5.** Faux

p. 304

1. Faux **2.** Vrai **3.** Faux **4.** Faux **5.** Vrai

Physique-Chimie

■ **Absorbance :** grandeur sans dimension mesurant la capacité d'un milieu à absorber la lumière.

■ **Acides carboxyliques :** famille d'espèces chimiques de formule R—CO_2H qui se reconnaissent au caractère acide de leur solution aqueuse.

■ **Alcools :** famille d'espèces chimiques de formule R—OH.

■ **Aldéhydes :** famille d'espèces chimiques de formule 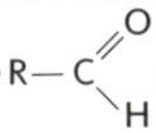 qui se reconnaissent par leur action sur la 2,4-DNPH et sur la liqueur de Fehling ou le réactif de Tollens.

■ **Amines :** famille d'espèces chimiques de formule R—NH_2 qui se reconnaissent au caractère basique de leur solution aqueuse.

■ **Bilan énergétique :** inventaire des énergies reçues par un système et des énergies qu'il fournit au milieu extérieur (pendant une durée déterminée). Si le système ne stocke pas d'énergie, la somme des énergies reçues est égale à la somme des énergies fournies.

■ **Centre optique :** pour une lentille mince, point de la lentille situé sur son axe optique ; un rayon lumineux arrivant sur la lentille en son centre optique la traverse sans déviation.

■ **Cétones :** famille d'espèces chimiques de formule R—CO—R′ qui se reconnaissent à leur action sur la 2,4-DNPH et à leur absence d'action sur la liqueur de Fehling ou le réactif de Tollens.

■ **Champ de gravitation :** ensemble des forces d'interaction gravitationnelle créées par une masse M en tout point de l'espace où se situerait une masse test de 1 kg.

■ **Champ de pesanteur :** ensemble des forces de poids créées par la Terre en tout point de sa surface où se situerait une masse test de 1 kg.

■ **Champ électrostatique :** ensemble des forces d'interaction électrostatique créées par une charge en tout point de l'espace où se situerait une charge test de 1 C.

■ **Constante radioactive :** constante caractéristique d'un échantillon radioactif.

■ **Convention récepteur :** choix de la tension U_{AB} positive aux bornes d'un récepteur, quand le sens du courant est de A vers B.

■ **Couleurs primaires :** ensemble de couleurs ne pouvant être obtenues à partir d'autres couleurs pour une synthèse donnée.

■ **Couleurs secondaires :** ensemble de couleurs obtenues à partir de couleurs primaires pour une synthèse donnée.

■ **Distance focale :** grandeur caractérisant une lentille mince ; distance entre le centre optique et l'un des foyers $f = -\overline{OF} = \overline{OF'}$.

■ **Dosage :** opération permettant de déterminer la concentration d'une espèce chimique présente dans une solution.

■ **Effet Joule :** transfert thermique entre un appareil (conducteur ohmique, par exemple) parcouru par un courant et le milieu extérieur.

■ **Électronégativité :** grandeur sans unité mesurant la capacité d'un atome à attirer à lui les électrons lors de la formation d'une liaison chimique.

■ **Énergie cinétique :** énergie que possède un corps du fait de son mouvement. Pour un solide en mouvement de translation :

$$E_c = \frac{1}{2} m v_G^2$$

■ **Énergie de liaison :** énergie qu'il faut fournir à 1 mole de molécules à l'état gazeux pour les transformer en atomes à l'état gazeux.

■ **Énergie mécanique :** somme des énergies cinétique et potentielle d'un système.

■ **Énergie potentielle de pesanteur :** énergie que possède un corps du fait de son interaction avec la Terre.
Si z est l'altitude de son centre d'inertie :

$$E_p = mgz$$

Lexique

État fondamental : état d'un atome correspondant à un état de repos pour lequel son énergie est la plus basse.

Fission : réaction nucléaire au cours de laquelle certains noyaux lourds peuvent être cassés en noyaux plus légers.

Force électromotrice (f.é.m.) : grandeur caractéristique d'un générateur électrique égale à sa tension à vide et représentée par E (en volts).

Foyer image : point de l'axe optique d'une lentille où converge un faisceau de rayons lumineux parallèles à l'axe optique arrivant sur la lentille. Il est noté F'.

Foyer objet : point de l'axe optique d'une lentille d'où est issu un faisceau divergent frappant la lentille et en sortant parallèlement à l'axe optique. Il est noté F.

Fusion : réaction nucléaire au cours de laquelle certains noyaux légers peuvent s'unir pour créer un noyau plus lourd.

Grandissement : rapport en valeur absolue entre la longueur de l'image et la longueur de l'objet. Il est positif si l'image et l'objet sont de même sens et négatif si l'image est en sens inverse de l'objet.

Interaction de Van Der Waals : interaction de nature électrostatique due à la faible attraction des électrons d'une molécule par les noyaux des molécules voisines.

Liaison hydrogène : liaison homogène de nature électrostatique qui s'établit entre un atome d'hydrogène et un autre atome extérieur à la molécule possédant un doublet non liant.

Liaison polarisée : liaison covalente dans laquelle le doublet liant est attiré par l'un des atomes liés ; il en résulte une charge δ^+ sur un atome et δ^- sur l'autre (dipôle).

Ligne de champ vectoriel : courbe orientée à laquelle le vecteur champ est tangent à un instant donné.

Loi de Beer-Lambert : loi indiquant que l'absorbance d'une solution est proportionnelle à la longueur ℓ de la solution traversée et à la concentration c de celle-ci : $A = \varepsilon \ell c$.

Oxydation : réaction correspondant à la perte d'électrons par l'espèce chimique qui s'oxyde.

Quantification d'énergie : les niveaux d'énergie d'un atome ne peuvent prendre qu'une série de valeurs discrètes parfaitement déterminées caractéristiques de l'atome.

Réduction : réaction dans laquelle une espèce chimique capture des électrons.

Relation de conjugaison (de Descartes) : relation qui permet de déterminer la position de l'image d'un objet donnée par une lentille mince sphérique.

Spectre d'un champ : ensemble des lignes de champ.

Synthèse additive : type de synthèse dont les couleurs primaires sont le rouge, le vert et le bleu, et dont la somme correspond à du blanc.

Synthèse soustractive : type de synthèse dont les couleurs primaires sont le cyan, le magenta et le jaune, et dont la somme correspond à du noir.

Trichromique : se dit d'une vision basée sur la perception de trois couleurs (rouge, vert et bleu pour la rétine humaine).

Vergence : grandeur caractéristique d'une lentille ; est égale à l'inverse de sa distance focale et s'exprime en dioptries (δ).

SVT

- **Accrétion océanique :** formation de lithosphère océanique au niveau de la dorsale.
- **Acide aminé :** molécule simple constitutive des protéines et composée de C, H, O et N.
- **Agent mutagène :** substance ou agent physique augmentant la fréquence de mutation.
- **Allèles :** différentes versions d'un même gène qui peuvent être distinguées par leur séquence.
- **Andésites :** roches volcaniques constituées de cristaux de plagioclase et de pyroxènes noyés dans un matériau vitreux.
- **Anémie :** diminution du nombre de globules rouges.
- **Anomalies magnétiques** : valeurs mesurées du champ magnétique, supérieures ou inférieures à la valeur moyenne du champ magnétique terrestre.
- **Antigène** : molécule qui déclenche une réaction immunitaire spécifique.
- **Apoptose** : mécanisme par lequel la cellule enclenche sa propre destruction.
- **Arc insulaire :** chapelet d'îles disposées en forme d'arc.
- **Asthénosphère** : partie ductile du manteau située sous la lithosphère.
- **Biocénose :** communauté d'êtres vivants interagissant entre eux.
- **Biotope :** milieu de vie caractérisé par ses facteurs physico-chimiques.
- **Carottes de sédiments** : échantillons cylindriques de sédiments prélevés par forage.
- **Caryotype** : garniture chromosomique d'une cellule.
- **Catalyseur** : substance qui accélère le déroulement d'une réaction.
- **Centromère** : partie qui relie les deux chromatides d'un chromosome.
- **Cellule présentatrice de l'antigène (CPA) :** cellule exposant sur sa face externe un fragment d'antigène associé à une molécule du CMH.
- **Cellules de convection** : boucles décrites par la matière chaude ascendante et la matière refroidie qui redescend.
- **Cellules germinales** : ce sont les gamètes et les cellules dont ils sont issus.
- **Cellules sentinelles :** cellules immunitaires qui résident en permanence dans les tissus, même lorsqu'ils ne sont pas lésés ou infectés.
- **Cellules somatiques** : cellules qui ne donneront pas de gamètes.
- **Chaîne polypeptidique** : chaîne d'acides aminés reliés entre eux par des liaisons peptidiques. Une protéine peut être composée d'une ou de plusieurs chaînes polypeptidiques.
- **Chaîne trophique** : succession d'espèces telle que chacune se nourrit de celle qui la précède.
- **Chromatide :** partie d'un chromosome contenant une molécule d'ADN.
- **Climax :** état d'équilibre stable et durable.
- **Clone :** ensemble de cellules identiques formées par divisions cellulaires successives.
- **Code génétique :** système de correspondance entre le langage nucléotidique et les acides aminés.
- **Codon :** suite de trois nucléotides d'ARN correspondant à un acide aminé.
- **Complexe enzyme-substrat** : association transitoire d'une enzyme et de son substrat.
- **Complexe Majeur d'Histocompatibilité :** protéines membranaires marqueurs de l'identité des cellules.
- **Configuration spatiale** : forme en trois dimensions (ou structure tridimensionnelle).

Lexique

■ **Courbe bimodale** : courbe présentant deux pics, ce qui indique l'existence de deux catégories distinctes pour la variable mesurée.

■ **Discontinuité** : limite entre deux couches de nature différente.

■ **Dormance :** état de vie ralentie, caractérisé par une absence de croissance.

■ **Ductile** : caractérise une matière à l'état solide mais capable de se déformer.

■ **Éclogite** : roche métamorphique composée de grenat et de jadéite.

■ **Écologie** : étude des interactions entre les êtres vivants, ainsi qu'avec leur environnement.

■ **Effet de serre** : réchauffement de l'atmosphère dû au piégeage, par des gaz comme le CO_2, des rayons thermiques réémis par le sol.

■ **Enzyme** : substance qui augmente la vitesse d'une réaction chimique.

■ **Épicentre** : zone de la surface située à la verticale du foyer d'un séisme.

■ **Équitabilité** : distribution plus ou moins égale des espèces, c'est-à-dire du nombre d'individus au sein de celles-ci.

■ **Études épidémiologiques** : études statistiques recherchant notamment un lien entre une maladie et des gènes ou des modes de vie.

■ **Faciès (métamorphique) :** désigne une catégorie de roches qui correspondent à un domaine défini de pression et de température.

■ **Failles inverses :** cassures survenant à la suite d'une compression. Les deux compartiments qui en résultent glissent l'un sur l'autre, ce qui entraîne le raccourcissement des terrains impliqués.

■ **Failles normales** : cassures survenant à la suite d'une extension. Les deux compartiments qui en résultent sont tirés dans des directions opposées.

■ **Flux géothermique** : quantité de chaleur dissipée à la surface du globe.

■ **Foyer** : lieu de naissance d'un séisme, situé en profondeur (généralement entre 10 et 100 km).

■ **Gènes de résistance :** gènes qui rendent la bactérie insensible à l'antibiotique.

■ **Génome** : ensemble du matériel génétique d'un organisme.

■ **Génotype** : ensemble des allèles d'un individu.

■ **Glaucophane** : amphibole de couleur bleue.

■ **Glycémie :** taux de glucose sanguin.

■ **GPS (global positioning system)** : méthode permettant d'établir les coordonnées géographiques d'un point avec une grande précision.

■ **Gradient géothermique :** variation de la température avec la profondeur.

■ **Granodiorites** : roches plutoniques proches du granite.

■ **Granulocyte :** leucocyte à noyau plurilobé.

■ **Hématie** : globule rouge.

■ **Hémoglobine** : protéine présente dans les globules rouges, responsable du transport de dioxygène dans le sang.

■ **Héréditaire** : qui se transmet par l'intermédiaire du patrimoine génétique de génération en génération.

■ **Hétérozygote :** individu qui possède deux allèles différents pour un gène donné.

■ **Homme de Néandertal** : une des espèces de la lignée humaine, présente entre - 450 000 et - 30 000 ans.

■

■ **Homo sapiens** : seule espèce humaine actuelle.

■ **Homozygote** : individu qui possède deux allèles identiques pour un gène donné.

■ **Hydrolyse** : réaction chimique au cours de laquelle une molécule est fragmentée sous l'action de l'eau.

■ **Hydrophile** : qui établit des liaisons avec l'eau ; les acides aminés hydrophiles restent en surface.

■ **Hydrophobe** : qui repousse l'eau ; les acides aminés hydrophobes se placent vers l'intérieur de la protéine.

■ **Hyperglycémie** : taux de glucose sanguin anormalement élevé.

■ **Immunité innée** : système de défense rapide, présent dès la naissance et ne nécessitant pas d'apprentissage.

■ **Induction** : déclenchement de la réponse immunitaire adaptative.

■ **Ingénierie écologique** : ensemble des techniques qui visent à manipuler, modifier, exploiter ou réparer les écosystèmes afin d'en tirer durablement le maximum de bénéfices.

■ **Insuline** : hormone sécrétée par le pancréas et régulant la glycémie.

■ **Isotherme** : ligne virtuelle le long de laquelle la température est la même.

■ **Latitude** : elle définit une position nord-sud, entre les deux pôles.

■ **Leucocytes** : cellules sanguines avec noyau, appelées aussi globules blancs.

■ **Liaison hydrogène** : liaison facilement rompue, formée entre un atome d'hydrogène et un autre atome tel que l'oxygène.

■ **Lithosphère** : enveloppe superficielle rigide du globe, composée de la croûte et d'une partie du manteau.

■ **Longitude** : elle définit une position ouest-est.

■ **Lymphocyte compétent** : lymphocyte capable de participer à une réaction immunitaire.

■ **Machine thermique** : machine qui convertit l'énergie thermique en énergie mécanique, comme le fait un moteur à combustion.

■ **Macromolécule** : molécule de grande taille, le plus souvent constituée par la succession de molécules simples.

■ **Macrophage** : leucocyte résidant dans les tissus et réalisant la phagocytose.

■ **Magma** : liquide provenant de la fusion d'une roche.

■ **Maladies auto-immunes** : maladies pour lesquelles le système immunitaire détruit les cellules de l'organisme.

■ **Marge** : limite géologique entre l'océan et le continent, caractérisée par le passage de la lithosphère océanique à la lithosphère continentale.

■ **Métagabbro** : terme général qui désigne un gabbro métamorphisé.

■ **Métamorphisme** : transformation minéralogique réalisée à l'état solide sous l'effet du changement de conditions du milieu.

■ **Métastase** : tumeur formée après la migration de cellules cancéreuses dans un nouveau site.

■ **Microlites** : cristaux de très petite taille, en forme de baguettes.

■ **Minéraux hydroxylés** : qui comportent un groupement OH.

■ **Moho** : surface de discontinuité séparant la croûte du manteau.

■ **Muscinale (strate)** : elle est composée de végétaux (et de champignons) situés au ras du sol (lichens, mousses).

■ **Mutation** : modification de la séquence d'ADN.

■ **Mutualisme** : interaction à bénéfices réciproques entre deux êtres vivants.

■ **Nuées ardentes** : nuages de gaz brûlants émis par un volcan en même temps que des débris et des cendres.

■ **Paroi cellulaire** : enveloppe cellulosique et rigide entourant les cellules bactériennes et végétales.

■ **Péridotite** : roche cristallisée constitutive du manteau terrestre, composée essentiellement d'olivine.

■ **Phagocytose** : absorption et digestion de particules étrangères ou débris d'organisme par des cellules spécialisées.

■ **Phénocristaux** : cristaux visibles à l'œil nu.

■ **Phénotype** : caractère(s) d'un individu, lié(s) à l'expression de ses différents allèles.

■ **Phénotype immunitaire** : ensemble des lymphocytes T et B capables de reconnaître des antigènes différents.

■ **Plaines abyssales** : grands fonds océaniques, situés en général entre 5 000 et 6 000 mètres de profondeur.

■ **Plan de Wadati-Benioff** : plan incliné matérialisé par la distribution des foyers sismiques dans une zone de subduction.

Lexique

- **Plaque** : portion de lithosphère en mouvement.
- **Plasmide** : fragment d'ADN bactérien surnuméraire.
- **Point chaud** : magmatisme d'origine profonde et fixe.
- **Population** : ensemble d'individus d'une même espèce occupant un même milieu.
- **Principe de superposition** : principe selon lequel une couche de roche sédimentaire est plus récente que celle sur laquelle elle repose.
- **Producteurs primaires** : êtres vivants, le plus souvent des végétaux chlorophylliens, produisant leur matière organique à partir de matière minérale.
- **Productivité** : masse de matière produite par unité de surface et de temps.
- **Produit** : molécule résultant de la transformation du substrat par l'enzyme.
- **Proto-oncogène** : gène stimulant la division cellulaire.
- **Pyramide écologique** : représentation des différents niveaux trophiques d'un écosystème mettant en évidence les pertes liées au transfert de matière entre chaque niveau.
- **Racine crustale** : épaississement de la croûte sous une chaîne de montagnes.
- **Réponse immunitaire adaptative** : réponse immunitaire spécifiquement dirigée contre un antigène.
- **Réponse à médiation cellulaire** : réponse immunitaire adaptative dont les effecteurs sont des cellules, les lymphocytes T CD8 (différenciés en lymphocytes T cytotoxiques).
- **Réponse immunitaire à médiation humorale** : réponse immunitaire adaptative dont les effecteurs sont des molécules, les anticorps.
- **Réservoirs naturels (de carbone)** : enveloppes de la Terre dans lesquelles le carbone est stocké (océan, biosphère, atmosphère, lithosphère).
- **Résilience (écologique)** : capacité d'un écosystème à retrouver un état d'équilibre dynamique après une phase d'instabilité due à une perturbation extérieure ou interne.
- **Ribosomes** : éléments cytoplasmiques assurant la traduction.
- **Roche plutonique** : roche issue d'un magma ayant refroidi lentement en profondeur.
- **Roche volcanique** : roche issue du refroidissement rapide d'un magma en surface.
- **Roches métamorphiques** : roches issues de la transformation de roches préexistantes.
- **Roches sédimentaires** : roches formées par dépôt de particules (les sédiments). Elles forment ainsi des couches superposées.
- **Sélection** : recrutement de lymphocytes spécifiques de l'antigène.
- **Sélection naturelle** : influence de l'environnement sur les fréquences alléliques.
- **Services écosystémiques** : fonctions assurées par les écosystèmes et dont l'être humain tire profit.
- **Sismogramme** : enregistrement des ondes sismiques.
- **Site catalytique** : région de l'enzyme qui interagit avec le substrat pour le transformer en produit.
- **Site de fixation** : région de l'enzyme au niveau de laquelle se fixe le substrat.
- **Solidus** : courbe correspondant aux conditions minimales de température et de pression permettant la fusion partielle d'une roche.
- **Structure grenue** : caractérise une roche entièrement composée de cristaux visibles à l'œil nu.
- **Subduction** : plongée de la lithosphère océanique en profondeur.
- **Subduite (lithosphère)** : lithosphère plongeante.
- **Substrat** : molécule qui est transformée par une enzyme.
- **Tectonique** : étude des déformations relatives aux mouvements.
- **Thérapie génique** : technique consistant à compenser un gène déficient en introduisant dans les cellules un allèle normal de ce gène.
- **Traduction** : synthèse d'une chaîne protéique à partir de l'information contenue dans l'ARN messager.
- **Transcription** : synthèse de l'ARN pré-messager.
- **Vecteur** : système permettant le transfert d'un gène dans une cellule.
- **Verre** : pâte non cristallisée.
- **Vitesse de la réaction** : quantité de produit formée par unité de temps.

Fonctions

f est la fonction définie sur ℝ par $f(x) = x^2 - 2x - 3$.

● Lire x_0 tel que $f(x_0) = 0$, l'abscisse d'un extremum...

MENU 5 : GRAPH

DRAW pour tracer la courbe.

Réglage fenêtre : V-Window.

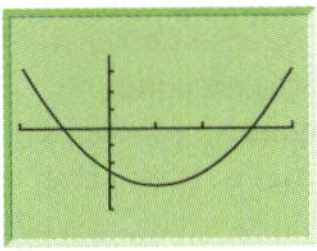

Pour lire x_0 tel que $f(x_0) = 0$:

À partir de la courbe : **F5**,
puis **F1** (ROOT).

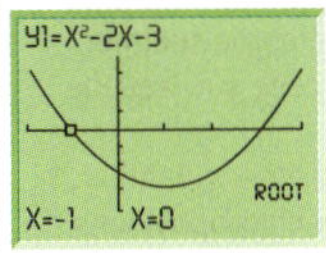

Pour lire l'abscisse du minimum :

À partir de la courbe : **F5**,
puis **F3** (MIN).

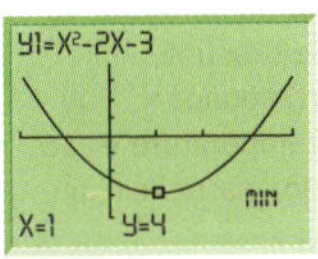

Pour lire l'abscisse d'un point d'intersection entre $\mathscr{C}_f$ et $\Delta : y = x$:

À partir de la courbe **F5**,
puis **F5** (ISCT).

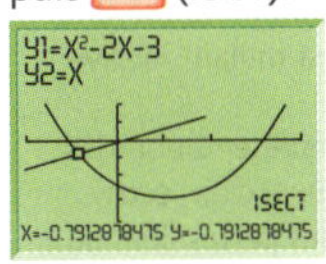

● Lire le nombre dérivé de *f* en x0 : *f*9(x0)

Pour calculer $f'(3)$:

MENU 1 : RUN, **OPTN**, **F4** (CALC)
F2 (d/dx).

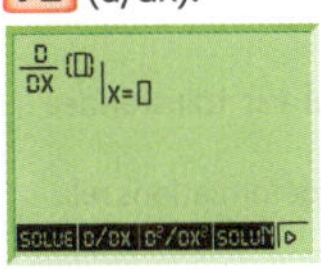

Compléter alors avec l'expression de *f*(X), puis X = 3.

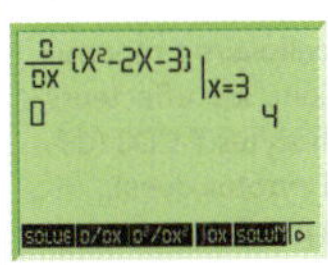

● Tracer une tangente

Pour tracer une tangente à $\mathscr{C}_f$ au point d'abscisse $x = 3$:

MENU 5 : GRAPH, à partir
de la courbe **F4**, **F2** (Tang).

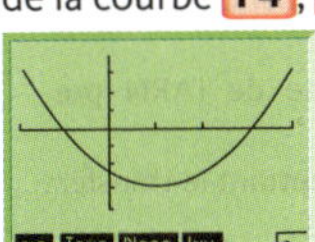

Taper 3 (l'abscisse du point),
puis **EXE**, **EXE**.

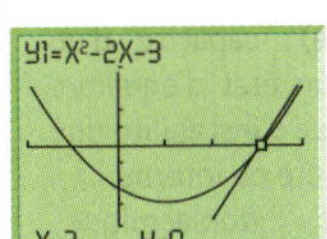

Calculatrices Casio

Suites

Suites définies par $u_n = f(n)$

u est la suite définie sur $\mathbb{N}$ par $u_n = n^3 - 4n^2 + 1$.

MENU 8 : RECUR, **F3** (TYPE), choisir **F1** (a_n).

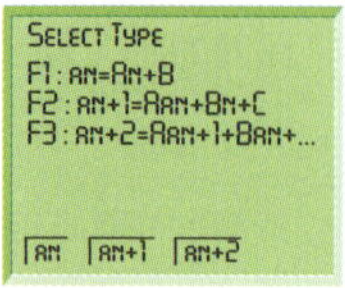

Pour obtenir les valeurs de u_n :
F6 (TABL).
Réglage tableau : **F5** (SET).

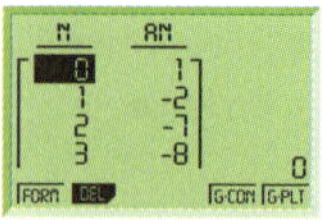

Compléter en utilisant **F4** pour n.

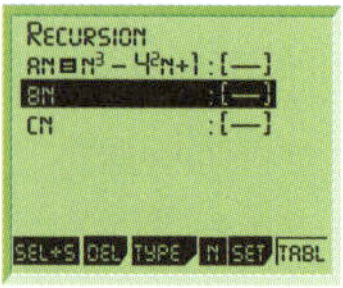

À partir du tableau : **EXE** pour obtenir le graphique.
Réglage fenêtre : V-Window.

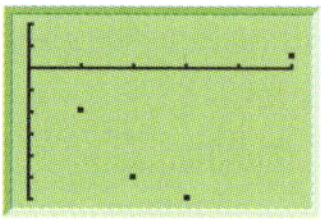

Suites définies par récurrence

u est la suite définie par $u_0 = 1$ et, pour tout n de $\mathbb{N}$,
$u_{n+1} = 1{,}4\ u_n = -1$.

MENU 8 : RECUR, **F3** (TYPE), choisir **F2** (a_{n+1}).

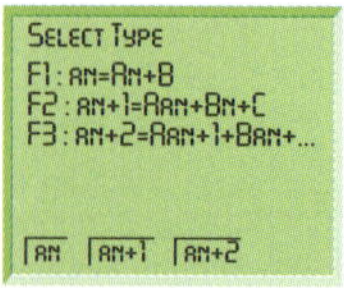

Pour obtenir les valeurs de u_n :
F6 (TABL).
Réglage tableau : **F5** (SET).

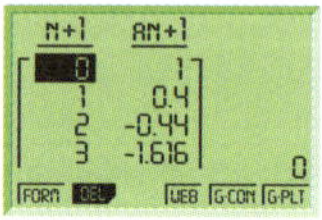

Compléter en utilisant F4 pour a_n, choisir u_0 avec **F5** (SET).

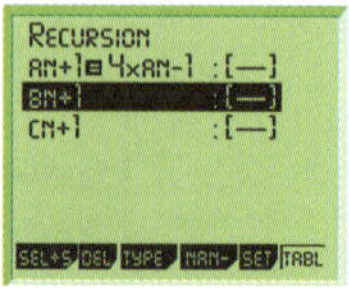

À partir du tableau **EXE** pour obtenir le graphique.
Réglage fenêtre : V-Window.

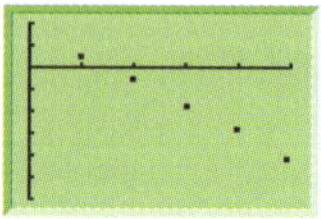

Statistiques

Calculer ne moyenne, un écart-type

On considère la série statistique ci-contre.

Valeur	210	220	230	240	250	260
Effectif	2	6	15	12	10	5

● **Pour éditer la série statistique :**

MENU 2 : STAT, compléter la List1 avec les valeurs et la List2 avec les effectifs (les fréquences ou les pourcentages).

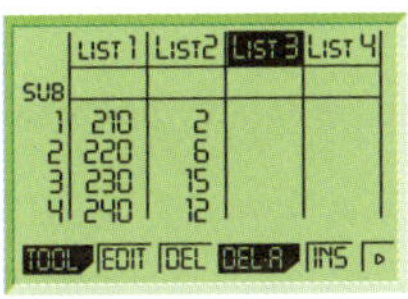

● **Pour paramétrer la calculatrice :**

Taper **EXIT**, puis **F2** (CALC), **F6** (SET) et compléter : 1 - V a r
XList : List1
1-Var Freq : List2

● **Pour effectuer les calculs :**

Taper **EXIT**, puis **F1** (1VAR), **EXE**

On lit la moyenne : $\overline{x}$ = 237,4, l'écart-type σx = 12,932, l'effectif total : n = 50.

En descendant avec **▼**, on lit Les quartiles Q_1 = 230, Q_3 = 250 de la médiane Med = 240.

Probabilités

● **Générer un nombre aléatoire de l'intervalle [0 ; 1[**

OPTN, choisir **F3** (PROB), **F4** (RAND), **F1** (Ram #)

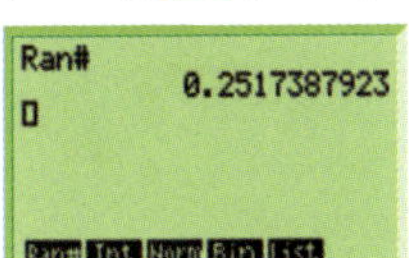

● **Générer un nombre entier aléatoire entre 3 et 10**

OPTN, choisir **F3** (PROB), **F4** (RAND), **F2** (Int)

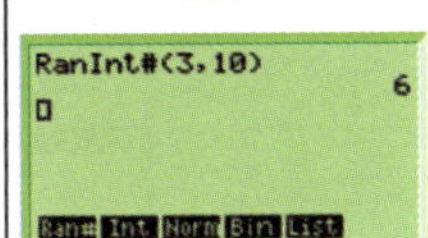

Fonctions

f est la fonction définie sur $\mathbb{R}$ par $f(x) = x^2 - 2x - 3$.

- **Lire x_0 tel que $f(x_0) = 0$, l'abscisse d'un extremum...**

À partir de la courbe :

Calculs

2NDE **Trace** choisir

2 : zéro pour $f(x) = 0$.

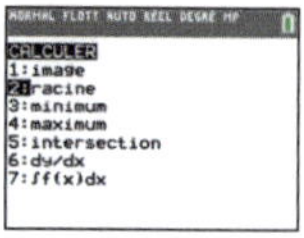

Avec **<** ou **>**, choisir un point d'abscisse inférieure au point cherché, puis **Entrer**.

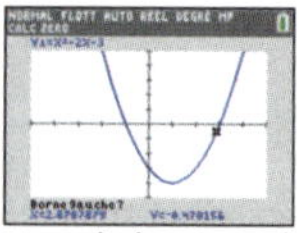

Recommencer avec **<** ou **>** pour choisir un point d'abscisse supérieure, puis

Entrer, **Entrer**.

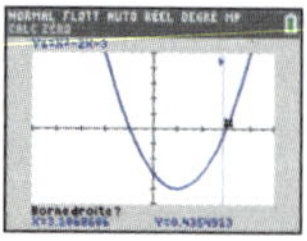

Pour l'abscisse d'un minimum,
À partir de la courbe :

Calculs

2NDE **Trace** Choisir

3 : MINIMUM, **Entrer**.

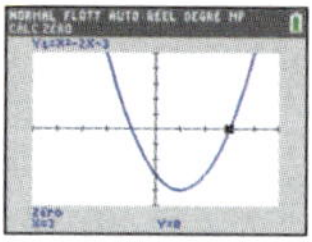

- **Lire le nombre dérivé de f en x_0 : $f'(x_0)$**

Pour calculer $f'(3)$:

math, choisir

8 : nbre Dérivé.

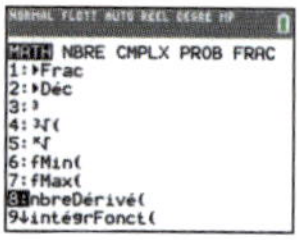

Compléter alors avec l'expression de f(X), puis X = 3.

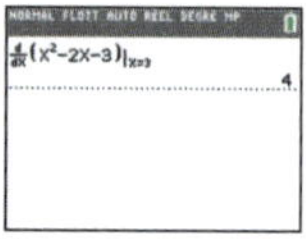

- **Tracer une tangente et lire son équation**

Pour tracer la tangente à $\mathscr{C}_f$ au point d'abscisse $x = 3$:

À partir de la courbe

dessin

2NDE **PRGM**, choisir

5 : Tangente(.

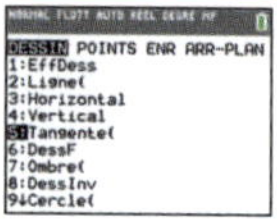

Taper 3 (l'abscisse du point),

Puis **Entrer**.

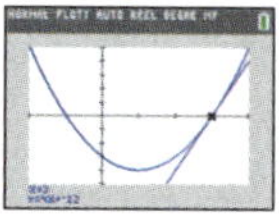

Calculatrices Texas Instrument

Suites

● Suites définies par $u_n = f(n)$

u est la suite définie sur $\mathbb{N}$ pour $u_n = n^3 - 4n^2 + 1$.

Mode, sélectionner **Suite** et **Non relié**.

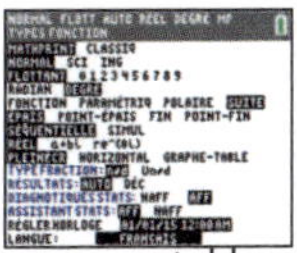

table
2NDE **graphe** pour obtenir les valeurs de u_n.

tblset
Réglage du tableau : **fenêtre**.

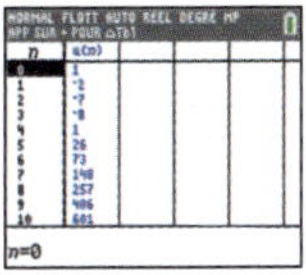

***f(x)* =**, puis compléter en utilisant **X, θ, T, n** pour n.

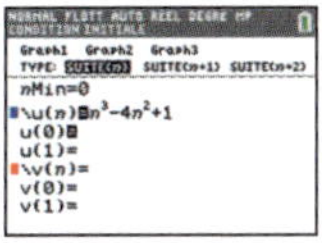

graphe pour tracer u

Réglage fenêtre : **fenêtre**.

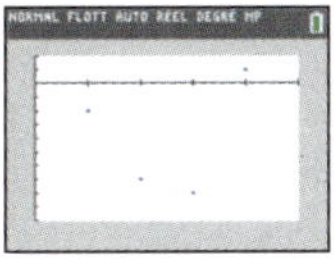

● Suites définies par récurrence

u est la suite définie par $u_0 = 1$ et, pour tout n de $\mathbb{N}^*$, $u_{n+1} = 1{,}4\,u_n - 1$.

Mode, sélectionner **Suite** et **Non relié**

***f(x)* =**, puis compléter avec **2NDE** **7** pour obtenir u_n.

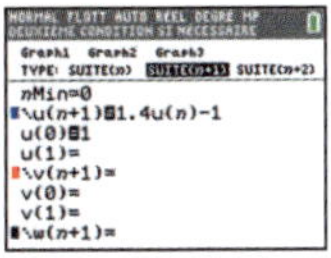

format
2NDE **zoom**, sélectionner **Toile** pour tracer le graphique.

table
2NDE **graphe** pour obtenir les valeurs de u_n.

tblset
Réglage tableau : **fenêtre**.

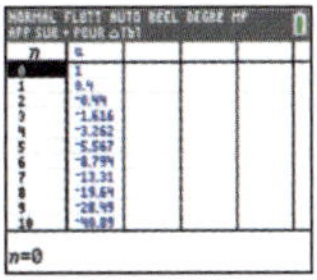

graphe **Trace**, puis **<** ou **>**

Réglage fenêtre : **fenêtre**.

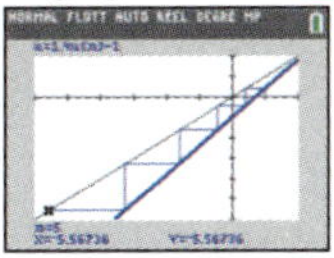

Calculatrices Texas Instrument

Statistiques

● Calculer une moyenne, un écart-type...

On considère la série statistique ci-contre.

Valeur	210	220	230	240	250	260
Effectif	2	6	15	12	10	5

● Pour éditer la série statistique

STAT, choisir **EDIT**, **1: Edite**, **Entrer**

Compléter la liste L1 avec les valeurs et la liste L2 avec les effectifs (ou fréquences ou pourcentages).

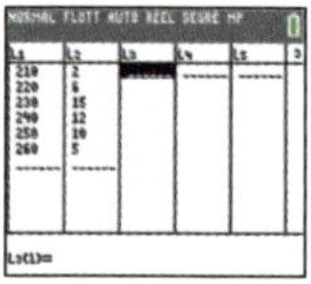

On lit la moyenne $\overline{x}$, l'écart-type : σx, l'effectif total : n.

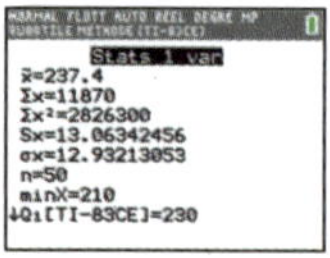

● Pour effectuer les calculs

STAT, choisir **CALC**, **1:Stats 1-Var**

Suivant les modèles : taper 1-Var stats (L_1, L_2) ou compléter :

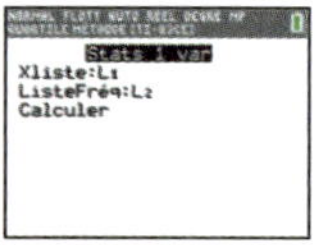

En descendant avec [▼], on lit les quartiles Q_1, Q_3 et la médiane.

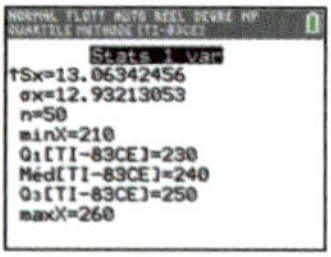

Probabilités

● Générer un nombre aléatoire de l'intervalle [0 ; 1[

MATH, choisir **PROB**, puis **1:NbrAléat** et **Entrer**, **Entrer**

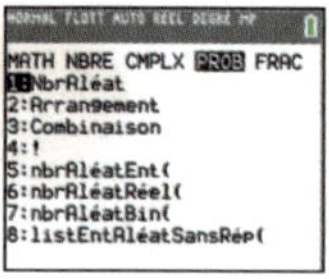

● Générer un nombre entier aléatoire entre 3 et 10

MATH, choisir **PROB**, puis **5:NbrAléat** et compléter

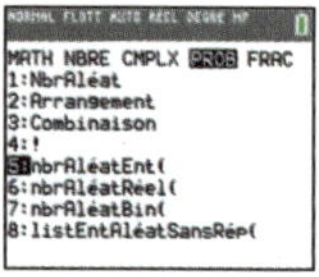

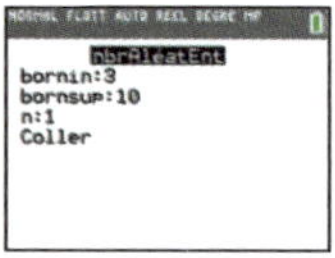